Una magia impregnada de veneno

JUDY I. LIN

UNA MAGIA IMPREGNADA DE VENENO

CROSS BOOKS

Título original: *A Magic Steeped in Poison*

Publicado por primera vez por Macmillan Publishing Group, LLC

Traducción: Ariadna Molinari Tato

Bajo el sello editorial CROSSBOOKS M.R.
Avenida Presidente Masarik núm. 111,
Piso 2, Polanco V Sección, Miguel Hidalgo
C.P. 11560, Ciudad de México
www.planetadelibros.com.mx

Diseño de portada: Planeta Arte & Diseño / Grupo pictografía
Ilustración de portada: Grupo pictograma
Ilustraciones de interiores: iStock

Primera edición en formato epub: marzo de 2023
ISBN Obra completa: 978-607-07-9828-3
ISBN Volumen I: 978-607-07-9830-6

Primera edición impresa en México: marzo de 2023
ISBN Obra completa: 978-607-07-9834-4
ISBN Volumen I: 978-607-07-9835-1

Impreso en los talleres de Litográfica Ingramex, S.A. de C.V.
Centeno núm. 162-1, colonia Granjas Esmeralda, Ciudad de México
Impreso en México –*Printed in Mexico*

Para Lyra.
Eres el principio de todo.

Capítulo uno

Dicen que se puede reconocer a un verdadero shénnóng-shī por sus manos: las palmas pintadas por las manchas de tierra, las yemas de los dedos con las cicatrices de las espinas, una costra permanente de polvo y sangre que le oscurece las uñas.

Solía ver mis manos con orgullo. Ahora, lo único que puedo pensar al verlas es: «Estas son las manos que enterraron a mi madre».

Nuestra casa está oscura y callada mientras me muevo entre las habitaciones como una ladrona. Escarbo entre las cajas y cajones, revuelvo las cosas que mi padre mantenía ocultas para no recordar su dolor; con pisadas cautelosas serpenteo entre sillas y canastas, escurridores y frascos. Alcanzo a oír a Shu toser a través de las paredes y dar vueltas en la cama. Ha empeorado en los últimos días; pronto el veneno se la llevará, como se llevó a nuestra madre.

Por eso debo irme esta noche, antes de que mi padre intente detenerme y la culpa y el miedo me aten aquí hasta que sea demasiado tarde. Toco el pergamino escondido entre los pliegues de mi túnica para asegurarme de que sigue ahí.

Encuentro lo que busco en la parte trasera del almacén: la caja de shénnóng-shī de mi madre que está escondida en el rincón de una alacena. Los recuerdos se escurren por la tapa abierta con un suspiro, como si hubieran estado esperándome en la oscuridad con aroma a té. Acaricio cada una de las ranuras en la madera con las puntas de los dedos, toco todos los compartimientos; recuerdo cómo repetíamos una y otra vez los nombres de los objetos ahí guardados. Esta caja es un mapa de ella, de sus enseñanzas, sus historias, su magia. Sin embargo, la imagen trae consigo otros recuerdos: una taza rota, una mancha oscura sobre el piso, así que cierro la tapa a toda prisa.

En la misma alacena encuentro otros frascos, marcados con la meticulosa escritura de mi madre. Las manos me tiemblan un poco al abrir ese que contiene las hojas de té del verano pasado: la última cosecha con la que le ayudé, caminando por los senderos del jardín, tomando las hojas de las ramas a mi alcance.

Mientras inhalo el aroma de las hojas tostadas, la fragancia se convierte en amargura al fondo de mi lengua. Recuerdo que mis últimos intentos por utilizar la magia terminaron en lágrimas y fracaso, y juré no tocar los instrumentos nunca más. Sin embargo, eso fue antes de que el pergamino apareciera en nuestra puerta; el fracaso ya no es opción.

La gente que no lo entiende suele reducir a los shénnóng-shī al papel de un talentoso animador, capaz de servir esta bebida tan común de forma artística. Los shénnóng-shī entrenados son competentes en los elementos básicos, es cierto: los sabores apropiados para cada ocasión, la forma y la manufactura correctas que debe tener una taza para que combine con el té que se servirá. No obstante, los verdaderos portadores de la magia de Shénnóng tienen especialidades particulares. Algunos preparan té para las emociones: compasión, amor, esperanza; otros son capaces de dotar al cuerpo de energía o alentar a quien los beba a recuperar recuerdos que creían perdidos. Van más allá de los muros del cuerpo y penetran hasta el alma misma.

Guiada por la luz parpadeante del brasero, saco la charola y las vasijas que la acompañan, una para hacer la infusión y otra para dejarla reposar. Por encima del borboteo del agua escucho un chirrido en la habitación contigua. Me congelo, temerosa de la larga sombra oscura sobre la pared y la furia de mi padre que seguro la acompañará.

Pero es solo el estruendo de los ronquidos de mi padre, así que exhalo por lo bajo y vuelvo a mis instrumentos. Utilizo las pinzas de madera para colocar las bolas de hojas de té en el recipiente y, con un delicado giro de la muñeca, el agua caliente fluye sobre ellas. Se desenrollan despacio y liberan sus secretos.

Los más grandes shénnóng-shī pueden ver el futuro desenvolverse, ondear en los vapores de una taza preparada a la perfección. Una vez mi madre preparó fù pén zǐ, que se obtiene al secar las hojas de los arbustos de frambuesas, para una mujer embarazada de la aldea. El vapor se tornó azul en medio del aire matutino y cobró la forma de cuatro agujas brillantes. A partir de eso, pudo inferir que el bebé nacería muerto.

Escucho su voz mientras las hojas se expanden en el agua, como cuando nos contaba que la bruma de la tarde sigue a las puntas blancas de las alas de la Guardiana de la Montaña, la diosa que se convierte en ave durante el ocaso. Ella es la Dama del Sur, quien dejó caer una hoja de su pico en la taza del Primer Emperador y le dio a la humanidad el placer del té.

De pequeñas, Shu y yo seguíamos a nuestros padres por los jardines y huertos con canastas en la cintura. Con frecuencia creía sentir el roce de esas alas sobre mi piel. A veces nos deteníamos a escuchar mientras la diosa nos guiaba hacia un nido de pichones que piaban o nos advertía sobre las fuertes lluvias que podrían pudrir las raíces si no éramos diligentes al arar la tierra.

Vacío el líquido dorado de la vasija para infusionar a la vasija de reposo. Mi madre nunca nos permitió olvidar los modos antiguos, anteriores a los clanes conquistados, previos al surgimiento y la caída de imperios. Estaban en cada taza que preparaba, un ritual que realizaba con reverencia; estaban en la forma en que conocía cada uno de los componentes de su té: el origen del agua, el aroma de la madera que atizaba el fuego, la vasija en la que calentaba el agua. Estaban en todo, hasta en las hojas que tomaba con sus propios dedos, que sumergía en una taza moldeada por sus propias manos y que calentaba en su propio horno. Estaban destilados en un líquido dorado que contenía en las palmas de sus dos manos y que ofrecía como una bendición: «Aquí estoy. Bebe y encuentra el bienestar».

Me inclino hacia adelante e inhalo el dulce aroma a manzana; oigo el somnoliento zumbido de las abejas entre las flores. Una sensación reconfortante me rodea y me envuelve con su calidez. Se me empiezan a cerrar los párpados, pero el momento se disipa cuando algo pasa disparado frente a mis ojos. El cuerpo entero me cosquillea, alerta, y distingo un revoloteo de alas negras a mi derecha: un cuervo que atraviesa la ahumada oscuridad antes de desaparecer.

Toma toda una vida de entrenamiento aprender a leer el té con maestría, y yo ya me había resignado a convertirme en aprendiz de médico. Se decidió hace un año: mi hermana no soportaba ver sangre y mi padre requería otro par de manos.

La duda me recorre la piel mientras vuelvo a acariciar el pergamino, una invitación destinada a alguien más, la verdadera aprendiz de mi madre. Pero mamá está muerta, y solo una de nosotras tiene la fuerza suficiente como para viajar.

Me obligo a concentrarme: respira profundo, suelta el aire. El vapor ondea en la estela de mi exhalación. No hay más visiones. Un hilo de té cae sobre la taza, solo un sorbo. La bebida me resbala por la garganta con el sabor a la miel del optimismo, la promesa de que el verano durará por siempre…

El valor refulge fuerte y brillante en mi pecho, caliente como una roca de río horneada por el sol; la confianza me escurre por las extremidades. Echo los hombros hacia atrás y me siento lista, como un gato preparado para abalanzarse sobre su presa. La tensión en el fondo de mi estómago se distiende un poco: la magia sigue ahí, los dioses no me la han quitado como castigo por mi descuido.

El sonido de una violenta tos interrumpe mi concentración. Tiro una de las vasijas, y el té se derrama sobre la charola mientras corro a la otra habitación.

Con los brazos temblorosos, mi hermana batalla para sostenerse; la tos estremece su endeble cuerpo. Busca a tientas el cuenco que mantenemos a un lado de su cama y se lo doy. La sangre salpica la madera una y otra vez; es muchísima. Luego de una eternidad, las arcadas por fin ceden, y mi hermana tiembla recargada sobre mí.

—Frío —susurra.

Me acuesto a su lado y nos envuelvo con las cobijas. Ella se aferra a mi túnica e inhala con dificultad. La abrazo mientras su respiración se sosiega y las líneas tensas alrededor de su boca comienzan a relajarse.

Mi padre y yo hemos hecho nuestro mejor esfuerzo por tratar a Shu a falta del conocimiento de mi madre. Yo batallo para recordar todas aquellas lecciones de mi infancia; mi padre, por otro lado, es un médico calificado, que se educó en el colegio imperial. Él sabe cómo arreglar huesos y remendar heridas, cómo tratar padecimientos externos. Aunque conoce algo de medicina interior, siempre declinaba en favor del arte de mamá para los problemas más complejos. Era lo que hacía que su relación funcionara tan bien.

Mi padre ha usado hasta la última gota de su conocimiento, incluso se tragó su orgullo para enviar una carta al colegio y pedir ayuda; ha probado todos los antídotos que están a su alcance. Sin embargo, yo sé cuál es la oscura verdad que nos negamos a aceptar: mi hermana está muriendo. Los tónicos y tinturas fungen como represas que mantienen el veneno a raya, pero un día se desbordará, no hay nada que podamos hacer para detenerlo. Y soy yo quien le falló.

En la oscuridad, lucho contra mis pensamientos y mi angustia. No quiero dejarla atrás, pero no hay otra manera de salir adelante. El pergamino es la única respuesta. Una procesión real lo entregó en la casa de la única shénnóng-shī en Dàxī. Shu era la única que estaba en casa cuando lo recibimos; yo estaba con papá en la aldea, atendiendo a uno de sus pacientes. Ella lo desenrolló en la privacidad de nuestra habitación más tarde para que pudiera verlo. La tela, enhebrada en oro, resplandecía. El dragón ondulaba en la parte trasera; el bordado era tan fino que parecía que en cualquier momento cobraría vida y bailaría a nuestro alrededor, con una estela de llamas a su paso.

—Llegó hoy para nosotras —me dijo con una intensidad que pocas veces le vi a mi recatada hermana—. Un convoy imperial con un decreto de la princesa.

Conozco las palabras casi de memoria: «Por decreto imperial, la princesa Li Ying-Zhen le invita a una celebración y conmemoración de la emperatriz matrona, a quien se le honrará con un festival en busca de una estrella naciente. Todos los shénnóng-tú están invitados al reto, mediante el cual se designará al siguiente shénnóng-shī que servirá en la corte. El ganador de la competencia recibirá un favor de la princesa misma».

Las palabras me cantan al oído, me llaman. En esta generación no ha habido un solo shénnóng-shī admitido en la corte, y el elegido recibiría el más grande de los honores. Le permitiría al shénnóng-tú dejar atrás las pruebas y convertirse en un maestro sin obstáculos. Su casa recibiría riquezas; su aldea se volvería famosa. Pero lo que más me atrae es la esperanza del favor; podría exigir que a mi hermana la atendieran los mejores médicos del reino, aquellos que le han tomado el pulso al emperador mismo.

La garganta se me cierra al ver a mi hermana, dormida profundamente a mi lado. Si pudiera extraerle el veneno que lleva dentro para ingerirlo yo, lo haría con gusto. Haría cualquier cosa por aliviar su sufrimiento.

Yo preparé la funesta taza para mi madre y para Shu con el bloque de hojas de té que suele distribuirse entre todos los súbditos del emperador para el Festival de Medio Otoño. Por un momento, mientras el agua hirviente se mezclaba con las hojas, creí ver una serpiente blanca y resplandeciente que se retorcía en el aire, la cual desapareció cuando disipé el vapor con la mano. No debí haberlo pasado por alto.

Poco tiempo después, los labios de mi madre se tornaron negros. La serpiente fue un presagio, una advertencia de la diosa, y no hice caso. Aunque tuviera terribles dolores, aunque el malestar le destrozara el cuerpo, mi madre hizo un tónico que obligó a mi hermana a volver el estómago y le salvó la vida… al menos de momento.

Bajo de la cama con cuidado de no interrumpir el descanso de mi hermana. No me toma mucho tiempo empacar el resto de mis pertenencias; la ropa la meto en un saco, junto con mi única posesión que tiene algo de valor: un collar que recibí en mi décimo cumpleaños, mismo que venderé para poder viajar a la capital.

—¡Ning!

El susurro de Shu atraviesa la noche. Supongo que, a fin de cuentas, no estaba dormida. El corazón me duele al verle la cara, pálida como la leche; parece una criatura salvaje de uno de los cuentos de mi madre: los ojos con un brillo indómito, el cabello enmarañado sobre la cabeza, el ciervo con piel humana.

Me arrodillo a su lado mientras sus manos, que sostienen algo pequeño envuelto en tela, encuentran las mías. La punta de un alfiler me pica la mano; desdoblo el pañuelo y alzo el objeto bajo la luz de la luna: es un pasador adornado con piedras preciosas que algún cliente agradecido le dio a mi madre, un preciado recuerdo de la capital. Era un tesoro pensado para Shu, como el collar lo fue para mí.

—Llévalo contigo, para que puedas sentirte hermosa en el palacio, tanto como lo era ella. —Abro la boca para hablar, pero Shu acalla mis protestas con un movimiento de la cabeza—. Tienes que irte esta noche. —El tono de su voz es severo, como si ella fuera la mayor y yo la menor—. No te llenes de tartas de castaña.

Me río con una fuerza excesiva, pero me trago la carcajada y, por imposible que parezca, también contengo las lágrimas. ¿Y si cuando vuelva ella ya no está?

—Creo en ti —asegura, haciendo eco de la ferocidad de anoche, cuando me dijo que tenía que ir a la capital y dejarla atrás—. Le diré a papá por la mañana que fuiste a visitar a nuestra tía. Eso te dará un poco de tiempo antes de que se dé cuenta de que no estás.

Le aprieto la mano con fuerza. No estoy segura de poder hablar. No estoy segura de lo que diría de poder hacerlo.

—Que el Príncipe Desterrado no te atrape en la oscuridad —susurra.

Una historia de nuestra infancia, un cuento de buenas noches con el que todos crecimos: el Príncipe Desterrado y su isla de criminales y bandidos. Lo que en realidad quiere decirme es: «Ten cuidado».

Presiono mis labios sobre su frente y me escabullo por la puerta.

CAPÍTULO DOS

Con el valor del té aún recorriéndome el cuerpo, atravieso la noche brumosa más rápido de lo usual. La luna es un disco pálido que alumbra mi camino y me lleva hacia el sendero principal.

Mi madre solía decir que hay una hermosa mujer que vive en la luna tras haber sido raptada por su esposo celestial, quien anhelaba su belleza terrestre; le construyó un palacio de cristal y le dio un conejo para que le hiciera compañía, con la esperanza de que la soledad la hiciera ansiar su presencia. Sin embargo, ella fue ingeniosa y robó el elixir de la inmortalidad que él había preparado para sí mismo. Los dioses le ofrecieron un lugar entre ellos, pero la mujer eligió quedarse en su palacio, pues se había acostumbrado al silencio.

«Le dieron el título de Diosa de la Luna y la llamaron Ning, que significa tranquilidad». Aún recuerdo la suave voz de mi madre relatándome historias mientras me acariciaba el cabello, aquella sensación de amor que me envolvía cuando ella me contaba el origen de mi nombre.

Con su voz como guía, los pies me llevan a una pequeña arboleda al extremo de nuestros huertos. Toco las hojas céreas. Mi madre crió estos árboles de forma laboriosa desde que eran semillas; cuando al fin florecieron y dieron frutos, nos levantó a Shu y a mí y nos hizo girar entre sus brazos, su alegría nos rodeaba y nos hacía reír. Está enterrada ahí, entre los árboles. Me quedo sin aliento al ver un destello blanco entre los brotes verdes: es el primer capullo de la temporada, que apenas comienza a florecer. Su flor favorita, una señal de que su alma sigue aquí y nos cuida.

El viento sopla de pronto y agita los árboles. Las hojas me rozan el cabello, como si sintieran la tristeza que llevo dentro y me ofrecieran consuelo.

Paso el pulgar por el collar que llevo en la base del cuello; los pequeños picos y valles simbolizan la eternidad, el equilibrio cósmico. Cada uno de nosotros contiene tres almas que se separan de nuestros cuerpos al morir; una vuelve a la tierra, una al aire y el alma final desciende a la rueda de la vida. Pongo los labios sobre la cuenta dura y lisa en el centro del nudo. El duelo tiene un sabor amargo y persistente, pero tan sutil que a veces se disfraza de dulzura.

«Madre, es aquí donde más te extraño», pienso y le susurro una promesa: que volveré con una cura para la enfermedad de Shu. Con las manos sobre el corazón, hago una leve reverencia, una promesa para los vivos y los muertos, y dejo atrás mi hogar de la infancia.

Llego al sendero principal, que me deja cerca de la aldea adormecida. Volteo una sola vez para mirar la noche que se suaviza alrededor de nuestros jardines. Aun en la oscuridad, la neblina se enrosca alrededor de los árboles de té y apaga su color, un mar de verde y blanco que se mece.

Entonces escucho algo, un curioso crujido, como de ave. Me detengo. Hay movimiento sobre el tejado de un edificio cercano, en el fondo de las laderas; reconozco la forma de las vigas: es el almacén de té a las orillas del pueblo. Escucho mientras contengo la respiración. No es un ave, sino el susurro de unos zapatos que resbalan por el tejado; una sombra aparece en la tierra frente a mí, proyectada desde arriba, agazapada y furtiva. Un intruso.

No hay razón para merodear el almacén del gobernador, a menos que quieras que cuatro caballos que corren en direcciones distintas te descuarticen… o que tengas el poder para desafiarlo con la fuerza de tres hombres, la capacidad de llegar hasta el techo de un solo salto y atravesar un mar de soldados con la velocidad de tu espada. «A menos que seas la Sombra», me digo.

La gente ha esparcido advertencias sobre la Sombra, la extraña figura que, se rumora, es responsable de la serie de envenenamientos del té en todo el territorio. Se sabe que los bandidos acechan cerca de las fronteras de Dàxī, que asaltan caravanas y hieren a cualquiera que se interponga en su camino; sin embargo, hay un forajido que no está asociado con ninguna de las pandillas en las listas del Ministerio de Justicia, un forajido que es capaz de encontrar tesoros escondidos y revelar secretos enterrados mientras deja un rastro de cadáveres a su paso.

A fin de cuentas, el destello del ala de cuervo que vi en el vapor sobre la taza de té sí era un presagio.

Algo pasa por encima de mi cabeza y cae a mis pies con un golpe sordo; una maldición resuena por encima de mí y las pisadas se aceleran, huyen. Es la maldición la que me llama la atención: si es la famosa Sombra, suena bastante humana. Dentro de mí, la curiosidad lucha contra la suspicacia con tal fuerza que echan chispas.

Tomo el objeto que cayó y con la uña perforo el fino papel que lo cubre. Debajo siento algo familiar, delgadas hebras compactadas en un bloque sólido que emiten un aroma terroso: es un bloque de té. Volteo el paquete y el sello rojo salta a la vista como una advertencia. El gobernador nos prometió que todos los bloques envenenados se habían incautado y marcado para destruirlos.

Sigo el sonido de las pisadas sobre el techo, mientras el temor en mi estómago se tensa más con cada paso, yendo del miedo a la rabia. Rabia por la muerte de mi madre, por el dolor perenne de Shu.

Echo los hombros hacia atrás y un gruñido se forma en mi garganta mientras el valor del té me recorre el cuerpo entero y alimenta mi audacia. Me quito de encima mis pertenencias y las coloco a un costado del almacén. Trituro el té entre mis manos; las hojas se hacen polvo y caen para dejar un rastro detrás de mí cuando comienzo a correr. La rabia es agradable y real, un bienvenido descanso de mi impotencia habitual. Mi mente se enfoca en una sola cosa: no puedo dejar que la Sombra escape con el veneno, no si eso significa que otra chica tendrá que enterrar a su madre.

Doblo la esquina volando, me deshago de toda pretensión de sigilo. Solo la velocidad importa ya.

Alcanzo a ver al borrón oscuro moverse por el aire y aterrizar a menos de veinte pasos de mí. Me da la espalda y no pienso: acorto la distancia en un parpadeo y me abalanzo con toda mi furia.

Mi peso desbalancea a la figura oscura y caemos al suelo. Busco asirme de cualquier cosa y estrujo la tela de su ropa a pesar de que el impacto de la caída me provoca una oleada de dolor en el hombro. El ladrón se mueve, se retuerce entre mis manos. Lo golpeo con el codo debajo de las costillas y logro arrancarle el aliento, que sale en forma de silbido. Ese conocimiento lo obtuve al ayudar a mi padre a sostener a hombres enormes mientras él les acomodaba los huesos.

Por desgracia, el ladrón no es uno de los pacientes de papá, que suelen estar debilitados por la enfermedad o delirantes por el dolor, así que reacciona de inmediato: me sujeta la muñeca derecha y la tuerce en una dirección en la que no debería poder moverse. Dejo escapar un alarido de dolor y lo suelto; con un movimiento fluido se pone de pie antes de que yo pueda siquiera quitarme el cabello de los ojos.

Yo también logro levantarme, aunque con menos gracia, y nos estudiamos. La luna brilla con intensidad sobre nuestras cabezas y nos ilumina a ambos. Su cuerpo es esbelto, una cabeza más alto que el mío; la oscuridad oculta sus facciones, luce como una figura salida de una pesadilla. Un pedazo de madera le cubre la mitad superior de la cara, y dos cuernos curvos salen del ceño rajado. Parece el Dios de los Demonios, capaz de degollar fantasmas molestos con un zarpazo de su espada. Una máscara que esconde el rostro del terror que acosa a Dàxī.

Toma un saco que cayó durante la riña y se lo ata al hombro con un nudo. Me quema con la mirada por detrás de la máscara; la boca se le asienta en una línea rígida.

Detrás de mí está la libertad, los muelles donde los trabajadores del almacén reciben las entregas; puede robarse uno de los botes o desaparecer por el callejón. En la otra dirección está el centro de la aldea, donde la posibilidad de que las patrullas lo atrapen es mayor.

Corre hacia mí e intenta usar la fuerza bruta para hacerme a un lado; sin embargo, lo esquivo y me lanzo hacia sus piernas para derribarlo. Da un paso al costado y me aparta con un empujón, pero logro asirme del saco cuando pasa a mi lado y lo hago tropezar.

Se voltea y me patea la rodilla. La pierna me flaquea y caigo sobre mi brazo; un dolor abrasador me recorre todo el costado izquierdo. Una segunda patada me lanza a la tierra. El ladrón sabe a la perfección dónde golpear, no estoy a su altura.

Intenta irse de nuevo, así que me coloco bocabajo, le clavo las uñas en las piernas y lo obligo a que me arrastre consigo. No puedo permitir que escape con el veneno. Inhalo profundo para gritar, pero antes de que cualquier sonido salga de mi boca, un puño veloz me golpea la sien. Caigo de espaldas y el dolor me explota en la cabeza como un petardo.

Intento renguear detrás de él, pero no soy capaz de recobrar el aliento. La visión se me nubla; los edificios se mecen como si fueran árboles. Me recargo en la pared y alzo la mirada justo a tiempo para ver a la figura oscura saltar desde unos barriles apilados hacia el techo.

El ladrón desaparece en medio de la noche sin dejar rastro de su presencia, salvo por la sangre que me corre por el cabello y el zumbido que retumba en mis oídos.

CAPÍTULO TRES

Camino, o más bien cojeo, con el tobillo y la cara palpitando de dolor, hasta que un viso de amanecer se asoma en el horizonte. Un granjero pasa a mi lado en su carreta, me mira de arriba abajo y me ofrece un lugar en la parte trasera. Dormito entre bolsas de mijo y arroz, acompañada de un pato que no para de graznar. El pato se mantiene indignado hasta que llegamos al pueblo de Nánjiāng, que está en la ribera sur del río Jade, a varias horas a caballo de Sù. Me habría tomado casi todo el día si lo hubiera hecho caminando.

Vendo mi collar en una casa de empeño para poder pagar el ferry a la capital, otro recuerdo de mi madre que se va. Sin embargo, no es sino hasta que subo al barco esa tarde, arrastrada por la multitud, que una repentina punzada de soledad me ataca. En mi rincón de la provincia de Sù, conozco el rostro de todos los aldeanos y el nombre de la mayoría, y ellos me conocen a mí. Aquí ya no soy la voluntariosa hija del doctor Zhang; es como si llevara puesto el rostro de alguien más.

Me refugio en la parte trasera del ferry y me siento con todas mis pertenencias a la mano. A mi alrededor, las personas se ríen y socializan entre sí; el aire se llena con las melodías de los músicos itinerantes que tocan por dinero. Pero yo sigo ansiosa, temerosa de que las mentiras de Shu no hayan funcionado y mi padre me descubra antes de que el ferry salga del puerto.

Siento la inevitable desaprobación de mi padre como una pesadez alrededor del cuello. Nunca me ha entendido a pesar de que dormimos bajo el mismo techo. No me habría permitido ir a la competencia; habría encontrado alguna razón para disuadirme de esta necia empresa: que soy demasiado joven y me falta experiencia como para viajar sola, que Shu está demasiado enferma como para dejarla al cuidado de alguien más, que él nunca dejaría la aldea porque tiene obligaciones para con sus pacientes…

Una niña comienza a bailar frente a mí, una bien recibida distracción de mis preocupaciones. Los elegantes movimientos de sus brazos van acompañados por el dulce sonido de su voz. Aplausos de deleite surgen entre la gente conforme reconocen «La canción de la niña limosnera». Se trata de una historia de duelo: una huérfana sin nombre, una ciudad destruida por la guerra. Y ella camina por las calles, sola y hambrienta.

Las emociones llenan los rostros de mis compañeros de viaje mientras los hilos de música se entretejen a su alrededor. Los movimientos de la bailarina, el suave vaivén del bote, el anhelo en sus palabras, todo se mezcla con amargura en el fondo de mi garganta.

Mi hermana siempre fue la más cálida de las dos, pronta a sonreír desde el momento en que nació, mientras que yo soy espinosa e inquieta, más cómoda con las plantas que con la gente. Se notaba que los aldeanos toleraban mi presencia, pero amaban a Shu. Ella me podría haber dejado atrás sin problemas, rodeada de su adoración, pero nunca se olvidó de mí; siempre compartía lo que le daban y me defendía de sus duras palabras. Ahora es mi turno de protegerla.

Bajo la cabeza hasta apoyarla sobre los brazos, mientras la voz de la niña se eleva con intensidad por encima del murmullo de la gente: «Me he alejado tanto de casa…».

—Toma. —Alguien me pone algo en la mano. Abro los ojos de golpe y me encuentro con la expresión angustiada de una mujer. Lleva un bebé acurrucado en el regazo, arropado con una tela gruesa. Sus ojos, grandes y oscuros, son bondadosos—. Si comes algo, el estómago se te puede asentar.

Miro lo que me dio, un trozo de cerdo seco, aceitoso y rojo. Cuando me lo acerco a la nariz, de inmediato se me hace agua la boca por el olor. Le doy una mordida tentativa; la carne es dulce y salada a la vez, correosa. Roerla pedazo a pedazo me distrae de la triste tonada, me da en qué concentrarme hasta que mi mente se aclara un poco.

—Gracias —mascullo mientras me limpio la grasa en la túnica—. Estaba delicioso.

—¿Es tu primera vez en el ferry? —me pregunta, mientras le da palmaditas rítmicas en la espalda al bebé. Sin esperar mi respuesta, continúa—: Recuerdo la primera vez que viajé a Jia, todo era tan abrumador. ¡Y cuánta gente había! Estaba avergonzada porque vomité por la barandilla tantas veces que no podía mantenerme en pie.

—Parece que ahora es toda una viajera experimentada —afirmo. Algo en ella me recuerda a mi madre. Ella también habría ayudado a una desconocida sin pensarlo.

La mujer sonríe.

—Era una niña recién casada en ese entonces. Y, aunque no lo sabía, lo que parecía ser mareo se debía en realidad al hermano de esta pequeña.

Dirige una mirada amorosa a dos figuras que se encuentran a unos pasos de distancia: una alta y una pequeña, un hombre y un niño que parece tener unos seis años.

—Y ahora sus hijos también serán viajeros expertos.

Ella se ríe.

—Cada primavera viajamos a Jia para barrer las tumbas de los ancestros de mi marido y visitar a quienes se han mudado a la capital, pero me alegra que el puesto de mi esposo esté en un pueblo provincial, lejos de la política de Jia. Es una vida más sencilla, una vida que anhelo para mis hijos.

La capital fue donde mis padres se conocieron hace muchos años; mi madre volvió a nuestra aldea con un embarazo avanzado, al lado de un desconocido que se convertiría en su esposo. A lo largo de los años mencionaría la capital solo de paso, con algún comentario nostálgico o una observación despreocupada sobre el perfume de las glicinias que trepaban el muro este del palacio.

«¿Por qué no podemos volver, mamá?», le preguntábamos Shu y yo; entonces nos sentábamos en su regazo y le rogábamos que nos contara más historias sobre la belleza de la capital. Nos decía que ahí no había nada para ella, no en comparación con nuestra familia. Pero, sin ella para mantenernos unidos, nuestra familia se desmorona, y ahora yo me voy para rescatar lo poco que queda.

La mujer le besa el ralo cabello a la bebé con una expresión de satisfacción, y ella abre la boquita para bostezar antes de acurrucarse mejor en el pecho de su madre. Esta mujer tiene la vida que mi padre quiere para mí: estar satisfecha con que haya comida sobre la mesa, un techo sobre la cabeza y un marido que provea. La diferencia es que mis padres han visto las maravillas de Jia, han vivido en sus vibrantes profundidades sin querer más que lo que les esperaba de vuelta en casa, mientras que yo solo he conocido nuestra aldea y la campiña que la rodea.

El tiempo en el ferry transcurre como en un peculiar sueño. Mi acompañante, Lifen, me recibe como parte de su familia. Le hago caballito a la bebé sobre mi rodilla y jalo al niño cundo se acerca demasiado a la barandilla. Se niegan a aceptar pago por la comida y la bebida que me compartieron. Su bondad me llena el corazón.

En el camino pasamos por varios pueblos; el ferry deja y recoge pasajeros en cada uno. El viaje es un asunto tumultuoso: los músicos no dejan de tocar y los vendedores ofrecen sus productos en canastas que llevan sobre la espalda o la cabeza.

En la noche, me recargo en la barandilla y veo que las estrellas se arremolinan sobre mi cabeza. «No te dejes engañar», me dijo mi madre alguna vez. «Las estrellas no son tan pacíficas como aparentan. Los astrónomos tienen la tarea de descifrar sus viajes celestiales, profecías que anuncian el surgimiento y la ruina de grandes familias y reinos. Arden con tanta fiereza como nuestro sol».

—Alguna vez soñé con dedicarme a mirar las estrellas. —Una voz interrumpe mis pensamientos. El esposo de Lifen, el oficial Yao, se sienta con pesadez a mi lado sobre la cubierta y me entrega una taza de arcilla con vino de mijo. Le doy un sorbo; el líquido terroso me calienta el pecho, arde en mi interior—. No tenía aptitudes para hacerlo. Luego quise ser poeta, así que escribí sentimentales manuscritos sobre el Príncipe Desterrado y su isla remota.

Me río al imaginarlo, joven y más solemne, con un pincel de escritura en la mano.

—¿Y qué pasó?

—La vida encuentra la manera de cortarles las alas a nuestros sueños.

No me mira a mí, sino al parpadeante reflejo de la luz en el agua. El calor del vino me envalentona y proclamo:

—Pues yo no se lo voy a permitir.

Él se ríe, una risa llena y relajada, como si no me creyera. Cuando Lifen mencionó que su esposo trabajaba para el gobierno desconfié un poco de él, pero, aun con lo poco que hemos conversado, me doy cuenta bastante pronto de que es muy distinto al gobernador que está a cargo de mi aldea.

Me estremezco al pensar en el gobernador Wang, el formidable hombre cuya capa negra ondula a su alrededor como una nube borrascosa. El gobernador nunca pide; solo sabe tomar, ordenar, exprimir hasta sacarle la última gota a cada una de las personas bajo su jurisdicción. Cuentan que arrastró al perro de alguien al camino principal de la aldea y, frente a todos, lo golpeó hasta matarlo. Cuentan que se reía mientras la criatura aullaba; era un castigo por la incapacidad de su dueño para pagar los impuestos de ese mes.

El gobernador Wang ha tomado un interés particular en mi padre con el paso de los años, como si fuese su némesis. Con frecuencia los aldeanos recurren a mi padre para que interceda por ellos cuando piden clemencia a las autoridades durante las épocas complicadas; él ha visto cómo sufre la gente y, sin embargo, se mantiene obediente a los caprichos del gobernador. Quizá por eso me es tan complicado entender a mi padre; es la lealtad más despreciable, sobre todo porque, en el fondo, sé que el gobernador Wang podría haber hecho más por detener los envenenamientos, y porque, aun más en el fondo, a veces sospecho que él está detrás de ellos.

Me quedo sentada a un lado del oficial Yao en un apacible silencio, compartiendo sorbos del vino de mijo hasta que siento calor y un hormigueo en las manos y las mejillas. Una vez que servimos hasta la última gota, chocamos nuestras tazas y las vaciamos de un trago. Él suspira.

—Lo lindo de envejecer es que uno se da cuenta de que todo vuelve —afirma con cierto tono soñador—. Las cosas cambian, pero también regresan al origen. Las estrellas siguen su curso, el pastor siempre encuentra el camino de vuelta a su doncella. Es reconfortante; hace que todo parezca menos solitario.

Me da una palmadita en el hombro y se pone de pie para dejarme a solas con mis pensamientos.

Miro el agua. Nunca lo había pensado, pero tiene razón. No solo extraño mi hogar, estoy sola. Siempre me he sentido así, como si no perteneciera a la aldea. A veces, por la noche, mientras Shu duerme con placidez y el sueño me elude, las ideas retorcidas me acechan, echan raíz y se niegan a irse; me susurran cosas terribles: que mi padre desearía que fuera yo y no Shu quien estuviera enferma, que mi familia sería más feliz en mi ausencia.

Mi padre existe en un círculo que él mismo ha imaginado, donde cada uno de nosotros cumple con su papel de buen doctor y de buenas hijas. Siempre ha creído que, si yo dijera las palabras correctas y me comportara de forma adecuada, no le traería problemas a nuestra casa una y otra vez.

Incluso cuando mi madre vivía, incluso cuando yo era feliz en los jardines con mi familia, siempre sentí que los orbitaba, que ocupaba un espacio similar a ellos, pero trazaba mi propio rumbo invisible, sin saber adónde me llevaría.

Quizás estoy por descubrirlo.

Capítulo cuatro

Con el arcón de shénnóng-shī de mi madre a cuestas y las piernas acalambradas por el sueño inquieto a bordo del ferry, a la mañana siguiente llego por fin al caos de la puerta oeste del palacio. Corrí hasta aquí después de desembarcar, tras despedirme de Lifen y su familia a toda prisa. Ni siquiera tuve tiempo de echarle un vistazo o dos a la ciudad; tengo que lograr entrar al palacio antes de la hora marcada en el pergamino o me cerrarán la puerta.

La gente se agolpa en la calle cerca de la puerta; estiran el cuello para ver algo. Siento las pulsaciones anticipatorias en la garganta mientras el gentío me empuja hacia la entrada. Los guardias esperan en la puerta junto a un oficial de alto rango con expresión de hastío, al parecer irritado de que le hayan asignado esa labor. Deja pasar solo a quienes traen una invitación en las manos.

Es evidente que algunos de los shénnóng-shī son muy conocidos en la capital: acompañan a sus pupilos hasta la puerta, e incluso los oficiales los reciben con una reverencia y les permiten la entrada sin siquiera mirar sus pergaminos; entre la multitud hay quienes gritan sus nombres y los vitorean. Mi madre nunca recibió ese tipo de reconocimiento en la aldea, y me duele ver que pudo haber sido venerada en vez de que la dieran por sentada.

«El cambio es lento», solía decir. La emperatriz matrona lo entendía. Fue ella quien elevó el estatus de los shénnóng-shī dentro de la corte y quien estableció su profesión como un arte curativo al mismo nivel que la medicina. Ella impulsó estudiar y aprender todo conocimiento, desde el de los boticarios de las aldeas hasta el de los médicos imperiales de más alto rango: conjugar las tradiciones nuevas y antiguas. Pero, en nuestra provincia, la magia shénnóng aún es vista con recelo, en especial si la practica una mujer.

El oficial le echa una mirada somera a mi pergamino antes de dejarme pasar. A quienes nos permiten la entrada nos agrupan en un patiecito. Alcanzo a vislumbrar algo del palacio a través de una puerta entreabierta: un viso de follaje en la entrada, arbustos ornamentales y árboles decorativos; el lustre de una baranda que lleva a un sendero. Llegar tan lejos y que me nieguen la entrada… no puedo siquiera considerar la posibilidad.

—¡Si me permiten su atención! —Otro oficial de la corte sube a un escenario improvisado en el centro del jardín—. Existen ciento diez shénnóng-shī reconocidos en el *Libro del té*. Para asegurarnos de que ustedes son, en efecto, shénnón-tú bajo su tutela y están autorizados a entrar al palacio, deberán pasar una prueba sencilla y demostrar sus habilidades. —Un murmullo se esparce entre la multitud mientras intercambiamos miradas de incertidumbre—. Si hacen una fila —exclama el oficial—, podríamos comenzar.

Tiene sentido que hagan una prueba para descartar a quien haya conseguido un pergamino por medios ilícitos… como yo. Las manos se me humedecen y, disimuladamente, trato de secármelas en la túnica.

Una chica bajita y con una larga trenza enroscada encima de la cabeza se estrella conmigo. Me susurra una disculpa y una pregunta.

—¿Qué crees que nos vaya a pedir?

—No lo sé. —Me paro sobre las puntas de los pies y trato de asomarme. Los competidores están formados en una tienda, junto a una segunda puerta. No es posible ver lo que ocurre adentro.

—A un lado —ordena con desdén uno de los jóvenes que pasa a nuestro lado. Trae puesta una túnica color marrón con detalles bordados con hilo azul en el cuello y las mangas; alguien debió de haber pasado horas haciéndolos—. Un par de tǔ bāo zi.

Lo miro, furiosa por el insulto, por la insinuación de que somos tan pobres que necesitamos comer tierra para sobrevivir. La chica a mi lado se encrespa y le gruñe.

—¿Qué dijiste? —lo increpa.

Él solo se ríe.

—La gatita de Yún cree que tiene garras.

Una mirada veloz a los guardias que forman un perímetro a nuestro alrededor me recuerda que no puedo comenzar una pelea, por más que quiera empujarlo al lodo, donde pertenece. Me acerco más a la chica que tengo a un lado, cabizbaja.

—¿Eres de la provincia de Yún? —le pregunto entre murmullos. Tengo que entablar una conversación para no hundir el puño en la cara arrogante del hombre. Sé muy poco sobre Yún, fuera de que las mujeres que vienen de ahí suelen llevar una larga trenza sobre el hombro o enroscada sobre la cabeza con ayuda de un pasador.

Ella niega con la cabeza y hace una mueca de hastío, poniendo los ojos en blanco.

—De hecho, soy de las «paupérrimas» mesetas de Kallah.

Me percato de su piel cobriza, indicio de que pasa más tiempo bajo el sol que en la sombra.

—Yo soy Ning, de la «atrasada» provincia de Sù.

—Soy Lian, Tigresa del Norte.

Suelta un rugido, pero su fiereza se transforma en risitas, y me río con ella, aliviada de no ser la única que ha viajado una enorme distancia para asistir a la competencia.

No tardamos en llegar al frente de la fila. Soy la primera en entrar, así que agacho la cabeza para atravesar el umbral de la puerta levantada de la tienda. Adentro un hombre con una bata de aspecto oficial está sentado detrás de un escritorio, escoltado por un guardia a cada lado. En la pared que está a sus espaldas se extiende el pendón de Dàxī y el enorme cuerpo del dragón imperial.

—Muéstranos tus pertenencias. —El oficial hace un gesto con la mano y los guardias comienzan a avanzar.

—¡Esperen! —intento protestar, pero me quitan la caja de la espalda y el saco en el que guardo las pocas cosas que tengo.

—Es necesario para garantizar la seguridad de la familia real —me explica el oficial, con un tono de completo desinterés.

—Pero esto es demasiado. —Tomo mi ropa con las manos mientras continúan escarbando entre mis pertenencias. Siento que me hierve la cara al devolver deprisa el resto de las cosas al saco—. ¿Son todos tan paranoicos en la capital?

El guardia más joven me mira con curiosidad.

—¿No has oído las noticias? Los intentos de asesinato han estado al alza en el último mes. Alguien se atrevió incluso a atacar a la princesa a plena luz del día, ¡durante el Festival de Primavera!

—¡Tú! —La voz del oficial retumba por toda la tienda—. No hablamos con los participantes.

—Mis disculpas. —El guardia agacha la cabeza y pone una rodilla en el suelo.

El oficial masculla algo que no suena demasiado amigable y le indica al otro guardia que abra la caja de shénnóng-shī de mi madre. El estómago se me retuerce al pensar en que alguien más está a punto de manipular mi más preciada posesión, pero no puedo negárselo a un representante del emperador.

El hermoso arcón tallado de secoya está barnizado y resplandece aun bajo la tenue luz de la tienda. La tapa está asegurada con una correa de piel que se abre para revelar nueve compartimientos: tres a cada lado del más grande, que está en el centro, y dos más largos en la parte de arriba y en la de abajo. Los compartimientos alargados contienen las tazas de porcelana y los utensilios de bambú de mi madre, mientras que los más pequeños guardan una selección de ingredientes.

—¿Dónde aprendiste tu arte? —pregunta el oficial, mientras revisa un pergamino que debe de contener los detalles de los nombres inscritos en el *Libro del té*.

—Soy aprendiz de mi madre, Wu Yiting. Ella es la shénnóng-shī de la aldea de Xīnyì, en la provincia de Sù. —Lo único que me permitirá pasar esta prueba es la distancia que hay entre mi aldea y Jia, y el que mi hermana es demasiado joven como para haber sido nombrada la shénnóng-tú oficial de mi madre.

—Ya veremos si es cierto —replica el oficial al tomar una de las tazas y examinarla con ojo crítico—. Ya hemos enviado a unos cuantos impostores a los calabozos de la ciudad por hacerse pasar por shénnóng-tú. Es un delito grave. —Tuerzo las manos con nerviosismo, temerosa de que mi farsa quede al descubierto. El oficial abre uno de los frascos y estudia la sustancia; pellizca los pétalos que hay adentro y olisquea el residuo que queda en sus dedos—. Dime qué es esto.

—Madreselva —respondo.

Y así comienza una minuciosa inspección de cada uno de los artículos dentro de la caja. Respondo tan bien como puedo; nombro cada ingrediente como flor o hierba. Sù es una provincia agrícola, con una tierra fértil adecuada para el arroz, pero nuestro clima no es ideal para los tipos de té más valiosos que prosperan en la sierra. Por ende, mi madre obtenía distintos tipos de flores para acentuar el té y darle sabor, y usaba sus propiedades medicinales para tratar enfermedades estacionales.

El oficial frunce el ceño al tomar algo verde y enrollarlo entre sus dedos: una flor fresca, con botones blancos en pequeños grupos. Casi me quedo sin aliento, pero me muerdo la lengua para mantenerme quieta.

—¿Y esto? La levanta a la altura de sus ojos y analiza los botones.

—Es una flor de pomelo. —Espero que no escuche el temblor en mi voz—. Se le conoce por su aroma pungente.

Los botoncitos que estruja entre sus dedos bastan para llenar el pequeño espacio con un perfume floral casi abrumador. No sé cómo la flor que dejé intacta en Sù me siguió hasta la capital, pero, por alguna razón, creo que es mi madre que sigue cuidándome.

El oficial me mira, luego guarda la flor de nuevo en la caja.

—Creo que eres quien dices ser —anuncia. Suspiro, aliviada, mientras el oficial estampa mi invitación con el sello imperial—. ¿Guardia segundo Chen? —El joven se pone en posición de firmes de inmediato—. Marque esta caja con su nombre y llévela a la bodega de competidores.

—Sí, señor.

El joven oficial hace una reverencia e intenta arrancarme el arcón de las manos. Vuelvo a protestar, mis dedos no ceden. Preferiría vestir harapos en la competencia que dejar la caja en manos de un desconocido.

—Mantendremos tus cosas a salvo —explica, sin inflexión en la voz—. El peligro del veneno es demasiado grande como para que cualquiera entre al palacio con sus pertenencias.

—Pero… mis tazas… —Alcanzo a decir antes de soltar la caja.

—Síguelo, antes de que me arrepienta —me advierte el oficial, meneando la cabeza—. Falta mucha gente por entrevistar hoy.

Le agradezco con una reverencia y corro detrás del guardia, todavía con un nudo en el estómago.

—No te preocupes —me susurra cuando la puerta de la tienda se desenrolla a nuestras espaldas—. Me aseguraré de que nada le pase.

En ese momento, las puertas se abren frente a mí y me conducen hacia adentro.

El palacio es impresionante, una imagen increíble, tanto que debo parpadear varias veces para asegurarme de que es real. Es aun más majestuoso que las casas que alcancé a ver desde el ferry cuando nos acercábamos a la capital. Pilares esmaltados, tan gruesos que no podría rodearlos con los brazos, sostienen los inmensos techos de azulejo púrpura. Apenas si logro distinguir los sentimientos que se revuelven dentro de mí mientras caminamos detrás de los guardias: miedo, emoción, asombro. Ellos, por su parte, refunfuñan si nos detenemos demasiado tiempo en un mismo lugar, pero es que hay demasiadas cosas con las cuales maravillarse: un jardín de rocas perfectamente simétrico; un resplandeciente estanque de peces koi, cuyos tonos anaranjados, blancos y dorados destellan bajo la ondulante superficie; delicados cerezos de ramas oscuras, cubiertos con brillantes flores rosadas y blancas.

El embriagante aroma de las flores y el incienso se arremolina en el aire de los pabellones exteriores que atravesamos. Seguimos a los guardias por un vertiginoso laberinto, sobre puentes de madera y plataformas de piedra, hasta llegar a nuestras residencias. Las mujeres dormiremos todas en el mismo lugar. Somos solo once; la mayoría de los competidores son hombres y varios de ellos son mayores: tienen casi veintiséis años, la edad necesaria para asistir a las pruebas de shénnóng-shī en la Academia Hánxiá. Me alegra ver que también aceptaron a Lian en el palacio, y decidimos de inmediato compartir habitación.

El adusto guardia nos ordena quedarnos en esa ala del palacio durante toda la competencia. No debemos deambular por los pasillos ni estorbarles a los sirvientes; no debemos acercarnos a los oficiales de la corte para indagar sobre las preferencias de los jueces; no debemos salir por la puerta trasera para obtener ingredientes costosos de forma ilícita.

Al interior de la residencia, cada una de las paredes está revestida con arte elaborado, cargado de detalles espléndidos. Pergaminos caligrafiados cuelgan junto a complejas pinturas de serenos bosques de bambú o mujeres que posan con elegancia junto a orquídeas; los muros se encuentran decorados con repisas que contienen frágiles jarrones y grabados en madera. Hasta los incensarios, estatuas de monos en diversas poses, son obras de arte.

Acaricio con cuidado un grabado y me maravilla el detalle retratado en el diminuto ojo de un colibrí. Lian sacude sus sábanas a mi lado; los vívidos colores de las flores bordadas que van de una orilla a otra del cubrecama de encaje me llaman la atención. Se me hace un nudo en la garganta al recordar a Shu: le encanta bordar, pasa horas poniendo delicadas puntadas justo donde deben estar para formar pétalos como esos. Ella debería estar aquí conmigo, podríamos hablar de todo lo que hemos visto y lo que nos falta por vivir.

No nos dan mucho tiempo para instalarnos antes de que nos llamen al corredor que está frente a nuestro pabellón. Cuando suena el gong de la media hora, dos sirvientas nos llevan a la primera parte de la competencia. Tras pasar por un nuevo laberinto de pasillos y atrios, llegamos a un espléndido edificio con pilares negros de piedra tallados con motivos acuáticos: peces que saltan de los palacios submarinos y cangrejos que se corretean por todas partes en patrones que cautivan la mirada. Las puertas tienen la altura de dos hombres y, al abrirse, dan paso a una enorme cámara; las paredes están cubiertas con paneles de madera cuyo mantenimiento debe ser muy costoso, dada la humedad de la capital.

Las plataformas elevadas a la izquierda y a la derecha están llenas de mesas ocupadas por huéspedes que ya tomaron sus asientos. Los murmullos y susurros comienzan a surgir a mi alrededor y especulan sobre la identidad de los jueces que fueron elegidos para supervisar la competencia. En el otro extremo de la habitación hay una tarima, con dos hombres sentados en tan destacado lugar y un espacio vacío entre ellos, en espera de un último ocupante.

—¿Quiénes son esos oficiales? —le susurro a Lian mientras la muchedumbre nos empuja.

Entrelazamos los brazos para no separarnos en el mar de competidores, quienes intentan llegar hasta el frente a empujones para ver mejor. Los pies se nos deslizan sobre el piso de madera, pulido hasta resplandecer.

—A la izquierda está el ministro de Rituales, Song Ling —explica. Por lo poco que conozco de la corte, sé que es uno de los hombres de más alto rango en el imperio. Los cuatro ministros supervisan la Corte de Oficiales, que a su vez aconseja al emperador en cuestiones de la gobernanza de Dàxī—. El hombre a la derecha es el Estimado Qian. —Ese es un nombre que sí reconozco de las lecciones de mi madre: él fue el shénnóng-shī reconocido por la emperatriz matrona durante su regencia. Con ese cabello plateado y la larga barba que se mece con el viento, parece uno de los filósofos de las historias clásicas—. La princesa debe de haberlo convocado para que volviera de la academia y asistiera a la competencia. Lo último que escuché de boca de mi mentor fue que había ido a Yěliŭ a estudiar textos antiguos.

Había supuesto que Lian, al ser de una provincia muy lejana, como yo, no estaría muy al tanto de la vida política de la corte. Sin embargo, al parecer mi nueva amiga también tiene contactos dentro del palacio. Antes de que pueda hacerle otra pregunta, el heraldo pide silencio y nos arrodillamos. El ministro Song se pone de pie para hablar.

—Saludos a los shénnóng-tú de nuestro gran imperio. Ustedes son parte de las celebraciones para honrar a la emperatriz matrona Wuyang y su legado. La Gran Dama tenía una enorme consideración por el arte del té. Está presente en nuestra cultura, en nuestro linaje; es un regalo de los dioses mismos.

El ministro parlotea sobre las virtudes del té hasta que las piernas se me adormecen por pasar tanto tiempo de rodillas. Al fin, nos ordenan ponernos de pie.

—¡Su alteza imperial, la princesa Ying-Zhen! —exclama el heraldo.

La princesa entra por la puerta lateral, erguida, con movimientos serenos. Su dama de compañía camina a su costado, con una mano sobre la empuñadura de la espada. Me estremezco al recordar las palabras del guardia sobre los intentos de asesinato que ha sufrido esta joven mujer.

Aun cuando la bata ceremonial debe de pesar sobre sus hombros, no da indicios de tener problemas para cargarla. La prenda tiene un color púrpura tan profundo que es casi negro y, cuando ella se mueve, se mece detrás de ella; los hilos brillan y ondean y revelan picos de montañas y ríos sinuosos hechos de plata. Lleva el imperio entero sobre la espalda.

A pesar de la distancia, cuando voltea hacia nosotros me doy cuenta de que su piel resplandece igual que lo haría una perla. Su boca es un brillante punto rojo, como el pétalo de una flor. Se acomoda en la silla entre el ministro y el shénnóng-shī y habla:

—Espero con ansias ver qué es lo que tienen preparado para nosotros. —Aunque está sentada, su voz inunda el salón entero con la seguridad de quien sabe que todos la escucharán—. La competencia dará inicio esta tarde, en el Patio del Futuro Prometedor. Como dijo el Emperador Ascendido alguna vez, los granjeros son el pilar de esta nación y nuestra comida alimenta el alma. A cada uno se le asignará un plato de su provincia; quiero que preparen un té que sea el acompañamiento perfecto para ese plato. Sin embargo… —una sonrisita se dibuja en sus labios—, queremos que cada prueba sea lo más justa posible. Todos recibirán tres yuanes de plata y tendrán dos horas en el mercado para comprar su tés y aditivos. A quienes se descubra que hayan gastado más de la cantidad permitida y a quienes no vuelvan a tiempo se les descalificará.

Se oyen refunfuños entre la multitud, sin duda de aquellos con el dinero suficiente como para comprar tés más caros que les darían una ventaja sobre los demás.

—La primera prueba estará abierta al público, para que todos sean testigos de la belleza del arte de Shénnóng. —Su aguda mirada recorre el espacio entero y se posa sobre nosotros; el mensaje que lleva detrás es claro: «Confío en que no me decepcionarán».

La princesa se pone de pie y comienza a retirarse. Es majestuosa, regia, intimidante, mayor de lo que sugieren sus diecinueve años de vida.

—¡Gloria a la princesa! —ruge uno de los heraldos. Su voz resuena por el salón como un gong.

—¡Gloria a la princesa!

Quienes están sentados alzan sus copas a manera de saludo. Quienes estamos de pie nos hincamos y hacemos una reverencia, con la frente en el piso, y nos mantenemos así hasta que la princesa sale de la habitación.

La competencia ha comenzado.

Capítulo cinco

Nos llevan directo a las cocinas para comenzar con los preparativos de inmediato. La senescal Yang es una mujer de expresión adusta y cabello oscuro con franjas grises que lleva atado en un chongo muy tenso. Examina a nuestro grupo con un resoplido de sorna.

—Las cocinas imperiales han servido a príncipes y dignatarios de tierras lejanas. —Con una mano llama a dos sirvientes, cada uno lleva una canasta llena de fichas rojas—. No pongan en vergüenza los productos de mi cocina.

Una tras otra, las fichas comienzan a salir; cada una lleva nuestros nombres y el plato que complementaremos con nuestro té. Manos ansiosas se estiran para recibir sus fichas.

La mía indica un bollo de arroz al vapor, un plato sencillo para plebeyos y uno de mis favoritos: arroz glutinoso relleno de cacahuate, envuelto en hojas de bambú y cocinado al vapor. Es algo que los granjeros pueden llevar consigo, atado a sus fajas con un lazo, para almorzar en el campo.

—¿Pastel de arroz? —refunfuña Lian al mostrarme su ficha—. Típico.

—¿Tienes algún problema con lo que se te asignó? —La mirada amenazante de la senescal se posa sobre nosotras. Lian alcanza a chillar una negativa y huimos a toda velocidad antes de recibir algún castigo.

Una vez que salimos de las cocinas, Lian comienza a enlistar una variedad de platos regionales que pudieron haber elegido para

Kallah, y eso basta para que mi estómago comience a rugir: pescado con salsa picante y agria, masa de leche dulce asada en una brocheta, pato con glaseado de miel y horneado hasta dorarse. Habla con tanta pasión que hasta el guardia interviene en la conversación.

—Yo prefiero el pòsū: frito hasta que esté crujiente, relleno de jamón y azúcar. —Cierra los ojos, como si estuviera saboreando el platillo en su cabeza—. Suena a casa.

—Creía conocer a toda la gente de Kallah en el palacio.

Lian parece encantada. El joven le responde con una enorme sonrisa de dientes resplandecientes.

—Me transfirieron apenas hace unos cuantos meses.

—Es un gusto conocerte, hermano.

Lian se lleva una mano al pecho y se inclina. El guardia responde a su vez con una reverencia, imitando el gesto.

El sonido del gong de la media hora retumba en el aire y nos recuerda la urgencia de nuestra tarea. Tras despedirnos velozmente del nuevo conocido de Lian, nos apresuramos a alcanzar al resto de los competidores.

La ciudad se extiende frente a nosotras cuando se abren las puertas del palacio. Lian navega las calles con seguridad, con su trenza meciéndose a cada paso, mientras yo la sigo. Llegamos a un mercado, y al fin comienza a avanzar más lento.

Intento absorber la vivaz energía que me rodea, llenarme de vigor para la prueba que me espera. Las mujeres pasan con largos vestidos ondulantes, seguidas de sus sirvientes cargados de compras. Pasamos frente a tiendas de telas que ostentan hermosos rollos de seda y algodón en venta; acaricio algunas de las telas a escondidas solo para sentir el lujoso tacto sobre mi piel, tan distinto de los materiales hechos en casa a los que estoy acostumbrada. Otra calle estrecha parece contener solo tienditas con una gran variedad de tintas y pinceles para hacer caligrafía y pintar. Una parte de mí anhela mirarlas durante horas, observar las amplias curvas y pinceladas asertivas sobre los pergaminos o los paisajes con jirones de nubes sobre los agudos picos de las montañas y barcas de bambú que navegan con serenidad sobre el agua.

Mientras absorbo de lo que me rodea, veo a Shu por doquier. Le habría encantado el atuendo verde limón que lleva puesto una joven de la nobleza que mira un puesto de pinceles, pues el color recuerda a los primeros retoños de la primavera. En vez de quedarse en la tienda de caligrafía, el interés de mi hermana se habría posado en los bordados que se estiran sobre los marcos, con garzas encaramadas sobre gruesas ramas de pino blanco. Se habría maravillado con el brillo de las plumas y los diminutos detalles de las agujas de los pinos. Estoy decidida a traerla aquí algún día, para que lo vea todo con sus propios ojos.

Desvío la mirada de un puesto que vende flores bordadas solo para darme cuenta de que perdí a Lian entre la muchedumbre. Un pánico repentino se apodera de mí: estoy sola en esa gigantesca ciudad.

Las monedas de plata se asientan con pesadez en la bolsa que llevo oculta en la falda. Nunca había tenido tanto dinero en la vida y no dejo de pensar en los sermones de mi padre sobre cómo la capital está llena de ladrones y degenerados que buscan aprovecharse de las jovencitas. Sin embargo, respiro profundo y obligo a mi corazón acelerado a sosegarse. Llegué a Jia sola y puedo demostrarles a esos chicos y a mí misma que no soy una tŭ bāo zi de Sù.

Paso frente a residencias con imponentes portones e intento no quedarme boquiabierta al ver las vigas ornamentadas que sostienen sus techos. Al atravesar un portoncito de piedra, entro a un mercado lleno de vendedores de fruta; las enormes canastas se apilan con montañas de todo tipo: pitahayas rosadas, fortunellas doradas, ciruelas verdes y rojas. Los aromas de las frutas madurando bajo el cálido sol de la tarde es embriagante, y una de ellas podría ser justo el ingrediente que busco para complementar mi platillo.

Tengo en la mano una ciruela suave que tomé de una canasta cuando veo a un niño pequeño lanzarse hacia el frente y recoger una fruta que cayó al piso. Se la lleva a la boca y la mastica con tanto entusiasmo que el jugo le escurre por la barbilla. No puedo más que sonreír por su efusividad.

—¡Ladrón! —Un guardia toma al niño por los hombros y lo sacude, lo que atrae la atención de las personas que nos rodean.

—¡Se cayó al suelo! —exclama el niño. Intenta correr, pero el guardia le golpea la espalda con la rodilla y lo tira al piso.

Mi sonrisa desaparece al instante, pues he visto el tipo de castigo del que son capaces los soldados. He visto a hombres adultos reducidos a pequeñas masas ensangrentadas. Este es solo un niño y mi padre no está aquí para intervenir. Tengo que ayudarlo sola.

Le tomo el brazo al niño y lo pongo de pie. Intento huir, pero el guardia reacciona más rápido de lo que pensé y le toma el otro brazo. El niño queda atrapado entre los dos.

—¿Quién eres tú? —exige saber el guardia.

—¡Es mi hermano! —En mi desesperación, la mentira me resbala sin problemas por la lengua—. ¿Qué hizo ahora?

—¡Robó fruta de mi puesto! —El vendedor aparece agitando el puño—. ¡Tiene suerte de que no exija que le corten la mano!

Lo que dice es tan absurdo que casi me ahogo al imaginarme al Ministerio de Justicia respondiendo a los caprichos de un vendedor de fruta. No obstante, recobro la compostura al recordar que debo volver a mi tarea para la competencia.

—Hemos estado viajando, señores míos, desde la campiña de Sù. Mi hermano está cansado y hambriento, ¡pero podemos pagar! —Con la mano que tengo libre, busco una moneda en mi bolsillo.

—¿Es verdad? —El guardia sacude al niño de nuevo; le exige una respuesta.

Yo también aprieto con más fuerza y le hundo las uñas en la piel hasta que lo obligo a verme a los ojos. «Sígueme la corriente», intento decirle con la mirada. Él asiente, lleno de terror y con lágrimas asomándose por sus ojos.

—¡Ya déjenlo en paz! —grita un hombre más compasivo de entre la muchedumbre—. ¡Es solo un niño!

Otros compradores asienten. La actitud de la gente pasa de ser curiosa a sentir pena por el niño que lloriquea, y entonces comienzan a lanzarle monedas de cobre al frutero. No puedo evitar sonreír al ver que su cara se torna de un rojo resplandesciente, pero no está tan avergonzado como para esconder su avaricia al ver las monedas brillantes. Aleja al guardia con la mano mientras sus dedos se lanzan hambrientos por los destellos de cobre en la tierra.

Hago al niño a un lado y le hablo en voz baja mientras le pongo unas cuantas de mis propias monedas de cobre en la mano.

—Vete del mercado tan rápido como puedas y no te metas en más problemas.

El niño asiente y, con la manga, se limpia las lágrimas y los mocos de la cara antes de echarse a correr.

Me digo que debería hacer caso a mis propios consejos e irme de aquí antes de cometer otro error. Cuando empiezo a alejarme, veo a otro chico que me sonríe; es mayor, como de mi edad y, a juzgar por el corte de su túnica, es adinerado; tal vez el hijo de un mercader o alguien de sangre noble. Su sonrisa es de complicidad, como si estuviéramos compartiendo algún chiste. Siento una punzada de enojo y miro a otro lado; no podríamos ser más distintos, pero él finge que entiende.

Suena el gong de la hora, el tiempo se escurre demasiado rápido para mi gusto. Le pido indicaciones a uno de los vendedores para llegar al distrito de las casas de té, él señala un pequeño callejón lateral y me asegura que es un atajo.

El callejón tiene solo unas cuantas tiendas y varias puertas tapiadas. Me apresuro a recorrerlo, enfocada en mi destino, hasta que un traqueteo en los tejados me distrae. Bajo la velocidad y alzo la mirada, entrecierro los ojos para ver más allá de la curva de los techos, pero lo único que veo es el resplandor del sol detrás de las tejas.

Una sombra pasa por encima de mí por un instante. «Es solo un truco de la luz», pienso e intento convencerme de ello. Luego vuelvo a mirar hacia arriba. Nada. Sin embargo, el recuerdo del encuentro con el ladrón enmascarado me cruza la mente.

No es sino hasta que llego al final del callejón que noto una figura que me observa por detrás de un vendedor. Veo movimiento, una franja negra, y me echo a correr con la esperanza de ver mejor. No es el ladrón, no puede serlo.

Cuando corro hacia la siguiente calle, pasa apenas un instante antes de que vuelva a ver la figura: la parte trasera de su cabeza se mueve con destreza entre el gentío. Me escurro entre las personas, pero se mantiene unos pasos por delante de mí hasta que olvido la cantidad de vueltas que ya di. No encuentro a la figura por ningún lugar… y estoy completamente perdida.

El pánico me martilla el pecho una vez más. No debí haber dejado que mi curiosidad interfiriera. A toda prisa, le ruego a otra persona que me dé indicaciones y las memorizo. Sin embargo, al doblar la esquina, una sombra vuelve a posarse sobre mí.

«Que el Príncipe Desterrado no te atrape en la oscuridad», suena en mi cabeza. Doy un paso atrás y al retroceder me topo con un cuerpo sólido… y un brazo que me rodea por detrás.

Capítulo seis

Reacciono por instinto: le doy un pisotón en los dedos del pie a mi captor. Suelta mi túnica y salgo disparada hacia delante, libre de pronto.

—¡Espera! —Una voz grita por detrás de mí—. ¡Solo un momento! —Me doy vuelta y distingo al joven a quien vi antes, el chico rico que me sonrió en el mercado, saltando sobre un pie—. Por favor, no me hagas perseguirte —suplica con una risita y una mueca de dolor.

Lo examino: el cabello revuelto que le roza los hombros, la calidez dorada de la piel que complementa los ángulos de su cara, el destello en su mirada, la peculiar sonrisa. Mi madre habría dicho que es un yù shù líng fēng: la confianza del árbol de jade en el viento. Alguien que te deja sin aliento.

—No creo que esté roto —respondo, incapaz de fingir compasión—. ¿Por qué estás siguiéndome?

Baja el pie con cuidado y hace una mueca de dolor al intentar apoyar su peso.

—Quería llamar tu atención, pero estabas perdida en tu propio mundo.

—De donde vengo, no se acostumbra a agarrar a las mujeres en callejones —objeto.

—Sí, perdón por eso. —Se quita el cabello de los ojos con una expresión compungida—. Vi… vi lo que hiciste por el niño.

Estudio su expresión. Parece sincero y es… apuesto. Como uno de los chicos con los que Shu coquetearía en la aldea. Pero, como he aprendido ya, no siempre se puede confiar en una cara linda, y el dolor es culpa suya.

—¿Qué quieres de mí?

—Mentiste por el niño —apunta antes de dar un paso hacia mí. Su expresión se torna seria—. Fue… valiente, e inesperado. No eres de por aquí, ¿cierto?

—¿Cómo lo supiste?

—Hablas como una persona de las provincias del sur, las palabras salen del fondo de tu garganta. ¿Quizás de algún sitio que se encuentra río arriba? Además, la gente de Jia no suele defender ladrones, todos son demasiado cínicos como para tener actos de bondad como el tuyo; debes de ser nueva aquí. Y, bueno… pareces estar perdida. Llevas varios minutos deambulando.

Claro que parezco una turista que no pertenece aquí. ¿Están todos los habitantes de esta ciudad ansiosos por señalar a quienes no encajan?

—No era mi intención decirlo así.

Vuelve a hacer una mueca. Me doy cuenta de que las emociones se me dibujan en el rostro, sin filtro alguno. Shu solía burlarse de mí. «Mete la barbilla», decía entre risas, «pareces un gallo ofendido». Ella es a la única a la que le permitiría molestarme así.

—Solo quería ofrecerte mi ayuda.

—¿Cómo podrías ayudarme? —pregunto, mirándolo con suspicacia.

—Conozco la ciudad. Si quieres ir a algún lugar o buscas algo, puedo llevarte al sitio correcto. Jia no es el lugar más seguro para los visitantes. ¿No has escuchado las historias? La Sombra podría andar suelta y estar detrás de ti.

Sé que está bromeando, pero un escalofrío me recorre la espalda al pensarlo y recordar los secretos detrás de la máscara.

Una sospecha pasajera me recorre la cabeza. ¿Por qué me siguió desde el mercado? ¿Podría él ser la Sombra, con quien peleé en Sù?

No, esas ideas son irracionales. Observo la finura de su túnica de seda y el brillo de las joyas que lleva cosidas al cinturón. No es un bandido, ni mucho menos ha pasado tiempo en un lugar como Sù.

El chico sonríe y la luz del sol hace que sus ojos resplandezcan; algo en mi interior se alborota en respuesta, algo que no es del todo desagradable. Sí necesito ayuda para ubicarme en la ciudad, y quizás él pueda ayudarme a encontrar el té que necesito más pronto de lo que lo haría yo en mi extravío.

—¿Adónde vas? —me pregunta—. ¿Estás estudiando para algún examen? ¿Te vas a unir a una compañía de teatro? ¿Vas a aterrorizar a la guardia de la ciudad?

Cada opción es más absurda que la anterior, hasta que no puedo evitar soltar una risotada. Sin embargo, me recuerda cuál es mi verdadero propósito, por lo que mi humor se torna sombrío de nuevo.

—Estoy aquí por la competencia —aclaro con hosquedad.

Abre los ojos como platos.

—¿Eres una shénnóng-tú? No pareces tener la edad suficiente como para intentar pasar las pruebas.

—El don puede verse a partir de cualquier edad —replico ofendida.

Es una garantía que muchos shénnóng-shī les dan a sus aprendices. Todos los shénnóng-tú comienzan con algún tipo de afinidad por la magia, pero hay quienes tienen más talento natural que otros. Si el talento es nato, se mostrará desde temprano, como siempre decía mi madre. Le encantaba contar la historia de cómo me encontró hurgando en la tierra, cuando tenía no más de tres años; señalé los lugares en los que brillaba y sabía qué plantas florecerían ahí. No obstante, siempre rechacé los halagos; creía que era una exageración.

—¿Qué necesitas encontrar? —Se frota las manos—. Conozco las mejores tiendas de la ciudad.

—Necesito una casa de té —preciso. He decidido que confiaré en que ese extraño me acercará a mi meta—. La que tenga la mejor selección de tés.

—No debería sorprenderme que eso es lo que pida una shénnóng-tú —admite—. Lo que buscas lo encontraremos al noroeste de aquí. Puedo mostrarte algunos de mis lugares favoritos en el camino.

Me apresuro a calcular el tiempo que me queda para conseguir los ingredientes y volver al palacio. Su propuesta me parece aceptable.

—¿Hay algún nombre con el que pueda dirigirme a mi benefactor?

—Puedes llamarme como gustes —dice con una reverencia que es, a la vez, encantadora y burlona—. ¿Rufián? ¿Barbaján? —Se comporta igual que los chicos de la aldea con Shu cuando esperan que ella les preste atención. Nadie se comporta así conmigo, así que me resulta… perturbador. Sacudo la cabeza—. Bo, pues. Puedes llamarme Bo.

Sonríe de nuevo. Es un apodo común para los chicos, así que es poco probable que sea su nombre real. Pero no me importa, es mejor no saberlo. Elimina la tentación de averiguar cómo se llaman los hijos de los ministros cuando nos separemos.

—¿Y tú, defensora del indefenso?

—Puedes llamarme… Mei. —Los dos podemos jugar a lo mismo. El tono juguetón de mi voz me hace sonar como otra persona, alguien que es segura de sí misma, coqueta incluso. Bo entrecierra los ojos y se ríe por lo bajo.

—Muy bien.

—¿Creciste aquí? —pregunto mientras lo sigo durante unas cuantas vueltas, hasta que llegamos a una bulliciosa plaza.

—¡Ah! —exclama, sin responder a mi pregunta—. ¡Tenía años sin ver una de estas!

Su expresión es de deleite genuino, como de niño, tan dulce que es casi insoportable. Es como si el verdadero Bo se hubiera asomado por detrás de la fachada, como el sol que se vislumbra entre las nubes por un brevísimo instante para bañarme con su calor.

Me apresuro a alcanzarlo frente a un puesto cubierto con un mostrador de mármol blanco. El artista saca un cucharón de un caldero burbujeante de azúcar derretida y dibuja sobre la superficie lisa el contorno de una carpa koi. Con unos cuantos giros y florituras de la mano rellena los detalles; le pone a la carpa bigotes y escamas. Usa una varita de madera con más azúcar para fijarlo, y, tras enfriarlo de un soplido, levanta el diseño completo. Su cliente feliz suelta un grito de emoción y agita la escultura de dulce en el aire, donde parece nadar sobre olas invisibles.

—¡Tienes que probarlo! —Bo voltea a verme con exuberancia. Noto por primera vez que, a pesar de los favorables ángulos de su mandíbula y frente, tiene un pequeño espacio entre los dientes—. Solía guardar todas mis monedas de cobre para comprar uno cada vez que nos permitían venir al mercado.

Está tan emocionado como los demás niños que disfrutan del espectáculo y no quiero interrumpir su deleite negándome. El artista nos pide a ambos que tomemos un apretado rollito de papel de una botella, y ahí se revelará qué maravilla dibujará para nosotros.

Nos sentamos en los escalones de una botica para asombrarnos con las esculturas doradas que son casi demasiado hermosas como para comerlas. Mi tigre de dulce ruge a medio salto, mientras que el dragón que Bo tiene en las manos se enrosca hacia el cielo. La dulzura del azúcar de malta cosquillea al derretirse en mi lengua.

—Podría comer esto todos los días.

Él ahoga una risa en respuesta y me da la razón.

—Cuando era niño, una vez me metí tanto dulce a la boca como pude, hasta que me enfermé —confiesa.

—¿Cómo fue crecer en el palacio?

—Fue… —Se detiene y me mira de reojo—. Muy ingeniosa, pero no voy a caer en tu trampa.

Le sonrío, complacida de lo cerca que estuve de engañarlo.

—Creciste aquí, en Jia, dentro o muy cerca del palacio, pero no te gusta hablar de ello.

—Crecí en la casa de un soldado. —Muerde la cola del dragón; el azúcar hace que los labios le brillen—. Mi padre era muy disciplinado. Los dulces eran un gusto que solo nos permitían durante el Festival de Año Nuevo.

—Mi padre era igual, pero mi madre amaba los dulces y nos los daba a escondidas.

De alguna forma, los dulces que había en casa de mi tía llegaban a la nuestra para que Shu y yo pudiéramos devorarlos en secreto cuando mi padre no estaba. «La lengua necesita un poco de dulzura», solía decirnos mamá. «Le enseña al corazón cómo amar».

Bo se frota los muslos con las manos.

—Me habría gustado saber si mi madre amaba los dulces —dice con la mirada perdida en la lejanía—. Murió cuando era muy pequeño.

Lo miro y pienso en los últimos meses sin mi madre; imagino cómo habría sido vivir sin esos años en los que me brindó su paciente guía, cómo habría sido no solo vivir en un mundo sin su risa, sino en uno en el que jamás la hubiera oído. Sin embargo, cuando él voltea a verme, su expresión es franca, carente de tristeza. Se pone de pie y me tiende la mano. Sonríe cuando se la tomo.

—Solo cosas buenas hoy —declara.

Y con la dulzura aún en los labios y en las yemas de los dedos, lo sigo.

A través de los ojos de Bo, Jia es un lugar que emocionaría a un niño pequeño. Durante nuestra travesía hacia el centro de la ciudad, en el camino inevitable hacia la casa de té, Bo es un guía atento. Caigo en cuenta de que camino despacio, de que quiero saborear el viaje, pero Bo es fiel a su palabra y llegamos al distrito en el que se encuentran las casas de té.

Me pregunto cómo pudieron mis padres dejar este lugar, tan lleno de luz y color, mucho más de lo que mi madre contaba en sus relatos.

De las entradas cuelgan linternas con los nombres caligrafiados de cada local: Loto, Peonía, Magnolia. Las flores parecen ser un motivo recurrente.

Junto a la entrada de Casa Loto, vemos un puesto cubierto que está abarrotado de niños. Nos detenemos a mirar cuando la cortina se abre de golpe y los títeres de papel aparecen sobre el escenario entre estruendosos aplausos.

—Érase una vez un emperador que murió aún joven de una sudorosa enfermedad. Dejó a dos príncipes, ambos demasiado jóvenes como para gobernar —comienza a contar un narrador, oculto de la vista de todos—. Pero su madre, ahora la emperatriz matrona, salió del palacio y se sentó detrás de su hijo mayor en la corte. Guio su mano y le enseñó a ser sabio y justo. Cuando el joven cumplió veintidós años, se hizo digno del trono, y al cumplir treinta y dos organizó una cacería para celebrar su décimo aniversario al frente del imperio.

Un ciervo blanco cruza el escenario entre saltos, seguido del emperador sobre su caballo, hasta que una flecha errante pasa por su camino y le atraviesa el hombro. Varios de los niños jadean asombrados; yo estoy tan sobresaltada que me sujeto de la manga de Bo.

—Tranquila —dice con una risa—. Los títeres pueden ser letales.

Le doy un empujoncito, sorprendida con lo cómoda que me siento con él después de haber pasado tan poco tiempo juntos; es como si nos hubiéramos conocido en otra vida.

—En las profundidades del bosque —continúa el narrador—, un accidente como este podría haberle costado la vida. Pero, para fortuna del emperador, un shénnóng-shī vivía no muy lejos de ahí. —Al oír la alusión al shénnóng-shī, Bo me mira por un instante, queriendo ver mi reacción antes de volver a enfocarse en los títeres—. El shénnóng-shī curó su herida, detuvo la infección y predijo el futuro del emperador.

El títere del shénnóng-shī tiene el cabello largo hecho con tiras de seda. Algo se me atora en la garganta al observar.

La multitud infantil se suma a su voz; se trata de una profecía que todo niño en Dàxī conoce: «Su cría le traerá un gran dolor y una gran alegría. Caminará por un sendero de luz, pero las sombras caminarán detrás de ella».

—El emperador se burló al escucharlo, pues la emperatriz no le había dado herederos aún. Pero unos meses después… su hija, la princesa, nació.

Cuando el espectáculo termina y el público comienza a dispersarse, le digo a Bo:

—La princesa es tan hermosa como dicen. Siempre creí que los poetas y los artistas exageraban, pero es tal y como la describen. —Su impactante imagen sigue fresca en mi memoria. Ella es ahora la regenta, mientras el emperador está recluido en sus habitaciones, víctima de una grave enfermedad. ¿Podría ser ese el gran dolor del que habla la profecía?

—¿Lo es? A mí me interesaría más saber si en verdad ha sobrevivido a cien intentos de asesinato —admite Bo—. Hay quienes dicen que la princesa tiene un talismán que la protege de cualquier inquina, o una piedra que cura toda enfermedad, un regalo del misterioso shénnóng-shī que le salvó la vida a su padre.

«Una piedra que cura toda enfermedad». Me detengo y provoco que una chica se tropiece conmigo, pero no les presto atención ni a ella ni a sus murmullos groseros. Bo se da cuenta de que no estoy a su lado y mira hacia atrás, confundido.

—¿Has...? —Hago una pausa y me aclaro la garganta—. ¿Has visto esa piedra?

Si la princesa en verdad tiene esa cura para todo, es una señal: tengo que ganar la competencia. La expresión de Bo, sin embargo, se torna seria.

—Tengo que advertírtelo: debes tener cuidado al hacer preguntas sobre la princesa Zhen.

—¿Por qué?

—No es... bienquerida por todos. Muchos la culpan por el malestar general que aqueja al reino: enfermedad, pobreza, actos de crueldad cometidos por los emisarios del emperador y... otros rumores.

Sé a qué rumores se refiere. Aun en nuestra pequeña provincia rural, hemos oído los susurros: que las inundaciones en el norte se han manejado mal, que la princesa es demasiado joven como para fungir como regenta, preguntas sobre quién está verdaderamente detrás del trono. Palabras demasiado peligrosas como para enunciarlas en la capital.

—¿Rumores? ¿Hablas del... veneno?

Bo frunce el ceño.

—Haces demasiadas preguntas, ¿no te parece?

—Y tú esquivas demasiadas preguntas también.

—Sí que lo hago. —Me dirige otra de sus sonrisas encantadoras. El momento de seriedad se esfuma tan pronto como llegó—. La que buscamos es la Casa Azálea, y está del otro lado de la calle.

Mientras voy sumergida en mis pensamientos sobre los rumores, la princesa y el favor que le pediré, un carruaje casi me atropella al pasar. Bo me toma del brazo y me aleja del peligro, y ambos nos estrellamos contra el costado de un edificio. Por un momento, mi cuerpo está anidado en el suyo y, en vez de alejarme con un empujón, me dejo caer en su calidez. Sus caderas sobre las mías, sus manos en mis brazos...

—Cuidado, ingeniosa —me dice al oído y su aliento mece mi cabello. Me estremezco de nuevo, aunque esta vez por una razón muy distinta.

Está demasiado cerca. Me alejo de un salto y pongo distancia entre nosotros. Me recuerdo que pronto tendré que volver al palacio y nunca volveremos a vernos.

En el área de la tienda de la Casa Azálea, uno de los tenderos se apodera de mí de inmediato y me lleva a tocar, oler y probar una gran variedad de hojas de té. Hay frascos, ollas y cajones apilados de piso a techo que contienen distintas variedades de té. El personal bien capacitado responde a todas mis preguntas de forma profesional, y la mujer que supervisa la tienda entera se apresura a completar mi transacción. Una vez terminada mi tarea, con el paquete envuelto y bajo el brazo, siento que desaparece un poco de la tensión en mis hombros.

Antes de que pueda darle las gracias y encaminarme hacia el palacio, Bo me toma el brazo.

—Permíteme invitarte, aunque sea, una taza de té —insiste—. Como disculpa por haberte asustado y para mostrarte que la gente de Jia es más hospitalaria de lo que has visto.

Antes de que pueda protestar, me lleva hacia la parte abierta de la casa de té, donde los clientes pueden deleitarse con manjares acompañados de la enorme variedad de tés disponible en la tienda. La mayoría de las casas de té son lugares ajetreados, con tantas mesas redondas como el dueño sea capaz de acomodar en el comedor. Los meseros tienen que navegar entre estrechos pasillos mientras cargan pesadas charolas rebosantes de ollas humeantes de té y los platos para acompañarlo. Pero basta con dar apenas unos cuantos pasos al interior de la Casa Azálea para darme cuenta de que esta casa sirve a una clientela distinta.

El espacio está dividido con hermosos biombos de seda y macetas con plantas. La música atraviesa el aire, pero dentro de cada compartimiento existe la ilusión de la privacidad. Nos llevan a una mesa que da hacia el río Jade, donde las barcas de los ricos y los ferrys de los plebeyos flotan en el agua.

Antes de que nos sentemos, ya hay sobre la mesa frutas acitronadas y semillas de sandía ahumadas. Bo se lleva unas cuantas a la boca en el instante en el que las ve; en cambio, yo tengo los ojos demasiado llenos como para hacer lo mismo, distraída con el llamativo jarrón que está junto a nosotros, hecho de porcelana blanca y pintado con la figura de una mujer que toca el laúd.

Una camarera vestida con los tonos más suaves de azul pastel y una faja rosa coloca frente a nosotros una charola con instrumentos para preparar el té. Bo elige Llave Dorada, un té tan excepcional y costoso que la venta de solo un puñado de este podría alimentar a mi familia entera durante un año. Una vez más, una punzada de ira y dolor me recorre el cuerpo entero.

Un sirviente pone carbones encendidos sobre un brasero a mi derecha; otra camarera pone la tetera encima, que ya está humeando.

—¿Le servirá Ming el día de hoy, distinguido huésped? —La primera camarera hace una reverencia y me mira de reojo. Los labios se le tensan solo un poco, pero sé que es un gesto de desaprobación, quizá por mi apariencia desaliñada o por mis modos nada elegantes—. ¿O lo hará su propia sirvienta?

—Ella no es… —Bo comienza a decir, pero me pongo de pie y le sonrío.

—Yo me encargo —afirmo—. Puede irse.

Ella me mira fijamente, luego dirige los ojos hacia el «distinguido huésped» a mi lado, quien solo se encoge de hombros. La camarera abre la boca para protestar, pero el sirviente coloca el tazón de Llave Dorada frente a nosotros. Bo lo estudia con curiosidad y yo hago mi mejor esfuerzo por contener mi avaricia y no tomarlo para mí sola. Unas cuantas hebras negras delgadas están en el fondo del tazón verde, que tiene grabada una hoja. Con las pinzas, pongo las hebras en el tazón para infusionar el té.

—¿Esto es lo que harás en la competencia? —pregunta Bo.

—No lo sé. —Competiré sin un mentor, sin años de entrenamiento. La mano me tiembla un poco y me esfuerzo para mantenerla firme.

—Pensaré en ti cuando hagan las proclamaciones —asegura con una sonrisa y yo siento otro revoloteo en el estómago. Intento ignorarlo y concentrarme en servir el té. «Es solo mi soledad, porque es la primera vez que estoy lejos de casa», me digo.

Tomamos nuestras tazas, alzamos la cabeza, sorbemos y… el mundo parece cambiar de alguna forma. El vapor se eleva desde la taza y flota entre nosotros, difuminando nuestros rostros. Los sonidos de la casa de té se desvanecen, hasta que solo estamos los dos, el uno frente al otro; todo a nuestro alrededor fluctúa como en un sueño. El aire se llena de un aroma de camelia, es como caminar entre los árboles de té en otoño, rodeada de flores blancas.

Oigo la voz de mi madre en un susurro: «Si alguna vez viajas a la capital, tráeme unas cuantas hebras de Llave Dorada. Es mi sueño probarlo». A juzgar por la expresión de sorpresa en su cara, casi creería que Bo la escuchó también.

Estira la mano frente a su cuerpo, como movido por algo más allá de sí mismo. Alcanzo a ver el punto negro en el centro de sus pupilas, que me jalan hacia él. Casi con voluntad propia, mi mano se alza y busca la suya.

Nuestros dedos se tocan, y siento como si mi mano se sumergiera en una piscina de agua caliente; la temperatura comienza a subirme por el brazo. Nuestros dedos se entrelazan; las manos unidas brillan con una extraña luz.

—Mei… —susurra Bo, sin aliento, asombrado.

«Esa no soy yo», protesta una voz en mi interior, pero ¿cómo puedo explicar lo que he conjurado?

Algo comienza a arder en el centro de mi pecho, recuerdos que me son arrancados de adentro, cada vez más deprisa: mi madre enseñándonos a servir el té con manos firmes; Shu de rodillas, vomitando sangre. Un sollozo comienza a subirme por la garganta.

Puedo sentir el sutil tirón de los poderes del té, como si nos acercara. Bo se estremece; de pronto, estoy consciente de que él puede sentir la culpa y la pena que me corroen por dentro, aun si no comprende las razones. Estira la otra mano y me toma la mejilla; su calidez me hace temblar.

Me roza el labio con el pulgar, un movimiento casi insignificante. Siento las chispas que corren detrás de sus manos. Es una conexión demasiado íntima, y demasiadas partes de mí se desprenden al mismo tiempo. Retrocedo, pero él solo me deja de tocar la cara para poder tomar mis manos entre las suyas. «Quédate», me suplica sin hacer sonido alguno. «Muéstrame más».

Pero él no lo sabe sino hasta que es demasiado tarde. Llave Dorada es un té de secretos, y sé, aunque no puedo explicar por qué, que ahora intenta mostrarme los secretos de Bo, así como a él le mostró los míos. Tengo miedo de lo que revelará; no obstante, a pesar del temor, el deseo de seguir en el encantamiento es demasiado fuerte.

Mientras Bo y yo nos miramos asombrados, con las manos aún apretadas, su camisa comienza a brillar. Una brisa nos envuelve, y jadeo cuando la camisa se abre un poco y revela una parte de su pecho, donde noto algo parecido a una cica... No, es una marca circular de un rojo radiante, casi del tamaño de la palma de mi mano. En el centro hay un ideograma que no reconozco, dibujado con las líneas rectas de la escritura tradicional. Siento el calor del hierro ardiente como si hubiera tocado mi propio pecho, puedo oler el hedor del metal quemándome la piel, y me abruma una visión que se siente como un recuerdo, como si fuera yo y no Bo quien lucha contra los hombres que lo sujetan, los hombres que le hicieron esto. Es una marca.

«Tanta pérdida. Tanto que le fue arrebatado...», logro pensar. No comprendo qué fue lo que perdió, pero la marea ha cambiado; fluye hacia él para desprender pedazos de su interior, para desnudarlo como me desnudó a mí.

Entonces Bo se aleja de la mesa con un empujón. Y nuestra conexión se rompe sin más, como un hilo cortado.

El mundo regresa en una ráfaga; el ruido de los clientes de la casa de té nos rodea otra vez, pero es demasiado fuerte para mis oídos. El taburete de Bo cae al piso con un estruendo. Veo que su camisa ya no está abierta; me pregunto si alguna vez lo estuvo en realidad.

—Eres capaz de ver dentro de la mente de las personas. —Su respiración es entrecortada; los ojos le brillan de forma distinta, con miedo—. ¿Qué quieres de mí?

Me fuerzo a encontrar un centro de calma, a permanecer tan quieta como un árbol en invierno. Existe una infinidad de rumores sobre los shénnóng-shī, pues son muy pocos y no todos comprenden sus habilidades. Hay quienes los llamarían hechiceros y preferirían acudir a un médico; a nuestras habilidades les llaman superstición, misticismo y cosas peores. Podría perder la cabeza, en especial si este chico tiene lazos con una familia poderosa.

—Fuiste tú quien se acercó a mí —espeto, a sabiendas de que cada palabra que digo podría ser la última—. Tú me encontraste, tú me hablaste, tú me buscaste, ¿recuerdas? ¿Quién eres, Bo? ¿Quién eres en verdad?

Mira detrás de mí, más allá de mí, a cualquier lugar menos a mi rostro. Yo le miro el cuello mientras espero su respuesta.

—Creo que nuestro trato está terminado —declara—. Gracias por tu compañía.

En un parpadeo desaparece, y estoy sola otra vez.

Capítulo siete

Vuelvo al palacio, lista para dejar atrás la peculiar tarde que pasé, como un sueño que es mejor olvidar. Lian me saluda en nuestra residencia, tomándome de las manos y disculpándose una y otra vez por perderme en el mercado. Abro la boca para contarle todo lo ocurrido, pero vuelvo a cerrarla cuando los sirvientes aparecen para llevarse nuestros ingredientes y realizar los preparativos para la competencia de esta noche. Ni siquiera tengo palabras para describir lo que pasó. ¿Por dónde comenzaría?

La tarde se asienta en tonos violetas profundos mientras nos separan en dos hileras para recorrer los enormes pasillos iluminados con linternas que conducen al Patio del Futuro Prometedor. Al acercarnos, alcanzamos a oír el ruido de las hordas de espectadores.

Los soldados nos tapan la vista más allá del portón. La luz de las linternas rebota sobre sus armaduras y escudos de color rojo y proyecta un ominoso fulgor sobre las paredes. Cuando dan un paso al costado para dejarnos pasar, queda solo un pasaje por el que podemos caminar hombro con hombro. Seguimos nuestro camino frente a la fila de soldados hasta que llegamos a una escalinata que lleva hacia arriba.

Al alcanzar la primera plataforma, nos ordenan separarnos: una hilera hacia la derecha, la otra hacia la izquierda. Ocupamos los espacios entre las filas de mesas negras, cada uno con un almohadón sobre el que nos podemos hincar. En el centro de cada mesa hay una caja de madera con nuestro nombre escrito en la tapa.

Es entonces que miro al público y siento de repente como si un koi me nadara en las entrañas, como si se retorciera y girara en señal de protesta. Casi me desmayo al ver el tamaño de la multitud que tengo enfrente: una masa difuminada de rostros, iluminada por las linternas que cuelgan sobre las cabezas de los espectadores. Son más que el número de habitantes de mi aldea, mucho más del doble. En el perímetro, más soldados vestidos de rojo hacen guardia con los rostros ocultos bajo los cascos.

El escenario frente a nosotros llega hasta otra escalinata que conduce a una plataforma con mesas vacías donde se sentarán los jueces. Detrás se yergue el gran salón, el esplendor de la arquitectura de Dàxī, construido en los días del Emperador Ascendido. Alguien hace repicar una campana; el público obedece la orden y guarda silencio. Un heraldo vestido de un color púrpura resplandeciente aparece en la cima de la escalinata para hacer la proclamación.

—Bienvenidos sean a las celebraciones para honrar a la emperatriz matrona Wuyang, que su nombre resuene en los cielos. La princesa espera que hayan disfrutado del festín que se les ofreció hoy. —Hace una breve pausa—. El emperador lamenta no poder asistir esta noche. Esperará ansioso los resultados en sus aposentos y le dará la bendición al ganador de la competencia cuando llegue el momento. —Pisotones y gritos surgen en la congregación que exige ver al emperador o al menos una explicación de por qué no se presentará. El heraldo alza un brazo para acallar el fragor antes de hablar de nuevo—. ¡Nuestros competidores y nuestros honorables jueces! El ministro de rituales, Song Ling; el marqués Kuang, de la provincia de Ānhé, el lugar de origen de nuestros tés más preciados; la matriarca Guo, de la venerable Academia Hánxiá. Y… el gran canciller Zhou.

Al escuchar su nombre, cada uno de los jueces desciende del balcón por la escalinata del Gran Salón hasta la plataforma superior. Mi mirada se posa sobre la imponente figura del canciller, que lleva el cabello atado en una apretada coleta y está vestido con una túnica ceremonial oscura, sin bordados decorativos. Es famoso por su origen plebeyo, como alguien que ascendió gracias a su aguda inteligencia y sus impecables calificaciones en los exámenes imperiales. Estudia al público con ojos atentos, aunque su expresión no revela nada.

—Por último, demos la bienvenida a su alteza imperial, ¡la princesa Li Ying-Zhen!

La princesa aparece entre aplausos y vítores, pero hay también unos cuantos abucheos y murmullos. Recuerdo lo que me dijo Bo: la princesa no es bienquerida por toda la gente, y la inquietud se intensifica.

La princesa desciende con lentitud. Su túnica, con una cola que cae en cascada por los escalones, es aun más fina que la que vistió en la ceremonia de bienvenida. Cientos de grullas bordadas descienden desde sus hombros por el cielo de medianoche que se desvanece de forma gradual hasta convertirse en un azul pastel. Tiene el cabello recogido por encima de la cabeza, adornado con pasadores con joyas incrustadas en forma de aves que brillan bajo la luz. Toma asiento en el centro de la mesa, flanqueada por los jueces a ambos lados.

El ministro Song se pone de pie. Su voz retumba por encima del ruido de la multitud.

—Lo que los competidores frente a ustedes no saben aún es que los jueces ya han revisado su selección de ingredientes, y han decidido que solo la mitad de los competidores es digna de participar en la primera ronda. —Sobresaltados por la repentina sorpresa, los competidores intercambiamos miradas de confusión—. Levantarán la tapa de sus cajas —continúa el ministro—. Si ven su platillo y el té adentro, entonces siguen en la competencia. Si su caja está vacía, por favor, retírense de inmediato.

Se escuchan jadeos y murmullos, tanto en el escenario como entre el público, y eso me paraliza. Este podría ser el fin; desechada antes de tener siquiera la posibilidad de preparar la primera taza.

Estiro mis manos temblorosas. A mi alrededor, la gente grita de alegría o desolación; los aprendices más jóvenes lloran mientras los soldados les ayudan a bajar las escaleras. Cierro los ojos, aterrada del vacío que podría encontrar ahí dentro. Respiro profundo, levanto la tapa y bajo la mirada: hay un platillo adentro.

Las lágrimas me llenan los ojos al tomar los dos bollos rechonchos que resplandecen sobre un triángulo perfecto de hoja de plátano, con una pizca de cacahuate molido encima. Los bollos son más pequeños de lo usual, pues se supone que deben comerse de un solo bocado. A pesar de la presión del momento, solo puedo pensar en lo mucho que se habrían quejado las mujeres de la aldea. ¡Qué pérdida de tiempo hacer algo tan diminuto!

Miro a mi alrededor y descubro que, en un parpadeo, pasamos de ser cincuenta a solo veintitantos. El camino por recorrer será escarpado, pero ya di el primer paso.

Cruzo miradas con Lian, ella también superó el primer escollo. No puede decirse lo mismo de muchas de las chicas de nuestra residencia, a quienes veo bajar del escenario, abatidas.

A continuación, sirvientes con ropajes rojos comienzan a preparar la plataforma de los jueces para la siguiente etapa de la competencia. Colocan un pequeño brasero repleto de carbones ardientes sobre la mesa, con una olla llena de agua encima. Por último, acomodan una hilera de tazas, cinco en total, una para cada juez. No alcanzo a distinguir los materiales, ni siquiera al entrecerrar los ojos. Lo sabré cuando sea mi turno.

Como un artista marcial, cada sistema de creencias se apega a un estilo distinto que el shénnóng-shī cree que resultará en la mejor taza de té posible, pero el resultado depende del ejecutante y las reglas de la competencia. Se rumoraba que, en pruebas anteriores para decidir si un aprendiz de verdad era digno del título de shénnóng-shī, una sesión conllevaba identificar una selección de hojas de té, todas sin etiqueta; de este modo, los aprendices debían discernir los tés solo por su aroma. En otra sesión, a los shénnóng-tú les tapaban los ojos antes de preparar el té para desafiar la firmeza de sus manos. Las pruebas se realizaban en secreto; los conocimientos pasaban de maestros a alumnos. Ahora están a la vista de todo el mundo.

Un joven shénnóng-tú llamado Chen Shao es el primero en pasar; lo reconozco porque fue el tipo que nos insultó frente a los portones del palacio. Con la arrogancia de un hombre que ha sabido su lugar en el mundo toda la vida, sacude la parte posterior de su túnica con un gesto exagerado antes de arrodillarse. Si desde que naces te dicen que puedes hacerlo todo, ¿por qué dudarías? Si desde tu nacimiento el mundo entero se pone a tus pies, creerías que es natural poder pisotearlo.

El público espera, impaciente, y observa cada uno de sus movimientos.

—¿Qué platillo nos presentarás hoy? —pregunta la matriarca Guo.

Shao hace una reverencia cortés antes de responder.

—Provengo del distrito oeste de Jia, reconocido por sus artes, cultura y sus famosas casas de té. El platillo que tengo para ustedes es un entremés de camarones cristal con cebollín.

Toma una pieza con los palillos: un camarón rosado con motas verdes, envuelto en una cáscara delgada y traslúcida hecha de arroz. Antes de continuar, le da una mordida, mastica y saborea.

A pesar de que Shao parece en extremo arrogante, debo admitir que es mágico verlo preparar una taza de té. El agua comienza a hervir, y la usa para enjuagar todos sus recipientes. En su tradición, cada paso de la ceremonia del té tiene un nombre que corresponde a una antigua historia sobre los viejos dioses, un relato que mi madre me contó desde antes de ser capaz de levantar una taza con mis propias manos.

Cuando el agua recorre el costado de las ollas, forma gotas que brillan como escamas plateadas. «El dragón se sacude el rocío de la mañana después de dormir».

Con mucha cautela, levanta una cantidad precisa de hojas de té y la coloca en la primera olla; luego, revuelve el agua que hay adentro, exagerando sus movimientos para que el público los vea. «El dragón rodea su residencia real».

Con un veloz movimiento de la muñeca, arremolina el agua tres veces y la sirve sobre la charola desde una gran altura. La multitud jadea con asombro. Gotea sobre la vasija que está debajo, sin desperdiciar una sola gota. «Las olas anuncian su disgusto».

Llena la primera olla de nuevo con agua caliente y esta vez permite que el té se infusione. Con la cabeza inclinada, espera, y es entonces que los sirvientes aparecen y les presentan a los jueces un plato con camarones cristal.

Cuando el tiempo termina, enjuaga la segunda olla de nuevo y, mientras humea, la llena con el té preparado. Luego lo sirve en cada una de las cinco tazas sin derramar nada. «El dragón entra al palacio y desechan al usurpador».

Admiro la precisión de sus movimientos, la forma en que el té dorado lo obedece.

—¡Miren, miren! —Quienes están más cerca del escenario se empujan entre sí y gritan mientras observan la presentación. Por un momento, el vapor de las cinco tazas se une para formar el contorno de un dragón antes de disiparse. Es una demostración de las habilidades de Shao en el uso de la magia y el ilusionismo.

Los sirvientes llevan deprisa las tazas a los jueces. Los resultados son unánimes: cada juez tira una ficha de madera al piso, que un asistente levanta y cuelga de un gancho, a la vista de todos. Cuatro fichas púrpuras lo proclaman: «Excelente».

—No esperaría menos de quien fue aprendiz del Estimado Qian. —La princesa sonríe en señal de aprobación, mientras yo contengo una mueca irónica: por supuesto que Shao proviene de un legado importante. Ya es uno de los favoritos en la competencia y se espera que gane, pues sigue los pasos de un afamado mentor—. Dime, ¿es cierto que tuviste que superar varias pruebas, cada una más difícil que la anterior, para poder hacerte de un lugar como su aprendiz?

—Espero que la princesa no me pida divulgar los secretos de mi maestro —dice Shao con un dejo de coquetería. Se oyen risitas entre el público, que luego estalla en aplausos, escandalizado e intrigado por el altivo y apuesto joven.

La competencia continúa, y la variedad de técnicas y tés me tiene tan asombrada que casi olvido la náusea que me enturbia el estómago.

Té blanco para limpiar el paladar y acompañar los dulces típicos de la provincia de Yún; los arroyos de la alta montaña alimentan hojas tiernas que dan notas de menta, y son capaces de conjurar gotas de lluvia del cielo.

Té negro tostado con un sabor denso y terroso para contrarrestar las especias de los caldos favorecidos por la gente de la prefectura de Huá, un distrito al oeste de Jia.

La pesadez de un bollo de taro frito se atempera con un té verde aromatizado con flores; ambas especialidades provienen de una ciudad sureña apodada la «ciudad del jazmín».

Todas las cocinas y los pueblos celebrados reciben su turno y cada vez que se anuncia una nueva región, el público vitorea. Entiendo lo ingeniosa que es la competencia. Si la princesa busca levantar el ánimo de su gente, como sugirió Bo, lo está logrando; los asombra y se asegura de que cada rincón de Dàxī sea visto y reconocido. El público está absorto; sus reacciones son puras. Abuchean a quienes les disgustan y aplauden a quienes prefieren.

Cuando llaman a Lian, intento esbozar una sonrisa animosa, pero ella tiene la vista puesta en su labor. Su actitud alegre se ha esfumado. Llega a la mesa y, con la cabeza agachada, comienza con el ritual; sin embargo, las manos le tiemblan tanto que el plato que levanta de la bandeja se le resbala de los dedos y cae de forma estrepitosa sobre las teteras. Hago una mueca de dolor.

—¡Torpe! —Se burla una cara anónima desde la masa del público.

Lian se pone de pie y hace una reverencia.

—Lo lamento, lo lamento, sus excelencias.

—Yo soy solo un ministro y no merezco ese título —aclara con sequedad el ministro Song, aunque no de forma descortés. Los espectadores se ríen por lo bajo—. ¿Cómo te llamas, niña?

—Soy Lian —dice ella—, de la meseta de Kallah. —Se presenta a la usanza de su gente, sin apellido, y la cara del marqués se retuerce en respuesta.

—No es necesario que te apresures —indica el ministro Song con un gesto delicado—. Comienza de nuevo, por favor.

Como casi todos los demás, Lian prepara su té sin decir una palabra. Se escucha solo el tintineo de la tetera cuando la apoya sobre la madera, el suave traqueteo de los platos al tocarse, esta vez con mucha más delicadeza.

Los jueces toman los rollos blancos con sus palillos y les dan una mordida tentativa.

—¿Qué es tu platillo? —pregunta la matriarca—. Nunca había probado algo así.

—Son pasteles de arroz —responde Lian—, cubiertos con salsa de azúcar morena y cacahuate.

—Es un… gusto adquirido. —La matriarca Guo devuelve la mitad de su porción, intacta.

La técnica de Lian es única entre las de las demás provincias. Elige servir té de un bloque, lo que suele considerarse una variedad inferior de hojas, una mezcla de pedazos rotos de tallos y hojas descartadas. Después de cortar un pedazo del té comprimido, lo pone en la tetera; en el tazón añade una selección de ingredientes que no alcanzo a distinguir desde donde estoy sentada.

La princesa se inclina hacia adelante; los ojos le brillan con intensidad bajo la luz de las linternas mientras observa cada uno de los movimientos de Lian. Para cuando los sirvientes se acercan a los jueces con las tazas, el aroma a canela llena el aire.

—Cuéntanos sobre cada uno de tus ingredientes. —El ministro Song levanta su taza y usa la mano para jalar el vapor hacia su nariz.

—Té, para representar la amargura de la vida —dice Lian con una voz diminuta; luego, tras aclararse la garganta, habla más fuerte—. Cubos de azúcar roja y nueces para dar dulzura. Y, dentro de todos nosotros hay una chispa; los granos de pimienta y jengibre avivan ese fuego interior.

Cuando colocan los tazones frente a los jueces, estudio sus expresiones: sin duda, la matriarca Guo es una tradicionalista, apenas si pone la boca sobre la taza antes de dejarla de nuevo sobre la mesa; el ministro Song parece más receptivo, saborea cada gota con cuidado; el marqués arruga la nariz con disgusto y sorbe su taza, apurado, como si estuviera ansioso por pasar al siguiente competidor; la expresión estoica del canciller no revela nada; la princesa parece contemplativa al observar los restos dentro de su taza.

Aprieto el puño sobre mi regazo. Quiero protestar su rechazo, decirles que hay otras formas de representar el shénnóng además de una ceremonia extravagante, pero hasta yo sé que debo mantener la cabeza agachada y la boca cerrada. Decido, en cambio, contener la respiración por Lian mientras los jueces emiten su veredicto.

Dos fichas rojas negativas, mientras que el ministro Song ofrece una ficha púrpura. Para mi sorpresa, el canciller también da su visto bueno con una ficha púrpura y asiente en dirección de Lian.

—No fue un sabor del todo desagradable —comenta—. Un uso sutil de la magia para vigorizar la mente.

La princesa tiene el voto decisivo. Se termina lo que queda en la taza y sonríe.

—Perdura en el paladar, una progresión encantadora —dice mientras con un pañuelo se seca la boca, con gesto delicado. Asienta una ficha púrpura sobre la mesa—. Así como también tú perdurarás en la competencia.

—¡Gracias! —Lian hace una profunda reverencia, sin disimular su alegría. El público, encantado por su sinceridad, le aplaude y la alienta.

Yo tampoco puedo evitar aplaudir… hasta que me doy cuenta de que es mi turno.

CAPÍTULO OCHO

«No puedes comulgar con los dioses en silencio».

Eso fue lo que mi madre nos enseñó: el arte de Shénnóng es un diálogo. Para ella no era un arte de meditación y silencio, ni de tradición y rigidez, sino una danza entre personas, una comunión con el cuerpo y más allá de él. Para comprender las dolencias de un cliente o un ser querido, hay que acercarse a él.

Rendirle tributo a Shénnóng es una experiencia íntima, un lazo. No es, según recuerdo, algo que la haya visto hacer en público, frente a una multitud de espectadores. Nunca dio una función.

Tiemblo de camino hacia la plataforma de los jueces, no solo porque estoy nerviosa, sino también porque me siento como un árbol sin sus hojas, desnuda y expuesta, a punto de hacer algo sumamente personal frente a muchísimas personas. Recuerdo el momento en la casa de té, cuando establecí esa conexión con Bo: lo logré una vez y lo lograré de nuevo. Mi madre siempre me dijo que tenía el don; en bruto y sin cultivar, claro, pero de mí dependía rechazarlo o acogerlo. No me dejará así como así. Aún soy la hija de mi madre.

Carraspeo para poder alzar la voz lo suficiente.

—Vengo de Sù, alteza.

Me dirijo a la princesa de forma directa. Solo un sutil arco en su ceja revela su sorpresa. Mi hermana sabría que hablo solo para evitar que mi cuerpo tiemble más, pero me doy cuenta demasiado tarde de que quizás soy demasiado arrojada, que no entiendo de las formalidades de la capital. A pesar de mi error, no puedo hacer más que seguir adelante.

—El renombrado poeta Bai escribió alguna vez un poema sobre mi provincia. —Se escuchan murmullos entre el público, pero no les presto atención alguna mientras comienzo a levantar las tapas de los frascos y colocarlas sobre la bandeja negra—. Las figuras laboran en las distantes colinas. —Tomo las bolas de hojas de té de la lata y las hago rodar hasta el fondo de la taza, una por una. Conjuro la imagen de Shu y yo rodando por las colinas, junto a los árboles de té, riendo mientras nuestras canastas de hojas cosechadas ruedan con nosotros, desparramando el fruto de nuestros esfuerzos sobre nuestra ropa y cabello. Para mí, el té es hogar, es alegría, es familia—. Bruma, que las difumina en la lejanía. —El agua se asienta sobre el té, el vapor se eleva y me calienta las mejillas al asomarme sobre él. Por un momento siento las lágrimas que solo dejo caer en la soledad de la noche. En mi visión periférica, noto que el rostro de la princesa se suaviza. Siento un recuerdo doloroso, traído a la superficie por el poder del té—. El té se sirve mientras me reclino. —Revuelvo el té y lo sirvo en la olla de reposo; el líquido desaparece mientras imagino al poeta, reclinado, observando mi tierra natal a través de la ventana—. Mis dedos, manchados de tinta. —En vez de usar las pinzas, escojo los tres pétalos de osmanto con los dedos y los dejo caer sobre cada taza. La mano de la matriarca Guo se abre un poco, como si quisiera atrapar los pétalos para sí misma y recordar cuando ella también bailaba entre los pétalos en su niñez—. No más sagrados que el fragante aroma del verde.

«Estas son solo manos humanas». Era otra cosa que mi madre decía con frecuencia cuando alguien mencionaba alguno de mis errores, como el incendio que una vez destruyó nuestros campos, o como cuando provoqué la ira del gobernador Wang y empeoré las cosas. «Las manos humanas cometen errores, Ning, pero son las manos que nos dieron los dioses. Las usamos para enmendar el daño, para hacer cosas buenas». Y de eso se trata este té: el sabor de ser humano, de cometer errores, de ser tú otra vez; un recordatorio de que a veces somos el obrero y a veces somos quien descansa.

Servir es el último paso. El té que elegí ya está tratado al sol; las hojas retuvieron la mayor parte de su sabor. Solo permanece un dejo verde que acaricia los bordes de los pétalos. Me recuerda al crecimiento, a la búsqueda de la luz…

—¡¿Cómo se atreve?!

No tengo tiempo para admirar mi trabajo: una aguda punzada de dolor me recorre la mano cuando la taza que tengo más cerca se destroza. Estoy demasiado aturdida como para reaccionar. Alcanzo a escuchar jadeos cuando el marqués Kuang se pone de pie y apunta un dedo acusatorio en dirección mía.

El vapor se disipa y los recuerdos que con tanto cuidado cultivé se dispersan entre la nada. El canciller Zhou parpadea, frunciendo el ceño con expresión confusa, como si hubiera despertado de un plácido sueño. El asombro en el rostro de la matriarca Guo vuelve a convertirse en una cuidadosa máscara.

—¿Estás burlándote de esta competencia? —gruñe el marqués. La saliva le sale disparada de la boca—. ¿Se atreve a citar al revolucionario Bai? ¿Nos llama indulgentes y malcriados?

Las entrañas me tiritan de miedo. Me miro los pies; no quiero que mi cara devele mis emociones con tanta facilidad otra vez: mis poco respetuosas opiniones sobre la nobleza y sus corazones débiles y pieles delgadas como el papel.

—Honorable —digo, con mucha cautela—, las palabras del poeta Bai buscaban sugerir solo que el té es una bebida tanto para plebeyos como para poetas. Puede disfrutarlo el más humilde de los campesinos y el más elevado dentro de la corte, como quien goce de su digna posición. —Paso saliva. El poema siempre me ha parecido especial, nunca me pasó por la cabeza que había sido escrito por un revolucionario. No obstante, ahora recuerdo las historias sobre la decapitación del poeta Bai y entiendo que quizá cometí un grave error—. Esta… taza de té es muestra de mi… mi alegría al servirles —tartamudeo. Lo único que escucho es la voz de mi padre, reprendiéndome, diciéndome que volví a dar un mal paso.

Se escucha un rumor entre la gente a mi derecha, voces que se enciman unas con otras.

—¡Déjenla en paz! —grita alguien.

Una segunda voz se suma a la primera.

—¡Está diciendo la verdad!

La tensión en el aire aumenta, como el agua en la tetera a punto de desbordarse.

—Querido marqués. —Es el gran canciller quien decide hablar. Rodea la mesa y le pone una mano sobre el brazo al miembro de la nobleza; parece tranquilo, entretenido incluso. A pesar de que el canciller Zhou se inclina, con la cabeza agachada, como si las palabras fueran solo para su igual, su voz tiene el volumen suficiente para que todos lo escuchen—. ¿Acaso no entiende? Debemos dar gracias a la emperatriz matrona, pues ahora podemos decirle al mundo que hasta nuestros plebeyos pueden recitar poesía.

La risa se extiende entre el público y la agitación se calma un poco. Todos los ojos están puestos sobre el marqués y el canciller. Es evidente que el marqués sigue furioso, pero el canciller está muy sonriente, ansioso por generar de nuevo un ambiente de celebración. Sin embargo, desde donde estoy, alcanzo a ver cómo su mano aprieta con fuerza el brazo del marqués: una advertencia para que se detenga.

Me alivia que el canciller Zhou parezca estar de mi lado; tal vez salga de esto ilesa. Pero antes de terminar siquiera de exhalar, un repentino silbido perfora la oscuridad. Después, un golpe seco: una flecha se estremece en el centro de la mesa de los jueces.

Trastabillo hacia atrás mientras jadeos y gritos inundan el aire, y de inmediato se escucha el sonido de botas sobre el suelo. Siento una ráfaga de movimiento a mi derecha y el roce de tela sobre mi brazo: una capa púrpura ondea en el aire y, a la distancia, la guardaespaldas de la princesa salta por encima de las cabezas del público, dispuesta a matar. Si la persona que disparó la flecha sigue en el lugar, ella la encontrará.

En un parpadeo, los soldados están por todas partes, a mi alrededor, y una violenta ráfaga de metal y sudor me llena la nariz.

—¡Protejan a la princesa! —grita alguien, y entonces las palabras casuales de Bo me vienen a la cabeza: «Cien intentos de asesinato…».

Una sombra oscura se mueve por el cielo y salta entre la multitud hasta el escenario con un solo esfuerzo. Luego, el destello de una espada.

Me agacho para cubrirme y alcanzo a ver el rostro pálido de la princesa cuando se da cuenta de la nueva amenaza. Sin embargo, la figura que saltó hacia ella se da vuelta para enfrentar el silbido de una nueva retahíla de flechas, como una ágil serpiente que se estremece como un torbellino y la protege de los mortales proyectiles: sea quien sea, no es el atacante, la está defendiendo de una amenaza desconocida. Su espada se agita como un pez plateado en aguas salvajes y las flechas caen al suelo, incapaces ya de hacer daño.

Más caos estalla a nuestro alrededor conforme la multitud reacciona y se da cuenta de lo que ocurre. Algunos celebran al valiente defensor de la princesa, mientras que otros intentan huir. Justo antes de que los guardias hagan al misterioso rescatista a un lado y lo obliguen a bajar de la plataforma, su capucha cae hacia atrás y la luz tambaleante de las linternas alcanza a iluminarle el rostro. El corazón me da un vuelco: es Bo.

Detrás de él, el viento agita la túnica de la princesa mientras sus guardias la llevan por la escalinata; las grullas bordadas revolotean en el aire como si emprendieran el vuelo, resplandecientes bajo la luz.

El canciller se tambalea; del hombro le cae sangre. Grita algo entre toda la conmoción, pero solo logro ver su boca moverse.

Alguien me empuja hacia un costado. Intento hacerme pequeña, enroscarme, apartarme del camino. No hay lugar seguro adonde ir. Mientras me aferro a la mesa, no puedo evitar notar que dos de mis tazas se cayeron, que su contenido se derramó y ahora no es más que manchas en la madera.

El té se arruinó, al igual que mis esperanzas de seguir en la competencia.

Capítulo nueve

No sé cómo volví a la residencia. Recuerdo las figuras que proyectaban sombras sobre las paredes del patio, rostros y cuerpos desdibujados, soldados que formaban un muro alrededor de los demás competidores y yo. Y luego entré a tropezones por nuestra puerta.

Lian me llama, con labios apretados y ojos ansiosos.

—Estás sangrando.

Veo la cortada en mi mano, el delgado hilo de sangre, pero no la siento.

—¿Crees… crees que fracasé?

—No pienses en eso ahora. Intenta sonar reconfortante—. Lo sabrás en la mañana.

Pensé que me sería imposible dormir, pero despierto con la luz de la mañana que se cuela entre las persianas abiertas y una sirvienta que coloca una vasija con agua frente al tocador.

—La han llamado a la siguiente reunión —me informa con una reverencia antes de dejarme para ponerme presentable.

Apenas si puedo mirar de reojo el desayuno que está desplegado en el salón principal: un tazón caliente de arroz congee, pequeños platos de pepinillos espolvoreados con chile, pollo deshebrado resplandeciente por el aceite de ajonjolí. El estómago me gruñe en protesta, pero el hambre desaparece cuando veo soldados del otro lado de la puerta abierta de nuestra residencia.

Nos escoltan para encontrarnos con el resto de los competidores. Hay una sensación lúgubre en el aire, un marcado contraste con la atmósfera de celebración del día anterior. Mientras nos hacen apresurarnos por los largos corredores, noto la fina armadura de los soldados. Bajo la tenue luz, los detalles habían quedado ocultos, pero ahora, a la luz del día, puedo ver los adornos, el diseño grabado en la placa trasera: un tigre, el símbolo del Ministerio de Guerra.

Recuerdo, con ansiedad, las pesadillas que acecharon mi sueño anoche. Estaba rodeada por un círculo de soldados vociferantes, que se mantenían a raya solo gracias al báculo que tenía en las manos. Cuando se acercaban de forma amenazante, agitaba el báculo y alcanzaba a golpearlos, solo para notar, horrorizada, que no había nada debajo de los cascos. No tenían cabeza.

Me estrello con Lian al no darme cuenta de que nos detuvimos frente a un pabellón. Ella me sostiene y me mira con preocupación. Logro sonreírle; alzo la mano que tengo vendada y le susurro mi agradecimiento por su ayuda anoche. Ella asiente en respuesta.

Recobro la compostura y miro a mi alrededor; veo otro jardín bien cuidado que consiste en una colección de árboles miniatura y esculturas de piedra. No tenemos que esperar demasiado antes de que el heraldo anuncie la entrada del ministro Song, quien aparece vistiendo una distinguida túnica blanca. Nos arrodillamos; la grava del sendero se nos clava en las rodillas. El ministro se dirige a nosotros con una expresión severa, con las manos entrelazadas detrás de la espalda.

—Sé que ha habido mucha especulación sobre los eventos de anoche, pero la competencia debe continuar. Nos negamos a dejarnos intimidar por aquellos que creen que el gran emperador se acobardará frente a sus intentos de crear perturbaciones y discordia. —La nariz se le ensancha al continuar con su discurso, como si fuera incapaz de siquiera considerar una idea tan desagradable—. El Ministerio de Justicia averiguará las identidades de quienes osaron atacar a la princesa. Por su seguridad, la competencia se reanudará en unos días; hasta entonces, todos los competidores permanecerán en el palacio. Espero su cooperación total con los oficiales del departamento de investigaciones. —Quizá sea un efecto de la luz, pero podría jurar que los ojos del ministro se posan sobre los míos con desaprobación por un momento—. A quienes no han sido juzgados aún, la princesa les ha concedido el favor de pasar a la siguiente ronda de la competencia, dadas las circunstancias. No desperdicien esta oportunidad.

Se escuchan protestas de algunos de los participantes, pero el ministro los silencia de inmediato con una mirada fulminante.

Agachamos la cabeza y murmuramos en confirmación, diecisiete voces al unísono. Cuando nos levantamos, camino junto al resto de los shénnóng-shú, considerando mi buena suerte al poder pasar a la siguiente ronda aun a pesar de mi paso en falso. Pero, entonces, uno de los guardias me toma del brazo.

—Se solicita su presencia.

Habla en voz baja, pero aun así logra atraer la atención de algunos otros competidores, quienes se escabullen como si el guardia fuera a detenerlos también si vacilaban demasiado. Me causa desprecio la expresión que se dibuja en sus rostros, una mezcla de lástima y repulsión.

La mano del guardia está firme sobre mi codo mientras me guía de vuelta al pabellón. El estómago vacío se me estruja con preocupación al darme cuenta de que el gran canciller ha reemplazado al ministro Song. Me empujan por las escaleras hasta quedar frente a él, sin saber qué debería de decir o hacer con mis manos.

El canciller Zhou admira el agua que está más allá de la barrera; yo hago lo propio. Los nenúfares no han florecido aún, pero sus hojas se extienden sobre la superficie del agua: racimos rojos con púrpura y verde vibrante, una señal de que la naturaleza continúa su despertar con la progresión de las estaciones.

Me enderezo para que mi postura sea como la suya. Si van a expulsarme de la competencia, al menos saldré con dignidad.

—Zhang Ning —me dice con una voz tan dura como el granito—. ¿Estás consciente de que tus… elecciones de anoche tienen consecuencias?

Los recuerdos atraviesan mi mente como flechas en la noche: las implicaciones de las palabras del poeta, la taza hecha pedazos.

—No sabía —susurro. El arrepentimiento se extiende hasta mis brazos y piernas, me hace desear convertirme en cenizas frente a él.

Si tan solo tuviera el valor para mirarlo, desafiante, y nombrarme revolucionaria, pero no soy más que cobardía—. No fue mi intención ofender.

El canciller suspira y se pasa el pulgar por la barbilla.

—No voy a mentirte, niña. Tu camino en la competencia será muy complicado. Te has ganado la animadversión del marqués de Ānhé. Si por él fuera, ya estarías fuera. —La esperanza se me va al suelo, pesada como una piedra. Me enviarán de vuelta a Sù, estoy segura—. Tienes suerte de que la princesa haya indicado que está interesada en ver más de tus habilidades. —Se da vuelta para dirigirme una mirada intensa—. Yo también veo potencial en ti.

Me pongo de rodillas; las piernas me flaquean por el miedo y el alivio.

—Es demasiado gentil con alguien tan indigno como yo —murmuro.

—Ponte de pie, por favor. —Me toma del brazo y me ayuda a levantarme. No obstante, sus siguientes palabras me hacen sentir una ráfaga helada en toda la espalda—. No le llamaría gentileza, pues estarás bajo un escrutinio total; un paso en falso más y te lanzarán a los calabozos. —Me obligo a mirarlo. Con la barba bien recortada y la mandíbula tensa, me recuerda un poco a mi abuelo: ambos tienen una presencia imponente. Pongo los ojos sobre su mirada firme; no encuentro malicia en ella, solo una advertencia—. Si descubrimos que existe algún lazo entre los asesinos, tú y todos tus seres queridos serán desterrados a Lǜzhou. Tu familia y tú morirán ahí, junto con cualquier otro conspirador que sea tan tonto como para oponerse al emperador.

—Lo entiendo —logro sacarme las palabras de la garganta.

Lǜzhou es una península y un archipiélago al este del imperio. También lo llaman las islas Esmeralda y se le conoce por ser el lugar más peligroso de todo el imperio, donde se exilia a los criminales más despiadados al servicio del reino. Se les sentencia a trabajos forzados en las marismas salinas o en las canteras. Vivir ahí significa esperar una muerte lenta.

El canciller Zhou suspira y agita una mano para despedirme. Huyo, aún temerosa por mi lugar en el palacio. Llamé la atención, y no el tipo de atención que beneficiará a mi causa. Debo tener un particular cuidado con cómo mis acciones afectarán la forma en que los jueces me ven. Es evidente que, si tomo una decisión equivocada, mi familia sufrirá. No volveré a olvidarlo.

¿En qué me metí?

Vuelvo a la residencia, donde encuentro a Lian picando distraídamente su tazón de arroz congee.

—¡Estás aquí! —Sale disparada de su asiento; la cuchara cae a la mesa con un estruendo—. ¿Qué ocurrió? ¿Qué dijo el ministro?

Me siento en el taburete con un suspiro y me llevo las manos a la cara.

—Hablé con el canciller, de hecho. Quería asegurarse de que mi familia no es revolucionaria. De momento me permitieron seguir en la competencia, pero ahora estoy enemistada con el marqués.

—El marqués —resopla Lian mientras vuelve a sentarse. Nos sirve té a ambas; acepto mi taza asintiendo ligeramente, agradecida por la calidez entre mis manos—. Esa vieja mula. Es incapaz de cambiar.

La familiaridad con la que habla de los ministros y oficiales del palacio me recuerda que quería preguntarle algo.

—Lian, ¿cómo conoces a tantos oficiales de la corte?

—¿No lo sabes? —Me mira y luego, encogiéndose de hombros en un gesto casual, explica—: Soy hija del diplomático de los reinos occidentales, el embajador Luo.

—Por eso conoces tan bien el palacio. —Despacio, proceso esta nueva revelación—. Y por eso conoces a todos quienes vienen de Kallah.

Esboza una sonrisa irónica.

—Estamos sujetos a los preceptos del cielo. Mi madre cree en eso de conocer a su gente y que todos somos una sola familia.

—En Sù no vemos a muchas personas de afuera de nuestra provincia. Disculpa mi ignorancia.

Lian se ríe.

—No seas tan formal conmigo, Ning. Odio la rigidez de la corte. Me siento más cómoda sobre un caballo y al aire libre.

Asiento. Puedo entenderla, pues de igual modo mi lugar solía ser entre las plantas del jardín medicinal. Algún día volveré a las hileras de árboles de té y podré llamarme Hija de Shénnóng.

Lian me cuenta sobre su hogar mientras picamos nuestro desayuno, ahora frío. Kallah es una provincia pequeña. Sus habitantes más enfocados en la agricultura se han asentado en enclaves de tierra fértil. Otros tantos llevan vidas nómadas y crían animales en los pastizales de la meseta. Comercian sobre todo con gente de la provincia de Yún, razón por la cual Shao creyó que Lian provenía de ahí.

La libertad que describe es seductora; no tiene que quedarse en la misma aldea y ver las mismas caras toda su vida, puede viajar a dondequiera. Es probable que haya visto más del mundo que cualquiera de nosotros, que haya viajado incluso más lejos de lo que siquiera puedo imaginar.

De pronto, Lian tira sus palillos.

—Ya no soporto este congee frío, no es suficiente para alimentarme. Vamos a la cocina.

Protesto, consciente de las reglas y de mi nuevo estatus de «escrutinio total», pero Lian me ignora mientras atraviesa los jardines con enormes zancadas. En mi cabeza, los guardias nos prohibirán el paso al área de servicio, pero no nos prestan atención. Tentadores aromas flotan en el aire: humo y carne asada, el familiar olor térreo de hierbas y frondas húmedas.

Lian entra a las cocinas imperiales como si fuera la dueña del lugar, y a su paso asiente hacia a uno de los sirvientes que corre con un montón de verduras bajo el brazo. Miro a mi alrededor, la curiosidad se impone a la cautela, como la última vez que solo se nos permitió quedarnos en el patio de la cocina. Ahora, luego de pasar más allá de las pilas de vaporeras y las rejillas de pescado seco, estamos en el corazón de esta.

El espacio está rebosante de actividad. Los sonidos de las tablas de picar, las ollas y el fuego crepitando llenan el lugar. Es una habitación grande, pero, para mi sorpresa, es solo un ala de la cocina. Puedo ver puertas circulares que separan una sección de otra; los sirvientes entran y salen por las aperturas con charolas llenas de ingredientes o canastas a reventar de provisiones. Sobre el muro del fondo hay una fila de estufas de leña hechas de ladrillo, y en una esquina, apiladas contra la pared, puedo ver aún más vaporeras. En el centro de la habitación hay una enorme mesa cubierta de harina, mientras que los uniformes de los sirvientes están cubiertos de blanco y sus manos trabajan a toda prisa: extienden la masa, la rellenan, la pellizcan, la voltean y cierran cada pequeño bulto para luego depositarlo en una charola.

Antes de que alcance a distinguir de qué está hecho el relleno de los panecillos, una voz estruendosa nos saluda.

—¡Cuánto tiempo!

Un gigante levanta a Lian del piso y le da vueltas en el aire. Luego vuelve a bajarla. Ambos se ríen.

—¡Pequeño Wu! —exclama Lian entre risas—. Te presento a mi amiga, Zhang Ning.

Contrario a lo que su nombre sugiere, el hombre es tan alto y ancho como un buey, con piel bronceada y unas fieras cejas que acompañan su tupida barba.

—Es un placer. —Hace una reverencia juntando sus gigantescas manos sobre el pecho antes de mirar a Lian de nuevo, con una expresión llena de afecto—. Creí que una vez que avanzaras en la competencia te olvidarías de tu gente.

Lian sonríe.

—¿Crees que mi padre lo permitiría? ¿O que yo me permitiría olvidarlos?

Wu estalla en carcajadas y le da una palmada en la espalda.

—Pequeño Wu está a cargo de la panadería —explica Lian, dirigiéndose hacia mí—. Es experto en jiaozi, pastelería, panecillos...

Esos alimentos no son comunes en mi provincia, donde comemos casi puro arroz, pero estoy lista para probarlos todos.

—Ella no te cree, niña. Piensa que yo estoy hecho para cortar madera y avivar las llamas de las fogatas. —Pequeño Wu me guiña un ojo y se ríe de mis intentos por explicar que no es así—. Yo despierto la masa. —Me muestra los músculos de su brazo—. Me levanto antes del gong del alba, no como los holgazanes del Departamento de Arroz. —Mira a una mujer que pasa junto a nosotros; ella resopla, burlona, y ni siquiera se detiene a responder a sus burlas.

—¡Pequeño Wu! —le ladra una de las mujeres en la mesa—. ¡La masa no se va a trabajar sola!

—¡Sí, sí, jefa! —Wu se endereza y hace un saludo militar, antes de voltear a vernos de nuevo con una enorme sonrisa—. Hay días en los que no sé si yo estoy a cargo del personal o si ellos están a cargo de mí. Ustedes también deberían ocuparse.

—¿Nosotras? —Miro a Lian, quien sonríe.

—Cuando era pequeña, antes de comenzar mi formación, me escabullía a la cocina todo el tiempo. Me regalaban las cosas más deliciosas. —Me jala hacia la mesa—. Si ayudamos, habrá comida para nosotras también.

Nos ponen a trabajar en tareas sencillas. Pequeño Wu toma una montaña de masa casi del tamaño de su torso de una canasta y la azota sobre la mesa. Una nube de harina se eleva en el aire. Por fortuna, a Lian y a mí nos dan bolas mucho más pequeñas; las enrollamos en forma de troncos que cortamos en pedacitos que pesan en una báscula. Me recuerda cómo era trabajar en el almacén de mi padre: enrollar, cortar, pesar, la familiaridad de cada paso. Vuelvo a sentir en el pecho una punzada de nostalgia por mi hogar, pero me fuerzo a ignorarla. Me enfoco, en cambio, en hacer los panecillos lo mejor que puedo.

Cubrimos el fondo de varias canastas de mimbre con las bolas de masa y las pasamos por la línea para que alguien más las rellene. En un extremo de la mesa, una enorme cantidad de panecillos se colocan sobre charolas para que se inflen, suficientes como para un festín. Cuando Pequeño Wu considera que hemos trabajado lo suficiente, nos deja probarlos.

Mientras estiramos los hombros después de haber pasado tanto tiempo encorvadas, ponemos las mesas en el patio para la comida de mediodía. Nos dan panecillos con una pequeña burbuja de aire adentro y, en el centro, cerdo jugoso mezclado con chalotes picados y jengibre. Saben aun más dulces porque los hicimos con nuestras propias manos. Pequeño Wu nos presenta a su esposa, A'bing, quien trabaja en el Departamento de Pescado. Nos trae una olla de sopa con una cabeza de pescado frita entera que flota en el caldo, rodeada de repollo, tofú y cucumelo. La sopa se come con pequeños pastelillos de rábano asado que se sumergen en el caldo.

La conversación fluye por la mesa con la misma facilidad con la que constantemente sirven vino en nuestras copas. Escucho la charla entre Pequeño Wu y Lian, recordando los momentos que compartieron hace mucho tiempo. A'bing tiene que someterse a las bromas de Lian sobre soportar los malos chistes de Pequeño Wu y cómo ella tomaba el crédito de haberlos unido. Estoy satisfecha de quedarme ahí unos minutos y dejar que sus voces me envuelvan. Si cierro los ojos, puedo imaginar que estoy de vuelta en casa, escuchando la melodiosa voz de mi madre y las respuestas de mi padre.

—¡Jefe, jefe! —Escucho un rápido golpeteo de pies sobre el suelo y luego el azotón de una charola sobre la mesa; pego un salto y abro los ojos de golpe. Un chico brinca sobre un taburete; está temblando por la exaltación. Pequeño Wu lo jala antes de que caiga de cabeza en la sopa—. ¡No va a creer las noticias que tengo!

Wu lo sienta sobre el taburete y le da un panecillo para que se sosiegue.

—¿Qué oíste, Qing'er?

—Ruwan, del Departamento de Carne, tiene una prima que es una de las mucamas del canciller —cuenta Qing'er, con la boca llena de comida—. Cuando volvió de recoger las entregas de la mañana, dijo que supo sobre los asesinos. La dama de compañía de la princesa atrapó a quienes dispararon las flechas. ¡Ruwan dijo que se mordieron la lengua hasta arrancársela para que no los interrogaran! —La cara se me retuerce al oír los macabros detalles, pero al chico parecen no perturbarlo. Le da una enorme mordida a su panecillo y se traga el bocado a toda prisa antes de exclamar—: ¡Y esa no es la parte más emocionante! —continúa casi sin detenerse para respirar—. Descubrieron quién era el guerrero. Ya saben, el que salvó a la princesa anoche.

—¿Quién es? —Pequeño Wu arquea una ceja. El corazón se me acelera al pensar en Bo. La forma en que se plantó frente a las flechas, sin temor; la espada como una extensión de su cuerpo. El eco de mis propias palabras me resuena en la cabeza: «¿Quién eres, Bo? ¿Quién eres en verdad?».

—Su nombre completo es… —El chico infla el pecho, las mejillas se le sonrojan con el orgullo de su descubrimiento—. Li Kang, hijo de Li Yuan, alguna vez conocido como el príncipe de Dài. —Las expresiones atentas de la gente que está alrededor de la mesa cambian de inmediato. El rostro se le oscurece a Pequeño Wu; intercambia miradas intranquilas con A'bing. Qing'er no parece notarlo y sigue adelante; lleno de alegría, anuncia—: ¡El hijo del Príncipe Desterrado!

El gigantesco hombre jala al chico y le pone una mano sobre la boca. Qing'er se retuerce, pero no tiene la fuerza como para liberarse del agarre de Wu.

—No hablamos de él dentro de estos muros —susurra con un tono severo y posa la mirada sobre la puerta principal. Todos asienten; entienden la importancia de la advertencia. Puedo sentir lo protector y cuidadoso que es con quienes están a su cargo—. Jamás hemos de decir su nombre, ¿me entiendes? —El gigantesco hombre al fin lo suelta, pero ahora agita el dedo con fiereza frente al pobre chico consternado—. Antes de que nacieras, el emperador ejecutó a todos los que, sospechaba, estaban aliados con su hermano. Aunque con los años ha comenzado a tolerar más la existencia del hombre, sigue sin ser algo de lo que podamos hablar con libertad. ¿Qué es lo que siempre les digo?

—Siempre hay alguien escuchando —responde Qing'er, rascándose la cabeza, taciturno—. Lo recuerdo, jefe.

—Bien. —Pequeño Wu vuelve a su plato.

La conversación continúa, pero yo solo puedo poner atención a medias. Esta nueva información me preocupa. Sabía que el Príncipe Desterrado era una figura histórica, pero creía que era algo que estaba en el pasado lejano, como huesos esparcidos en un río, no alguien que podría seguir vivo hoy.

—Cuando la princesa descubrió su identidad, lo sacó de los calabozos. —Qing'er continúa con su historia, pero lo hace en voz más baja—. La mucama dijo que la princesa lo vio por la madrugada, luego lo trasladaron al ala oeste.

Al escuchar esto, Lian abre los ojos como platos.

—¿El ala de los dignatarios? ¿Entonces no es un asesino?

Pequeño Wu estalla en una carcajada.

—¿En las profundidades del palacio? ¿Rodeado de guardias? Sospecho que la princesa quiere tenerlo bien vigilado y esperar a descubrir sus verdaderas intenciones. Saldrán a la luz… siempre lo hacen.

—Cierto —interviene A'bing—. Su padre fue un astuto rival del trono. Quizás el hijo desea seguir los pasos de su padre.

Con esa inquietante idea en la cabeza, comienzo a hacerme más preguntas. ¿Cuáles serán las verdaderas intenciones de Bo… o, más bien, Kang?

Capítulo diez

Ansiosas por pensar en algo que no sean las espeluznantes revelaciones de Qing'er, nos ocupamos con las tareas de la tarde; llenamos de panecillos enormes canastas, más anchas que mis brazos extendidos, mismas que luego apilamos sobre woks llenos de agua hirviente. El vapor sube por debajo de las canastas y les permite a los panecillos inflarse y cocerse a la perfección.

No quiero pensar en el papel que pude haber tenido en el intento de asesinato contra la princesa. ¿Le di a Bo, de alguna manera, acceso al palacio o información útil para sus propósitos? Me maldigo por haber sido tan ingenua y creer que pude haber llamado la atención de un apuesto desconocido en el mercado sin que él tuviera algún motivo oculto.

Para dejar de contemplar todas las formas en las que los interrogadores en los calabozos imperiales podrían torturarme, le hago preguntas a Pequeño Wu: preguntas sobre esa verdura y aquel cereal, sobre los distintos nombres y procesos de cocción del humilde panecillo. Aprendo sobre las variedades de trigo, las cuales no son tan comunes en las provincias del sur, pero sí en Yún y Huá. A Wu no le molesta el interrogatorio, ni siquiera mientras les da órdenes a los demás. Los mandaderos como Qing'er son responsables de cortar la madera y alimentar las hogueras que deben mantenerse calientes para que las vaporeras no se apaguen. Con toda la actividad, la temperatura de la cocina sube gracias al calor de la tarde. Puedo sentir el sudor corriéndome por los brazos y la túnica que se me adhiere a la espalda.

Durante el breve descanso, cuando hay que reavivar las llamas, una de las mujeres de la panadería, Qiuyue, me da un paño fresco para limpiarme la frente.

—Me alegra que nos ayudes —me dice—. La senescal Yang ha estado más… exigente que de costumbre. Son tiempos difíciles.

—Pero no es solo ella —comenta un hombre que está nuestro lado—. El invierno ha sido duro para todos nosotros. La enfermedad de la tos se esparció por todo el palacio, pero los médicos imperiales han estado ocupados con el emperador. Solíamos contar con su ayuda de forma ocasional, pero ya no más.

—Y ahora, con la competencia, tenemos muchas más bocas que alimentar —agrega una mujer de expresión amarga del otro lado de la mesa—. Tenemos que hacer mucho más con mucho menos.

—Por lo menos ellas están aquí —interviene Qiuyue—. Están ayudando, no como… —Deja de hablar cuando una conmoción se desata en la ventana. Dirigimos nuestra atención a dos mucamas que, con sus elegantes ropas, destacan como dos pavorreales entre una multitud de pollos amarillos. Un sirviente con cara de agobio apunta en nuestra dirección.

—¿Como los bultos inservibles que solo ocupan espacio en la corte? —Mingwen resopla y concuerda con disgusto—. Sí, supongo que tienes razón.

Una de las mujeres pavorreal, con una túnica de un delicado tono de verde y una faja azul profundo, se nos acerca con la cabeza levantada.

—¿Dónde está la charola para el marqués? —exige saber—. Comienza a perder la paciencia; necesita atender a sus invitados.

Mingwen aprieta los labios, como si considerara responder con algo de saña, pero decide no hacerlo.

—Los postres están listos —informa tras una pausa larga e incómoda. Chasquea los dedos y, con un movimiento de la mano, le ordena al hombre que tiene a un costado que lleve lo que se le pide. El hombre regresa con una hermosa canasta laqueada en rojo y diseños de hojas y flores que trepan hasta las manijas. La tapa tiene pintadas aves rojas encaramadas sobre vides negras que se retuercen formando intrigantes patrones.

La mucama parece insatisfecha al entrelazar las manos frente a ella, negándose a tomar la canasta que le ofrecen. El hombre se queda estático, presa de la incertidumbre, y mira a Mingwen. La anciana arquea una ceja.

—¿Hay algún problema?

—Tenemos que examinarlo todo. —La mucama sonríe con dulzura—. Para asegurarnos de que está a la altura de los estándares del marqués.

—Por supuesto —asiente Mingwen con una sinceridad exagerada. Le indica al hombre que coloque la canasta sobre la mesa y levanta la tapa con una floritura antes de despedirlo con la mano—. Lo que sea por el marqués.

Saca la charola interior y la coloca también sobre la mesa. Bocadillos de ajonjolí aglomerados en tazones de porcelana azul. Galletas de flor de loto asentadas en otro plato, cada una del tamaño de mi mano, fritas hasta alcanzar un color dorado perfecto. Hay también una pequeña charola de gelatinas blancas como la leche, cortadas en cubos y cubiertas de coco rallado. La joven mujer examina los postres con un ojo crítico antes de asentir y devolverlos a la canasta, que luego se pone bajo el brazo.

La otra mucama se les une, con una montaña de charolas en los brazos.

—Pero… ¿dónde están los pastelillos? La orden adicional se hizo esta mañana. El marqués no estará muy feliz si faltan.

—Ven. —Qiuyue me toma del brazo y me guía hacia el otro lado de la mesa—. Van a seguir increpándose así y a nosotros nos van a regañar por dejar que el trabajo se acumule.

Le devuelvo mi atención a unas bolas de pasta de soya roja endulzadas, destinadas para el interior de los pastelillos. A mi lado, Qiuyue extiende los delgados envoltorios que se convertirán en la crujiente tapa; con dedos ágiles, mete las bolas rojas en los huecos de la masa, las aplana hasta formar discos y les pone las tapas encima. Están listos para el barniz de huevo que les dará un hermoso color amarillo.

Cuando las mucamas al fin salen de la cocina, Mingwen vuelve a la mesa con un resoplido de hartazgo y ataca la pasta de soya con una energía frenética.

—¿Quiénes creen que son? —masculla, mientras mueve las manos a toda prisa—. Todos los departamentos están ocupados, pero el marqués asume que tenemos que estar al pendiente de sus caprichos.

—Estoy segura de que ellos también están bajo mucha presión —ofrece Qiuyue; aquello deja en claro quién tiene la actitud más positiva de entre el grupo de sirvientes del palacio.

Mingwen resopla, pero antes de que pueda decir algo más, una expresión de pánico se enciende en su rostro.

—Está aquí —sisea—. ¡Hagan como que trabajan!

La senescal Yang entra a la panadería a zancadas; la furia en su mirada es digna de una tormenta.

—¡Pequeño Wu! —ladra. El enorme hombre camina hacia ella y hace una reverencia. Todo el mundo agacha la mirada y finge estar muy concentrado en sus tareas, pero sé que todos nos esforzamos por oír lo que la senescal quiere—. La casa del marqués Kuang me informó que los pastelillos que ordenaron no han llegado —dice ella con disgusto—. No me gusta oír quejas sobre ninguno de nuestros departamentos.

—Eh… estamos un poco retrasados a causa de los panes que tenemos que preparar para el banquete de esta noche —explica Pequeño Wu mientras se rasca la cabeza—. Nos enviaron la orden a media mañana y aún intentamos ponernos al corriente.

—¡Inaceptable! —la senescal Yang aplaude con todas sus fuerzas. Qiuyue y yo saltamos, asustadas—. Tratamos a todos los huéspedes del emperador como si se tratara de Su Eminencia misma.

Se acerca a nosotras, nos estudia con la mirada, como cuando examinó a los competidores antes de la primera ronda. Contengo la respiración y espero que no me reconozca, pero las estrellas no me sonríen el día de hoy: la sombra de la senescal se cierne sobre la mesa.

—¿Y quién eres tú? —cuestiona sin dejar de mirarme.

Tengo la mente en blanco. Debo parecer un pez retorciéndose afuera del agua, pues Pequeño Wu sale al rescate.

—Una de las nuevas empleadas —responde sin titubear ni un poco y con una plácida sonrisa—. Necesitábamos más ayuda, por la competencia.

—Si es una de las nuevas, no será tan rápida con los pastelillos. Ven conmigo. Y… ¿en dónde está Qing'er? —Se aleja a pisotones.

Busco ayuda por toda la cocina, desesperada. Puedo ver que Lian está escondida del otro lado de la habitación. Pequeño Wu mueve la cabeza de un lado a otro.

—Deberías seguirla.

Así que no tengo más opción que atravesar las aperturas circulares. La senescal Yang habla con Qing'er y apunta hacia donde estoy. Él trota hacia mí y me saluda agitando los brazos.

—Sígueme —dice antes de alejarme del lugar donde la senescal ha comenzado a aterrorizar a otra camarera, quien se encoge como aplastada por el peso de una enorme olla—. Voy a conseguirte un atuendo más apropiado.

Nunca habría imaginado que tendría que ponerme un uniforme de sirviente afuera de las cocinas imperiales para fingir ser una camarera. No obstante, la farsa parece ser un disfraz habitual en los últimos días, así que me aprieto la faja alrededor de la cintura y salgo de atrás del cobertizo.

La senescal Yang me escruta de pies a cabeza y me pone una canasta en los brazos.

—Tranquilízate. Te estoy pidiendo que entregues pastelillos, no veneno. —Se ríe como si hubiera contado un chiste espléndido, pero lo que hace en realidad es recordarme la advertencia de Pequeño Wu: «Siempre hay alguien escuchando». No es el pensamiento más reconfortante.

Qing'er me lleva por otras alas de la cocina. Una habitación está llena de personas que remueven enormes ollas y hacen que deliciosos aromas floten hasta donde estamos. Otra habitación timbra con el golpeteo de los cuchillos sobre las tablas mientras los chefs cortan enormes pedazos de carne.

Cuando pasamos las cocinas, caminamos por un estrecho sendero que serpentea por un jardín; nos hacemos a un lado para cederles el paso a otros sirvientes. Son tantas personas que vienen y van; debe de haber más sirvientes en el palacio que personas en toda mi aldea. Tantos para atender a los caprichos de tan pocos.

En casa nos doblegamos ante los deseos del gobernador. Nos partimos el lomo bajo su yugo, pero al menos no tenemos que vivir bajo su escrutinio constante, sino hasta la próxima vez que su comitiva pase por la aldea y sea momento de pagar los impuestos. Somos libres, de cierto modo: tenemos la libertad de ir más allá de los confines de la aldea, pero estamos atrapados por las cadenas de la familia y la tradición. Aquí, los sirvientes están rodeados de las riquezas de Dàxī, pueden vestir las ropas más finas y degustar la costosa comida del palacio, pero deben soportar los volubles humores de aquellos a quienes sirven.

Mientras cruzamos varios patios, Qing'er me hace notar las distintas características del palacio. Reconozco el Salón de la Armonía Celestial y sus anchos pilares negros. Pasamos frente a la parte trasera del Gran Salón, que está sobre una serie de escalones de piedra, y tengo que arquear el cuello para poder ver siquiera un poco de las puertas de madera con grabados.

—Nunca se me ha permitido entrar ahí —continúa el chico—. Pero he oído que los sirvientes de ese salón pulen los pisos todas las mañanas y todas las tardes, hasta que todo esté reluciente.

Caminamos frente a una ribera pastosa bordeada por sauces llorones, cuyas largas ramas rozan la superficie del arroyo serpenteante. Me explica cómo las residencias del ala oeste se ventilan y solo se abren cuando se reciben visitas de Estado. Estas podrían ser representantes de otros reinos o nobles y oficiales cuyas residencias no están dentro de Jia.

—Sus jueces están aquí también. —Asiente en dirección de una mucama que barre el camino—. A pesar de que el ministro Song y el canciller tienen casas privadas en la ciudad. Es un gran honor.

Un hombre pasa sobre el arroyo en una pequeña barca. Tiene el cabello con algunas franjas grises y anudado en un chongo. Al pasar el remo por el estanque, parece la figura de una pintura antigua.

—¿Quién es él? —le pregunto a Qing'er, ansiosa de saber si es algún filósofo en busca de inspiración en los reflejos de los árboles y en el agua.

—¿Él? Es Lao Huang, el basurero —dice Qing'er—. Limpia el estanque todas las tardes.

La cara se me retuerce de vergüenza y no puedo más que reírme de mí misma, de lo poco que sé de lo que ocurre en la capital. Qué tonta soy.

Me jalo las mangas del uniforme cuando se me atoran en una rama en el camino; no estoy habituada a la sensación de tantas capas de tela. Las mangas fluidas son la última moda por toda la capital, pero, a pesar de los hermosos bordados que las decoran, son muy aparatosas. Estoy segura de que todo el mundo verá lo incómoda que estoy; debí haberle dicho a la senescal Yang quién era y lidiar con las consecuencias.

El marqués está hospedado en la Residencia de la Añoranza Otoñal. El nombre del área está escrito en caligrafía en una placa que cuelga del portón. Las puertas dobles llevan a un pequeño patio con un huerto de bambú en un rincón a la derecha. Una de las sirvientes de la casa ya está ahí, así que nos conduce al edificio que está a la izquierda del patio mientras chasquea la lengua y resopla con disgusto.

—Es inaceptable que la cocina tenga un retraso así —se queja.

Nos lleva a una sala de estar decorada con pinturas en acuarela y tinta. Quisiera poder apreciarlas de cerca, pero pasamos a toda prisa frente a ellas. Colocan nuestra canasta junto a dos charolas que ya están preparadas con tazones y platos de porcelana, con vetas verdes y craquelado negro. Qing'er me ayuda a transferir nuestra colección de bocadillos con mucho cuidado. Lo último que pasamos de la canasta a la charola son los pastelillos redondos con distintos puntos de colores encima para indicar el sabor que se oculta adentro; las orillas comienzan a desmoronarse cuando los tocamos.

—¿Qué es esto? —exige saber la sirviente, señalando los pastelillos. Por fortuna, Qing'er puede responder por mí: uno está lleno de carne seca de cerdo y frijol mungo para darle un sabor agridulce, mientras que otro está relleno de una natilla de huevo salada. Las piezas más delgadas tienen una capa de pasta de calabaza blanca o una mezcla de dátiles y nueces molidas.

Cuando los bocadillos están acomodados al gusto de la mujer, ella toma una de las charolas y hace un gesto para que yo tome la otra.

—Yo puedo ayudar... —Qing'er intenta agarrarla en mi lugar, pero la sirvienta niega con la cabeza.

—Al marqués no le agrada que le sirvan muchachos. —Miro a Qing'er, quien da un paso atrás y parece disculparse con la mirada—. Y no le gusta que lo hagan esperar —estalla la mujer, impaciente, antes de comenzar a caminar—. Vamos.

Me quedo clavada al piso con la charola en las manos. Me van a reconocer en cuanto entre a la habitación, y el marqués me expulsará de la competencia y del palacio.

—Tienes que irte —me susurra Qing'er, jalándome una manga.

Siento una opresión en el techo. Entraré y saldré a toda prisa, rezando por que mi rostro sea tan genérico como para que no lo reconozcan. Me obligo a dar un paso al frente, y luego uno más; debo enfrentar al marqués, quien me lanzó una taza, quien está seguro de que soy una traidora a Dàxī. La sirviente me detiene frente a un biombo de madera; puedo oír la música que viene del otro lado, junto con las voces de la conversación de los hombres.

—Haz lo mismo que yo —me ordena—. Pon la charola sobre la mesa que encontrarás a tu derecha. No te demores.

Asiento y pasamos por el biombo hacia otra hermosa habitación. Mi atención se posa sobre un mapa de la ciudad que cuelga de la pared. Una colección de jarrones de distintos tamaños y colores adorna otra pared. Una música está sentada en un taburete en el centro de la habitación, desde donde pulsa las cuerdas de una pipa.

Sostengo la charola con mucho cuidado y me muevo tan rápido como me atrevo a hacerlo para no llamar la atención; la coloco junto a la otra y luego me permito un vistazo curioso alrededor de la habitación para ver a qué honorables invitados ha recibido el marqués el día de hoy.

El marqués Kuang preside la reunión al frente de la habitación, recargado sobre uno de sus brazos; es la viva imagen de la indulgencia. Por toda la habitación hay hombres sentados en pequeñas mesas, cuyas superficies ya están repletas de platos y tazas. Recorro con los ojos los rostros de los invitados y… el corazón se me detiene. Reconozco la cara que mira con lascivia a la hermosa instrumentista, así como a los dos hombres que juntan las cabezas mientras chocan sus tazas. Todas las personas en el lugar me resultan familiares.

Es Shao, junto con otros shénnóng-tú de la competencia. Están rompiendo las reglas, socializando con los jueces.

De pronto entiendo lo que siente una liebre al caer en un nido de víboras. Pero antes de poder darme vuelta y huir, uno de los hombres levanta la mirada de su taza y sus ojos se encuentran con los míos.

Capítulo once

De pronto, mi respiración es demasiado fuerte. Rezo para que las estrellas me iluminen con su gracia en vez de condenarme a una vida de ruina y deshonra.

El hombre se pone de pie, tambaleándose, y me señala.

—Tú…

Trastabilla al caminar en mi dirección y logra detenerse con un pilar. Me doy vuelta de inmediato y me dirijo hacia la puerta, pero él se abalanza sobre mí, demasiado rápido como para permitirme reaccionar, y me toma el brazo. Lucho por zafarme, pero me tiene apresada con demasiada fuerza. Me jala hacia él y puedo oler el licor de arroz en su ropa y en su aliento. Estos hombres no están tomando solo té. Intento alejarlo con un empujón, pero soy un ave capturada por un cazador, aleteando entre sus manos, indefensa.

—En el palacio, hasta las mucamas son más lindas. —Se ríe.

Una llama se enciende dentro de mí, vergüenza teñida de furia: de que me manoseen, de que este bufón crea que soy su juguete.

—¡Basta! —Estallo al fin. Le pateo la rodilla y le clavo el codo en el centro del pecho, donde sé que le dolerá más; él aúlla de dolor y me suelta. La instrumentista termina su presentación justo en ese instante, y el sonido de nuestra lucha capta la atención de todo el mundo. Retrocedo, fuera del alcance de sus dedos, con la cabeza agachada. La puerta está justo detrás de mí, a solo unos pasos—. Por favor —susurro, intentando disimular mi voz—. Debo volver. En las cocinas aguardan mi regreso.

—¡Tú! —El hombre se toma el pecho con una mano y alza la otra en un puño—. ¡Pagarás por esto!

—¡Jovencito! —La imponente voz del marqués se alza por encima de las demás conversaciones, rebosante de desprecio—. Respetará a las sirvientes del palacio. No puede comprar su atención como hace con las mujerzuelas en las casas de compañía que suele visitar.

—¿Qué no lo entiendes?

Levanto la mirada y veo al Estimado Qian, de pie detrás de una de las mesas en la esquina de la habitación. Debido a su apariencia, la de un hombre sabio con una larga barba blanca, esperaba una voz amable llena de calidez y perspicacia. En cambio, lo que sale de su boca es un sonido agudo, como si acabara de morder una ciruela amarga. Un amigo del joven que me sujetó se apresura a jalarlo de vuelta a su mesa, colorado de vergüenza.

—Todos los astrónomos hablan de cambio en las estrellas —continúa el Estimado Qian—. Estamos en un periodo de alianzas cambiantes y caracteres veleidosos. Es un momento para concentrarse, no para andar tras las faldas de cualquier jovencita linda que pase frente a ti. No es un momento para llenarte el estómago de vino y comida. Tendrás esta vida si te conviertes en el shénnóng-shī de la corte: todo estará a tu alcance si ganas la competencia. Tendrás todas las casas de compañía a tu disposición, todo el dinero con el que podrías soñar para comprar todo lo que desees.

Alrededor de la habitación, los rostros asienten con petulancia para mostrarse de acuerdo. Siento cómo se me retuerce la cara por el disgusto. ¿Cómo puede ser posible que mi madre admirara a este hombre, quien convenció a la emperatriz matrona de la importancia del shénnóng-shī en la ciudad? ¿Lo hizo porque en verdad creía en los beneficios de la magia shénnóng o porque ansiaba el poder que esto le traería?

Alguien me toma y me jala hacia la puerta. Reacciono y trato de zafarme, pero las palabras que siguen me detienen.

—Quita esa expresión de la cara o nos van a matar a las dos —me susurra la sirviente al oído.

—¡Tú! —grita Shao—. ¡Detente!

Indignada, la mujer me suelta el brazo y me deja a mi suerte.

Me doy vuelta, despacio. Intento hacerme tan pequeña como puedo, hacer el papel de la sirvienta recatada que ellos esperan.

—¿Sí?

—¿No le debes las gracias al marqués Kuang? —Su voz aún rezuma esa misma seguridad indulgente y holgazana—. ¿No entiendes tu posición?

Alzo la mirada y veo que el marqués tiene los ojos entrecerrados, como si fuera a reconocerme en cualquier instante y nombrarme como la chica cuya lengua profirió la poesía rebelde, con la que pidió la sangre de la nobleza. Pero no hay dedo que me apunte, no hay acusación.

—Mu… muchas gracias, honorable —tartamudeo con una reverencia antes de huir.

Nadie me persigue a través de los corredores de la Residencia de la Añoranza Otoñal. El único sonido es el de mis pasos apresurados y los silbidos entrecortados de mi respiración. Antes de que se nos permita salir de la residencia, Qing'er y yo recibimos una reprimenda de parte del administrador de la casa del marqués.

—¿Qué pasó ahí adentro? —me susurra Qing'er cuando al fin podemos salir.

No encuentro las palabras para describir lo que vi; no confío en que podré hablar sin gritar. La injusticia, la forma en que esa gente puede pisotear las reglas sin temor a algún castigo. Solo atino a tomarle el brazo y alejarme tan rápido como puedo de esa parte del palacio, lejos de quienes ya tienen las oportunidades y contactos de quienes residen en Jia. Ellos pueden conseguir una audiencia con el marqués, recibir el consejo del Estimado Qian. No sé cómo voy a lograr conseguirle a Shu la ayuda que necesita.

Al volver a la residencia de los participantes, me quito el uniforme de sirvienta, asqueada de haber creído que era hermoso. Los detalles bordados, las bellas mangas largas, todo bonito e inútil; no es más que otra soga con la que nos mantienen atados. Al mirar mi túnica de competidora, recuerdo lo que sentí la primera vez que me la puse: la esperanza tentativa, el delgado rayo de luz entre las nubes. Mientras más tiempo paso en el palacio, más entiendo que la esperanza es una ilusión: ya han decidido quién será el ganador y quién fracasará.

Lian irrumpe en la habitación cuando le doy el último jalón a mi faja para asegurarme de que me veo presentable, aun si las entrañas se me retuercen.

—Estás a salvo —dice aliviada.

—Me dejaste ahí. —Las palabras me salen de la boca más mordaces de lo que esperaba, y las orillas de los labios se me caen en una mueca triste.

—Lo... lo siento. —Mueve la cabeza con una expresión de arrepentimiento—. Sé que debí haber dicho algo, pero me paralicé. Fue como si me hubiera convertido en una niña otra vez y me golpearan las manos con una vara por haberme comido algo que era para el banquete.

Una parte de mí quiere rugir y decirle que no seguiré siendo parte de sus juegos, como he hecho con los niños de la aldea que se burlan de mi ropa y mis modos. Sin embargo, otra parte de mí sí que disfrutó del tiempo que pasamos en las cocinas. Fue una agradable distracción del estrés de la competencia y, además, Lian ayudó a vendarme la mano. No fue su culpa que la senescal me hubiera elegido a mí, y no tiene la obligación de ser amable conmigo. Podría haberme desestimado, como ya hicieron todos los demás.

—Lo entiendo —alcanzo a mascullar al fin—. No es tu culpa. Vi... vi al marqués Kuang otra vez.

Lian contiene la respiración.

—¿Qué pasó? ¿Te reconoció?

Todo sale en una marejada: lo que vi en la residencia, la gente a la que reconocí, lo que dijo el Estimado Qian. Para cuando termino de hablar, Lian está furiosa también y camina de un lado a otro de nuestra pequeña habitación.

—¡Esas ratas marrulleras! —gruñe—. Todo en Jia es político, ya lo verás, en particular los shénnóng-tú. —Menea la cabeza con disgusto—. Muchos a quienes se les descubre una afinidad con el arte de Shénnóng provienen de familias que pueden permitirse fomentar ese talento. Estos shénnóng-tú se convierten en shénnóng-shī, y utilizan sus habilidades para ayudar a sus propias familias y hacerse de dinero y poder. Algunos miembros de la corte no pueden ser vistos en los hogares de otros, así que se reúnen en el distrito del té. Participan del entretenimiento «formal», pero también realizan reuniones en las salas privadas.

—Eso no es lo que mi madre me enseñó —apunto—. Ella decía que la magia debe ser útil, no un medio de ganancia personal.

—De otro modo, sería un desperdicio. —Lian asiente con solemnidad—. Cuando descubrí que el té me hablaba, creí que significaba que yo era especial. Pero ahora sé que, incluso si hay magia, siempre habrá quienes tengan ventajas.

—Como su familia y su fortuna —suspiro.

—Por eso quise acercarme a ti el primer día en el patio —confiesa Lian con sinceridad—. Tú entiendes lo que es ver las cosas desde afuera. Nos reconocemos en la otra. —De cierto modo, Lian tampoco pertenece aquí, a pesar de ser la hija del embajador, ya sea por la forma en que viste o porque sus costumbres no son las de la capital—. Te considero mi amiga, Ning. —Me aprieta los dedos por un instante—. Espero que algún día tú puedas considerarme la tuya.

—Yo también lo espero.

No estoy lista para reconocerla como tal, no aún. He aprendido lo distinta que puede ser la gente a lo que parece ser en un principio. Hay algo que es seguro: mis competidores no dudarán en pasarme por encima en su camino hacia la victoria, y más me vale encontrar la forma de recuperar el terreno perdido antes de que me dejen atrás.

La habitación que Lian y yo compartimos en el palacio se torna cada vez más sofocante mientras doy vueltas en la cama, con el cuerpo tan inquieto como la mente. En mi hogar, cuando no podía dormir por las noches, salía de la casa y me alejaba de los ronquidos de mi padre. Iba hasta el huerto que estaba más allá del jardín de té y encontraba algo de consuelo al trepar los árboles. Me gustaba la sensación de la corteza en mis palmas, encontrar los puntos de apoyo para los pies y las manos, subir y subir; el relajante susurro del viento entre las ramas y el sonido de las cigarras eran música que comprendía. Salgo de la residencia en un intento por encontrar ese mismo consuelo, cuidadosa de no perturbar a las demás.

El patio está flanqueado por piedras decorativas y árboles bajos a lo largo de las paredes. Mis manos encuentran grietas y recovecos; subo con facilidad al techo y me siento sobre las tejas. La luna vigila el palacio esta noche, una luna creciente que resplandece entre los jirones de las nubes.

De noche, el palacio al fin está callado. Callado, pero no en silencio. Alcanzo a distinguir los pasos de las patrullas nocturnas a la distancia, aunque no puedo verlas; voces se cuelan por una ventana abierta, una grave y una aguda; una flauta trina en la cercanía. Desde donde estoy, puedo ver los tejados de las demás residencias, pero aquí estoy sola, ni siquiera un ave me hace compañía.

El palacio crea una ilusión de espacio al contenernos a tantos, pero estamos acorralados aquí. No sabía que podía añorar tanto las colinas de mi aldea, hasta ahora. Extraño los vastos campos verdes, las montañas siempre vigilantes a lo lejos. Los soldados que están apostados en nuestra área se quejan siempre de lo poco que pueden hacer, así que se llenan la barriga de vino barato y hacen alborotos en el mercado. No obstante, hay una parte de mí que extraña incluso el sonido de sus cánticos ebrios mientras andan a tropezones por las calles.

Me abrazo las rodillas, ahí sentada, y recuerdo cuando jugaba Shu entre los árboles, mientras ella imaginaba que éramos bailarinas o guerreras, saltando sobre las raíces durante nuestras coreografías y batallas. Se parecía muchísimo a nuestra madre, pero, en vez de contarnos historias, creaba las propias. Recuerdo la sensación de las manos de mi madre alisándome las ondas del cabello, las amargas infusiones que mi padre nos obligaba a tomar para fortalecer nuestros cuerpos para los fríos de invierno, y la pera endulzada que mamá nos daba como premio después. Todos esos recuerdos son tan preciados como joyas; cosas que no creemos extrañar hasta que ya no están.

Un crujido a la distancia interrumpe mis recuerdos; unos cuantos pájaros graznan y huyen hacia la oscuridad de la noche. El sonido de sus alas trae consigo una sensación premonitoria: la última vez que me encontré con alguien en un tejado, me apaleó y me dio por muerta. Sin embargo, no creo que la Sombra haya querido matarme esa noche, habría usado un arma para eso. Creo que quiso que sobreviviera, aun si el bandido es tan cruel y frío como cuentan los rumores. Creo haber visto un atisbo de piedad detrás de la máscara.

Veo, incrédula, cómo alguien cae sobre el sendero de piedra del patio. La figura se mueve, escurridiza; su sombra se desliza sobre la tierra. No me atrevo a respirar. Me obligo a hacerme una misma con la raíz, a canalizar la solidez de las tejas debajo de mis manos y desaparecer.

La figura camina a lo largo del costado del edificio. Pienso en Lian y en todas las demás chicas que están dormidas ahí adentro. Me escondo una teja rota en la mano.

Sé qué es lo que tengo que hacer.

Capítulo doce

Dando un alarido y con los pies por delante, caigo del techo sobre la figura misteriosa y la dejo tendida en el piso. Aterrizo con medio cuerpo sobre el suyo y ruedo para alejarme; sé que tengo que llamar la atención de alguna patrulla cercana. Me pongo de pie a tropezones, pero una mano me toma del hombro y me jala hacia atrás. Caigo con pesadez sobre las duras piedras. La figura salta encima de mí, me pone una mano sobre la boca y una rodilla sobre el estómago y me mira bajo la tenue luz de la luna. El corazón se me acelera: ¡es Bo! ¿Qué hace aquí?

Y, de pronto, el destello de reconocimiento le ilumina los ojos también. Se oye un grito a lo lejos y, de inmediato, Bo me jala para levantarme; arrastramos los pies hacia atrás hasta topar con los árboles. Estamos lo suficientemente cerca como para que sienta su aliento mientras miramos cómo la puerta del patio se abre con un chirrido y un guardia asoma la cabeza, con una antorcha en la mano.

Estoy consciente, demasiado consciente, del calor de Bo junto a mi cuerpo. La firmeza de los músculos de su cuerpo que tiemblan debajo de mi mano; la tensión que recorre la larga línea de su cuerpo, listo para reaccionar si el guardia nos descubre. La puerta se cierra despacio y exhalamos al mismo tiempo. En ese momento recuerdo que él no debería estar aquí y que yo no debería estar ayudándole.

Me lanzo lejos de él y presiono la espalda sobre la solidez de la pared. Nos miramos con recelo. Me llevo las manos a los brazos;

siento el dolor de los moretones que sé que están formándose tras mi abrupto aterrizaje.

Un repentino viento se alborota, se arremolina alrededor de mi cuerpo y me revuelve el cabello; me deja vacía y fría.

Recuerdo todas sus mentiras: el nombre falso, la identidad falsa, la forma en que llevaba el cabello, como si no estuviera habituado a las costumbres de su ciudad; cómo apareció sobre la plataforma, cómo manejó su espada y reveló su entrenamiento. Este chico es más de lo que aparenta ser. No es el Bo medio torpe y acomedido que conocí en el mercado, el que me habló sobre su familia y su infancia en la capital. Este chico, agazapado en el suelo en la oscuridad, es un arma.

—¿Qué haces aquí? —Me pongo de pie y esgrimo mis palabras como un sable, tirando estocadas en defensa propia. Es una sensación a la que estoy acostumbrada: saber que, si me muestro áspera, nadie se me acercará; no tendré que oír críticas sobre mis uñas sucias o mis ropas remendadas.

Él también se pone de pie. Abre las manos para mostrarme que no está armado.

—Quería verte.

—¿Por qué? ¿Qué podrías querer conmigo? —La furia es buena. La furia es segura. Me trago la confusión hasta que se convierte en solo un temblor en mi pierna que golpetea el suelo en un frenesí.

—Quería disculparme. —Da un paso al frente, pero yo me alejo.

—¿Por qué el primo de la princesa, hijo de un príncipe, tendría que disculparse conmigo? —estallo—. Me hiciste ver como una tonta; te hiciste pasar por un simple residente de la capital. Fingiste ser amable, cuando todo era mentira.

—Sí, supongo que lo hice. Pero… —Esboza una sonrisa irónica—. Tú hiciste lo mismo.

—Solo mentí sobre mi nombre.

—He aprendido que un nombre puede serlo todo. —Las comisuras de sus labios se levantan conforme habla, usando un tono socarrón—. Kang, hijo del Príncipe Desterrado, sobrino del emperador, portador del legado familiar, traidor al trono, capaz de matar sin siquiera pensarlo y de doblegar a la oscuridad a voluntad…

—No es gracioso —espeto con enojo. Me irrita que no entienda lo que está en juego, que no tenga idea de qué fue lo que perturbó.

Alza una mano.

—Sí, lo siento. Me han dicho que me gusta tomarme las cosas a la ligera, sobre todo las cosas que me molestan. —Señala los escalones principales de la residencia—. ¿Podemos sentarnos, por favor? ¿Podemos… hablar? —Mantengo los ojos clavados en él, atenta a cualquier movimiento repentino, mientras me siento en la orilla de un escalón. Él se sienta a mi lado, más serio ahora, y se aclara la garganta—. Yo… —Se interrumpe con un suspiro, antes de comenzar de nuevo—. Me recordaste a mi vida antes de dejar la capital. —Mira al piso; sus dedos trazan círculos y espirales sobre las piedras—. Quise fingir que era un estudiante en la ciudad, que no estaba atado a la historia de mi familia. Que era solo un chico que conoció a una chica en el mercado una tarde de primavera y quería pasar tiempo con ella.

Por un momento, la tristeza en su voz me conmueve un poco, y estoy a punto de creerle. Pero luego recuerdo el brillo de su espada a la luz de las llamas.

—Caíste del techo. —Le hablo a él, pero también me lo recuerdo a mí misma—. Los guardias te capturaron, te interrogaron y te encerraron. Y ahora estás aquí, frente a mí. ¿Cómo puedo creer que no tienes orígenes sobrenaturales? ¿Cómo puedo creer que tus intenciones no son malvadas?

Voltea a verme. El regocijo en su rostro es evidente.

—Me temo que las cosas no fueron tan emocionantes. Mi padre aún tiene amigos dentro del palacio. Los oficiales tienen memorias largas; diez años no son nada para ellos. Consiguieron que me hospedaran en la Residencia del Sueño de Invierno, bajo una vigilancia estricta. Logré escabullirme durante el cambio de guardia, pero pronto comenzarán a buscarme.

«Pronto». La palabra cuelga sobre nosotros como una exhalación.

—¿Por qué no te vas del palacio? —sugiero, de forma repentina—. Podrías escapar y volver a casa con tu padre.

Él frunce el ceño.

—No es tan sencillo. Vine aquí por una razón, con un propósito que tengo que cumplir. —Espero a que se explique, pero guarda silencio. Nos quedamos sentados, sin decir nada, cada uno sumido en sus propios pensamientos, hasta que él habla de nuevo—. Pero necesitaba encontrarte. —Lo miro de reojo; él me mira a mí, sus ojos oscuros reflejan la luz—. Para… no sé para qué. ¿Explicarte? ¿Resarcirme? ¿Para asegurarme de que no te quedes con un mal recuerdo de mí si me ejecutan antes de que acabe la semana? —Lo observo horrorizada. Su mano encuentra mi brazo, como para ofrecerme consuelo, pero su rostro parece abatido cuando me alejo—. Hasta donde sé, la princesa no tiene planes de ejecutarme, aunque estoy seguro de que a algunos de sus consejeros les encantaría declararme culpable de tantas fechorías como se les ocurra.

Lo miro con detenimiento; intento verlo por completo esta vez. A pesar de que podría estar mintiendo en este momento, sé lo que reveló la Llave Dorada. Sé que, por un momento, pudimos ver las verdades más profundas y oscuras del otro. La marca sobre su corazón, el té que le serví a mi madre, las cosas que nos cambiaron de manera irreparable.

—En mi celda no dejaba de pensar en la tarde que pasamos juntos —admite con suavidad—. Había pasado mucho tiempo desde que tuve una hora así, sin expectativas, sin preocupaciones. Significó mucho para mí.

Nuestras miradas se encuentran. En sus ojos vuelvo a ver honestidad, vulnerabilidad. Aún hay algo que bulle entre nosotros, una peligrosa conexión.

—No sé cómo puedo probártelo —continúa—, que soy el mismo al que conociste en el mercado, que todo lo que te dije es cierto. Crecí cerca del palacio, mi padre era un soldado.

—Yo no llamaría al general de Kǎiláng un soldado común. —Me río, aunque no quiero hacerlo. Las discusiones sobre el general habían continuado en las cocinas, a pesar de las advertencias de Pequeño Wu. Un recordatorio de la historia de Dàxī. El general dejó un rastro de sangre por todo el reino, consolidando el poder del emperador. Los rumores decían que el general no estaba satisfecho con el sello del tigre. Quería más: más poder, más soldados, más riquezas, hasta que comenzó a codiciar el trono del dragón.

—Para todos los demás, él era el general, pero es también mi padre. Fue él quien me acogió cuando era solo un bebé. —Se encoge de hombros. En los labios se le dibuja una línea recta—. No quiero hablar de mi padre.

—Yo… —Abro la boca para hablar, para hacer más preguntas. Quiero preguntar cómo fue que lo adoptó el Príncipe Desterrado. Sin embargo, la voz del pregonero corta la noche con su anuncio de la hora.

Está de pie antes de que pueda siquiera parpadear, alerta y preparado. Me recuerda una vez más que es más de lo que dice ser; es una amenaza.

—¿Mañana? —Me mira. En su voz hay una pregunta; en sus ojos, una promesa—. Espero que puedas decirme tu nombre.

Unas pisadas se acercan, las patrullas deben de estar en su camino de regreso y él aún espera por una respuesta. Es un riesgo que no puedo correr, ya estoy metida en suficientes problemas. Pero también necesito verlo otra vez, así que asiento.

El rápido destello de su sonrisa en la noche es como un relámpago en medio de un cielo oscuro. Luego desaparece antes de que yo pueda respirar de nuevo; se esfuma entre los tejados.

Solo por una noche, en esta ciudad dentro de una ciudad, me siento un poco menos sola.

CAPÍTULO TRECE

La mañana siguiente trae consigo vientos del este y lluvia que cae desde las vigas del techo. Qing'er es quien nos trae el desayuno dentro de una vasija redonda, mientras Mingwen sostiene una sombrilla por encima de su cabeza. Masculla con molestia algo sobre el mal clima mientras balancea la canasta que lleva bajo el brazo.

Qing'er bailotea alrededor de la mesa al «ayudar» a Mingwen. Al darse cuenta de que no estoy familiarizada con estos platos del norte, muy alegre me explica en qué consiste cada cosa. Los tazones contienen leche de soya caliente, en cuya superficie hay espolvoreados camaroncitos bañados con salsa de soya, vinagre y aceite de chiles rojos, decorados por último con un poco de cebollín. Otro plato tiene una pila de masa frita hasta estar dorada, hecha para sumergir en el caldo.

Lian los invita a ambos a sentarse y comer con nosotras, lo que provoca que las demás shénnóng-tú en el comedor nos lancen miradas curiosas y se lleven la comida a otro lugar. A partir de nuestras breves interacciones con las demás competidoras, queda claro que creen que nuestras formas son peculiares, en particular el que no vengamos de un privilegio y que tengamos la costumbre de convivir con los sirvientes. Mingwen tensa al boca al sentir el evidente desprecio y se da vuelta para irse, pero Qing'er la convence de quedarse al empujar un taburete en dirección suya.

—Supongo que puedo descansar los pies un momento —masculla Mingwen, antes de aceptar uno de los tazones humeantes e inhalar el aroma que sale de él.

Qing'er ya tiene la boca llena de la masa crujiente y asiente con deleite mientras revuelve la sopa con su cuchara. Yo hago lo mismo y le doy un sorbo tentativo; es un caldo lleno de sabor, salado, agrio, amargo. El picor me recorre la lengua de a poco, una especie de quemadura agradable que me llega hasta la garganta y confunde todos mis sentidos.

La mesa se queda en silencio por unos minutos, salvo por los ruidos que hacemos al sorber y masticar mientras disfrutamos de nuestros alimentos. Después de devorar su comida, Qing'er aleja su plato, declara estar lleno y le dirige una mirada traviesa a Lian.

—Oí que hablaban de ustedes dos anoche, después de que salieron de las cocinas.

—¡Qing'er! —lo reprende Mingwen.

Lian se inclina sobre la mesa para acercarse a él, y hasta yo dejo mi cuchara por un momento, llena de interés.

—Espera, puede decírnoslo —Lian sonríe—. ¿Qué dijeron?

—Dijeron que los shénnóng-shī pueden darle a alguien la fuerza de diez hombres. ¿Es cierto?

Puedo ver que este chico siempre trae problemas consigo, pero el tipo de problemas que quizás provoquen que alguien lo despeine con ternura y no que le den una golpiza a causa de su lengua floja. Es una realidad muy distinta a la del chico que conocí en el mercado.

—Mi maestro es capaz de preparar tónicos que te hacen más fuerte por un cierto tiempo —le explica Lian—. Puede sacar el potencial que los antiguos dioses colocaron dentro de ti. Pero no todos los shénnóng-shī tienen las mismas habilidades. Así como algunos de tus tíos demuestran un mayor talento para doblar los rollos y otros para cocinar con el wok, los shénnóng-shī tienen distintas especialidades.

—Algunos shénnóng-shī tienen poderes curativos —añado—. Pueden ver dentro de ti y encontrar la enfermedad que hay ahí y ayudar a sacarla. Mi… —Casi digo «madre», aunque la gente de la capital quizá no sabe aún que está muerta—. Mi maestra siempre me enseñó que Shénnóng nos elige por una razón —murmuro, consciente de que tengo que ser más cuidadosa con mis palabras la próxima vez. Finjo sorber mi leche de soya para que alguien más comience a hablar.

Mingwen asiente.

—Infusionan magia muy poderosa. Lo vi con mis propios ojos una vez, cuando una taza de té le borró la edad a una persona. ¡Lo hizo verse diez años más joven! —Se aclara la garganta, como si le avergonzara ser parte de la conversación.

Me pregunto qué clase de reconocimiento habría recibido mi madre si hubiera permanecido en el palacio y practicado su arte aquí. En nuestra aldea, en ocasiones la confundían con la asistente de mi padre; incluso había pacientes que la rechazaban, debido a su preferencia por un médico «con un entrenamiento adecuado». Sé que siempre le dolía, aunque nunca lo expresó en voz alta.

—¿Por qué no pueden hacer que todos seamos jóvenes y fuertes? —exclama Qing'er, lleno de emoción—. ¿No resolvería todos nuestros problemas? ¿No sería Dàxī el reino más poderoso del mundo entero? ¡Tendríamos soldados capaces de destruir lo que encontraran a su paso!

—¡Buena pregunta! —Lian le da una palmada en la espalda—. La magia es temporal, pues usarla tiene un costo para el shénnóng-shī. En una ocasión, mi maestro necesitaba enviar un mensaje urgente al otro lado de Dàxī. Con su ayuda, el mensajero viajó durante tres días y tres noches, sin parar, pero a cambio mi maestro no pudo salir de la cama durante casi una semana. No tenemos en el reino suficientes shénnóng-shī que se especialicen en el tipo de magia que les permitiría a nuestros soldados mantenerse fuertes por tanto tiempo.

—Mientras más le exijas a la magia —añado—, más tomará a cambio, ya sea de quien la conjura o de quien la recibe.

—¿Qué más dicen de nosotros? —pregunta Lian, aún entretenida.

—Que los shénnóng-shī comercian con secretos —responde Mingwen. Su interés rebasa su recelo—. Que muchos de ustedes no aceptan pagos en monedas, solo en verdades.

—Dicen que cobran lo que se les debe muchos años después, con el veneno que ponen en el té. Puede atacarte a la mitad de la noche y matarte. —Qing'er divaga, hasta que voltea a vernos, preocupado—. ¿Es cierto? No parecen asesinas.

Lian y yo no podemos evitarlo: yo me doblo en carcajadas, apenas si puedo respirar, mientras que Lian se ríe tan fuerte que tiene que secarse las lágrimas de los ojos. Qing'er observa la escena, confundido; a su lado, Mingwen resopla.

—¿Qué clase de demonios creen que somos? —No puedo evitar balbucear entre mis arranques de hilaridad.

Mingwen se pone de pie y vuelve a fruncir el ceño.

—Olvídenlo —estalla.

Lian se levanta también y le ayuda a recoger los tazones y cubiertos sucios.

—Con mucho gusto podemos responder cualquier pregunta que tengan. Yo solía creer en tantos rumores… pero nunca supe qué era verdad y qué mentira, hasta que comencé con mi entrenamiento.

Mingwen asiente tras considerarlo un poco, más tranquila ya.

—Supongo que ustedes dos no están mal. —Entre los cuatro, limpiar la mesa toma solo unos segundos. Mientras Mingwen le pone la tapa a la canasta, hace una pausa—. No… no debería decírtelo. —Señala con una mirada furtiva hacia la puerta para asegurarse de que nadie más nos esté escuchando, antes de voltear a verme de nuevo—. La senescal sabe que fuiste tú quien le llevó los bocadillos al marqués. Vendrá a buscarte pronto.

Con esa críptica advertencia, se apresura a salir antes de que tenga oportunidad de hacerle más preguntas.

—Ay, no —se lamenta Lian, mirándome con los ojos como platos—. Si yo fuera tú, desaparecería.

—¡Abuela! —exclama Qing'er.

Antes de que Lian y yo podamos hacer siquiera un movimiento para salvarnos, la senescal Yang cruza las puertas abiertas.

Vestida con una túnica gris oscuro y una faja negra, sin un solo cabello fuera de lugar, examina la habitación. A pesar de que no es una mujer particularmente alta, tiene una presencia imponente; me hace querer enderezar la espalda y revisarme el cuello para asegurarme de que mi apariencia es la correcta.

—¡Tú! —Me ve y se acerca con enormes zancadas para tomarme del brazo. Estoy paralizada, no sé a dónde mirar ni cómo huir. Lian no es de ayuda; está tan petrificada como yo—. ¿Les parece gracioso? ¿Creen que es un chiste? ¿Fingir ser alguien más por un día? —La voz de la senescal es engañosamente baja al principio, pero el volumen sube a toda prisa, hasta que sus palabras no son más que un grito—. ¿Conspirar para dejarme en ridículo? ¿Para dejar en ridículo a todos mis departamentos? —Me clava las uñas en el brazo, lo que me hace contraer el gesto por el dolor—. Los competidores deben permanecer en sus residencias. No pueden interactuar con los oficiales de la corte. No pueden jugar a los disfraces. ¡Y tú! —Con el otro brazo apunta un dedo acusatorio hacia Lian, quien se coloca detrás de la mesa, como si esta fuera suficiente para salvarla—. A ti te reconozco. Te recuerdo de cuando eras pequeña. Siempre en problemas, siempre con alguna travesura entre manos. Fui demasiado indulgente contigo al pensar que eras solo una niña, tenía la esperanza de que el Estimado Lu te hubiera enseñado buenos modales. Pero ahora descubro que ustedes dos se escabullen por mis cocinas. Estoy segura de que al ministro Song le encantaría enterarse de que dos competidoras fingen ser mucamas y se pavonean por todo el palacio, burlándose de la competencia. Le encantaría saber en qué tipo de problemas se han metido.

El miedo da paso a la molestia, y luego a la furia. Siento la misma impotencia asfixiante que sufrí cuando estuve frente al marqués y a todos esos tontos ebrios de caras enrojecidas que pueden romper las reglas sin ningún problema. Sus reputaciones y futuros no están en juego en esta competencia. Sin importar el resultado, recibirán el entrenamiento necesario para realizar las pruebas. Pero yo… perderé a mi hermana como ya perdí a mi madre.

—Algunos de los demás competidores disfrutan de audiencias privadas con el marqués —espeto con enojo cuando logro zafar el brazo—. ¿Cómo es eso justo? Sé que muchos miembros del personal de la cocina han estado en su residencia, así que usted debe de haber sabido sobre estas transgresiones. ¿Por qué no se lo informó de inmediato al ministro?

La senescal Yang palidece al escuchar que menciono al marqués.

—¿Cómo lo sabes? —cuestiona—. ¿Qué viste?

Me doy cuenta de que debió haber creído que solo les entregué los platos a los sirvientes de la residencia. No sabía que vi a la persona que el marqués recibió en sus habitaciones privadas. Entonces Lian sale al rescate.

—Querida tía Yang… —Entrelaza el brazo con la mujer mayor y hace uso de todo su encanto—. Tratamos de ser de ayuda, de evitar caer en el ocio, pero te fallamos. Tienes razón, debes informarle al ministro sobre lo que vimos. Dile que fuiste tú quien nos dio la sabiduría para hacer lo correcto.

La senescal Yang parece ratón en ratonera. Se quita a Lian de encima y menea la cabeza.

—No… ya entiendo. No es necesario, se los aseguro.

—¡Pero nos enseñaste una lección muy valiosa! —exclama Lian con una sinceridad exagerada—. No tenemos otra opción más que…

—¡Ay! ¡Ya basta, niña insolente! —suelta la senescal. Cierra los ojos, inhala profundo, y se masajea la sien con los dedos—. Mientras más tiempo paso en el palacio, más vida me quita.

—Ven, tía, siéntate —ofrece Lian, con un tono más gentil, y la lleva hasta un taburete.

Alcanzo a percibir algo cuando la senescal pasa frente a mí: el rastro del aroma de la corteza del árbol de chénxiāng y la potente dulzura de la cáscara de mandarina seca; son olores medicinales que solían encontrarse en el taller de mi padre. Al mirar más de cerca, puedo ver el tono amarillento de su piel y las bolsas púrpuras debajo de sus ojos. Esta mujer está enferma y, a juzgar por las tensas líneas alrededor de su boca, está sufriendo.

—¿Te sientes bien, abuela? —Qing'er, que se mantuvo en la puerta durante nuestra discusión, ahora se acerca y se acomoda debajo del brazo de la senescal.

—Sí, no te preocupes por mí, Qing-qing. —Suspira—. Es solo un dolor de cabeza que no desaparece.

A pesar de que vino a acusarnos de haberla engañado, no puedo evitar sentir compasión por ella en este momento. Las enseñanzas de mi padre siguen arraigadas en mi corazón: no puedo quedarme sin hacer nada si alguien está sufriendo.

—¿Puedo servirle una taza de té? —pregunto—. Quizás ayude.

Comienza a darse la vuelta y a farfullar sobre las incontables responsabilidades que tiene, pero Qing'er le masajea los hombros.

—Siempre hablas de lo injusto que es que los shénnóng-shī sirvan solo a los miembros de la corte —le recuerda—. ¡Esta es nuestra oportunidad! Al fin podremos ver la magia con nuestros propios ojos. ¡Como en las casas de té en la ribera, con toda la música y las muchachas lindas!

El rostro adusto de la senescal Yang se ruboriza, como si las inocentes palabras del chico la avergonzaran. Lian la anima con una sonrisa.

—El padre de Ning es médico. Ella podría ayudarte.

La senescal Yang mira a Lian, luego a mí.

—¡Anda, anda! —gorjea Qing'er—. ¡Antes de que cambie de opinión!

Me dirijo a la alacena que está junto a la pared, donde están guardados nuestros ingredientes. Las hojas de té que tenemos en nuestra habitación son una mezcla de variedades comunes, pero, de cualquier modo, son de mucho mejor calidad que cualquier cosa que podría comprar de vuelta en la aldea. Además tengo unos cuantos restos del osmanto que usé durante mi desastrosa presentación en la primera ronda de la competencia, el té que los jueces nunca probaron.

Dentro de la alacena hay también varios juegos de té. Escojo uno color crema con una franja azul en los bordes, pero hay otros tantos que atraen mi atención: uno blanco de un subtono frío con tintes verdes y otro de craquelado gris. En casa, mi tío es un mercader que viaja por la región para vender el té y la alfarería de nuestra aldea. En su estudio hay un estante que contiene distintos juegos de té que ha coleccionado en sus viajes y le encanta presumir sus tesoros: alguno que fue un regalo de un oficial de alto rango, otro obsequiado por el capitán de un famoso navío. Jamás se me permitió tocarlos, solo admirarlos a la distancia. Pero, aquí, incluso los sirvientes pueden usar estas hermosas vajillas.

El agua no tarda mucho en hervir en la olla de barro. Las hojas se infusionan; luego sirvo el té en una taza, seguido de dos diminutos botones de osmanto. Flotan sobre la superficie del té, acariciados por las burbujas.

Aunque la flor favorita de mi madre era el pomelo, solo florecía durante un periodo muy breve en la primavera. En el verano prefería el osmanto, que tiene una fragancia dulce; en otoño, el perfume de la flor cambia, y se cosecha para el vino. En una de las historias de mi madre, el primer árbol de osmanto crecía tan alto y frondoso que llegaba incluso a tapar a la luna misma. El Emperador Celestial, furioso, castigó al negligente inmortal que tenía la responsabilidad de podar el divino bosque; lo ató al árbol por el resto de los tiempos, y pasó su vida eterna a no más de diez pasos del gran árbol. En las noches en las que la luna es solo una sombra, se debe a que el jardinero se ha quedado dormido de nuevo.

La senescal Yang toma la taza e inhala.

—Huele a durazno —dice sorprendida.

Qing'er quisiera seguir conversando, pero Lian, quien entiende que necesito concentrarme para poder practicar mi arte, lo lleva a otro rincón de la habitación para mostrarle algo.

Mi madre utilizaba sus habilidades de shénnóng-shī para extraer la verdad del alma, los problemas que aquejaban los bordes de la mente. Como ocurría con las sombras de la luna, era necesario podar las ramas de un árbol. Yo le pedí que revelara los recuerdos ocultos de los jueces de la competencia, y ahora quiero descubrir la causa del dolor de la senescal.

—Deje que el té fluya a través de usted y le traiga confort —susurro. Ella bebe y yo cierro los ojos, lista para comunicar, lista para recibir.

Un dolor agudo me punza el centro de la frente, como la punta de una aguja. Luego se extiende alrededor, como una fractura que nace desde ese punto central. Siseo por lo agudo del dolor, el cual no tarda en llegar a mi boca y trae consigo una amargura que va desde mi lengua hasta la garganta.

—¿Qué pasa? —Oigo su voz, tenue, alejada.

Me obligo a inhalar, respirar a través del dolor. ¿Qué era lo que sentía mi madre cuando se abría así? ¿Absorbía el dolor de los demás? Una imagen toma forma en mi mente, se esparce como una acuarela sobre papel: estoy dentro y fuera de mí misma.

Puedo sentir la firme superficie de la mesa debajo de mi brazo, pero también estoy en otro lugar. Floto sobre nosotras, y miro a la senescal, quien me mira de vuelta. Desearía, una vez más, que mi madre estuviera aquí para mostrarme, para enseñarme… ¿La gente la miraba con ojos luminosos, expectante y temerosa?

El dolor no está solo en mi cabeza. Se extiende, como raíces, como tentáculos que reptan por mi cuerpo… su cuerpo. Las vides me estrangulan el corazón, me estrujan los órganos, hasta que me cuesta respirar. Es la preocupación la que está deshaciéndola. La ansiedad le corroe un agujero en el vientre, los pensamientos no la dejan dormir por la noche.

Con un jadeo, los ojos se me abren de golpe.

—¡Qing'er! —exclamo, y el chico aparece a mi lado casi de inmediato—. Ve a la bodega y trae unos pedazos de dānggui y cinco puñados de huáng qí seco. Intenta escoger las hebras más delgadas.

Qing'er asiente y sale corriendo por la puerta. La senescal Yang devuelve su taza a la mesa.

—¿Por qué? ¿Qué viste?

Sin el descanso que necesita, su cuerpo no hará más que debilitarse: la boca reseca que afecta el sabor de las cosas, la pérdida de fuerza en las extremidades, dificultades para respirar… Después vendrán síntomas mucho más graves.

—Creo que hay algo que la tiene con una preocupación terrible… —Intento desenredar los síntomas de la causa, con el dolor fantasma que aún me repica en la cabeza—. No, no es algo… es alguien. Alguien cercano, tan cercano como una parte de su propio cuerpo. No le permite dormir.

—Es como si me cincelara los órganos —susurra.

Mi madre solía llamarnos sus queridas, sus xīn gān bǎo bèi: su corazón y sus órganos, una parte irremplazable de su ser. Shu y yo nos reíamos del cariño exagerado, pero nos encantaba su atención. Así que al fin lo comprendo; debí haberlo visto antes.

—Su hija.

Ella asiente.

—Chunhua fue elegida para ser doncella del emperador. Estaba tan orgullosa de ella… es muy inteligente. El emperador mismo la elogió alguna vez. Estaba feliz con su posición, hasta que la enfermedad llegó el invierno pasado. Todos los sirvientes de las residencias personales del emperador están encerrados en la corte interior. Nadie entra, nadie sale. ¡Tengo dos estaciones sin verla! —Comienza a temblar y Lian le pone una mano reconfortante sobre el hombro.

—Todos hemos oído sobre la enfermedad del emperador —interviene Lian—. La noticia ha llegado hasta los pueblos fronterizos.

—Supongo que tú lo sabrías, sí. Eres hija del embajador. —La senescal Yang se sorbe la nariz. Ahora hay más resignación en su tono—. También ha habido… rumores. Rumores de que el emperador fue envenenado por la Sombra, que está postrado en cama y por eso no ha mostrado la cara en público desde hace meses.

La idea es preocupante, pero explicaría la ausencia del emperador.

—El emperador tiene que comer en algún momento —digo—. ¿No puede hacerle llegar un mensaje a su hija en una de las entregas de la cocina?

La senescal niega con la cabeza.

—El palacio interior tiene su propia cocina. Cuando entregamos provisiones, las dejamos en el patio. El personal toma lo que necesita y nosotros regresamos a recoger lo que sobra. He intentado supervisar las entregas, pero nos hablan desde el otro lado del portón y nos ordenan que nos alejemos. Los médicos dicen que es por nuestro propio bien, pero… me temo lo peor.

Qing'er vuelve a toda prisa con los ingredientes que le pedí en la mano y disuelve el sombrío ambiente. Vacío todo en una vasija de barro que puede resistir el calor del carbón, igual que la vasija que contenía nuestro desayuno; vierto el agua sobre las hierbas secas y la dejo asentarse. El almizcle medicinal flota en el aire y hace que la nariz me cosquillee.

Siempre creí que era mi padre quien quería ayudar a todos en la aldea, aun si ponía a nuestra familia en riesgo y atraía la atención del gobernador. Nunca comprendí el porqué. Resentía nuestras ropas andrajosas, el que mi madre tuviera que estirar un puñado de arroz para hacer congee. Me preguntaba por qué mamá le ayudaba sin cuestionarlo ni un segundo, pero ahora lo entiendo. Si puedes sentir el sufrimiento de alguien más, ¿cómo podrías mirar a otro lado?

Me convenzo de que es solo el vapor el que me hace llorar los ojos. De pronto, la senescal me toma la mano, insistente.

—Oí que los shénnóng-shī pueden enviar mensajes a través de enormes distancias, que pueden susurrarle una palabra a la noche y que esta encontrará su destino. ¿Puedes hacer eso por mí? ¿Puedes enviarle un mensaje a mi hija?

Niego con la cabeza.

—Quisiera poder hacerlo. No sé cómo enviar mensajes a través de las paredes ni cómo hablarle a alguien en sus sueños. Quizá sea algo que un shénnóng-shī en verdad poderoso es capaz de hacer, pero yo nunca aprendí a hacerlo.

La senescal Yang se aleja un poco y se cruza de brazos.

—A veces quisiera ser la Sombra, capaz de atravesar paredes y desaparecer en la oscuridad. Siempre pensé que el palacio era un refugio de las duras realidades de la vida, pero ahora sé que es una prisión.

Remuevo el tónico en la vasija con una cuchara de madera para asegurarme de que se mantenga sin hervir. Al pensar en el emperador, encerrado en su majestuoso palacio, no puedo evitar sentirme inquieta, y recuerdo lo que el Estimado Qian insinuó: se acerca un cambio.

Cuando el tónico está listo, lo cuelo en una de las vasijas sobrantes; luego lo sirvo en un tazón. El líquido se ha oscurecido bastante y se ha tornado de un café poco apetitoso. Se lo llevo a la senescal y lo dejo frente a ella.

—Tiene que dormir —le digo—. Sin sueño, no podrá estar lista si ella llega a necesitar de usted. ¿Cómo puede cuidar de su corazón si su mente está tan lenta?

El pequeño sermón la hace protestar en voz baja, pero pone las manos alrededor del tazón.

—Mírenme, teniendo que hacer caso a una niña. La vejez me ha enturbiado.

—Abuela. —Qing'er la abraza por detrás, dulce como el azúcar de malta—. Aún eres joven.

La senescal Yang sonríe al escuchar sus palabras y agacha la cabeza para soplar sobre la superficie del tónico.

—¡Espere! —Salto y corro hacia mi habitación para tomar un pequeño paquete de mi mesa de noche—. Esto hará que sea más fácil de beber, si gusta.

Ayer, mientras estaba en las cocinas, tomé unos cuantos dulces de jarabe de pera de la bandeja del servicio. Son uno de los pocos lujos de Jia que mi madre se permitía, lo único que la hacía sonreír sin falta cuando recibíamos una entrega. Se los llevaba a la boca sin problemas, pero eran tan dulces que a mí me daban dolor de dientes, por lo que ella siempre los ponía en una vasija de agua caliente para que yo pudiera beber de ahí.

La senescal Yang me dirige una mirada curiosa y contemplativa.

—Puede ponérselos debajo de la lengua —explico, pensando que no es una práctica común en la capital—. Debería de quitarle un poco de la amargura al tónico.

Ella ignora los dulces, pero sigue el resto de mis instrucciones: sorbe el tazón de a poco hasta que se lo termina.

—¿Lo ves, Qing'er? —Le muestra el tazón vacío a su nieto—. La abuela se tomó toda su medicina.

Qing'er sonríe de oreja a oreja. Su adoración por ella es evidente.

—¡Muy bien!

La senescal Yang toma mi pañuelo de la mesa y examina el ave que tiene bordada. Me resisto al impulso de arrancárselo de las manos; era de Shu. Ahora que estoy separada de la caja de shénnóngshī de mi madre, es muy poco lo que me queda de mi hogar.

—¿Tú lo hiciste? —me pregunta—. El bordado es muy fino, a pesar de los materiales pedestres.

—No, es trabajo de mi hermana. —Estiro una mano y tomo el pañuelo, no me importa si se percibe como un gesto grosero. Me lo guardo bajo la faja, donde puedo mantenerlo a salvo.

—¿Podrías ir a jugar con Qing'er allá afuera, Lian? —indica la senescal—. Quisiera hablar con Ning en privado.

Lian me mira como para preguntarme con los ojos. Me encojo de hombros, así que ella toma de la mano al niño y lo lleva hacia afuera. Para entonces, Qing'er ya comenzó a parlotear de nuevo. La senescal devuelve la mirada hacia donde estoy, pero, al estar a solas, su expresión punzante vuelve, como si hubiera un ábaco que calcula mi valía trabajando dentro de su cabeza.

—Me recuerdas a alguien —dice al fin.

Lian me contó que la senescal Yang era la tirana de las cocinas, capaz de notar hasta los detalles más minúsculos: una sola fruta faltante en un frutero, si la cantidad de platos para un banquete era incorrecta por uno o dos, si los cubiertos en una charola están mal acomodados. Su memoria es impecable, su ojo para el detalle resulta aterrador. Es por eso que impone tanto respeto y miedo.

—Mi memoria ha dejado de ser lo que era con el paso de los años, así que me tomó unos minutos recordarlo, pero puedo verlo ya. Está en la forma de tus ojos, en tu forma de hablar. —Toma el cubo de dulce de pera y lo sostiene a contraluz hasta que comienza a brillar—. Pero fue esto lo que me hizo recordar.

El pulso se me acelera; lo siento en la garganta. Mi madre nunca mencionó a nadie de la capital; hablaba muy poco de este lugar, incluso cuando le rogábamos que nos contara más.

—Conocí a una mujer que trabajaba en el palacio. Era una partera que atendía a los sirvientes y solía hacernos beber los tónicos más amargos. —Suelta una risita al pensar en ello; el cariño que le tenía a la mujer en cuestión es evidente—. Hacían que los dedos de los pies se te retorcieran y que el estómago se te hiciera un nudo. Y nos daba cubos de dulce de pera para que fueran más fáciles de beber; nos recordaba que debíamos ponerlos debajo de la lengua. —Me mira a los ojos—. Eres la hija de Yiting. —El sonido del nombre de mi madre vibra por toda la habitación. Siempre dejó su marca. Aun ahora, diecisiete años después, alguien la recuerda—. Me preguntaba cómo había sido su vida después de salir del palacio. Hubo un… escándalo. Durante los primeros años, estuve segura de que regresaría. —Sonríe—. Yiting se fue, como siempre dijo que lo haría. Hizo una vida allá afuera, con una familia propia. La admiro por ello.

—¿De verdad? —Tengo tantas preguntas sobre cómo era en su juventud y por qué dejó el palacio, tantas preguntas que desechó, que dejó sin respuesta para siempre.

—No muchas personas pueden adaptarse a la vida fuera de la capital después de haber probado los lujos del palacio, suelen regresar. Algunos tardan solo unos días, otros tantos unos meses, aunque siempre terminan aquí. Pero ella… ¿cómo está tu madre?

—Muerta —respondo sin pensar, aún abrumada por la oleada de emociones que me inunda por dentro. Me llevo una mano a la boca.

—¿Lo está? —Estira la mano y me da unas palmaditas en el hombro—. Lo lamento. —Al parecer, ha confundido mi sorpresa con aflicción. Me tapo la cara con la mano y le permito creer que es así—. ¿Hace cuánto falleció? —me pregunta con suavidad.

Y le cuento: sobre la muerte de mi madre, sobre el veneno, sobre lo injusto que es todo. Esta mujer conoció a mi madre, conoció su genialidad y su generosidad, la belleza que la iluminaba desde el interior.

Y ella finge que no me ve secarme los ojos con el pañuelo y me da espacio para condolerme.

Capítulo catorce

Le sirvo otra taza de té a la senescal Yang; ella la acepta cuando le aseguro que no hay magia infusionada en su bebida.

—¿Puede… puede contarme más sobre mi madre? —pregunto, vacilante, desesperada por la más mínima pizca de información.

—Esa es una historia para otro día —me dice—. No tengo mucho tiempo antes de tener que volver a las cocinas. Preferiría hablar con Lian y contigo sobre la competencia. —Cuando Lian vuelve con Qing'er, ya me lavé la cara y me aseé un poco. Siento como si me hubieran vaciado, como si me hubieran exprimido el interior por medio de mis lágrimas. Con un gesto de la mano, la senescal Yang invita a Lian a acompañarnos. Yo escondo mis manos temblorosas debajo de la mesa—. Escuché lo que ocurrió en la primera ronda, y sé que tu posición en la competencia es, en el mejor de los casos, incierta.

La vergüenza me sube por el cuerpo como la marea. Quedé como una tonta no solo frente a los jueces y los demás competidores, también frente al resto de los ciudadanos de la capital. Y solo puedo culparme a mí misma.

—No es su culpa que el marqués sea un vejestorio anticuado —masculla Lian.

Puedo ver que la senescal Yang está intentando mantenerse seria, pero las comisuras de sus labios la traicionan.

—Aliviaste mi dolor —apunta—. Por tu ayuda, porque conocí y respetaba a tu madre, y porque no soporto ver a los shénnóng-tú adinerados pasar las reglas por alto con tal descaro, he decidido ayudarlas a ambas.

—¿Lo hará? —Me quedo sin aliento.

Lian aplaude.

—Estaríamos muy agradecidas, tía.

—Sé qué té se utilizará en la próxima ronda. —Examina su taza y frunce el ceño—. Pero antes de decírselo, quiero que me prometan algo. —Lian y yo esperamos, ansiosas—. No quiero volver a verlas en las cocinas, ¿entendido? Hay otras personas por quienes debo preocuparme. Si alguno de los jueces las descubre… no puedo arriesgar la vida de nadie más. —Espera a que ambas aceptemos su condición y luego asiente—. El nombre del té es Aguja de Plata. Les conseguiré una muestra, si creen que les será útil.

Cuando la senescal Yang y Qing'er nos dejan, Lian y yo nos miramos, llenas de emoción. Por fin algo que podemos usar, una pista que nos dará dirección, en vez de sentir que andamos a tientas en la oscuridad.

—¿Qué sabes sobre la Aguja de Plata? —pregunto. No es un nombre que recuerde de las lecciones de mi madre.

—Me suena familiar. Creo que leí al respecto alguna vez. —Volvemos a nuestra habitación, donde Lian escarba entre sus pertenencias hasta encontrar un libro. Se sienta sobre la cama con las piernas cruzadas y pasa las páginas hasta encontrar la sección que busca—. «El té Aguja de Plata es conocido por sus hojas finas y delgadas, cubiertas con una escueta capa de pelusa» —lee en voz alta—. «Se han hecho múltiples intentos por cultivarlo en su estado silvestre, pero todos han fracasado. Esto lo hace un té muy codiciado. En las manos de un shénnóng-shī habilidoso, puede sacar la verdad de cualquiera, pero incluso un shénnóng-tú podría usarlo para diferenciar una verdad de una mentira».

—¿Un suero de la verdad? ¿Quien lo tome tendrá que decir la verdad?

Tener una habilidad así parece un recurso muy valioso. Lian se ríe.

—Si fuera tan fácil, ¿no crees que sería más costoso que la Llave Dorada? Pero la Aguja de Plata, como todas las demás hojas de té, depende de las manos que la preparen. Depende de lo severa que sea la mentira y de qué tanto la otra persona quiera ocultar la verdad.

Cuando Lian y yo volvemos de la cena, encontramos que un pequeño paquete nos espera sobre nuestra mesa. Adentro hay una nota de la senescal Yang y unas cuantas hojas amarillentas con vetas plateadas dentro de una bolsita. Acordamos dividir las hojas para prepararlas durante la próxima ronda, con la esperanza de que tendremos una ventaja si aprendemos a utilizar el té.

Seguimos especulando sobre qué ocurrirá mañana hasta que llega la hora de descansar. Sin embargo, no puedo hacer más que quedarme recostada, con la mirada perdida en la oscuridad, mientras escucho cómo la respiración de Lian se suaviza. Mi mente no puede reposar; está fija en el chico que puede cruzar los muros del palacio en la oscuridad, el chico que prometió volver para conocer mi nombre verdadero.

Perdida en mis pensamientos, el sonido del gong me sobresalta.

—¡Sān gēng! —El lejano sonido de los pregoneros llega hasta a mis oídos y me recuerda del cántico que todo niño aprendió en la escuela:

Yī gēng rén (La primera hora por la gente que se prepara para descansar)
Èr gēng luó (La segunda hora por el gong que vigila a quienes están en la cama)
Sān gēng guǐ (La tercera hora por los fantasmas que salen de la oscuridad)
Sì gēng zéi (La cuarta hora por los ladrones que se aprovechan de la noche)
Wǔ gēng jī (La hora final por el gallo, el primero en despertar
Llega el amanecer para recibir al nuevo día)

Es la tercera hora, la Hora del Fantasma, la hora más oscura de la noche, cuando los espíritus están más activos. Toco el piso frío con los pies y busco mi capa a tientas en la oscuridad. Me la pongo antes de pasar de puntitas frente al biombo que separa nuestra habitación del vestíbulo y luego hacia la penumbra del patio. Recuerdo la otra cancioncilla: «El Príncipe Desterrado, Demonio Encarnado, que en la oscuridad se ve alzado…».

—No sabía si ibas a recordarlo. —Bo sale de atrás de la sombra de un sauce. Yo doy un salto hacia atrás y ahogo un alarido de sorpresa. «Kang», tengo que recordarme: su otro nombre, su nombre verdadero—. Lo siento. —Se acerca hasta que puedo verlo bajo la luz de la linterna que cuelga de las vigas; Kang alza las manos para mostrarme que no está armado. Con las manos, me aferro a mi capa, como si fuera una armadura que pudiera protegerme.

—¿Quieres…?

—Vamos…

Comenzamos a hablar al mismo tiempo, luego nos detenemos. Kang camina hacia mí con mucha cautela, hasta que está al pie de los escalones, con la mirada alzada.

—Es la primera vez que nos encontramos sin que me ataques —afirma con una lenta sonrisa, esa misma que me inquieta, como si él supiera algo que yo no. Me resulta insoportable. Él me resulta insoportable, y sin embargo… me agrada ver esa sonrisa.

—Te lo mereciste todas las veces —espeto.

—Te lo concedo. —La sonrisa se le ensancha todavía más, sin preocuparse por mi acidez al responder—. ¿Al fin me dirás tu nombre?

Mi nombre no tiene el mismo peso que el suyo. Mi familia no es famosa, ni infame, como la suya. ¿Por qué le importa tanto cómo me llamo y quién soy? Debo haberlo estado mirando demasiado tiempo; puedo sentir cómo la brecha entre nosotros se ensancha, y su expresión se torna seria. Se da vuelta y se sienta sobre los escalones con un suspiro. Tras una pausa, yo hago lo mismo, asegurándome de mantener cierta distancia entre nosotros.

—Creí que querías que volviera. —Suena decepcionado.

—¡Sí lo quería! —En cuanto las palabras salen de mi boca, quisiera poder traerlas de regreso. Me apresuro a explicar—. Pero aún me cuesta trabajo confiar en ti, ahora que sé lo que sé.

—¿Por qué? ¿Quién crees que soy? —cuestiona—. ¿Todavía crees que soy un asesino?

Es más fácil lidiar con él cuando es difícil y está a la defensiva que cuando se muestra delicado y vulnerable.

—¡Dímelo! —lo presiono—. ¿Eres la Sombra? ¿Fuiste tú quién envenenó los bloques de té?

Lo miro en busca de cualquier indicio de falsedad para confirmar mis sospechas: un destello en los ojos, algún tic nervioso. En vez de eso, parece estupefacto de que pudiera siquiera creer algo así; murmura cosas sin sentido unos segundos, antes de recuperar el habla.

—¿Por qué envenenaría el té? ¿Qué ganaría con eso?

—Crearías desconcierto en el imperio. —Repito lo que he oído en mi aldea, en las cocinas, entre los demás shénnóng-tú—. Para recuperar el trono para tu padre. He visto lo que la gente es capaz de hacer por poder. —Conozco muy bien la magnitud de la terrible influencia del gobernador dentro de Sù, los impuestos por nuestra protección que crecen año con año, mientras que la gente sospecha que los bandidos de quienes nos «protege» son matones contratados por él.

Espero que Kang reaccione con furia ante mis acusaciones, que lo inspiren a irse y no volver a acercarse a mí nunca más, pero, en cambio, parece pensativo.

—La carga se siente en todos los rincones del imperio —afirma—. Por eso estoy en la capital. Vine a pedirle al emperador que ayude a mi gente. Si se niega a recibirme, un regente deberá seguir gobernando mientras esté enfermo. Mientras la corte continúe con sus juegos políticos, la gente seguirá muriendo de hambre. —No sé cómo responder a esto—. ¿Cómo puedo convencerte de que lo que digo es la verdad? —Aprieta el puño—. Si no puedo siquiera convencer a una desconocida en el mercado, ¿cómo podría influir en la corte?

Cuando todo se vuelve claro, me quedo boquiabierta.

—¿Por eso te importa tanto qué piense de ti? ¿Soy una ronda de práctica para tus habilidades como orador? ¿Porque si no puedes convencer a una plebeya ignorante, jamás podrás convencer a los sabios y nobles?

—Eso no… —empieza, frunciendo el ceño—. Eso no fue lo que quise decir. Estás tergiversando las cosas; me estás malinterpretando a propósito.

Aun con el orgullo herido, recuerdo lo que dijo Lian: si los shénnóng-tú de la capital pueden usar todas las herramientas que tienen a su disposición, nosotras tenemos que apelar a nuestras fortalezas. La Aguja de Plata puede separar la verdad de la mentira, ¿qué mejor sujeto de prueba, entonces, que Kang?

—Demuéstramelo —exijo tras ponerme de pie. Es mi turno para mirarlo hacia abajo—. Demuéstrame que no estás mintiendo.

—¿Qué quieres que haga? —Kang me mira con recelo.

—La siguiente ronda de la competencia será una prueba de honestidad —aclaro—, para desenredar la verdad de entre las mentiras. Necesito alguien con quien practicar. Si estás diciendo la verdad, no tienes de qué preocuparte.

Quizás pueda revelarme algo sobre la corte que me ayude a avanzar en la competencia.

Acepta sin vacilar, lo que me sorprende. ¿Está tan confiado de sus habilidades para engañar a una simple shénnóng-tú o está convencido de la veracidad de todas sus palabras?

Contemplo estas posibilidades mientras avivo el fuego dentro de la residencia y aprovecho el momento a solas para poner mis ideas en orden. Nunca me enseñaron este tipo de magia, y la duda no me abandona. «No puedes arrancarle la verdad a quien está renuente, y no puedes sacar algo de una mente cerrada. Dar y recibir».

¿Estará dispuesto a decirme la verdad? ¿Podré soportar el secreto que sea que está escondiendo?

Pongo el juego de té sobre la mesa de piedra en el patio y contengo un bostezo mientras Kang no me mira. La fatiga ha comenzado a alterarme los nervios, pues ya estoy agotada por usar mi magia hoy con la senescal Yang.

Mi porción de la Aguja de Plata es suficiente solo para una taza, así que vierto el agua sobre las delicadas hebras. Lo que aprendí tras pasar la tarde revisando los libros con Lian es que la Aguja de Plata es un té de tributo, cada hoja se toma del árbol de forma individual, a mano. Es tan ligero que hasta los movimientos más pequeños del agua hacen que las hebras del té se arremolinen hacia el centro de la taza. Es en ese punto donde se dice que el té es capaz de perforar el velo, de jalar el delgado hilo de la verdad de la mente.

Tomo el primer sorbo y pongo la taza frente a él: un reto.

—¿Solo tengo que tomarlo? —me pregunta mientras toma la taza con cautela.

No puedo evitar recordar la forma en que huyó la última vez que compartimos una bebida. Simplemente siento.

Me mira a los ojos y bebe. Se termina la taza entera. La magia despierta en mi interior de inmediato; lo recuerda. La luz del patio cambia y vuelve a envolvernos hasta que todo parece iluminado por un matiz plateado. Puedo oír la pipa, el dulce sonido de la voz de la cantante flotando sobre el río Jade…

Momento de preguntar, momento de que me responda.

Capítulo quince

—¿Eres la Sombra? —La magia se cuela en mi voz, la hace grave y entrecortada, como si alguien más hablara a través de mí, como si en verdad fuera un conducto de los dioses.

—No —susurra él en respuesta. Sus facciones se desdibujan, eclipsadas por una niebla repentina, y el aroma de las flores de camelia vuelve a posarse sobre nosotros.

Nos miramos, como si estuviéramos en lados opuestos de una cascada. Levanto la mano y el brazo de Kang se alza también; partimos la bruma hasta tocarnos. Pienso en la figura con la que luché en la oscuridad, en el rostro oculto por una máscara negra.

«La Sombra…», repito el nombre en mi mente. La Aguja de Plata gira en el fondo de la taza, en busca de una respuesta, pero no la encuentra. No es él.

—¿Buscas hacerle daño a la princesa? ¿Qué haces aquí, Kang?

Al oír su nombre, sus dedos vibran debajo de mi mano. La niebla se abre. El palacio desaparece y la bruma me muestra una visión.

Un puente ornamental. Dos niños parados ahí, por encima del agua, tiran moras y arroz para los koi que hay debajo. Uno de ellos es Kang; la otra es la princesa. Se ríen, unidos por la camaradería y una cálida familiaridad.

La bruma se espesa de nuevo, ahoga el recuerdo y lo reemplaza.

La princesa da un paso al frente. Lleva el rostro libre de maquillaje y el cabello sin adornos. Es una figura más joven que la regia belleza que presidió las ceremonias.

Están en un jardín, el de ella. Él lo recuerda. Las ramas susurran en lo alto, los botones de la primavera apenas comienzan a asomarse. Él mira a los soldados que montan guardia y debe recordárselo: siempre hay alguien observando.

—¿Por qué estás aquí, Kang? —Su voz es punzante, acusatoria.

—Tenía la esperanza de que pudiéramos volver a encontrarnos en mejores circunstancias —responde.

—Compartamos una bebida, entonces, para que pueda agradecerle a quien me salvó la vida. —Las comisuras de los labios se le curvan en una sonrisa, y Kang sabe que se está burlando de él. Frente a ella hay una charola con tazas y una vasija.

—No fue más que mi deber, princesa.

—¿Te niegas a una orden de tu princesa? —La guardaespaldas sale de su puesto debajo del árbol, con la mano sobre la empuñadura de su espada. Su atuendo blanco contrasta con la calidez de su piel bronceada y hace resaltar el tono dorado que posee. Aun en este jardín privado, lleva puesto un peto de metal, lista para defender a la princesa de cualquier amenaza.

—No —suspira Kang—. Hola, Ruyi.

La dama de compañía inclina la cabeza en reconocimiento, pero no quita la mano de su espada.

—Sencillamente no soy digno. —Kang hace una reverencia y se sienta frente a la princesa.

—Mis guardias dicen que caíste del cielo para protegerme de las flechas de los asesinos. —Con una mano, la princesa se jala la manga hacia atrás y luego sirve una cucharada de hojas de té en una vasija. El agua caliente sube hasta derramarse sobre la charola de mármol—. Estaban preparados para derribarte si te consideraban una amenaza —agrega, despreocupada, como si estuviera hablándole a alguien más.

—¡Mi lealtad está con el emperador! —protesta él—. Le debo mi vida, prima.

El corazón se me estruja por él. Ella desea quebrarlo.

Con un giro de la muñeca, vierte el agua. La luz atraviesa el flujo formando un hermoso arco mientras llena las dos tazas. La princesa desliza una en dirección suya.

Kang no se mueve.

—¿No vas a beber? —cuestiona con cierta acidez en su voz. Es una pregunta mortal.

—No bebería antes que usted, su alteza. —Inclina la cabeza, manteniendo la frialdad en su voz.

Me impresiona su compostura, la forma en que no demuestra nada, a pesar de que puedo sentir el alboroto en su interior. Es algo que yo soy incapaz de ocultar.

La superficie de la taza refulge frente a él. No es magia, sino una especie de arma distinta.

—Hablas de lealtad a mi padre. —La princesa sonríe, pero en realidad es más como si pelara los dientes—. ¿En verdad crees que te daría veneno?

—Antes de beber, te pido que escuches mi petición. —Agacha la cabeza—. Después, mi vida estará en tus manos.

—¿Cómo te atreves…? —Ruyi da un paso al frente, indignada, pero la princesa la detiene con un gesto de la mano.

—Usas palabras como lealtad *y* deber *—apunta, enfatizando cada sílaba con la intención de lastimar—. Y, sin embargo, olvidas de dónde vienes.*

—Recuerdo mi lugar —concede Kang—. Solo deseo hablar con mi tío.

—Cualquier cosa que quisieras decirle a mi padre, puedes decírmela a mí… primo. —Enuncia la última palabra como un desagradable recordatorio del linaje de su familia.

—Solo quisiera que reconsiderara nuestro exilio. —Kang no deja de hablar; hace caso omiso a la advertencia—. Y reafirmarle nuestra lealtad. Vivimos en tiempos peligrosos. Con el descontento en las fronteras, los bandidos, la amenaza de los clanes del norte… El emperador puede contar con nosotros, pues somos familia…

—Familia… —La princesa pasa un dedo por el borde de su taza—. Mi propia familia no bebe una taza servida por mi mano.

Con un veloz movimiento, Kang se lleva la taza a los labios y la vacía. Luego, hace una venia en dirección de su prima y deja la taza en la piedra con un estruendo, dejando ver al fin su impaciencia.

—¿Es eso suficiente? —pregunta—. ¿Ya me permitirás hablar con él?

La princesa se abalanza hacia él por encima de la mesa, con un destello de metal en la mano. La punta de la daga le presiona el cuello a Kang, pero él ni siquiera parpadea. Permanece sentado, con las manos sobre la mesa, esperando.

—Te recuerdo que fuiste desterrado, que se te ordenó no volver a Jia jamás, so pena de muerte. —La punta de la daga se desliza hacia abajo y se posa sobre su corazón, donde está el sello rojo que lo marca como traidor.

—Es una cuestión de vida o muerte, princesa —advierte, sin moverse un ápice.

—¿La vida de quién? ¿La muerte de quién?

Kang aleja la mano de un tirón; la visión se desvanece en la nada. La magia nos suelta y debilita la conexión entre su mente y la mía. No solo escuché su conversación, sentí cada movimiento, como si estuviera dentro de su cuerpo. No quiere hacerle daño: es su propia vida la que está en peligro.

Estamos de vuelta en la penumbra del patio, en lados opuestos de la mesa de piedra. Su expresión está llena de angustia y aún puedo sentir la tracción de su desesperación, la necesidad de lograr la tarea que se propuso. Él lucha por su gente, por la gente de su madre, la mujer que lo acogió como si fuera uno de los suyos.

—¿Ahora me crees? —pregunta. Simplemente asiento, no confío en mi voz—. Lǜzhou no es un lugar que a los shénnóng-shī les interese visitar —continúa—, pero quizás puedas acompañarme algún día y enseñarnos sobre tu arte. Es un lugar hermoso, más allá de su reputación. —La invitación me toma desprevenida; recuerdo la repulsión que lo hizo alejarse de mí cuando descubrió de lo que era capaz en la Casa Azalea—. No es… —Parpadea—. No es por la razón que crees…

No logra terminar su idea, pues el simple hecho de recordar lo trae de vuelta. Los acordes espectrales de una flauta flotan en el aire. Los vestigios de la Llave Dorada vuelven a la existencia con un destello y de nuevo fijan nuestra conexión con nitidez, hasta que ambos nos quedamos sin aliento ante su fuerza.

Kang intenta echarse hacia atrás, cortar el recuerdo, pero es demasiado tarde: volvemos al jardín.

La daga apunta hacia su corazón mientras deja salir sus palabras:

—Me pregunto qué pensará la gente de Jia de una regenta que oculta la muerte de un emperador. Me pregunto si aceptarán a una princesa sentada en un trono de mentiras.

La princesa se hunde en su asiento, con el rostro drenado de color.

El emperador está muerto; la revelación me hace ahogar un grito. La niebla se disipa mientras Kang acorta la distancia entre nosotros y me toma los hombros con las manos.

—Escucha, esto es importante —susurra. Puedo sentir cómo le tiembla el cuerpo entero—. ¿Le pusiste algo más al té? ¿Le añadiste más Llave Dorada?

Comienzo a mover la cabeza de lado a lado.

—No… —Y me detengo, pues eso sería una mentira y él sería capaz de detectarlo. La Aguja de Plata apunta en ambas direcciones—. No lo sé. No fue la Aguja de Plata. Creo que fue de… antes, algo que la Llave Dorada dejó atrás.

—Es peligroso —advierte—. Tienes que olvidar lo que escuchaste. No entendía, subestimé tus poderes… —El viento cobra fuerza y silba a nuestro alrededor. Estamos atrapados en un vertiginoso espacio entre el recuerdo y el presente—. Te matarán. —Está muy cerca, su expresión es frenética, aterrada—. No creo que los shénnóng-shī sean capaces de resucitar a alguien.

—¿Crees que sea cierto? —pregunto en un murmullo. No quiero creer que el palacio sea capaz de contener un secreto tan grande.

Sus manos se alejan de mí. La conexión entre nosotros se tambalea, como la cuerda de una cítara.

—Llevo semanas en la capital. —Se voltea, de modo que puedo solo verle el costado del rostro—. He observado qué entra y sale del palacio. Los últimos reportes decían que el emperador parecía estar enfermo de gravedad, pero ahora… no estoy seguro de qué es lo que está haciendo Zhen. ¿Está esperando averiguar quién se revelará como una posible amenaza? ¿Quién le ofrecerá una alianza? —Camina de un lado a otro frente a mí, ha perdido toda compostura—. Te matarán, ¿lo entiendes? No dudarán en hacerlo.

Oigo el estruendo de un trueno a la distancia, a pesar de que el cielo estaba despejado antes de que entráramos a este plano de los sueños. La intensidad de sus emociones ha conjurado al viento, que nos revuelve el cabello por encima de la cara. Nos levanta y nos hace girar hasta que los pies nos cuelgan por encima de las formas fantasmales de nuestros cuerpos. El estómago se me revuelve con el repentino movimiento. Tengo que mantenernos enteros a ambos, antes de que nuestras almas se desprendan y no seamos capaces de encontrar el camino de vuelta a nuestra forma física.

—¡Kang! —exclamo mientras lucho contra el viento para mantenerme aferrada a su hombro. Me estiro y le hundo los dedos en el cuello, en el punto de presión que se encuentra ahí. Sus ojos se clavan en los míos—. Mi nombre… Querías saber mi nombre, ¿cierto? Es Ning, Zhang Ning.

—Zhang Ning —repite con suavidad.

Con una ráfaga, volvemos a nuestros cuerpos en una caída estrepitosa. Me dejo caer sobre la mesa de piedra para sostenerme; no sé si mis piernas son capaces de soportar mi peso. Frente a mí, Kang jadea como si hubiera corrido una enorme distancia.

—Soy solo una chica de Sù —le digo—. ¿Quién me va a creer? ¿Quién me creería, aun si intentara decírselos?

Una expresión peculiar se le dibuja en el rostro.

—Ning —suspira, y un escalofrío me recorre el cuerpo entero—. Tú... tienes poder, más del que te imaginas. Más poder que esos insensatos nobles en sus enormes residencias, cobijados de las crueldades del mundo. Tú sabes cómo es la vida allá afuera, lo que es pasar cada día preguntándote si sobrevivirás para ver el siguiente. Tú has pasado hambre.

Lo dice con cierto filo en la voz que me recuerda que él pudo haber sido un príncipe, si su padre hubiera tenido éxito en su intento por hacerse del trono. Sería él quien viviera en el palacio interior, vestido de seda. En las historias de mi madre, los príncipes nunca tenían un final feliz; los cambiaban por gatos desollados y los raptaban en la oscuridad de la noche. Los asesinaban en sus camas mientras un nuevo poder asumía su lugar. Es peligroso ser príncipe.

—Cuando ella suba al trono, sus consejeros le recomendarán que se deshaga de sus oponentes. Me fui sin que mi padre lo supiera, con la esperanza de que ella pudiera al menos perdonarle la vida al pueblo de mi madre. —Mira a la lejanía—. Esperaba poder ofrecerme como... ¿rehén? ¿Garantía? La promesa de que la gente de Lùzhou le jurará lealtad, siempre y cuando no nos haga daño. Lùzhou ya ha sufrido demasiado a causa de mi familia.

—Y si ella no acepta, ¿entonces qué harás?

Kang aprieta la mandíbula.

—Esperaremos que sea distinta, o tendremos que defender lo que es nuestro. Ella...

—No —le advierto—. Los efectos de la Aguja de Plata siguen activos. No digas nada que no quieres que yo escuche.

Kang vacila un instante antes de asentir.

—Espero que decida caminar por el sendero de la paz.

Kang es un espadachín bien entrenado, y si la gente de las islas Esmeralda es igual... De lo que habla es de rebelión.

En un imperio al borde del cambio, las alianzas cambian también con los caprichos de quienes están en el poder. Así lo hizo el Emperador Ascendido cuando dejó un rastro de sangre por las provincias en su camino al trono, y así lo hicieron sus hijos al luchar por el control: uno en el poder, uno desterrado. Todo es posible ahora que el emperador está muerto.

Todos tenemos personas que nos importan, por quienes daríamos la vida; eso nos pone en peligro o nos hace peligrosos. De cierto modo, resiento mi lugar de origen. Resiento los lazos que me atan a mi aldea, pues la gente de ahí recuerda que mi madre volvió, embarazada y sin casarse; saben de mis torpezas, mi ineptitud social, mis muchos errores. Sin embargo, también son parte de mí, la tierra bajo mis uñas, la sangre en mis venas. Mi lugar está entre esos árboles de té, los campos de arroz, la arcilla de la ribera, el fuego en los hornos.

Soy egoísta y ahora sé que no me voy a disculpar más por ello. Que el mundo arda, si eso significa que Shu puede vivir.

Suena el gong: es la Hora del Ladrón.

—Tengo que irme —dice Kang, pero no hace esfuerzo alguno por moverse.

—Sí, deberías irte —concuerdo, aunque ansío que se quede.

—Te veré otra vez.

Suena a una promesa. Hace una reverencia, un gesto cortesano desperdiciado en alguien como yo. A pesar de todo, puedo sentir aún el tirón fantasma del hilo que bulle todavía entre nosotros.

Puedo sentirlo aún después de que él desaparece en la noche, mucho después de que pareciera como si nunca hubiera estado aquí.

Capítulo dieciséis

Nos reunimos para encontrarnos con los jueces a mediodía. El sol cae a plomo sobre nuestras cabezas mientras atravesamos el majestuoso patio. Sin las multitudes y sin los soldados me siento como una pequeña hormiga que se arrastra por el enorme espacio. El ministro Song nos recibe en la cima de la escalinata de mármol, con el marqués Kuang a un costado. Me aseguro de permanecer en la parte de atrás del grupo, de mantener el rostro oculto para que él no pueda recordar de pronto que fui yo la mucama responsable por la conmoción en su residencia un par de días atrás.

El techo del balcón cubierto nos protege del sol y podemos ver sobre el Patio del Futuro Prometedor hacia los tejados del palacio y el resto de la ciudad. La vista es espectacular, demasiado como para poder procesar todo en una sola mirada. Una pagoda negra se yergue a lo lejos, la vigilante torre que mira por encima de los tejados rojos de la ciudad.

—Se encuentran frente al Salón de la Luz Eterna. —La voz del ministro Song nos trae de vuelta al reto que tenemos por delante—. Es aquí donde se realizará la siguiente ronda. La competencia ya no estará abierta al público. —Esto no es una sorpresa, pero no evita que los competidores se murmuren unos a otros hasta que el ministro levanta una mano para silenciarlos—. Aun así, es un gran honor que se les reciba en este salón. Fue construido para el Emperador Ascendido, tanto para honrarlo como para hacerlo humilde. Desde este lugar, recordará su propósito: proteger a la gente de Dàxī y recordar que hasta el sol puede ser derribado de los cielos.

Recuerdo la leyenda del arquero que una vez alcanzó las más grandes alturas. Derribó a nueve de los arrogantes hijos del Emperador Celestial cuando la tierra estaba en llamas a sus pies.

«Así como los arqueros que intentaron matar a la princesa». Pero nadie se atreve a decirlo en voz alta.

El ministro Song señala al hombre que está a su lado.

—¿Marqués Kuang?

El noble da un paso al frente y extiende los brazos con una sonrisa jovial.

—Les presento una tarea sencilla. —Un sirviente se acerca a él y hace una reverencia. Lleva una charola sobre la que se balancean cinco tazas—. Tendrán que escoger de entre cinco tazas. Una de ellas es segura; las otras cuatro contienen veneno. —Ondea una mano y el sirviente retrocede—. ¡Veneno! —declara de nuevo, fascinado con su reto.

Sin embargo, conozco la verdad: la competencia está manipulada a su favor para garantizar que los competidores de su preferencia gocen de la ayuda y la guía del Estimado Qian. Dos ancianos que juegan con la corte como si fuera un tablero de damas, confiados de que seguirán en el poder cuando un nuevo amanecer se pose sobre Dàxī. ¿Sabrá el marqués que el emperador está muerto? ¿Lo saben todos?

—¿A qué clase de veneno se enfrentarán? —continúa, dramático—. ¿Será uno que les llene el cuerpo de un dolor insoportable? ¿Que los haga sangrar de todos los orificios imaginables? ¿Que los haga dormir… para siempre? —Los demás shénnóng-tú se inquietan un poco con sus palabras, pero nadie se ve demasiado atemorizado. El discernimiento de los venenos comunes es parte del entrenamiento más básico de los shénnóng-tú. Se espera que sean capaces de identificarlos por su aroma, sabor y apariencia. Pero yo sé que el reto de hoy involucra la Aguja de Plata; no puede ser una simple prueba de habilidad—. He procurado la ayuda de algunas de las mejores animadoras de Jia. —Su sonrisa es tan resbaladiza como una anguila. Suena una campana y cinco figuras salen de uno de los costados del salón.

Se trata de cinco hermosas mujeres, vestidas con faldas y corpiños blancos; sus fajas apenas tienen un dejo de color y llevan los hombros envueltos con delgadas hebras de gasa reluciente. Colocan las manos sobre sus caderas, arquean las muñecas con elegancia y, en perfecta sincronía, le hacen una reverencia al marqués, etéreas en su belleza. Es como si hubieran salido de una pintura de las diosas de las estrellas del palacio celestial.

Estoy segura de que tengo la boca abierta por el asombro, al igual que varios de los demás competidores. Mientras tanto, el marqués aplaude y sus redondas mejillas se sonrojan.

—Algunas de las más grandes bellezas de Jia. Vienen de Azálea, Peonía, Loto, Orquídea y Crisantemo, cinco de las casas de té más antiguas de la capital. Son aprendices, como ustedes, en busca de hacerse de un nombre. —Los competidores susurran entre sí; algunos de los hombres lucen como si quisieran devorarse a las jóvenes de un solo bocado—. Estas mujeres están entrenadas en las complejidades de la ceremonia del té —continúa el marqués—. Ustedes les prepararán una taza; ellas, a cambio, les prepararán cinco. Podrán elegir solo una taza de entre esas cinco, y es esa de la que beberán.

—¿Cómo es eso justo? —protesta uno de los shénnóng-tú—. ¿Cómo se supone que identifiquemos el veneno?

—Una excelente pregunta. —El marqués sonríe, socarrón—. El emperador necesita de un shénnóng-shī que sea capaz de ayudarlo en la corte, que pueda divisar el peligro de parte de delegados y tributos con solo leer una habitación.

—Este no es un reto. —Otro joven alza la voz y da un paso al frente de entre el grupo con una reverencia; de ceño feroz y nariz afilada, tiene una apariencia imponente. Su cabeza afeitada sugiere que pudo haber estado en un monasterio dedicado a uno de los dioses—. Con todo respeto, honorable, es bastante sencillo decidir si una persona miente sin la necesidad de utilizar el té.

Por su fuerte acento, sospecho que proviene de la provincia de Yún.

—¿Recuerdas haber demostrado tus habilidades en la venerable competencia sobre la montaña Wǔlín solo luchando hasta la muerte? —estalla el marqués. Su disgusto es evidente; no le agrada sentirse cuestionado—. La final de esa competencia el año pasado fue un Rito de la Torre. Los competidores escalaron una torre de bambú y pelearon con las manos, sin armas, para decidir al ganador. Serpiente Verde y Nieve Helada… —dice refiriéndose a los nombres de los dos artistas marciales egresados de la Academia Wǔlín más venerados—. Sus armas son la lanza y la espada, pero Serpiente Verde venció a Nieve Helada sin su lanza, en un combate mano a mano. Fue una prueba de equilibrio, inteligencia y resistencia, no solo de fuerza bruta. —La expresión del marqués se torna fría—. No se trata de quién puede usar el té como un perro amaestrado. No buscamos a quien pueda servir té con más florituras. Buscamos a quien sea capaz de encajar en la corte, de dar consejos acertados. Además, no he mencionado la última regla de esta competencia. —Todos esperamos, ansiosos. A su lado, las mujeres nos ofrecen sonrisas hermosas, pero vacías, impasibles ante la demostración de temperamento de un hombre poderoso—. Recibirán suficientes hojas de té para una sola taza, lo necesario para distinguir la verdad de la mentira… sin decir una sola palabra.

Un rumor de confusión recorre a los shénnóng-tú reunidos. El competidor de Yún agacha la cabeza en reconocimiento de la dificultad del reto y vuelve a su lugar en el grupo. Ahora entendemos que esta es una verdadera prueba de nuestras habilidades: una sola taza de té para leer la mente de una desconocida, para operar en silencio, con solo la magia para hablar por nosotros.

—¿Alguna otra pregunta? —El tono del marqués es tono burlón; la sonrisa resbalosa vuelve. Todos miramos al suelo, nadie se atreve a alzar la voz—. Bien. Los veré de vuelta en el Salón de la Luz Eterna al sonar el siguiente gong.

Con una floritura de la manga, el marqués deja el balcón, con las mujeres siguiéndolo detrás. Volvemos a nuestras residencias para que nos arreglen y estemos presentables para los jueces. A las shénnóng-tú de nuestra residencia nos escoltan a los baños, donde nos colocan en enormes tinas perfumadas con flores. Sirvientes pululan a nuestro alrededor, cepillándonos y atándonos el cabello, maquillándonos las caras recién lavadas.

—Siento como si me estuvieran horneando para un festín —murmuro mientras dos mucamas jalan de mi faja con todas sus fuerzas. Lian hace una mueca y elige un pasador con joyas de la charola que le ofrecen.

A Shu le habría encantado que la mimaran así. Habría pasado todo su tiempo en el Departamento de Bordado, donde aprendería nuevas técnicas de las costureras. Pero a mí las túnicas me constriñen la garganta y la espalda, hacen que me sea difícil respirar: me estrangulan con constantes dudas y pensamientos sobre mi inferioridad.

El Salón de la Luz Eterna está construido con paneles de madera, los mismos que pude ver de reojo cuando estaba con Qing'er. Las ventanas se abren en todas direcciones y ofrecen las mejores vistas de Jia. Una estatua de oro de un caballo con una montura cubierta de gemas se alza en dos patas a un lado de la estatua de un arquero que, sobre una rodilla, tiene los brazos tensos de jalar un arco que apunta hacia el cielo.

El lugar es tan grande como para recibir a cientos de personas, por lo que las diecisiete mesas, una por cada competidor, apenas si llenan el espacio.

—¡Su alteza real, la princesa Ying-Zhen! —anuncia el heraldo y todos nos arrodillamos.

—De pie, por favor. —La princesa desecha las formalidades de inmediato. Todos nos levantamos con torpeza para verla atravesar el salón: sigue siendo una visión impactante para nosotros, envuelta en una túnica bordada para asemejar las plumas de un pavorreal; la tela se mueve de lado a lado, como el parpadeo de mil ojos. Debajo de la gloriosa túnica, lleva una delgada capa azul marino, con una faja de un dorado resplandeciente en la cintura. Se acomoda en una silla tallada al frente de la habitación; las alas de un fénix se extienden detrás de ella.

—¿Arriesgarían su vida por la oportunidad de servir a Dàxī? —pregunta el marqués Kuang—. Pueden irse en este momento si temen elegir la taza equivocada.

Perdemos a cinco en ese mismo instante. Tras hacerle una reverencia a la princesa, corren hacia la puerta, mascullando disculpas y agradecimientos para nadie.

El recuerdo de Kang vuelve a mí. La princesa le sirvió dos tazas y le ordenó beber. A pesar de que es un hábil artista marcial, tenía solo sus palabras para defenderse, y fueron solo sus palabras las que lo salvaron. Y bebió, corrió el riesgo por su gente. Ahora me enfrento a una prueba similar.

A quienes seguimos en la competencia se nos ordena acercarnos a la larga mesa del otro lado del salón para tomar la charola que tiene nuestro nombre. Tomo la mía con manos reverentes, siempre atenta de tratar mis herramientas con respeto. El juego de té es aun más bello que los que están en la residencia; la porcelana es tan delgada que parece que podría hacerse añicos con un soplido. En el fondo del tazón están las delgadas hebras de las hojas de té.

Las miro sin comprender. Siento cómo se me calienta el rostro; la sangre me corre a la cabeza. Se me nubla la visión y vuelve a enfocarse cuando parpadeo. Las hojas no tienen la fina pelusa plateada que le da su nombre al té.

Esto no es Aguja Plateada: alguien puso un té distinto en mi taza.

—¿Está todo bien? —Una mano elegante se posa sobre mi brazo. La nariz se me llena del delicado perfume de lirios. Alzo la mirada y veo a la mujer que me asignaron, quien espera a que camine con ella a nuestra mesa.

El marqués cruza la habitación y dirige la atención hacia mi titubeo.

—Si tienes miedo, no es necesario que continúes en la competencia.

¿Debería de señalar el error? No tendría caso si fue él quien puso las hojas de té incorrectas en mi charola, y revelaría que recibí ayuda de alguien en las cocinas.

Se acerca más y más, pero sé qué es lo que tengo que hacer. Me doy vuelta y le permito a la animadora llevarme a nuestra mesa. Atoro el pie en un taburete vacío… y me dejo caer.

Capítulo diecisiete

La charola cae al suelo con un «crac»; la taza salta y se destroza. Yo me desparramo en el piso. Tengo la dignidad herida, pero es mejor que la alternativa.

La chica de la casa de té parece conmocionada, con la boca abierta en una «O», y se toma un momento antes de recobrar la compostura. Es todo un logro perturbar así a una aprendiz de una casa de té.

—¡Niña torpe! —El marqués corre hasta donde estoy y me mira con desprecio—. Ese té cuesta más que un año de salario, incluso para un sirviente del palacio. ¿Cómo te atreves a desperdiciar un recurso tan valioso! —Hago mi mejor esfuerzo por parecer arrepentida, mientras que, por dentro, recito una letanía de insultos dirigidos al hombre—. La chica de Sù —dice con voz cansina—. No te reconocí sino hasta ahora. Tú no sabrías nada sobre lo valioso que es este té, al venir de un lugar así.

La sangre me hierve de odio al ver la sonrisa traicionera del marqués. Se regodea en mi humillación.

—Ven, permíteme ayudarte. —La animadora me ayuda a ponerme de pie. Los sirvientes se apresuran a barrer las piezas del juego de té.

Una parte de mí quiere abalanzarse sobre el marqués y borrarle esa sonrisa arrogante de la cara, demostrarle que no soy alguien a quien pueda atormentar, pero la mano sobre mi brazo está firme, una advertencia. Agacho la mirada y me enfoco en el bordado de su manga, mientras batallo por mantener el control: es de la Casa Peonía.

Respiro profundo.

—Me disculpo, eminencia —murmuro—. Mis manos no están acostumbradas a manejar utensilios tan finos. Me puse en ridículo.

Siento el alivio de la mujer mientras me suelta. La mejilla del marqués salta mientras el hombre contempla su siguiente movimiento. Le encantaría expulsarme de la competencia de inmediato, pero necesitaría de un motivo legítimo para hacerlo.

La chica de la Casa Peonía hace una reverencia profunda y habla en voz baja y deferente.

—Por favor, permítame traer una de las charolas de los competidores que abandonaron la competencia. Que este incidente no perturbe a su eminencia. Es solo una taza, nada más.

—Está bien. —El marqués Kuang nos despide a regañadientes—. Ayúdale entonces.

Me siento y espero a que la joven traiga otra charola a la mesa. Ahora veo lo cerca que estuve de estallar y cómo ella me contuvo. Estoy agradecida por ello, pero no puedo hacérselo saber sin ponernos a ambas en riesgo.

Se sienta frente a mí, con sus rasgos lisos y sin emociones, una agradable máscara. En la capital me siento expuesta: mi acento, mi caminar, mi ropa, todo me traiciona. Pero yo tuve una vida entera de libertad en la que pude hacer lo que quise, una madre que nunca me pidió que fuera más que lo que era, con todo y mis defectos. ¿Cómo sería tener que llevar siempre esa cara cautelosa?

Reviso las hojas una vez más. Una parte de mí espera volver a encontrar la misma falsedad, pero reconozco la distintiva pelusa plateada. Con un suspiro entrecortado, me concentro en tranquilizar mis manos, en verter el agua caliente, en el flujo brillante y humeante. El remolino muestra la verdad, las hojas de té apuntan hacia el centro. Coloco la tapa encima con sumo cuidado y dejo el té reposar e infusionarse.

Alguien intentó descalificarme, dejarme a la merced de un veneno, y no lo habría sabido si la senescal Yang no me hubiese ayudado. ¿Estoy segura de que fue el marqués? Me obligo a concentrarme en el vapor, en vez de voltear a ver quién podría estar observándome, ansioso por saber si su plan funcionó.

Sirvo el té en la taza y le pido a la mujer que tome un sorbo. Lo hace con movimientos delicados; se cubre la cara con la manga del otro brazo como parte de su presentación.

Detrás de mí, algo pesado cae al suelo con un golpe sordo y me hace saltar. Volteo y veo a uno de los shénnóng-tú tendido en el piso. Dos soldados entran a toda prisa a levantar el cuerpo inerte y sacarlo de la habitación.

A pesar de la regla de silencio, los susurros se esparcen entre los competidores. «¿Está muerto?», «¿Qué le sucederá?».

—Les aconsejo que se concentren en sus propios destinos, competidores —anuncia el marqués. Es evidente que disfruta de nuestro desasosiego.

Vuelvo a mirar a mi acompañante para la prueba, quien ya comenzó con su ceremonia, sin que el alboroto a nuestro alrededor la perturbe: el enjuagado de las tazas, la preparación de la vasija, la espera a que infusione la bebida. La ligera fragancia de un radiante té verde primaveral flota hasta mi nariz, una elección perfecta para una bebida durante la tarde.

Le devuelvo mi atención a las cinco tazas que están frente a mí. Son todas idénticas en color, en el diseño pintado de flores de durazno que recorre la curva exterior, y todas al parecer vacías. Sirve el té en cada una; el vapor se enrosca con delicadeza sobre la superficie. Las observo, les pido que me hablen.

«¿Cómo se convierte alguien en aprendiz de Shénnóng?». Una pregunta aparece, sin invitación, en mi mente, una de las lecciones básicas de mi madre. «La magia suena como un timbre en mis oídos. Para ti quizá se sienta distinta. ¿Es un sabor? ¿Un roce sobre la piel?». Mamá nos sentó a ambas frente a ella mientras nos servía té. Shu casi se quedó sin aliento, dijo que podía verla: líneas de colores que salían de sus manos como tela de un telar. Pero yo podía olerla: olía a flores de pomelo.

Me deshice del recuerdo cuando pensé que nunca volvería a servir una taza de magia, pero ahora vuelve a mí, en espera de instrucciones.

Sé, gracias a la noche anterior, que la Aguja de Plata no necesita de mucho tiempo para surtir efecto. Pero ¿fue solo por la conexión previa que tenía con Kang, creada a la fuerza por la Llave Dorada?

Despacio, para no sobresaltarla, busco la mano de la muchacha, pongo la palma de la mía sobre sus nudillos. Ella se tensa, pero no se aleja. La magia se derrama sobre ella; la conexión se forma. Descubro en este momento que yo no necesito beber el té también para blandir la magia; si quien la recibe lo ingiere, eso es suficiente.

Paso los dedos de mi otra mano por encima de la primera taza y los párpados me revolotean. De repente me abruma una pesadez suntuosa en las extremidades, la pausa en los pensamientos antes de que el sueño se apodere de mí… Alejo la mano y la sensación se disipa.

La siguiente taza despierta una turbulencia en mi estómago, como la ondulación que sentí en el ferry. Este té provoca vómitos.

La tercera: nada. Está vacía. Paso a la cuarta, para comprobar la veracidad de la magia, y un agudo dolor me punza la sien, como si alguien me hubiese clavado una daga en el cráneo. Me apresuro a tomar la tercera taza y bebo el contenido en un solo trago antes de dejarla de nuevo en la mesa.

La respiración se me acelera mientras alzo la mirada de inmediato hacia los ojos de la chica de la Casa Peonía. Puedo ver una diminuta curva en las orillas de sus ojos, casi imperceptible. Sé, por esa sutil sonrisa, que elegí la taza correcta. Ella baja la mirada un instante y me doy cuenta de que aún estoy tomando su mano. La suelto y devuelvo las mías a mi regazo, sintiéndome un tanto incómoda.

Mis sentidos aún me pertenecen, el sueño no se apodera de mí, el dolor no me inunda. Al mirar a mi alrededor, puedo ver que el número de shénnóng-tú no deja de disminuir, hasta que se nos ordena a quienes restamos que nos pongamos de pie y nos acerquemos al marqués.

—Sobrevivieron a la ronda —afirma. Las pezuñas del caballo de oro se alzan por encima de su cabeza—. De cincuenta y tantos a diecisiete a ocho. —Sus ojos se posan sobre mí, que sigo frente a él, y una mirada furiosa se presenta en su rostro. Desearía que una ráfaga de viento repentina tirara la estatua sobre su cabeza, pero el cielo no responde a mi petición—. La siguiente ronda comenzará en tres días, con el inicio del verano. Le daremos la bienvenida a días más largos, a una época de nuevos comienzos. Recibirán instrucciones para prepararse mañana por la mañana. Después, podrán tomarse un muy merecido descanso. Felicidades.

Aunque sus palabras son celebratorias, tienen algo que me hiela la sangre. Dejamos atrás el Mes de la Prolongación, cuando la luz del día comienza a alargarse hacia la noche. Nos acercamos al comienzo del verano, pero, mientras que la estación supone traer consigo calidez y crecimiento, parece haber traído una inquietud extensa.

Las preguntas que la princesa formuló en su jardín hacen eco en mi cabeza mientras dejamos el Salón de la Luz Eterna: «¿La vida de quién? ¿La muerte de quién?».

El tiempo lo dirá.

Estoy decidida a encontrar a la senescal esta tarde. Es posible que haya sido a ella a quien el marqués le ordenó que cambiara mis hojas de té. Quizá su consejo fue una advertencia también. Nos dijo que fue ella quien consiguió el té para la competencia, así que es ella también quien podría darme la respuesta que busco.

Lian y yo prometimos no volver a las cocinas, pero me dirijo hacia allá con un propósito claro, no involucraré a nadie más en mis planes. Quiero encontrar a Qing'er, pero es a Pequeño Wu a quien veo. Está ocupado jalando y torciendo más masa. El sudor le corre por la frente por el esfuerzo.

—¿Sabes dónde puedo encontrar a la senescal Yang? —pregunto.

Él se detiene y se limpia la cara con un trapo antes de responder.

—A esta hora, suele estar revisando las cuentas de la cocina en su habitación. Pasa el Departamento de Pescadería y cruza el portón hacia la residencia de las mujeres. Si te encuentras con problemas, usa mi nombre o busca a A'bing.

Agacho la cabeza en agradecimiento y me apresuro a recorrer el laberinto de pasillos de las cocinas sin llamar la atención. Nadie me detiene, todo el mundo está ocupado con sus propias tareas.

La senescal Yang es la única conexión que tengo con mi madre en este lugar, es mi única esperanza de saber más sobre su pasado. No quiero que sea ella quien me haya traicionado, pero sé que su lealtad está primero con su familia inmediata y, luego, con el personal de las cocinas. Para ella no soy más que una perturbación, una posible amenaza.

Entro a la residencia de mujeres y camino por el pasillo al aire libre mientras reviso cada puerta. El rango de cada residente está colgado de una placa al lado de las puertas, pero no hay nombres registrados. La habitación de la senescal está casi al fondo de la residencia, con solo una placa al lado de la puerta; su posición como supervisora de las cocinas le vale una habitación privada. La puerta está abierta, y del otro lado, puedo verla sentada en una mesa, con un cepillo en la mano.

Alzo el puño y toco a la puerta un par de veces. Ella se sobresalta un poco y gira la cabeza para voltear a verme. Luego, frunce el ceño.

—Creí haberte dicho que no quería que volvieras a pasar por las cocinas.

Una parte de mí se encoge, quiere disculparse. Sin embargo, hay otra parte que necesita respuestas y está dispuesta a destrozarlo todo por conseguirlas. Cruzo el umbral sin invitación y me paro frente a ella, cruzada de brazos. Ella tira el cepillo sobre la mesa, preparada para expulsarme por haber invadido su espacio.

—¿Usted cambió la Aguja de Plata de mi charola? —le pregunto. Me imagino mis palabras como puños, y doy el primer golpe—. ¿Por eso me lo advirtió, porque el marqués de Ānhé ya le había ordenado sabotearme?

Su expresión cambia de ira a confusión.

—¿El marqués? ¿Por qué le ayudaría? —Retuerce el labio y, mientras contempla la situación, la razón por la que estoy ahí frente a ella se hace evidente—. Cierra la puerta, no deben vernos juntas. —Aunque su tono firme me encrespa, la obedezco—. Ahora, siéntate. —Señala una silla de bambú que está frente a ella—. Cuéntamelo todo.

CAPÍTULO DIECIOCHO

Le cuento lo que ocurrió durante la segunda ronda: las reglas, lo que teníamos que hacer, que descubrí que en mi taza había un té distinto. Mientras hablo, la senescal palidece y golpetea la mesa con un dedo frenético.

—¿Estás segura de que no era Aguja de Plata? —me pregunta y asiento en silencio—. Pero… ¿cómo? —cavila. Surcos profundos se le dibujan en la frente—. Uno de los médicos imperiales me entregó las hojas de té, y yo preparé todas las charolas… Debió haber sido uno de los sirvientes. —Se ve perturbada ante la revelación—. Parece que las estrellas tienen un plan distinto para ti. Tu madre huyó de este lugar y me dijo que jamás volvería. Ahora, aquí estás tú en su lugar. —Menea la cabeza—. Ay, Yiting… ¿cómo pudo haber sido tan cruel contigo el destino?

Parece que le tenía un cariño genuino a mi madre. Creo que quizás fueron amigas.

—Dijo que mi madre dejó el palacio a causa de un escándalo. ¿Cuál fue la razón?

Los recuerdos son lo único que me queda de ella, y estoy desesperada por saber cualquier otra cosa.

—Fue un invierno frío y cruento, y la emperatriz estaba embarazada de la princesa… —relata—. Así que enfermó, al igual que la partera que debía cuidarla. Lo mismo ocurrió con los médicos imperiales. Tu madre utilizó la magia de Shénnóng para salvarle la vida y se ganó el favor del emperador y la emperatriz.

Mi tío, el hermano de mi madre, siempre alardeó sobre cómo pudo haber asistido al colegio imperial, pero decidió quedarse en el negocio familiar. Siempre menospreció la profesión de mi madre, aun cuando el proceso para convertirse en shénnóng-shī era igualmente selectivo, si no es que más. ¿Por qué mi madre nunca mencionó que atendió a la emperatriz?

—El emperador consiguió una pareja adecuada para Yiting, pues todos quienes servimos en el palacio podemos salir a los veinticinco años para comenzar una familia. Pero durante el invierno, ella se enamoró de tu padre, un prometedor médico imperial; él se enamoró de ella también. Y, como sabrás, rechazar la bendición del emperador es una sentencia de muerte. —Me imagino a una versión más joven de mis padres, con sueños propios, sus futuros brillantes frente a ellos, como linternas en el cielo. La ternura en el rostro de mi padre mientras observa a mi madre darles forma a sus vasijas antes de llevarlas al horno; la forma en que ella se ríe cuando preparan hierbas para secarlas en las alacenas—. Con el permiso de la emperatriz, tu madre comenzó a estudiar en secreto para sus pruebas de shénnóng-shī. Consiguió llamar la atención del Estimado Xu cuando este visitó el palacio y se ganó una invitación a las pruebas en Hánxiá. Volvió de la academia con su nombre inscrito en el *Libro del té*, y solicitó una audiencia con el emperador y la emperatriz. Les pidió que honraran el regalo que le ofrecieron cuando le salvó la vida a la emperatriz y que la liberaran del compromiso que el emperador había arreglado para ella. El emperador estaba furioso, pero la emperatriz se mostró comprensiva; ayudó a tu madre a huir del palacio en uno de sus carruajes cuando Yiting confesó que estaba embarazada.

—Volvió con su familia en Sù —me digo en voz baja—. Y dio a luz unos meses después.

Por eso los labios de mi padre se vuelven una línea rígida cuando le pregunto por su familia. Por eso el rostro de mi madre se transformaba en una máscara inexpresiva cuando Shu se preguntaba en voz alta por qué algunos niños tenían cuatro abuelos y nosotras solo dos. Ni siquiera sé de dónde viene la familia de papá; lo único que sé es que están en una de las prefecturas al oeste de Jia, pero nunca los conocimos. Deben haber borrado de los libros familiares el nombre de mi padre caído en desgracia.

Las implicaciones de este conocimiento me apuñalan en el pecho. Si mi madre no se hubiera embarazado, habría seguido con su placentera vida en el palacio. Al ser una de las favoritas de la emperatriz, habría fungido como su shénnóng-shī y consejera. Jamás habría tenido que labrar los campos; habría caminado entre los nobles y los oficiales de la corte.

—Estás a la mitad de la competencia, niña —resopla la senescal—. Eres tan inteligente como tu madre. Ella arriesgó todo por tenerte, lo entiendes, ¿verdad? Ella luchó por ti, y ahora estás aquí, siguiendo sus pasos y su legado. Eres el símbolo de su fuerza. Ten cuidado, no dejes que te maten en el proceso.

Me pongo de pie y alcanzo a mascullar unas cuantas palabras de agradecimiento. Salgo a tropezones apresurados de la habitación, que de pronto se tornó sofocante por la carga de esta nueva información.

Para mi alivio, nuestra habitación está vacía cuando vuelvo. Me siento con pesadez sobre mi cama y apenas si evito aplastar la nota que Lian me dejó: «Querida Ning, me han convocado para desplumarme como pollo y presumirme frente a rancios oficiales como parte de las obligaciones diplomáticas de mi padre. Te veré mañana».

A pesar de que estoy ahogada en lágrimas, me río. El desparpajo de Lian y su actitud despreocupada son muy similares a las de mi madre, siempre dispuestas a forjar su propio destino. Debería seguir su ejemplo en vez de bañarme en autocompasión. Tomo el collar de mi madre, lo envuelvo en el pañuelo de Shu y me lo guardo en la faja. Seré fuerte por ellas.

Sin la compañía de Lian, me debato entre si debería o no acompañar a los demás competidores a la comida de la tarde. Al final, el hambre gana la discusión. Le prometí a la senescal Yang que no conviviría más con el personal de la cocina, y no tengo la misma seguridad que Lian, quien puede pedir porciones adicionales a los sirvientes sin chistar.

Cada noche, nos sirven la comida en el Jardín de la Primavera Fragante, bajo el cobijo de los pabellones que están en medio de un jardín ornamental adoquinado. Como ha disminuido el número de competidores, ahora comemos debajo del pabellón central, separados por dos mesas de piedra. Las linternas se mecen con la brisa e iluminan los senderos; el aire se perfuma con el aroma de las gardenias.

Shao preside una mesa llena de los amigos que le quedan en la competencia, cuyos rostros he memorizado ya. Uno de los más escandalosos y zafios es Guoming, quien estaba presente en la residencia del marqués aquella noche. A pesar de que el payaso que me manoseó quedó eliminado en la segunda ronda, los veo a todos como cómplices. He intentado evitarlos en todo momento, con la mirada agachada y comportándome siempre como la tímida chica campirana que no representa amenaza alguna.

Esta noche disfrutamos de pescado agridulce, una carpa rebanada en hermosos patrones florales y frita para formar pétalos. Está bañada en una salsa de un rojo brillante y cocida con vinagre. Comemos también gigantescas albóndigas de carne de cabeza de león, más grandes que mi puño, cocinadas en sus propios jugos y servidas en tazones con verduras y un ligero caldo endulzado con setas. Incluso algo tan sencillo como un plato de zanahoria y pepino ha sido transformado en flores decorativas para acompañar la comida. El plato entero parece un jardín en flor.

Mi cabeza todavía está agitada tras lo que me reveló la senescal. Lo que me contó explica por qué mis padres siempre tuvieron tanto cuidado en mantenernos a Shu y a mí en la aldea, por qué apenas viajaban y por qué nunca quisieron estar presentes cuando el emperador visitaba algún pueblo cercano durante sus giras de verano, por qué mi padre se enfurecía tanto cuando llamaba la atención de los soldados.

Estoy tan enfocada en mi comida que no noto que ya no estoy sola, hasta que dos puños se estrellan frente a mí sobre la mesa. Pego un salto, la cuchara se me cae de la mano y golpea el tazón con un estruendo. Alzo la mirada, con la boca llena de arroz, y me encuentro con Shao dedicándome una furiosa mirada de desaprobación.

—Me costaste dinero, niña —acusa arrastrando las palabras, con su acento capitalino más marcado que de costumbre. Puedo ver que, detrás de él, los demás jóvenes en la mesa se dan codazos y nos miran entre risas.

Me paso el bocado, confundida.

—No sé a qué te refieres.

—Apostó una bolsa entera de monedas a que fracasarías en esta ronda —grita uno de sus amigos, con una risotada—. Qué gusto que lo hayas hecho perder.

La cara se me calienta y siento una opresión en el pecho. ¿Están… haciendo apuestas sobre los ganadores y perdedores?

—Pasó la prueba por pura suerte. —Shao vuelve a mirarme y recobra la compostura, la sonrisa indolente vuelve a su rostro. Balancea un pequeño bolso frente a mí; lo agita hasta que puedo oír las monedas que están adentro—. ¿Por qué no hacemos que sea un reto más interesante para los demás? Toma estas monedas, ya puedes irte; vuelve a la aldea desahuciada de la que saliste. Sálvate de la vergüenza de la derrota.

El bolso cae sobre la mesa con el repique de las monedas; la plata contenida adentro se desparrama. Me levanto, el taburete cae al piso. Los brazos me tiemblan.

Miro las caras de todos los competidores en mi mesa. Todos se ven sorprendidos, estupefactos, divertidos incluso, pero nadie levanta la voz por mí.

Muy despacio, tomo el bolso y pongo las monedas, una por una, de vuelta; lo sopeso en mi mano y calculo que adentro hay suficiente como para surtir toda la tienda de mi padre: ingredientes para tratar a los aldeanos, para llenar la alacena de nuestra cocina durante meses…

Veo a Shao a los ojos; él me devuelve la mirada, cada vez más entretenido con la situación.

—Nada de vergonzoso tiene…

Echo el brazo hacia atrás y le tiro el bolso con todas mis fuerzas. Lo golpea en el pecho y cae al piso. Las monedas ruedan en todas direcciones.

—No dejes de apostar contra mí —le digo, la voz me tiembla solo un poco—. Me encantaría ver qué más pierdes.

Parece que los ojos se le van a salir de la cara mientras da un paso hacia el frente, pero el shénnóng-tú de Yún le bloquea el camino con un brazo.

—Apártate de mi camino, Wenyi —susurra.

—Cuidado, Shao —le advierte el monje—. No querrías que pensemos que la consideras una amenaza, ¿o sí?

Shao resopla para demostrar lo absurdo de la idea. Yo me doy vuelta y huyo, lejos de las miradas burlonas, lejos del ridículo.

Los insultos de Shao me hacen recordar la historia de mi familia, mi infame linaje. Pienso en cómo he avergonzado a mi familia en todo momento. Como aquella vez antes de las lluvias otoñales, hace años, cuando los soldados llegaron para cobrar los impuestos de la cosecha. Mi familia refunfuñaba sobre cómo no podían esperar a que se fueran.

Esa noche salí a buscar las rafflesias, que florecen solo una vez cada seis años. Reuní tantas como pude cargar y las puse alrededor del campamento, con la esperanza de que el aroma repeliera a los soldados. Desperté esa mañana con el sonido de gritos y el olor del humo que descendía de las colinas. Los soldados quemaron los campos; creyeron que las flores habían florecido durante la noche y lo consideraron un mal presagio. Destruyeron nuestros huertos, junto con la mitad del jardín de té de la familia. El cielo ennegrecido, el olor de los árboles calcinados…

Despierto en la oscuridad, agitada. Siento un enorme peso sobre mi cuerpo, una sombra agazapada en mis piernas. Agito los brazos sin control frente a mi atacante; en recompensa, recibo una intensa presión sobre el pecho. Una mano se cierra sobre mi garganta, otra sobre mi boca; me ahoga.

Por un instante considero que podría ser Kang, pero el rostro que está encima de mí no es el de quien me visita por las noches. Es una chica, tiene el cabello atado por encima de la cabeza y lo mantiene lejos de su cara con una diadema; sin embargo, el resto del cabello le cae hasta el hombro, ondas negras que me rozan la cara cuando respira.

Sé quién es: la mujer que siempre está a junto a la princesa.

—Mi nombre es Gao Ruyi. —Su susurro confirma su identidad—. Soy la dama de compañía de la princesa. Si quito la mano de encima de tu boca, ¿gritarás?

Niego con la cabeza. El peso sobre mi pecho y garganta desaparece cuando ella baja de la cama. Resuello un poco mientras mis pulmones protestan por el maltrato.

Puedo sentir que me observa con intensidad, que busca debilidades; sé que ya ha calculado cómo silenciarme si doy un paso en falso. La luz de la linterna del patio se cuela entre las persianas talladas y crea patrones de luz y sombra sobre su piel.

—La princesa solicita tu presencia —afirma; no es una pregunta, sino una orden.

—Permíteme vestirme —le pido, con un ligero temblor en la voz—. No puedo verla en este estado.

—No tardará en llegar —responde ella, desechando mis objeciones—. Ponte una capa. Eso será suficiente.

Voy detrás del biombo del vestidor y batallo contra las amarras de mi capa. Las preguntas me dan vueltas por la cabeza. ¿Cuánto sabe la princesa? ¿Esto se trata del tiempo que pasé en las cocinas? ¿De las acusaciones del marqués? O… ¿es sobre mis conversaciones nocturnas con Kang?

Arrastro los pies detrás de la guardaespaldas de la princesa, sintiéndolos más pesados a cada paso. No me dirige la palabra mientras cruzamos los corredores del palacio, frente a portones que no me resultan familiares con soldados montando guardia. Agachan la cabeza y nos permiten pasar sin preguntas, hasta que llegamos a un nicho que cobija a un árbol de apariencia triste. Pongo la mano sobre la corteza y, al mirar sus hojas cafés y en ruinas, siento cómo está perdiendo la vida. Al pie del árbol hay un león tallado en piedra, con la cara contorsionada en un gruñido y una pata extendida que deja ver sus garras.

Ruyi rodea el árbol y toca la pared. Una puerta se abre frente a mis ojos y revela un oscuro túnel del otro lado. Lo miro boquiabierta, maravillada de pensar cómo puede ser posible un mecanismo así, pero ella me jala de inmediato y cierra la apertura cuando pasamos. Estamos envueltas por la oscuridad, así que estiro una mano y toco la pared: solo hay piedra.

Enciende un fósforo y el olor a azufre me cosquillea la nariz. El rostro de Ruyi se ilumina con la luz de una antorcha. Nos adentramos en la oscuridad del túnel; acelero el paso para poder seguir el ritmo de sus zancadas seguras. Parece como si hubiera recorrido estos pasadizos en muchas ocasiones; navega sin problemas los giros y vueltas hasta que llegamos a un muro con un aro de hierro que cuelga de la nariz de un jabalí de piedra, con filosos colmillos que le salen en curvas del hocico.

Ruyi jala el aro y una nueva puerta se abre para dar paso a un jardín iluminado por la luna. Una figura vestida de blanco nos espera bajo los árboles.

Capítulo diecinueve

El jardín se ve igual a como se veía en el recuerdo de Kang: el sauce llorón que deja hojas sobre el suelo, los elegantes pinos enanos en sus macetas redondas, las rocas blancas redondas que decoran el perímetro en ubicaciones auspiciosas. Y también la princesa sentada en la mesa de madera, las ramas del ciruelo en flor detrás de ella.

—Acércate —me dice Ruyi, con una mano sobre mi espalda.

Doy un paso al frente y me arrodillo; toco las frías piedras del sendero con la frente. Jamás habría podido imaginar, ni siquiera en las historias más fantasiosas de Shu, que algún día estaría frente a la princesa, con un secreto que, estoy segura, ella no quiere que sepa.

—Levántate —me ordena su voz.

Me pongo de pie y veo el rostro de la regenta de Dàxī, la heredera al trono. No lleva en el cabello los pasadores y broches que suelen adornarlo; en cambio, le cae suelto sobre la cara. Está vestida con una túnica color lila, de un tono tan suave que en un principio lo confundí con blanco. Parece la encarnación etérea de la Diosa de la Luna mientras que yo soy la plebeya indigna de confianza.

—La chica de Sù —dice con una sonrisa sardónica. ¿Es de regocijo o de disgusto? No lo sé—. Tú eres la shénnóng-tú que ha causado bastante revuelo dentro de la competencia. —Escondo las manos detrás de la espalda, de pronto muy consciente de mis uñas sucias y mi piel callosa—. Llamaste la atención del marqués Kuang y del canciller Zhou. Se han enfrascado en varios debates sobre si deberían permitirte seguir en la competencia, sobre si tu presencia es demasiado... disruptiva en estos momentos. —Una oleada de furia me recorre el cuerpo. Nombres familiares, acusaciones familiares: «Revoltosa»—. Veo que algo arde dentro de ti —comenta ella—. Dime la verdad: ¿por qué estás aquí? ¿Sueñas con derrocar al imperio?

Finjo ignorancia. Me parece una alternativa más segura que las palabras de protesta que quiero sacarme del pecho.

—No... no estoy segura de entender qué es lo que dice, alteza.

—Si tu objetivo es sembrar discordia, has triunfado en tu propósito —reflexiona la princesa—. Pero si tuvieras una meta tan simple, te habrías ido a la primera oportunidad.

—Quiero ganar la competencia —afirmo, pues entiendo que esta es la oportunidad que necesito para defenderme al caminar en este peligroso sendero entre dos personas llenas de ambición: la princesa y el marqués—. No trabajo para nadie más que para mí.

Sus ojos me perforan con su intensidad.

—¿Por qué?

¿Cuánto habrán investigado sobre quienes estamos en la competencia? Sé de cierto que el nombre de mi madre está en el *Libro del té*, pero no sé si alguien en la capital, además de la senescal Yang, sabe de su muerte.

—Estoy aquí por mí. Mi madre falleció el invierno pasado, alteza. —Tengo que ofrecerle suficiente de la verdad, y esta es información que ya le revelé a la senescal—. Mi hermana está enferma. Sin ellas dos, mi familia está en problemas. Ganar esta competencia, esta posición, significaría una mejor vida para mi familia.

Pero hay tanto que quiero preguntarle: sobre el veneno, la Sombra, cómo encaja todo con la muerte de mi madre. Quiero decirle lo mucho que deseo encontrar a la persona responsable y hacerla pedazos con mis propias manos.

Ella considera mi respuesta y examina mi rostro como si quisiera arrancarme la verdad.

—¿Comprendes el imperio que el Emperador Ascendido quería construir? ¿Una visión que mi abuela mantenía, un legado en el que mi padre no dejó de creer? Una mejor vida para el pueblo. —«Tu pueblo muere de hambre», pienso. «Están furiosos. Todo mientras te engañas a ti misma con sueños de un grandioso imperio». La princesa se ríe, un sonido frágil, quebradizo—. Veo que no me crees, y debería de enviarte a los calabozos por ello.

Debería arrodillarme, suplicar por perdón, asegurarme de que sobreviviré un día más en la competencia, pero… pero esa no es quien soy. Sería ir en contra de mi naturaleza, aun si eso significa mi perdición. Ella percibe mi pugna interna; parece divertirle.

—Quizá no estés mintiendo. Debería hacer lo que el marqués sugiere y ordenar que te azoten por tu insolencia.

—Todos ustedes son iguales —suelto—. Le temen a la verdad.

Ruyi aparece casi al instante a mi lado. Me jala los brazos por detrás de la espalda hasta que me hace caer al suelo.

—¿Comprendes mi dilema? —La princesa Ying-Zhen me mira desde las alturas—. No puedo tener a gente como tú sembrando discordia. Tengo que mantener el orden hasta que la condición de mi padre mejore. —Puedo verle el pulso en el cuello. Una hermosa mentira. Entonces, hace una pausa—. ¿De qué verdad hablas?

—Con cada estación, se espera que paguemos impuestos —digo con los dientes apretados e ignorando el dolor que me produce Ruyi al torcerme los hombros—. Incluso cuando la cosecha es pobre, aun cuando no hay nada en los almacenes y los graneros.

—¿Crees que no conozco los reportes? —estalla la princesa—. ¿Crees que me alegra saber que mi gente sufre?

—Si me envía de vuelta a casa, otros tomarán mi lugar —afirmo—. Exigiremos que se nos escuche.

—¡Cuida tus palabras! —me advierte Ruyi. Me jala el brazo tan fuerte que me hace gritar.

—Con todo respeto, su alteza —jadeo, intentando respirar para tolerar el dolor—, existe una diferencia entre vivir el sufrimiento y leer sobre él.

Me observa durante un largo momento, contemplando mi respuesta. Luego, se da vuelta.

—Suéltala. —Ruyi me deja caer. Me llevo el brazo al pecho y lo acuno con el otro. El dolor pulsa al ritmo de mi corazón—. Mantén esa actitud combativa. La necesitarás para lo que he de pedirte —ordena la princesa con cierto tono irónico; no comprendo lo que sucede, pero ella continúa—. Me sorprendió darme cuenta de que habías llamado la atención de alguien más dentro del palacio.

Una vez que trasladamos a mi primo a las residencias, hice que lo siguieran. Los guardias reportan que sale todas las noches a la Hora del Fantasma y vuelve a la Hora del Ladrón… para visitarte. —Siento un sabor amargo en la boca, paso saliva: sí se trata de Kang. Hay hilos que me atan a él e hilos que lo atan a ella, los hilos del destino que pulsan entre nosotros. La princesa se acerca, su sombra cae sobre mí—. Dime, Ning. ¿Estás trabajando con él? ¿Qué trama?

—No lo sé. —Sacudo la cabeza—. Lo conocí en el mercado, el día que comenzó la competencia.

Me toma la barbilla y la gira hasta que mi cuello está doblado hacia atrás, obligándome a mirarla.

—Si estás mintiéndome —dice con mucha calma—, haré que maten a tu familia.

La única amenaza que puede doblegarme.

—Me… me dijo que sabe que el emperador está muerto. —La princesa me examina sin ninguna emoción, como si contemplara todas las espléndidas formas en las que puede silenciarme. Me fuerzo a mirarla a los ojos, a hablar despacio y con cautela—. Sabe que lo que digo es cierto.

Me suelta; cierro los ojos.

—No le dirás a nadie sus mentiras —me ordena en voz muy baja—. Te acercarás a él, descubrirás cuál es su plan y me lo reportarás. Si me das información que sea de utilidad, te recompensaré tras la competencia y te daré lo que necesitas para tu familia. Si no me das nada que me sea útil, entonces…

La amenaza es clara: quiere que sea su espía, quiere que use a Kang para descubrir los planes de su padre. No puedo hacer más que aceptar, tengo todo que ganar y todo que perder. Asiento.

—Lo haré.

—Entonces deberías irte pronto. Se acerca la Hora del Fantasma.

La princesa estira una mano y rompe una de las ramas del ciruelo. Algunas de las flores han comenzado a marchitarse. Nada que sea bello dura por siempre.

—¿Cómo la encontraré si tengo información que compartir? —pregunto.

—Ruyi te enseñará cómo ponerte en contacto conmigo. —Agita la mano para indicar que es hora de que me vaya.

Ruyi vuelve a acercarse y me indica que la siga. Es una mujer de pocas palabras. Me lleva a un portón del otro lado del jardín. Es otro túnel de piedra, pero mucho más corto que el anterior.

Salimos a un corredor trasero; por los muros blancos, reconozco que estamos detrás de la biblioteca del palacio. Hay un sendero sombreado, con pequeñas piedras que forman un camino para que los filósofos se quiten los zapatos y caminen sobre ellas en busca de claridad mental, siguiendo los patrones de los dioses. Leones de piedra bordean el sendero, con la misma expresión feroz que el primero.

—Cuenta dos desde el extremo sur —dice Ruyi, señalando al león en cuestión; luego me da un pendiente bordado hecho con un hilo amarillo, un diseño similar al del nudo de luto de mi madre, fácil de avistar a la distancia—. Ata esto a su pata antes del primer gong de la noche. Te veré aquí a la Hora del Ladrón. Si la princesa necesita hablar contigo, yo pondré el mismo pendiente en el león frente al patio de tu residencia. Nos encontraremos a la misma hora. —Ruyi hace una reverencia y se lleva una mano al hombro—. Buena cacería, Ning de Sù.

Con apenas un susurro, desaparece entre las sombras y me deja para que encuentre por mi cuenta el camino de vuelta a las residencias.

Capítulo veinte

Me quedo dormida en algún momento después del cuarto gong, tras entender que Kang no aparecerá por ahora. Supongo que eso me convierte en un fracaso como espía desde el principio, pero agradezco el pequeño descanso. Tengo los nervios hechos trizas después de mi encuentro con la princesa y no estoy segura de tener la fuerza para mantener las apariencias si fuera a verlo esta noche.

Por la mañana, Lian y yo disfrutamos de un desayuno de esponjosos baozi, recién salidos de las vaporeras de bambú de la cocina de Pequeño Wu. Separamos la masa para descubrir el relleno, consistente en cerdo molido con cebollín picado y aceite de ajonjolí, y soplamos para enfriar el interior. Debería de sentirme agradecida de estar aquí, pero el desasosiego no deja de treparme por la garganta hasta que pierdo el apetito.

Me pregunto cuánto tiempo espera la princesa poder mantener la mentira sobre la salud del emperador. Qué furiosos estarán todos si se dan cuenta de que los han engañado. He visto múltiples facetas de su máscara: sobre el escenario, a través de los ojos de Kang, en persona. Es la imagen de alguien que está cada vez más cerca del precipicio.

—¡Ning! —Lian agita una mano frente a mi cara—. ¡Estás muy callada!

—Estoy… —Volteo a verla, le doy una enorme mordida a mi baozi y casi me ahogo por eso—. Estoy… Solo estoy preocupada por la siguiente ronda.

Tengo que aprender a mentir mejor, pronto, o mi torre de secretos se vendrá abajo.

—Comprensible —dice Lian tras asentir—. Será mucho más difícil a partir de ahora. En especial si necesitamos dos días para prepararnos para la siguiente prueba.

Lian intenta distraerme con historias del banquete de anoche: cómo tuvo que sentarse junto a algunos de los oficiales de rango bajo, quienes gustan de hablar demasiado cuando el vino fluye. Cómo todos especulaban a diestra y siniestra sobre si el emperador los honraría con su presencia, aunque fuera solo un vistazo, pero el emperador no apareció.

¿Cómo logró el Príncipe Desterrado enterarse de la muerte del emperador si la princesa ha logrado ocultárselo a toda la corte? Los rumores se abren paso entre mis pensamientos otra vez: sus espías tienen ojos y oídos en todas partes… raptan niños para convertirlos en residentes de su reino oscuro…

—¿Puedes contarme más sobre la princesa? Si puedo utilizar a Lian como un recurso, quizás pueda ayudarme a navegar todo lo que he visto en los últimos días.

—Cuando solía pasar los inviernos aquí, todos los niños pasábamos tiempo juntos —comienza—. Zhen era… seria, callada, enfocada en sus estudios. No es de sorprender, si consideramos que su abuela era la emperatriz matrona —agrega haciendo una mueca; asiento, mientras recuerdo a mi propia abuela, quien reinaba sobre la familia Wu con un puño de hierro. Solo el abuelo podía tranquilizarla si alguien despertaba su furia—. Solíamos llamarla «hŭ gū pó». —Lian sonríe al recordarlo. Abuela Tigre, la legendaria tigresa que deambula por el bosque, con un apetito de hombres malvados y que gusta de limpiarse los dientes con sus huesos. Mitos reflejados en la vida real—. Hŭ gū pó fue la criatura más aterradora en recorrer estos pasillos y toda su atención se concentraba en Zhen, para asegurarse de que estuviera a la altura de su apellido. Recibía lecciones desde el momento en que despertaba y hasta altas horas de la noche.

—Eso suena… solitario.

Lian asiente.

—Si tu compañía más cercana es alguien a quien tu abuela eligió para ser tu sombra desde que eran pequeñas… no es una vida que quisiera vivir.

—¿Te refieres a su guardaespaldas? —Ruyi, la chica que se lanzó al aire con un solo salto, como un ave que levanta el vuelo, para proteger la vida de la princesa.

—Su familia ha estado al servicio de la familia real durante generaciones, y cuando la emperatriz matrona se casó con el Emperador Ascendido, se le permitió traer a algunas de las personas de su servicio consigo. Ruyi fue una de ellas. Se le entrenó en un arte marcial secreta que se enseña solo a miembros de su familia.

Una nació para gobernar, la otra nació para servir.

—Supongo que es fácil garantizar la lealtad de una persona si la vida de su familia entera depende de ello —mascullo.

—O podrían tener una conexión genuina —sugiere Lian, sin saber nada de lo que ocurre dentro de mi cabeza, para contrarrestar mi amargura—. De lo que recuerdo, Zhen siempre fue muy gentil con Ruyi. De hecho, era gentil con todo el mundo. Nunca se comportó como creí que haría una princesa.

Pienso en la frialdad en su mirada, en la amenaza casual en sus palabras. Algo ocurrió en los años pasados con la chica gentil que Lian recuerda.

Mingwen entra a la habitación y hace una reverencia. Su actitud ha sido mucho más cálida desde nuestro encuentro en las cocinas. Se ha hecho cargo de nuestra residencia como mucama principal, y aunque ya no se nos permite relacionarnos con el resto del personal de la cocina, no deja de ser agradable ver una cara conocida.

—Competidores, los jueces solicitan su presencia en el Salón de la Reflexión.

—¿Tan pronto? —Lian termina su taza de té con un sorbo apresurado.

Me arrepiento de no haber comido más para asentarme el estómago. Si me enfermo frente a los jueces, será otra marca en mi larga lista de errores durante la competencia.

Los pocos que quedamos entramos en una sola fila al Salón de la Reflexión, un pequeño pabellón interior ubicado en los Jardines del

Pensador que rodean la biblioteca. Los pisos son de un mármol pálido, con remolinos y patrones que asemejan nubes. Los muros son de piedras que refulgen en un negro azulado, tan brillantes como para mostrarnos nuestro reflejo al pararnos frente a ellos. Sobre nuestras cabezas, el techo se eleva en un patrón vertiginoso. En un principio parece ser una espiral ascendente, pero al mirarlo con más detenimiento me doy cuenta de que es una ilusión: las tabletas en realidad están incrustadas en los estantes. Grabadas con nombres, constituyen monumentos a los muertos.

El aire se llena de trinos melodiosos que redirigen mi atención. Hay jaulas doradas sobre unos estrados, cada una contiene un ave. Todas se comunican entre ellas con canciones y silbidos; son una hermosa adición al espacio, adornos vivientes que un emperador puede admirar. La coexistencia de la vida y la muerte.

La matriarca Gup está entre las aves; nos observa con una expresión adusta. Aun con su túnica gris sin adornos, reboza una serena confianza en sí misma.

—Bienvenidos aquellos que permanecen aquí, como un testamento del legado de Shénnóng.

Alza los brazos en señal de saludo. Los pensadores y monjes dedican sus vidas al estudio de los propósitos dignos de los dioses a quienes honran. Así como Hánxiá está dedicada a la Carpa Azul, Wŭlín se debe al Tigre Negro, reconocida por su estudio de las artes marciales y las técnicas militares. La Academia Yěliŭ es a donde uno asistiría para estudiar filosofía e historia. El shénnóng-tú que alzó la voz por mí frente a Shao, aquel llamado Wenyi, lleva un colgante que muestra que es devoto de la Tortuga Esmeralda de Yěliŭ, según noté. Solo la Dama del Sur no tiene monasterio ni academias. A ella se le encuentra en los árboles y campos.

—En Hánxiá estamos dedicados al servicio de Shénnóng. Estudiamos sus enseñanzas, todo lo que nos legó sobre agricultura, ganadería y, por supuesto, el arte del té.

Lo que sé sobre Hánxiá es que está ubicada al oeste del río Jade, en la frontera de la ladera montañosa que separa Yún de Ānhé y se cierne por encima del valle más fértil de Dàxī. Mamá siempre mencionaba el nombre con reverencia; los shénnóng-shī más reconocidos han pasado por sus sagrados salones, y fue ahí donde ella obtuvo su rango. En esa altitud crecen las hojas de té más excepcionales, algunas de las cuales solo la familia real y oficiales de la corte han podido probar.

La expresión de la matriarca Guo se torna sombría.

—En este momento ya deben de estar enterados de la podredumbre que intenta infiltrarse en el imperio mediante bloques de té envenenado. No son más que arteros intentos por socavar el gobierno de nuestro gran emperador.

La sangre me corre hasta los oídos: se refiere al té que fue culpable de la muerte de mi madre. Hasta ahora, no nos han dicho nada sobre sus orígenes, sobre quién podría estar detrás de los envenenamientos. El gobernador y su gente dan excusas y ofrecen solo promesas de que la amenaza está bajo control.

—Su tercer reto honrará la virtud de la sabiduría. Avanzarán a la siguiente ronda en parejas —declara—. Escojan a su compañero.

—Me sorprende que nos permita formar nuestras alianzas. Lian y yo nos acercamos sin vacilar. Los demás, al haber creado lazos también, hacen lo mismo—. Vamos a…

Los ojos de la matriarca Guo se entrecierran en el momento en que su voz se corta. El piso debajo de nosotros comienza a estremecerse. Gira la cabeza hacia la puerta, mientras se escucha el sonido de tambores a la distancia.

Wenyi es el primero en saltar hacia el frente; abre las ventanas y revela el patio que está debajo. Hileras de soldados marchan en sincronía, haciendo temblar el palacio entero. El aire se llena de pronto con el sonido de alas batiéndose, de aves que intentan levantar el vuelo al presentir el peligro.

Alguien grita, sus palabras resuenan con claridad por los tejados y ponen a todos de rodillas:

—¡El emperador ha ascendido! ¡Que su recuerdo viva por siempre! ¡El emperador ha ascendido! ¡Que su recuerdo viva por siempre!

Capítulo veintiuno

Nos escoltan a la salida del Salón de la Reflexión y recibimos la orden de volver a nuestras residencias; sin embargo, muy pronto nos encontramos con el caos, pues los jardines están repletos de soldados. Sin quererlo me separo de los demás competidores; intento orientarme, pero me niegan la entrada a una puerta que me parece familiar, luego me empujan por otro corredor hasta que me pierdo de nuevo. Se apodera de mí el mismo pánico que sentí en el mercado; los tambores retumban con su ritmo frenético a la distancia y hacen que se me acelere el corazón.

—¡Abran paso! —le ladran los soldados a un grupo de sirvientes, muchos de los cuales están llorando.

Volteo y veo a un grupo de personas vestidas con ropajes nobles, uno de los cuales parece haberse desmayado. Me apresuro a seguir a otro grupo de sirvientes, con la esperanza de que me guiarán hacia el ala de servicio, donde debería de estar. No obstante, alguien choca conmigo y un brazo cubierto con una armadura me sujeta y me jala en otra dirección.

—¡Espere! —protesto—. ¡Tiene a la persona equivocada! —El soldado que me tiene agarrada se detiene y se agacha un poco; se levanta apenas el visor del casco, lo suficiente para dejarme ver el rostro que está detrás—. ¿Kang? —pregunto con lo que casi suena como un grito ahogado. Después, cuando comprendo el error que implica decir su nombre en voz alta, hablo a toda prisa y espero que nadie me haya escuchado—. No llegaste anoche.

Me arrepiento de inmediato de mis palabras: suenan a deseo, a que revelé demasiado de mí.

—No estaba seguro de que quisieras verme otra vez —responde él. Alcanzo a vislumbrar una sonrisita antes de que se oculte de nuevo bajo el casco.

Antes de que pueda decir alguna otra cosa, otra sombra se cierne sobre nosotros: un soldado con alas doradas que sobresalen de su casco negro. Los finos diseños sobre sus hombros y las marcas en el rostro del demonio que lleva en el pecho sugieren un rango alto. Me paralizo, segura de que ha descubierto a Kang.

—Los sirvientes deben volver a sus residencias —ladra—. Son órdenes del canciller.

—Entendido, mariscal. —Kang de inmediato junta las manos para saludar al oficial. Luego vuelve a tomarme del codo—. Vamos. —Nos apresuramos tanto como podemos, mis pasos al ritmo de los suyos, hasta que cruzamos los jardines y otra puerta circular. Estamos de vuelta en el Jardín del Pensador, junto a la aguja negra de la pagoda de la biblioteca—. Por aquí.

Doblamos la esquina hacia el Sendero de la Contemplación. Sobresaltada, reconozco los leones de piedra, las rocas blancas y negras. Las instrucciones de la princesa aparecen en mi cabeza: «Descubrirás cuál es su plan». De pronto siento como si deambulara por un laberinto de zarzas, que en cada esquina me espera una amenaza.

En cuanto está seguro de que nadie más puede oírnos, Kang se quita el casco.

—Cuando me enteré de que la noticia sobre el emperador se había hecho pública, supe que la ventana de oportunidad para que la princesa tomara una decisión sobre mí comenzaba a cerrarse —dice con demasiada cercanía y franqueza. Demasiado casual para un hombre que habla sobre su posible ejecución—. Pero no quiero que me recuerdes como alguien que no cumple su palabra.

«Te veré otra vez». Una promesa tan suave como un pétalo que cae de su flor.

—¿Qué crees que decida? —pregunto—. ¿Levantará el exilio o…? —Ni siquiera me atrevo a decirlo.

Kang agacha la cabeza.

—Al menos moriré habiendo luchado por mi gente.

Me recuerda a su sinceridad cuando dijo que pediría clemencia, no para sí mismo, sino para la gente en su hogar. La Aguja de Plata ya me ha dicho la verdad. Si logro descubrir algo que apacigue las sospechas de la princesa, quizá le perdone la vida.

—¿Conoces alguna forma de salir del palacio?

Se escucha una marejada de pasos del otro lado del muro. Kang me jala hacia otro nicho, uno que contiene un pequeño arbusto de bambú y flores talladas en madera.

—¿Por qué lo preguntas?

«Para pasar más tiempo contigo. Para descubrir más de tus secretos. Para salvarte… o desenmascararte», pienso. Sé que tengo que elegir mis siguientes palabras con mucho cuidado.

—Nuestros caminos son paralelos, de cierto modo. Pronto te enfrentarás al juicio de la princesa, y mi futuro se decidirá en la siguiente ronda de la competencia. —Paso un dedo por el liso bambú, maravillada por cómo la naturaleza aún es capaz de crecer aquí, sofocada en un pequeño pedazo de tierra y un limitado círculo de cielo—. Pero mencionaste el día que pasamos en Jia y recordé lo feliz que fui también, más libre de lo que me he sentido jamás. Me preguntaba si podríamos volver a eso, aunque fuera por una hora.

En un principio titubeo al intentar asirme de esas frágiles conexiones, pero las palabras se hacen cada vez más fuertes conforme hablo. Puedo saborear el dulzor de los caramelos de pera en mi lengua, lo cual despierta otros recuerdos: la calidez de la Llave Dorada cuando nos tocamos, cómo nos sumergimos el uno en el otro, una cercanía que temía tanto como ansiaba. Quizás aproveché la magia que lo jala hacia mí, pero la magia me jala de vuelta, me acerca a él.

—Y, si pudieras ir a la ciudad, ¿a dónde irías? —me pregunta.

—Escuché que existen tiendas que venden tazas de té hechas de hueso y marfil, alimentos del norte que nunca he visto. Hay tantas cosas que no he vivido aún. Pero, si fracaso en la competencia, tendré que volver a casa y abandonar mis sueños de convertirme en shénnóng-shī; no tengo el dinero para completar mi entrenamiento y presentar los exámenes. —Y, por supuesto, si fallo en mi búsqueda, perderé a Shu. El temblor en mi voz es tan real que me avergüenza.

Mamá decía que las palabras tienen poder, que contienen las esperanzas que vertimos sobre ellas. Cuelga frente a mí: un sueño alguna vez tan lejano como las estrellas en el cielo, mi anhelo de una vida distinta; una vida que mi madre tuvo y perdió. Encontró su felicidad después, pero yo aún deseo esa oportunidad.

—Pudo haber sido posible… antes —dice—. Pero ahora los guardias de la ciudad conocen mi rostro. No puedo viajar disfrazado con tanta facilidad, y no creo que pueda caminar con libertad por el mercado sin el casco.

—Fue una idea tonta.

Me encojo de hombros en un intento por esconder cuánto me importa. Pero sí me importa, más de lo que habría pensado. Una pequeña parte de mí creyó que quizás llamaría la atención de algún shénnóng-shī durante la competencia, que me haría su aprendiz gracias a mi potencial. Sin embargo, después de cómo tropecé durante la primera ronda, dudo que alguien me quiera. Ahora que la competencia está cerrada al público, no hay más oportunidades. Si no gano, no podré salvar a Shu, salvo que consiga la ayuda que la princesa prometió a cambio de ser su espía: la piedra curativa para mi padre y suficiente dinero como para hacerme cargo de mi familia.

—Mi madre me contó de los jardines privados cultivados por las familias de pensadores, e incluso de los jardines públicos de Jia, donde cualquiera puede caminar y admirar las flores —digo, en busca de otra posibilidad para que pasemos tiempo a solas, sin interrupciones—. A veces siento que este lugar me sofoca: siempre hay alguien observando, esperando a que cometas un error…

—Lo entiendo —afirma él con suavidad cuando mi voz se desvanece—. Es un lugar en el que nunca sabes si la gente te desea el bien o el mal. Eso es algo que no esperaba encontrar en Lǜzhou, donde la gente dice lo que piensa y piensa lo que dice.

—Me gustaría oír más sobre Lǜzhou. Si quisieras contarme.

Las paredes se estremecen de nuevo con el paso de los soldados. Kang me toma la mano de repente y me jala hacia sí. Lo miro y siento una ráfaga de angustia. ¿Creerá que lo que busco es romance? ¿Es ese el precio que tendré que pagar para cumplir con mi misión?

—Se me ocurrió otro lugar al que puedo llevarte —susurra—. Un lugar donde no me reconocerán. Si confías en mí.

Me levanta la mano, abre nuestros dedos para que se toquen, y presiona su palma contra la mía. «Confianza», repito en mi mente.

Siento la dura punzada de la vergüenza en el vientre. Soy solo yo quien fantasea con coqueteos. Asiento, pues no confío en que mi voz no me traicionará. Me muestra la misma sonrisa veloz que no deja de hacer que el corazón me revolotee. Mientras espero que la conexión entre nosotros no se vuelva más estrecha, él aún ignora los pensamientos que libran batalla dentro de mi traicioneramente.

Sigo a Kang mientras se asegura de que no hay soldados en los alrededores y nos escabullimos hacia otro nicho. Este contiene un ciruelo, pétalos blancos sobre las piedras en el suelo. Otro león de piedra, con las patas levantadas, espera en la base.

Kang jala de un aro de hierro y el mecanismo se abre para revelar un túnel secreto, igual al que usó Ruyi para llevarme con la princesa. ¿Cuántos túneles más habrá en este lugar?

—Quédate cerca —me susurra cuando cruzamos la puerta—. Hay lugares en los que el túnel se hace muy estrecho, y en ocasiones pasaremos justo a un lado de los guardias.

Lo sigo muy de cerca, consciente de su advertencia. En un principio podemos caminar lado a lado sin problemas, pero llega un punto en el que tenemos que continuar en fila. Después de un rato, el túnel comienza a ensancharse de nuevo, hasta que llegamos a una pequeña cámara. Hay un enorme brasero de hierro en el centro, encendido e irradiando calor; la luz de las llamas rebota en las placas de la pared y hace que las inscripciones brillen. No hay polvo en el piso, ni indicios de insectos u otros animales. Es evidente que alguien se ocupa de este espacio.

Una campana repica sobre nuestras cabezas. El sonido está tan cerca que reverbera por todo mi cuerpo. El tono me resulta familiar: significa el paso del día, de la mañana a la tarde a la noche.

—¡Estamos cerca del campanario! —exclamo. La torre está en la esquina suroeste del palacio, y sus avisos pueden escucharse desde cualquier rincón de Jia.

—Estamos justo debajo de él —me explica Kang mientras toma una antorcha apagada de una pila en una esquina. Usa la flama del brasero para encenderla—. Cuando el Emperador Ascendido construyó el palacio, ordenó que se incluyeran estos túneles, que conectan el palacio con distintos puntos de la ciudad de Jia, como rutas de escape en caso de un ataque. Pasé gran parte de mi infancia memorizándolos para esconderme de mis tutores y entrenadores. —Mira el baile de la luz del brasero; el fuego se refleja en sus ojos—. Uno de los túneles lleva a los muelles del norte, otro al distrito del té. Ese lo construyeron a petición de la abuela, para que así pudiera asistir a las presentaciones sin tener que llevar todo un séquito de guardias.

Abuela, la emperatriz matrona Wuyang. Es extraño pensar que los legendarios gobernantes de la historia de Dàxī son personas con familias, que Kang podría conocerlos tan bien como yo conozco a Shu y a mi padre. Es desconcertante.

—Tenemos que seguir moviéndonos —apunta. Nos dirigimos hacia uno de los túneles y, mientras caminamos, puedo sentir la pendiente paulatina del suelo bajo mis pies. El aire se torna húmedo, como si nos dirigiéramos al centro de la tierra—. Volver aquí es una sensación peculiar —murmura cuando llegamos a una bifurcación en el sendero. Alza la antorcha para mirar en ambas direcciones.

—¿Hace cuánto tuviste que dejar el palacio? —pregunto, con la esperanza de que, al estar en uno de los lugares de su infancia, esté más susceptible a mis preguntas.

—Cuando tenía nueve años. Han pasado diez años ya. Todo me es familiar, y sin embargo…

Espero a que termine su idea, pero no continúa. No sé cómo puede sentirse que te expulsen de tu hogar de la infancia, llevar la marca de un traidor, pero sí sé lo que es estar marginada. Le pongo una mano sobre el brazo; él me mira con sorpresa, como si hubiera olvidado por un momento que yo estaba ahí.

—Ahora lo recuerdo. —Me sonríe—. Ya casi llegamos.

Capítulo veintidós

No tenemos que avanzar mucho antes de encontrarnos con una puerta de madera, trancada con una pesada viga en un costado. Necesitamos de la fuerza de ambos para abrirla, mientras nos cubrimos la cara con las mangas para no inhalar el polvo que llena el aire; es evidente que la puerta tiene bastante tiempo sin abrirse. Subimos los escalones, agachados y en silencio, cautelosos, pues podríamos estar por salir a un espacio ocupado.

Lo primero que noto es el aroma del incienso, denso y empalagoso, mientras el resto de la habitación se presenta a la vista. La cámara tiene cinco muros, cada uno con un panel tallado en piedra. Me acerco a ellos con reverencia al reconocer que son representaciones de los dioses.

La Dama del Sur tiene una túnica ondulante y una flauta en la mano; sus pies cubiertos con zapatillas reposan sobre el lomo de un ave de enormes alas. Otro panel muestra al Rey Arquero sobre un gran caballo que se levanta en dos patas, con sus gigantescas pezuñas casi rozando el cielo. Shénnóng es representado con una larga barba, flotando sobre un nenúfar y con una flor en la mano, mientras que su reflejo en el agua es una carpa enorme con bigotes tan largos como la barba de su otro yo. Junto a él está un hombre de ojos saltones y una sonrisa feroz y colmilluda que lleva un tambor en la mano; los relámpagos iluminan el cielo detrás de él y se reflejan en el espejo que tiene la mujer que está a su lado: se trata del Dios Tigre del Trueno, envuelto en sus habituales ropas negras, y su esposa, la Diosa Relámpago. El grabado que está más cerca de la puerta muestra a la Tortuga Esmeralda. Todos ellos provienen de historias bien conocidas por cualquier niño en Dàxī.

Encima de nosotros se posa un techo con constelaciones pintadas, dibujadas con líneas plateadas sobre un fondo de un azul muy profundo. Dos figuras vuelan por el firmamento: un dragón y una serpiente enfrascados en una batalla eterna. Se escuchan cánticos a la distancia.

—¿Qué es este lugar? —pregunto en voz baja.

—El monasterio Língyǎ, tumba de los antiguos emperadores —responde Kang—. Tienen uno de los jardines más hermosos de toda Jia.

—¿Jardín?

El corazón me da un vuelco de solo pensarlo, a pesar de que la cabeza me dice que debo mantener la fachada, hacer como que no me importa tanto. Sin embargo, la verdad es que extraño pasear entre los huertos y tomar frutas de los árboles; extraño el trabajo de cosechar las hojas de los árboles de té; extraño las flores, a pesar de que me molestaban su naturaleza irritable y el reto que conllevaba lograr que los botones florecieran del todo. Los jardines del palacio, a pesar de ser hermosos, están siempre vigilados y nunca se me ha permitido pasar mucho tiempo en ellos.

—Lo que oyes es el cántico del mediodía —me explica—. Suelen ir al comedor al terminar la sesión, aunque con la noticia de la muerte del emperador, muchos de los monjes serán convocados al palacio. Deberíamos de poder pasar a los jardines sin que nadie nos vea, pero tenemos que quedarnos aquí hasta entonces.

Vuelvo a poner atención a los retratos. Esta vez noto la potente iridiscencia de los detalles tallados en la piedra: el pico del ave, el espejo de la Diosa Relámpago, las escamas de la carpa de Shénnóng.

—Son hermosos. —Aunque quiero tocarlos, sé que tienen que preservarse—. Deben de ser bastante viejos.

—Los hizo la gente de mi madre, con piedras que tomaron de los riscos de las islas Esmeralda —aclara con un dejo de tristeza en la voz—. Fueron parte de la dote de la emperatriz matrona cuando contrajo matrimonio con el Emperador Ascendido. Lǜzhou y Yún estuvieron aliados… alguna vez.

—Pero ¿no es ahí donde…? —digo sin pensarlo. Volteo hacia él y noto el evidente dolor en su rostro, pero es demasiado tarde como para detener mis precipitadas palabras.

—Sí, es el lugar donde viven exiliados los degenerados y bandidos. Sin embargo, alguna vez fue un lugar conocido por grabados como estos, donde los artesanos vivían en comunidad y creaban cosas maravillosas. —Pasa la punta de su dedo de forma respetuosa sobre las escamas de la carpa—. Eran conocidos por su trabajo con las perlas negras, que se usaban como joyería en diademas y otros adornos; las conchas de las ostras también se usaban para hacer incrustaciones en los grabados y esculturas. Además, las perlas pueden triturarse para usos medicinales, ingerirse para obtener vigor en medio de una batalla o usarse para elaborar cosméticos que preservan la juventud. El suelo ahí no es fértil y es difícil de cultivar. Encontramos otras formas de vivir sobre esa hostil península rocosa hasta que… —Kang aprieta los labios; su expresión se ensombrece—. Hasta que el emperador decidió darle un castigo ejemplar a mi padre y a cualquier persona que estuviera asociada con él. Prohibió la venta de las perlas e hizo que las salinas y minas fueran las únicas industrias en las islas. Luego envió ahí a morir a cualquiera que se le opusiera.

—¿Cómo sobrevivieron después de todo eso? —pregunto, sintiendo una intensa oleada de compasión por todas las vidas inocentes que se vieron afectadas debido a la ira del emperador.

—Quienes estaban en condiciones físicas se enlistaron en el ejército, mientras sus familias morían de hambre a la espera de los míseros salarios que podían enviar a casa. Algunos dejaron atrás sus vidas y comenzaron de nuevo en otro lugar. Quienes no pudieron hacerlo tomaron las armas y atacaron las naves imperiales que transportaban provisiones a nuestros vecinos del norte.

Tener que ver cómo sufren todos quienes te rodean es una existencia insufrible. La historia me resulta familiar: Sù también tuvo años de cosechas escuetas a causa de las plagas o sequías; fueron años en los que acompañaba a mi padre a casa tras casa llena del llanto de niños con mejillas sin rubor.

—No justifico a los bandidos —se apresura a decir Kang. Ha confundido mi silencio con disgusto—. Pero mucha gente dependía de las perlas. Cuando su valor desapareció, desaparecieron también las esperanzas de…

—No tienes que explicarme la razón. —Meneo la cabeza para asegurarle que estoy de su lado—. Lo entiendo. Hubo épocas en mi aldea en las que las cosechas perecieron, pero aun así teníamos que pagar los mismos impuestos cada estación e incluso cargos dobles si nos retrasábamos siquiera una semana. Todos conocemos a una o dos personas que se exiliaron a las montañas para convertirse en bandidos y no ser cargas para sus familias. —No hubo clemencia para las familias que el veneno redujo a la mitad, mucho menos descanso de las exigencias de tributos mientras enterrábamos a nuestros muertos—. Mi padre no deja de solicitarle al gobernador una estación de prórroga, pero la piedad no está en el vocabulario de ese nombre.

No puedo evitar temblar al recordar al hombre que golpearon en el mercado como castigo por su falta de pago. Mi padre y yo habíamos ayudado a enterrar a su esposa hacía menos de un mes, y a su hijo tan solo una semana antes.

Esta vez es Kang quien me pone una mano sobre el brazo y me ofrece consuelo y calidez.

—Parece que crecimos con las mismas injusticias —dice con delicadeza—. Por eso llamaste mi atención en el mercado. Cuando ayudaste al niño que estaba en problemas, respondiste a unas cuantas preguntas con las que estaba teniendo problemas.

—¿Qué preguntas?

Le dedico una mirada perpleja. La suya examina mi rostro, como si aún buscara respuestas en él.

—Ning, yo… —El dulce sonido de los carrillones hace eco dentro de la cámara y rompe la intimidad entre nosotros—. Ese es el fin del cántico del mediodía —murmura, pero no se mueve.

—Deberíamos irnos —sugiero, aunque una parte de mí se imagina que cerramos la distancia entre nosotros, que pongo la cabeza sobre su pecho y le ofrezco el mismo consuelo que él a mí.

En cambio, me doy vuelta y cruzo la habitación; me obligo a aclarar mi mente. Necesito descubrir la información que busca la princesa, y no puedo apegarme a él en el proceso. No puedo sentir una obligación con nadie más. ¿Cómo podría traicionarlo, entonces, si necesito hacerlo?

¿Cómo puedo darle otra parte de mí a alguien más cuando me queda ya tan poco por ofrecer?

Nos escabullimos por los corredores desiertos hasta que salimos a una terraza. La exuberante vista de los jardines se extiende frente a mí, casi demasiado como para poder abarcarla toda. Los botones recién florecidos que dejé en Sù han estallado por completo; algunos árboles ya han dado frutos. Las libélulas zumban en el aire, mientras que otros insectos chirrían con languidez entre los arbustos. A lo lejos, el dosel del bosque se mece con la brisa, pero antes de la espesa arboleda hay hileras e hileras de arbustos, olas de verde ondulante salpicadas de flores.

Tras bajar los escalones, caminamos sobre un sendero techado y bordeado por ladrillos que va del monasterio a los jardines. Sobre nuestras cabezas, los pilares rojos sostienen el techo pintado con complejos patrones: un mural de aves que vuela en las alturas entre desorbitantes tonos arcoíris.

—Este fue el regalo de mi abuelo a mi abuela cuando ella aceptó su propuesta de matrimonio —relata Kang mientras caminamos debajo de las aves. La belleza del entorno nos ha levantado el ánimo por el momento—. Las montañas de Yún son famosas por sus aves exóticas y mi abuela las extrañaba, así que él ordenó que esto se construyera y que los monjes lo cuidaran.

—Es como si estuvieran a punto de cobrar vida. —Estoy maravillada con lo vibrante de los colores; seguramente deben retocarse cada año para mantener esos tonos. No obstante, los senderos techados no son para mí: necesito estar entre las plantas, dejar que mi piel absorba la luz del sol.

Salgo del sendero en la siguiente esquina y me dirijo al campo de flores; me rodeo de peonías de todos los colores. Inhalo profundo y respiro su perfume y, debajo, el aroma de la tierra. No sé si todos los shénnóng-shī tienen esta afinidad natural con las plantas o si es algo propio de las habilidades de mi madre, pero aquí es donde encuentro la certeza de que una parte de los antiguos dioses aún está entre nosotros.

Abro los ojos y veo a Kang observándome desde el sendero con una expresión de curiosidad.

—¡Al fin siento que puedo respirar! —le grito, incapaz de contener la dicha que siento al estar entre seres vivos y no acorralada por muros de piedra. Con cautela, Kang da un paso fuera del sendero y camina titubeante entre las flores, como si temiera hacerles daño—. No son tan frágiles como crees. —Lo molesto tomando un tallo y agitando la flor en dirección suya, lo que lo hace torcer la cara—. Se doblan, pero no se rompen con facilidad. Puedes arrasar con ellas, pero algunas siempre volverán al año siguiente y al siguiente también.

Recuerdo lo mucho que lloré cuando se quemaron los huertos y jardines, como si pudiera sentir cómo morían los árboles, y cómo Shu estuvo a mi lado, aun mientras me la pasé en cama toda la noche sollozando. Me susurraba lo que mamá nos decía, que volverían, y era más fácil creer las palabras si salían de los labios de mi hermana.

—A veces tienes que romper las ramas y cortar las partes enfermas para que la planta vuelva a estar sana —explico tras aclararme la garganta, en un intento por adoptar el estoicismo de mi padre—. No es tan distinto a romper un hueso para reacomodarlo, o a amputar una extremidad para detener una infección.

—Te creo —dice él entre risas, al parecer entretenido con mis divagaciones.

—¡Ustedes dos! —Un grito a la distancia interrumpe nuestro momento. Miramos hacia el monasterio: dos monjes corren hacia nosotros. Nos descubrieron.

Miro a Kang, boquiabierta, pero él reacciona de inmediato. Su mano encuentra la mía, me jala y grita por encima del hombro:

—¡Corre!

Capítulo veintitrés

Atravesamos el mar de flores; las ramas nos ceden el paso mientras corremos. Las flores inclinan la cabeza y susurran: «Deprisa, deprisa». Salimos de los arbustos hacia un pastizal en pendiente. Los monjes de miradas agudas han pedido refuerzos y se separan en su persecución para poder rodearnos y acorralarnos.

Delante de nosotros, un canal pasa frente a una arboleda que lleva a un lago lleno de lotos flotantes. Un puente de medialuna se arquea por encima del agua del canal. Pasamos casi volando sobre el puente y nos agachamos para escabullirnos por debajo de las ramas de los sauces; sobre el cabello me quedan restos que me causan picazón. El camino traza una curva alrededor de una pequeña montaña artificial labrada en roca amarilla. Espero que Kang nos lleve por el sendero y hacia la otra arboleda, donde nos será más fácil dar la vuelta y perder a nuestros perseguidores, pero, en cambio, corre hacia las rocas.

—Espera… —lo llamo cuando comienza a trepar por el costado de la montaña decorativa.

—Confía en mí —dice curvando las comisuras de los labios y con los ojos tan brillantes como las aguas que tiene detrás.

Miro por encima de mi hombro y descubro que los monjes ya no están a la vista, aunque estoy segura de que no deben de estar lejos. No puedo arriesgarme a que me atrapen con Kang afuera del palacio, tengo que seguirlo.

En vez de escalar hacia arriba, rodea la base de la roca, balanceándose sobre la estrecha saliente. Hay una larga caída hacia las aguas revueltas que están debajo. Tenemos espacio solo para agazaparnos lado a lado y maniobrar hacia una pequeña caverna en un costado de la montaña, pero seguimos a la vista de cualquiera que se acerque un poco al estanque. Miro a Kang para saber qué es lo que se supone que hagamos, pero él se apretuja entre dos rocas que sobresalen y… desaparece.

Oigo que las voces de quienes nos buscan se acercan con rapidez; no hay tiempo para pensar. Estoy en cuatro puntos, intentando seguirlo, y me lanzo hacia la grieta entre las rocas. Busco con las manos de dónde asirme, mientras que las rocas calientes por el sol se tornan húmedas y resbalosas. Sin mucha iluminación en el diminuto espacio, encuentro sostén a tientas y me enlodo la falda en el proceso.

La estrecha apertura se ensancha y mis ojos se ajustan a la oscuridad. Alcanzo a divisar escalones tallados en la piedra. Me apretujo entre dos rocas detrás de Kang y continuamos nuestro descenso hasta llegar a una caverna subterránea.

Al mirar hacia arriba, veo una rendija que recorre el techo de la caverna, una separación entre las rocas que alguien debió haber puesto encima de este espacio para ocultar lo que se encuentra debajo. Un haz de luz atraviesa el espacio y baila sobre la superficie de la piscina que está al fondo. Las aguas brillan con un cariz verde y azulado, como un espejismo imposible.

—¿Qué es este lugar? —le susurro a Kang mientras, con delicadeza, rodeamos la piscina caminando sobre una estrecha cornisa, apenas lo suficientemente ancha como para que pueda colocar los pies uno junto al otro.

—Un manantial subterráneo. Pasé mucho tiempo aquí después de que murió la abuela. La abadesa de aquellos días estaba dispuesta a cuidarme cuando las cosas en el palacio se tornaban… tumultuosas. —*Tumultuosas*, una interesante elección de palabra—. Cuando era más pequeño, era mucho más fácil pasar entre esas rocas. —Se ríe por lo bajo, pero detecto cierto nerviosismo en su risa. Es como si este lugar hubiera despertado algo dentro de él—. Tenemos que escalar esta roca; hay una playa del otro lado. Podemos esperar ahí hasta que los monjes se rindan.

Le da unas palmaditas a la piedra que está frente a él. Observo la superficie lisa y titubeo; esto es distinto a subir a un tejado, donde hay lugares claros en los que puedo poner las manos y los pies.

—¿Sabías que estas son aguas sagradas? —me dice con una sonrisa, como si percibiera mi nerviosismo—. Cuando el Primer Emperador peleó en la Batalla de la Lluvia Roja, se dice que el mercenario Guan Yong lo persiguió hasta las cavernas, pero se detuvo debido a que su clan creía que este lugar estaba embrujado. El Primer Emperador y sus hombres salieron de las cavernas; sin embargo, Guan Yong y sus seguidores dejaron sus espadas, pues sus enemigos se habían enfrentado a los espíritus que se ocultaban aquí y se habían alzado con la victoria. Su gente sabía que ningún pez podía sobrevivir en estas aguas y que los insectos proliferaban, pero el Primer Emperador bebió del estanque y saboreó solo dulzura. Luego triunfó sobre los clanes del sur con la ayuda de Guan Yong.

»Años después, el Emperador Ascendido comenzó con la construcción de la capital, pero la tierra colapsó cuando quisieron cimentar en esta área. Así fue como encontraron el manantial y el sistema de cavernas. Cuando el Emperador Ascendido se enteró de los hechos, vino a visitar el lugar y vio a una carpa gigante que nadaba en estas aguas. Sus hombres entraron al manantial para encontrarla, pero no vieron indicios de la criatura. Se dijo entonces que este lugar contaba con la bendición de Shénnóng, y Língyǎ se construyó para preservarlo.

—Nunca había oído esa historia. —Estoy fascinada con la idea de estar en un lugar que los dioses visitaron alguna vez. Me asomo al agua para ver si encuentro algo de magia oculta adentro, pero no veo más que quietud.

—Puedes probar el agua —me dice Kang, burlón—. Tal vez descubras si sabe cómo cuenta la leyenda.

—Supongo que tú probaste las aguas sagradas varias veces cuando eras niño —respondo arqueando una ceja. Él se ríe y se lleva una mano al pecho para fingir agravio.

—Tus palabras son dagas. ¿Me avergonzarás frente a los dioses?

—Muéstrame el camino, antes de que nos castiguen por nuestra insolencia. —No puedo evitar reírme.

Kang se apresura a escalar el costado de la piedra, sin vacilar. Se mueve sin problemas con la armadura puesta, como alguien que la ha llevado encima toda la vida.

—No hay espacio suficiente para los dos aquí arriba —dice desde la cima—. Te espero del otro lado.

Le indico que entiendo y paso la mano sobre la piedra en busca de un espacio para mis dedos. Encuentro hendiduras y grietas y uso las piernas para impulsarme; me jalo hacia arriba y descubro imperfecciones en la roca de las cuales asirme en el proceso. Soy más lenta y cautelosa que Kang, pero no tardo demasiado en llegar hasta la cima y la cornisa que está ahí.

La vista es aún más hermosa aquí. Desde un tramo de playa pedregosa debajo de donde estoy, Kang me mira con una sonrisa: apuesto, desaliñado, despreocupado… hasta que su expresión cambia.

—Ning… —murmura con sigilo, temeroso—. A tu lado…

—¿Qué? —Me trago lo que estaba a punto de decir y sigo su mirada hacia mi costado izquierdo: una serpiente verde y amarilla alza la cabeza a mi lado, siseando. Sus pequeños ojos negros, amenazantes, están fijos sobre mí. Muy despacio, me pongo de rodillas y deslizo el pie hacia atrás hasta que encuentro un lugar que resista mi peso—. No te haré daño —le digo con voz muy baja—. Solo voy a…

La serpiente se lanza hacia adelante y me tira una mordida al brazo. Yo echo la mano hacia atrás, fuera del alcance de sus colmillos, pero el movimiento me impulsa demasiado en la dirección contraria. El pie se me resbala y caigo de espaldas hacia la nada.

Lo último que veo es la cara de conmoción de Kang, su mano intentando alcanzarme. Luego rompo la superficie de las aguas benditas y me hundo en sus frías profundidades.

Capítulo veinticuatro

El agua me empapa de inmediato las mangas y la falda, las jala hacia abajo; lucho por respirar, pero también se me mete por la nariz y la boca, me corta la respiración. Para cuando recupero el sentido lo suficiente y logro bracear y patalear, estoy enredada en un imposible nudo de telas.

Una llama se enciende en mi pecho, incluso mientras el frío se apodera de mis extremidades y se me cuela hasta los huesos. Un dolor como nunca he sentido me quema toda.

El agua en mis labios y lengua sabe dulce mientras me ahoga; siento unas ligeras burbujas en la garganta. «La leyenda del Primer Emperador es cierta», pienso al borde de la locura.

Uno tras otro, destellos de luz estallan frente a mí; un mar de estrellas corre por el cielo nocturno. La corriente me llama hacia la promesa de su calor, me convence de dejarme ir. Pero entonces veo la cara de Shu en la oscuridad, recuerdo la forma en que me dijo «Creo en ti» y sé que no puedo permitir que el agua me lleve.

Algo se aferra a mis brazos en medio del calor, permito que tire de mí mientras lucho contra el agradable arroyo. Subimos y dejamos atrás las estrellas hasta que estoy de espaldas y el mundo no es más que un manchón de colores. La visión se me nubla, luego se aclara, y un rostro aparece.

Creo escuchar mi nombre. Unas manos ásperas me toman de los hombros y me ruedan para ponerme de costado; siento unos duros golpes en mi espalda, escupo el agua al suelo y de pronto puedo respirar, tomando enormes bocanadas de aire. Batallo por incorporarme, apoyándome en un codo, y una prenda se asienta sobre mi cuerpo. No sabía lo mucho que quería esa calidez hasta que la siento ahí; los dientes incluso me castañean.

Con su ayuda logro sentarme, todavía tosiendo.

—¿Estás bien? —Kang se inclina sobre mí, atento. Una especie de luz parpadea dentro de mí, como yesca que no logra encenderse por completo.

—Me salvaste la vida —alcanzo a decir entre jadeos, con la voz aún rasposa por la tos.

—Esperé —dice apenado—. Esperé y esperé a que salieras a la superficie; cuando no lo hiciste, creí que había llegado demasiado tarde.

—No sé nadar —confieso y me aprieto la prenda alrededor del cuerpo. Solo entonces me doy cuenta de qué es lo que tengo puesto: su túnica exterior. Hay piezas de su armadura esparcidas a nuestro alrededor, el peto, el casco, las espinilleras, las cuales dejó descuidadamente de lado en su apuro de saltar al agua para rescatarme.

Comienzo a temblar al recordar la atracción de la corriente, y cómo, si no hubiera sido por Shu, por el lazo con mi hermana que me espera en casa, habría sido muy fácil darme por vencida. Mechones de cabello me caen sobre la cara y me impiden ver; intento quitármelos, pero las manos no dejan de temblarme.

—Lo lamento. —Kang acerca una mano y me quita el cabello de los ojos, con un movimiento lento y premeditado. Su tacto se desliza por la curvatura de mi frente y mi mejilla, me roza la punta de la oreja.

—¿Qué…? —Me quedo sin aliento—. ¿Qué es lo que lamentas?

—No haber ido antes por ti —susurra.

Sus dedos se detienen en el punto blando debajo de mi mandíbula, donde estoy segura de que puede sentir el ritmo frenético de mi pulso. Sus ojos son dos oscuros estanques, más profundos incluso que aquel en el que caí. Puedo ver mi reflejo ahí adentro, un punto de luz en la oscuridad.

La preocupación de Kang me atrae, su tacto es una promesa. Él espera mi respuesta, y yo cedo a la atracción, así que me inclino hacia adelante para cerrar la distancia entre nosotros y dejar el más ligero roce de mis labios sobre los suyos. Él levanta mi rostro y hace que el beso sea más profundo, hasta que comienzo a ahogarme de forma distinta, hasta que nos vemos obligados a tomar aliento. La túnica cae al suelo mientras me acerca más a él y me envuelve con el calor de su cuerpo. Cuando al fin nos soltamos, a los dos nos falta el aire.

—Gracias —murmuro, aunque intento corregirme de inmediato—: Digo… por salvarme la vida.

—Te salvaría otras diez veces si me besaras así tras cada una —declara, lo que me hace reír y disipa la vergüenza—. Ning… —Su expresión pasa de risueña a seria en un parpadeo. Sé que tener un control así de las emociones es algo que debe aprenderse—. Eres la primera chica en saludarme con una patada en las espinillas. La primera que me ha hecho sentir… normal.

—Todo esto es de lo más anormal —le digo tras una pausa, sin saber qué más podría responder.

—Hace un rato… me preguntaste sobre Lǜzhou. —Se toca el pecho—. Nos marcaron como traidores. Intenté ocultarlo cuando llegué, pero llevar una túnica cuando todos los demás tenían el pecho descubierto me hacía ver extraño. Luego entendí que me reconocerían de cualquier modo, así que fue más fácil dejar de ocultarme. Pasó un largo tiempo antes de que me aceptaran. —Creo que él, como yo, comprende cómo se siente no encajar. Kang se aleja un poco, pasa el dedo sobre las piedras, evita verme a los ojos—. Respetaban a mi padre, pues él luchó contra los invasores de las montañas, defendió su tierra. Mi madre… ella descendía de sus clanes. Estuvo comprometida con el emperador, ¿lo sabías? Cuando mi padre detuvo a los invasores, la trajo a la capital para que se casara con el emperador a petición de mi abuela, pero el matrimonio nunca ocurrió.

—El general la tomó para sí mismo —concluyo, repitiendo lo que me enseñaron en mis lecciones de historia. Se trata de uno de los tantos crímenes de los que acusaron al príncipe de Dài: forzar un matrimonio en su beneficio, crear división entre hermanos…

—¡No! —interviene con brusquedad—. Se volvieron muy cercanos en el viaje desde Lǜzhou a Jia y ella se negó a casarse con alguien más. La emperatriz matrona dio su consentimiento después de un tiempo, pero la historia siempre recordará a mi padre como aquel que se robó a la prometida de otro.

Empiezo a entender que la historia nunca es tan sencilla como aparenta: ni la de mis padres, ni la de los padres de Kang, ni la nuestra… Me deshago de la idea de inmediato; sé que es peligrosa, algo que no me atrevo a imaginar.

Comprendo que puedo transformar este momento en una oportunidad para averiguar más de lo que la princesa me ha pedido descubrir, aun si la culpa me corroe.

—¿Lo odias? ¿Al emperador?

—Yo no… no lo sé —dice titubeante—. Hizo todo lo que estaba en sus manos para destruir a mi familia, pero también fue un gobernante capaz en otros aspectos. Pudo habernos ejecutado a todos, pero decidió exiliarnos, contrario a lo que sus consejeros recomendaron. —No sé si yo sería capaz de decir algo tan razonable sobre alguien que hubiera amenazado a la gente que amo—. Quería conocerlo y ver con mis propios ojos qué clase de hombre era mi tío tras tantos años. —Menea la cabeza—. Ahora nunca tendré la oportunidad.

—Las personas de la corte, los que dijiste que aún le son leales a tu padre... —Me aventuro a hacer más preguntas—. ¿Te dijeron cómo murió el emperador?

De súbito, me dirige una mirada aguda.

—¿Por qué sería eso importante?

«Cuidado, Ning», me digo.

—Existen rumores de que la Sombra lo envenenó. —Kang espera, ansioso, así que decido contarle con la esperanza de que eso borre sus sospechas—. Mi madre fue una de las víctimas de los bloques de té envenenados —explico—. Por eso estoy aquí; por eso necesito el favor de la princesa.

Con el ceño fruncido, parece reflexionar en mis palabras. Al fin, responde:

—Mis condolencias, conozco lo agudo que es ese dolor. Mi madre falleció al dar a luz; mi padre biológico era un comandante del batallón Kăiláng y murió en el campo de batalla. Mi madre adoptiva me acogió y me hizo saber que me amaba; me protegió aun cuando en su casa había personas a quienes les ofendía mi presencia.

Cuando la perdí… una parte de mí murió también. —Vuelve a acercarme a sí. Esta vez me ofrece solo un abrazo de consuelo y calidez. Reposo la cabeza sobre su hombro, aunque sé que no debería sentirme agradecida por este momento pasajero—. Pero… —continúa tras una pausa—. Dices que la muerte de tu madre está relacionada con el favor que quieres pedirle a la princesa. ¿Lo que buscas es venganza?

—Si pudiera, pediría la cabeza de la Sombra —estallo, y la vehemencia en mi voz me recuerda la furia que aún hierve bajo la superficie. Cierro los ojos y desvío el rostro; Kang ha visto demasiado de mis frustraciones y mis fracasos.

He de reconocer que Kang no reacciona ante mi exabrupto. Solo juega con mi cabello, deslizando los mechones entre sus dedos.

—¿Sabías que las mujeres de las islas Esmeralda son bastante fieras? —pregunta, y su aliento me mece el cabello al hablar—. Saben pescar con lanza y buscar perlas con la misma destreza que los hombres. Tienen la misma habilidad para luchar con la lanza. Dudo que mi padre hubiera podido obligar a mi madre a nada; dicen que ella lo retó por su mano.

—¿En verdad? —Agradezco que esté dispuesto a compartir una parte de él conmigo para distraerme de mi tristeza. Me imagino a una mujer orgullosa, capaz de blandir armas y defender sus tierras de invasores; me imagino a una mujer que estuvo dispuesta a desarraigarse de su vida para casarse con un hombre al que no conocía, pero que encontró a otro amor en el camino—. ¿Se atrevió a retar al general a un duelo?

La risa hace que se le sacudan los hombros.

—Lo retó a averiguar quién podía pasar más tiempo bajo el agua. Él perdió.

—Creo que se habría llevado muy bien con mi madre —apunto también entre risas.

—Estoy seguro de que sí. —Espera un instante antes de agregar—: Si es que se parecía a ti.

—Kang… —Enderezo la espalda y me siento frente a él para poder verle el rostro—. Necesito que me digas la verdad. Una vez mencionaste que la princesa tenía una piedra capaz de curar todas las enfermedades… ¿En verdad existe tal cosa? —Cuando no responde, le tomo las manos para que pueda sentirlo a través de la conexión que vibra entre nosotros. La presión se acumula en mi cabeza, como el agua en una represa; todas mis esperanzas se balancean precariamente sobre la posible respuesta—. Tengo que saberlo.

Parece sorprendido por la fuerza de mi agarre.

—He oído rumores, pero… —Libera sus manos de las mías muy despacio y las pone sobre mis hombros—. Si dicha piedra existiera, ¿no crees que el emperador la habría usado para salvar a su emperatriz o a su madre? ¿Que mi padre la habría robado para curar a mi madre? ¿Que la princesa la habría usado para salvar a su padre? ¿Crees que todas esas personas habrían muerto si existiera tal cosa?

Oigo sus palabras, pero, a la vez, no las escucho. No puedo aceptar esa terrible verdad, que la tonta esperanza que me mantiene en el palacio, a pesar de las burlas, las amenazas y las vergüenzas, es una mentira. Que, incluso si ganara todas las rondas y me alzara con la victoria, Shu podría morir.

—¿Quién es? —Me mira con esos ojos que siguen viendo demasiado—. ¿A quién quieres salvar?

—A mi hermana —susurro—. Mi hermana está muriendo.

Mi vida siempre ha estado entrelazada con la suya, despertamos y dormimos en la misma habitación. Uno de mis primeros recuerdos es haberla cargado después de que nació. Y ahora podría morir en mis manos, como hizo nuestra madre.

La presión es demasiada y me quiebra, desata las lágrimas en un torrente; sollozo en sus brazos. Soy una cosa pequeña, patética, deshecha, que arruina todo lo que toca.

Capítulo veinticinco

Kang no dice nada mientras me envuelve en sus brazos y me estruja con fuerza. Se me escapan más lágrimas de las que habría imaginado que podría haber en mi interior y se derraman entre mis dedos.

—Si mi hermana muere, no me quedará nada —le digo entre sollozos—. Mi padre ya casi se ha dejado vencer por la pena, y no creo que pueda salvarlo si Shu muere también.

Con delicadeza, Kang usa los pulgares para limpiarme las lágrimas de las mejillas, pero yo lo alejo. No merezco que me reconforte y no quiero su lástima.

—¿Cómo puede ser tu culpa si fue el té lo que la envenenó? Tú no lo sabías.

—Porque fui yo quien sirvió el té. —Me tallo los ojos con la manga en un gesto furioso—. Debí haber buscado las señales del veneno; debí haber visto los indicios.

Kang resopla; yo aprieto los labios.

—Ning… —Me jala hacia sí de nuevo; la expresión seria vuelve a su rostro—. Escúchame. ¿Cuánto tiempo tarda alguien en convertirse en shénnóng-shī? ¿Diez años? ¿Cuántos años llevas en tu entrenamiento? ¿Dos? ¿Tres?

«Ni siquiera eso. Solo estudiaba de vez en cuando, cuando mamá me obligaba a sentarme durante nuestras lecciones compartidas», pienso, pero no le doy la satisfacción de saberlo.

—Confiamos en que el emperador proveerá; creemos que la Corte de Oficiales nos protegerá.

—¿De qué hablas? —alcanzo a decir entre lágrimas.

—Lo que digo es que no es tu culpa —aclara—. El emperador, gobernante absoluto de Dàxī, rodeado de todos sus guardias, no pudo prevenir su propia muerte a manos de alguien que deseó hacerle daño. No había forma de que supieras del veneno; ni siquiera tu madre, una shénnóng-shī entrenada, lo detectó antes de beberlo.

—Pero… —balbuceo con incertidumbre. «Debí haber leído las señales…».

—Alguien está matando a la gente de Dàxī para sembrar discordia —insiste—. Si quieres culpar a alguien, culpa a aquellos que distribuyeron el veneno. Culpa a los oficiales, culpa a los ministerios, pero no te culpes a ti misma.

Miro a este chico, que con sus afirmaciones y la seguridad con la que las pronuncia ha hecho añicos mis excusas. Sus palabras rayan en la traición. También ha revelado algo más: sabe que el emperador murió de algo que no fue una enfermedad. ¿Fue el Príncipe Desterrado quien se encargó de su muerte? ¿O es alguien más el responsable?

Sé que la princesa quiere que haga esas preguntas tan delicadas, que le arranque la verdad del pecho. Sin embargo, nunca he sido esa clase de persona, capaz de esconderse detrás de sonrisas y coqueteos.

—¿Estás aquí para poner a tu padre en el trono? —cuestiono. Preguntas peligrosas y juegos peligrosos.

Kang parpadea sorprendido.

—Ni siquiera los oficiales más leales a mi padre se atreverían a preguntarme algo así.

—Yo no tengo lealtades dentro de la corte. —Me encojo de hombros y mantengo mi tono de voz ligero, aunque por dentro el corazón me martillea contra el pecho, desesperado por una respuesta que pueda llevarle a la princesa, consciente de la amenaza que lanzó en contra de mi familia.

Me observa un momento, luego sonríe con ironía.

—No, no eres como ellos. —Con la mandíbula tensa, continúa—. Una oscuridad desciende sobre el imperio. El veneno, sí, pero también inundaciones y terremotos. Mi padre cree que se acerca un nuevo amanecer para el trono del dragón, pero yo aún recuerdo a la niña con quien crecí en el palacio. Mi abuela no habrá criado a una tonta, y quería ver con mis propios ojos si existía la posibilidad de alcanzar la paz con Zhen. —El sonido de la campana reverbera por la caverna y anuncia el cambio del día. Me doy cuenta de que tengo que volver al palacio para la cena, o notarán mi ausencia—. Deberíamos irnos —dice, pero mira hacia el agua, con sombras debajo de los ojos.

Hago lo único que se me ocurre: me acerco y le tomo la cara con las manos para besarlo con gratitud. Por abrazarme mientras lloraba, por salvarme cuando me ahogaba, por ahuyentar las sombras de la culpa. La campana vuelve a sonar sobre nuestras cabezas y, cuando al fin nos separamos, parece aturdido, pero no ha dejado de sonreír.

Volvemos al palacio. El sabor de Kang sigue en mis labios, pero sus respuestas traen consigo más preguntas que me dan vueltas por la cabeza.

Igual que el palacio mismo, hay túneles dentro de los túneles, que no llevan a ningún lugar y que no tienen salidas a la vista.

Me preocupa que Lian esté esperando en nuestra residencia, preguntándose en dónde estoy, pero solo están ahí las dos mucamas. No mencionan mi ropa húmeda cuando me ayudan a preparar un baño. Mientras me seco el cabello, Lian entra a la habitación con pasto en la trenza, la brillante piel un tono más oscuro y una sonrisa de oreja a oreja.

—El sol estaba muy brillante hoy, perfecto para montar —declara desde el otro lado de la celosía de madera mientras se cambia, tirando su ropa sucia a un costado. Parece estar de excelente humor—. ¿Dónde estabas? —Oigo el agua salpicar cuando entra a la tina—. Intenté encontrarte después de la proclamación, pero no estabas por ningún lado.

—Me escondí en la biblioteca —respondo con el primer lugar que me viene a la cabeza.

—Cada quien sus distracciones, supongo.

—¿Crees que pospongan la competencia?

—Quiero suponer que la princesa se reunirá con sus consejeros de confianza esta noche.

—¿Qué crees que suceda ahora que el emperador está...? —Ni siquiera puedo decirlo; las palabras parecen casi un sacrilegio.

—A la Corte de Oficiales le encanta todo lo ceremonial —dice Lian, impávida—. Consultarán a los astrónomos y elegirán una fecha auspiciosa para elevar a la nueva emperatriz. Estoy segura de que continuarán con la designación de un shénnóng-shī para la corte, junto con cualquier otro título que puedan otorgar.

¿Cuántos de esos oficiales y nobles serán fuerzas que se oponen a la princesa y dudan de su capacidad para gobernar?

Eso es lo único que los competidores discuten durante la cena. Especulan sobre cuánto esperará la princesa antes de la ceremonia de ascensión. Hablan de cómo han despachado mensajeros a todos los rincones del imperio para darles la noticia a los oficiales regionales.

Aunque la situación política es complicada, significa que hay menos atención sobre mi confrontación con Shao anoche. Cuando nos levantamos de la mesa para retirarnos a descansar, Lin Wenyi —el monje de Yěliŭ— y su acompañante, Hu Chengzhi, me asienten en señal de reconocimiento. Les devuelvo el gesto; parece que quizá malinterpreté sus palabras; tal vez estaba defendiéndome y no participando de las burlas de Shao.

Avanzar a pasos pequeños; al menos soy capaz de eso.

Cuando volvemos a la residencia, alcanzo a avistar un destello dorado en la estatua del león que está frente al edificio: un complejo nudo bordado con un adorno de jade en el centro. La princesa solicita mi presencia.

Ya sabía que me observaban, pero la sensación incómoda todavía sigue ahí. Quisiera poseer todas las habilidades que se rumora que tienen los shénnóng-shī: ver a través de las paredes o entrar al mundo de los sueños, en vez de tropezar por todas partes y casi morir en el proceso.

Una caja larga y delgada está sobre la mesa; tiene mi nombre escrito con una letra que no reconozco. Me la meto en la manga antes de que Lian lo note, pues temo que esté relacionada con la princesa y la misión imposible que me ha dado.

Más tarde, estoy recostada en la cama, solo con mis pensamientos para hacerme compañía, esperando que la respiración de Lian se suavice al ritmo que ya me es familiar. Me doy cuenta de que me he acostumbrado a los sonidos del palacio, al tap-tap de las ramas al golpear las vigas, al lejano murmullo de las voces. Ya estoy habituada a las sábanas de seda que resbalan sobre mis callos sin atorarse, a poder comer hasta saciarme sin que el estómago se sienta incómodo por lo suntuoso de los platos. Como dijo la senescal Yang: es fácil vivir esta vida de mimos, esta fantasía.

Saco la caja misteriosa, ansiosa por ver qué es lo que me ha dejado la princesa; tiene el largo de mi brazo, y está hecha de una madera que no logro identificar. Deslizo el panel superior y encuentro una pequeña daga adentro. La tomo y la sopeso; noto el diseño de ondas que parecen olas grabadas en la vaina. Saco la daga; la filosa cuchilla refleja la luz. En la base del mango, incrustada, una perla negra brilla con luz propia. Hay una nota en el fondo de la caja: «Para ti».

Kang. Notó la forma en que admiraba la cámara de los dioses en Língyă. Habló de los talentos de su gente y quiso compartir un poco de su arte conmigo. Siento calor en la cara de solo pensarlo. A pesar de que no tengo idea de cómo blandir un arma, me la guardo en la túnica y disfruto de su peso reconfortante.

Deslizo las piernas hacia afuera de la cama y me dirijo hacia el recibidor con mucha cautela. Del tocador saco la charola que escondí mientras Lian se preparaba para acostarse, esta noche necesito del efecto estabilizador del té. Espero a que el agua burbujee y baño los utensilios y las vasijas; cuando el vapor se disipa sobre la apertura, pongo las hebras de las hojas en la vasija.

«Creo en ti». Shu me despidió con esa afirmación, y yo me he perdido en autocompasión y culpa.

Las hebras de Verde León se infusionan en el agua, la tiñen del color que le da su nombre. Coloco unas cuantas bayas de goji sobre la superficie, con un recuerdo borroso de Lian mencionando sus propiedades para cultivar la atención. Las moras rojas se hinchan y sueltan su esencia en el agua; me permito comer unas cuantas más, pues necesito la fuerza adicional, y es mi primer intento de utilizar algo que no conozco.

Esto es lo único que de verdad extrañaré cuando deje el palacio: la enorme variedad de tés, siempre accesibles, incluso para alguien con mi posición social.

Bebo sin esperar a que se enfríe y permito que me queme la garganta. La magia se desenvuelve en mi interior de inmediato, conjurada con la misma facilidad con que un pétalo se abre bajo el sol. El leve aroma de la camelia flota frente a mí y sé que estoy lista para enfrentar a la princesa.

Capítulo veintiséis

Agazapada debajo de la capucha de mi capa, me mantengo pegada a las paredes, intento quedarme en las sombras. Los pregoneros tienen un horario fijo, pues marcan el paso del tiempo, y cualquier desviación es castigada con severidad. Los guardias del palacio son menos predecibles, pero también tienden a las rutinas.

Siempre he podido divisar los patrones naturales de los seres vivos, pues crecí dependiendo de esas señales para poder comer. Las aves que vuelan por el cielo sugieren un invierno temprano; las marcas de perturbación en el bosque avisan de la llegada de la primavera. ¿Qué son los guardias sino otro patrón que descifrar?

Me escurro entre los edificios y cuento mis pasos por lo bajo mientras cruzo el sendero que lleva al estanque y más allá de las cocinas. Finjo que conozco el terreno tan bien como conozco la diminuta tierra de mi familia.

«La presión de las montañas sobre nosotros, sus picos de piedra inquebrantables y reconfortantes que se oponen al cielo». No es tan distinto a los imponentes techos del Salón de la Luz Eterna.

«La densa maraña de los arbustos de bayas silvestres que ocultan la presencia de aves pequeñas y esquivas». Me acuclillo y camino entre las hileras de arbustos de hoja púrpura, cubiertos de pequeñas flores rosadas.

Termino de pasar el jardín central cuando noto el movimiento de la luz de las linternas a la distancia. Me pego a la pared y los veo pasar frente a la biblioteca. El té se revuelve en mi estómago, me deja un sabor amargo en la lengua; lo dejé infusionarse demasiado tiempo. La piel me pica con una extraña sensación, mientras la cabeza me da vueltas a toda prisa y veo un aleteo bajo la luz: de pronto soy el halcón que vuela por la oscuridad, soy la araña que sube por el ladrillo que está a mi lado y teje su telaraña. Los sonidos de todos los seres vivos a mi alrededor se arremolinan en mi cabeza, exigen mi atención.

El timbre del gong me tira de rodillas y me hace aplastar la planta que tengo debajo, la cual libera un aroma penetrante. Me llevo una mano a la boca para no gritar.

—¡La tercera hora! —anuncian los pregoneros—. ¡La tercera hora!

«La Hora del Fantasma», pienso. Llegaré tarde. Me pongo de pie; la cabeza me da vueltas todavía. Las estrellas parecen zumbar con un tono burlón sobre mi cabeza, susurran mi nombre.

Avanzo a tropezones por el sendero vacío que lleva a la biblioteca, lejos de los guardias. Mantengo las manos sobre las paredes; su aspereza me retiene en este plano físico, aun cuando siento que estoy a punto de salir disparada de mi cuerpo. No noto la ligera pendiente en el suelo sino hasta que me tuerzo el tobillo; el dolor agudo me devuelve a mi cuerpo y me aclara un poco la cabeza.

Usé demasiadas bayas, otro error. Hay algunos aditivos tan poderosos que pueden sacarte por completo de tu cuerpo, hasta que quedas en el viento y te lleva demasiado lejos para poder volver. El cuerpo físico se marchita sin un espíritu que lo habite.

Veo algo de movimiento por el rabillo del ojo y me lanzo detrás de una estatua. Observo cómo la figura se desliza contra la pared, se funde con las sombras y usa los arbustos a su favor. No sé si la habría notado de no ser por la bebida. Iluminado desde dentro, el contorno de su cuerpo ondula; la luz de la luna le alumbra el rostro cuando se mete por un hueco entre los árboles y lo veo: las facciones lisas, la máscara que acecha mis sueños. La Sombra.

Debería sonar la alarma, pero, al mirar a mi alrededor, veo que el resto del jardín está en absoluta quietud. Los guardias no pasarán por aquí durante un rato.

La Sombra toca la pared y la puerta secreta se abre; la luz de las linternas hace brillar la cuchilla que lleva a un costado. Que entre a los túneles significa que tendrá acceso al jardín privado de la princesa. Si grito, quizá los guardias me encuentren antes de que la Sombra me silencie para siempre, pero eso solo ocurriría en caso de que logren escucharme.

La voz de mi padre aparece de súbito en mi cabeza: «Siempre podemos elegir». Podemos elegir hacer lo correcto. Aun cuando en mi ignorancia infantil no pude reconocerlo, siempre defendió a los aldeanos, sin importar el costo que conllevara para él.

El panel está a punto de cerrarse. Me balanceo en el precipicio, sobre el risco de la indecisión. Me veo obligada a decidir: ir o quedarme, saltar o acobardarme.

Logro pasar por la apertura y jalo la palanca; me encierro ahí adentro con el monstruo de Dàxī.

La Sombra avanza por el túnel mientras mantengo la mirada fija sobre su espalda. La magia fluye por mis venas, me siento dentro y fuera de mí misma. La voz dentro de mi cabeza me grita: «¡Arráncale la máscara! ¡Exige conocer el nombre de los responsables por el veneno!». No importa si la Sombra lo creó o es solo quien lo distribuye; de cualquier modo, tiene sangre en las manos.

Jala el aro de hierro sobre la pared y la puerta se abre. Avanza hasta cruzarla, decidido en sus intenciones fatales.

—¡Alto!

La figura titubea al escuchar mi grito, pero no se detiene. El aire ondula, el mundo se dobla en sí mismo, de pronto recorté la distancia entre nosotros en cuestión de un suspiro. Corro hacia la Sombra con todas mis fuerzas hasta abalanzarme sobre él; cae y rueda soltando un gruñido, pues no esperaba que estuviera tan cerca.

Debe de ser algo en las bayas de goji. La magia hace que todo sea demasiado brillante; mi mente va un paso atrás de mi cuerpo y lo observa todo a la distancia mientras me muevo. Caigo con una rodilla sobre su pecho, pero de inmediato intenta alejarse rodando. Una pequeña área oscura debajo de su costilla izquierda me llama la atención, así como la forma en que se sujeta el costado. Pongo mi peso sobre ese punto solo para escuchar sus gritos: un salvaje y desbocado ruido de dolor y rabia.

La otra mano busca su espada, pero desenvaino mi daga en un instante y al siguiente la tengo sobre su cuello. Se paraliza cuando el metal corta la piel; sus ojos me miran, la respiración se le entrecorta detrás de la máscara.

—¡Dime! —ordeno—. ¿Fuiste tú quién envenenó los bloques de té?

Quisiera tener Aguja de Plata hirviente para vertérsela por la garganta y arrancarle la verdad del pecho.

Otra persona está encima de mí en un abrir y cerrar de ojos, agarrándome por detrás y jalándome. Me resisto, agito la daga de un lado a otro, pero un puño de hierro me toma la muñeca y aprieta un punto de presión. La cuchilla cae al piso, inservible.

Tomo aire para gritar, pero me lanza al suelo con facilidad, como si fuera un costal de arroz. Quiero rugir ante mi debilidad, en cambio, tropiezo y caigo a la tierra. Volteo para ver a quien me quitó de encima de la Sombra… y el grito muere dentro de mi garganta: la princesa Zhen está acuclillada junto al cuerpo de quien pretendía asesinarla.

No comprendo lo que sucede. El sonido de los tambores retumba a lo lejos, lo que indica que alguien sonó la alarma. La princesa me hace gestos con desesperación, así que me acerco.

—Ayúdame a llevarla a mis aposentos —me ordena.

—Pero… vino a matarla —balbuceo.

—No, tonta. —Estira una mano hacia el rostro de la Sombra y le arranca la máscara. Es Ruyi, con los ojos cerrados y la boca retorcida en una mueca de dolor. Una línea roja en su cuello borbotea, justo donde la corté—. Toma sus piernas, a menos que quieras que los guardias te encuentren.

Me obligo a agacharme y ayudarla a llevar a Ruyi, aún desconcertada por la revelación de su identidad. Con mi ayuda, la princesa logra levantar su cuerpo con facilidad. Atacó el punto de presión sin vacilar, sabía cómo debilitarme la mano. Me guardo la información en la cabeza: no es una delicada florecita.

Colocamos a Ruyi en la cama apenas llegamos a los aposentos de la princesa, quien luego me envía de vuelta al jardín para limpiar el resto de la evidencia. Me guardo la daga en la faja y levanto la espada de la Sombra; con la otra mano, tomo la máscara que cayó sobre las piedras. La madera, suave contra mis dedos, sigue caliente por el rostro de Ruyi.

Al volver a la habitación, puedo ver los complejos biombos y las hermosas acuarelas que cuelgan de las paredes de la residencia. La princesa vive rodeada de tesoros; la misma princesa que, según las profecías, será la luz y la ruina de un imperio.

Parece un retrato de sí misma bajo la luz dorada de los múltiples braseros encendidos. Tiene el rostro contraído por la preocupación mientras camina de un lado a otro. El cuerpo de Ruyi se convulsiona y rueda para ponerse de costado; vomita un torrente de líquido oscuro. Sin dudar, la princesa Zhen corre a su lado de inmediato y le pone un paño sobre la frente a su guardaespaldas.

—¿Qué le hiciste? —me espeta con furia.

—No… —objeta Ruyi con debilidad—. Ella no.

Entonces llega el sonido de los pasos sobre el piso de madera, seguido de gritos de «¡Alteza! ¡Su alteza!».

La princesa mira hacia la puerta con ojos desorbitados y después señala uno de los biombos en un rincón de la habitación. Me agazapo detrás de él, aún con la espada y la máscara en mis manos. Estoy rodeada de túnicas perfumadas y telas lujosas: este es su vestidor. Me adentro más entre la seda, ocultándome mientras escucho las voces alborotadas que se acercan. A través del biombo, lo único que alcanzo a ver son siluetas, pero sé que se trata de hombres armados.

—¿Les parece apropiado irrumpir en mi recámara a esta hora de la noche? —La princesa habla con un tono sobrio, sin indicios de la exaltación que demostró hace solo un segundo.

—Discúlpenos, alteza. —Los guardias arrastran los pies con nerviosismo—. Hubo una infiltración en los muros del palacio y estábamos preocupados por su seguridad.

—Como pueden ver, aquí no hay nadie más que yo. Deberían estar allá afuera, buscando al intruso.

—Sí, princesa. —Uno de los soldados levanta su arma para hacer una venia—. Encontraremos a quien osó perturbar su descanso y le traeremos su cabeza.

—Que así sea —dice ella con voz fresca y moderada.

Los pisotones de las botas se alejan del lugar; los soldados desaparecen. Empujo la montaña de telas a un lado y corro hacia la cama, justo cuando la princesa jala la pila de sábanas y cobijas que había tirado sobre el cuerpo de Ruyi. Me quedo sin aliento cuando su rostro queda expuesto: sus ojos lucen vidriosos, no parpadea, y un hilo de líquido negro le corre por la orilla de la boca.

—¡Ruyi! —susurra la princesa con los dientes apretados mientras le sacude los hombros, olvidando toda compostura—. ¡Despierta!

Considero por un momento dejarla morir, permitir que esta perversa justicia siga su curso si es que en verdad fue ella quien distribuyó el veneno por el imperio. No obstante, desecho la idea sin dificultades. Salvar la vida de Shu es más importante que mi sed de venganza; si salvo la vida de Ruyi, estaré más cerca de la verdad.

—A un lado —le ordeno a la princesa, olvidándome de toda cortesía. Cuando no hace caso, la jalo a un costado.

—¿Qué haces? —Me mira derrotada por el pánico, con las manos apretadas y mostrando los dientes, lista para hacerme pedazos si le hago daño a Ruyi. Esto es mucho más que lealtad y cariño a su dama de compañía; esto… es algo más.

—Si quieres que viva —le digo—, apártate de mi camino.

Capítulo veintisiete

La princesa Zhen se hace a un lado, mordiéndose el labio.

—Mi padre es médico —explico con la misma voz que usa él cuando las familias de sus pacientes se ponen histéricas—. No le haré daño.

«No más del que ya le han hecho, cuando menos», pienso, no se lo digo. Ella asiente y, con un gesto de la mano, me pide que continúe.

Este es un ritual distinto para mí. Manos firmes, nervios tranquilos. No es tan distinto, puedo ver, a ser una shénnóng-shī.

Saco la daga y, sin hacer caso al jadeo de protesta que oigo a un lado de mí, corto las capas de tela de la túnica de Ruyi hasta que la herida queda expuesta. Siseo al ver el astil roto de una flecha en su costado; la sangre burbujea a su alrededor.

Palpo la piel que está arriba de la herida. Ruyi se retuerce, entra y sale de su delirio; aún reacciona y, al menos, esa es una bendición, pero sé que no se trata de una flecha común. Estaba cubierta de un veneno diseñado para causar dolor. Lo he visto antes: es cabeza de cuervo.

La planta tiene unas hermosas flores púrpura, pero todas sus partes, en especial la raíz, son venenosas. Puede matar a alguien en el transcurso de una hora si se ingiere aunque sea una pequeña porción. He visto a los bandidos de las montañas usarla, los soldados mueren con sus flechas envenenadas cuando no los atiende un médico.

Le palpo el costado con delicadeza. La piel alrededor de la herida se endurece, las venas se tornan negras; el veneno comienza a esparcirse por su cuerpo.

—Dime —pregunta la princesa, con la cara bañada en lágrimas—, ¿qué tan grave es?

—La envenenaron. Puedo sacar la punta de la flecha y detener el sangrado, pero también tengo que sacar y neutralizar el veneno antes de que la mate.

—Lo que necesites. —La princesa se pone de pie—. Lo que necesites será tuyo.

A pesar de la urgencia de la tarea que tengo enfrente, un lado oscuro dentro de mí reconoce que esta es mi oportunidad para conseguir las respuestas que necesito. Le dije a Kang que pediría la cabeza de la Sombra; ahora no solo conozco su identidad, sino que su vida está en mis manos.

—¿Por qué estaba Ruyi en Sù? —La princesa Zhen parpadea, confundida—. ¡Dime por qué estaba en Sù! —exijo—. ¿Es ella la responsable del veneno? ¿Lo distribuye bajo tus órdenes?

—¡Cómo te atreves! —estalla. Da un paso en dirección mía, con los puños apretados a sus costados.

—Mientras más esperes —le recuerdo—, más se adentrará el veneno en su cuerpo y más difícil será salvarla.

Apuesto a la sospecha de que está dispuesta a confiar en la asistente de un médico sin entrenamiento formal en vez de pedir la ayuda de alguno de los médicos imperiales; significa que oculta algo. La princesa sopesa sus opciones, luego suspira y mira a Ruyi.

—La envié a investigar quién está detrás de los envenenamientos y si esa persona tuvo que ver con lo que le ocurrió a mi padre.

—¿Por qué ocultaste su muerte tanto tiempo? ¿Estaba en desacuerdo con tu plan para utilizar los bloques de té? ¿Planeabas sembrar la discordia por ti misma y volver con una cura? ¿Querías ganarte el favor de la gente?

El rostro se le pinta de rojo.

—Si fuera tú, sería muy cuidadosa con mis próximas palabras. Puedo hacer que te ejecuten en cuanto pongas un pie fuera de esta habitación.

El cuerpo de Ruyi vuelve a sacudirse debajo de mis manos; de su boca sale un gemido gutural. La contengo a toda prisa y le abro los párpados: veo solo blanco.

—¡Mírala! —le grito a la princesa—. Dime: ¿por qué estaba en Sù?

—¡Basta! ¡Sí! —La princesa sube a la cama y se arrodilla junto a la cabeza de su dama de compañía. Habla a toda prisa—. Estaba ahí investigando por órdenes mías, siguiendo la procesión que entregaba mis invitaciones por todo el imperio, esperando a ver si alguien interfería. La siguieron en todo momento, sembraron semillas de discordia, hasta que se volvió imposible mantenerla oculta. Pero te juro… —Se estira y me toma el brazo—…que no tengo nada que ver con los envenenamientos. Quiero que Dàxī esté unido y fuerte, no lo lograré matando plebeyos.

Podría estar mintiendo, pero tiene ojos solo para Ruyi. Su preocupación es obvia.

—Una vida por una vida —le digo, lista para negociar—. Si la curo ahora, me deberás un favor. ¿Tienes la piedra curativa?

La princesa Zhen me mira y parpadea, confundida; luego desecha mi propuesta agitando la mano.

—Ese no es más que un cuento popular. No existe. ¿No crees que ordenaría que se usara en este momento?

Así que Kang me dijo la verdad, pero aún hay algo dentro de mí que se estruja al pensarlo.

—Entonces, exijo a los médicos imperiales —corrijo—. Para tratar el veneno…

Me interrumpe con un gruñido, incapaz de ocultar su frustración.

—¿Qué no entiendes? El veneno fue lo que mató a mi padre. Los médicos imperiales no pudieron detenerlo. La única forma es descubrir el antídoto.

El corazón me martillea el pecho, alguien se atrevió a envenenar al emperador. Y ahora… tengo un nuevo propósito: encontrar el antídoto.

—Me darás acceso a las bodegas del palacio, entonces —exijo de inmediato—. Acceso al antídoto, cuando se descubra.

—Sí, hecho —responde sin vacilar—. Ahora, ayúdala. Por favor.

—¿En dónde están las cocinas?

Gracias a mis conversaciones con la senescal Yang, sé que hay una cocina más pequeña para el palacio interior. A esta hora de la noche los hornos están en silencio y las estufas apagadas; aun así, me muevo con cautela.

Hago uso del arte de mi madre y del oficio de mi padre mientras escarbo entre ollas y cajones. Rebanadas de raíz de orozuz y pedazos redondos y secos de trigo sarraceno; largas tiras de ginseng, como la barba de un anciano. Recolecto todo lo que necesito y vuelvo corriendo con la princesa.

El calor en la habitación es casi insoportable a causa de las instrucciones que dejé. Los braseros están más cerca de la cama; la princesa les arrancó tiras de tela a varias de sus prendas para vendar a Ruyi y avivar las llamas lo suficiente para desinfectar la cuchilla.

—Si esta fuera una flecha común, la dejaría ahí, le permitiría tapar la herida —le explico a la princesa, para que no me ataque por cortar a su dama de compañía—. Pero, a causa del veneno, tengo que sacarla. Será sangriento.

Ella asiente. Después de limpiar la daga de Kang con mi túnica, la paso por el fuego unas cuantas veces para purificar el metal antes de prepararme para la tarea de extirpar la flecha de la herida.

—Detenla.

Cuando estoy segura de que la tiene bien tomada, pongo la mano sobre el astil roto. Hago una incisión con la daga para ayudar a liberar la punta y saco la flecha; la sangre sale a borbotones y me mancha la túnica. El cuerpo de Ruyi se arquea y vuelve a encogerse. La princesa entrecierra los ojos, pero sus manos se mantienen firmes y aprieta los dientes. Se sostiene con una pierna debajo de la cama.

A pesar de que sé que se debe al dolor, le tomo el pulso a Ruyi para estar segura: débil, irregular, pero sigue ahí. Tengo que trabajar deprisa contra su cuerpo, que comienza a desvanecerse. Toda la sangre se le irá al corazón y, con ella, el veneno. Se me acaba el tiempo.

—Puedo sacar el veneno, pero no creo que sobreviva sin algo que le fortalezca el cuerpo. —Le digo a la princesa al evaluar el tamaño de la herida—. Necesito ayuda.

—¿A qué te refieres con ayuda?

—Necesito a otro shénnóng-shī o, cuando menos, a un shénnóng-tú.

Ella niega con la cabeza,

—No… no puedo involucrar a nadie más. Es demasiado riesgoso. El veneno… —Vacila por un instante, antes de continuar—. El veneno conduce a alguien en el Ministerio de Rituales, quizás en el concejo mismo.

Casi podría sacudirla, sacarle la respuesta a empellones, pero el terror en su expresión es real. La forma en que toma a Ruyi, en que le acaricia el cabello y se lo quita de la frente. Decido usar la verdad.

—Tienes que elegir: ¿tu plan o su vida?

Mira a Ruyi; el conflicto es evidente en su rostro, pero su expresión se suaviza, se hace tan inescrutable como la máscara que lleva la Sombra.

—¿A quién sugerirías? —pregunta. Solo un ligerísimo temblor en su mejilla revela sus verdaderas emociones.

—Lian, la hija del embajador de Kallah.

La princesa asiente.

—Solo ella. Nadie más.

Llevo a Lian de vuelta al palacio interior a través de los túneles secretos, como se me indicó, y de camino hacemos una breve parada en las cocinas para tomar más ingredientes. Lian no deja de mirarme en el trayecto, mascullando algo para sus adentros. Fue fácil convencerla de la urgencia de la situación, con mi cabello revuelto y la sangre en mi túnica.

Lo único que dice cuando nos acercamos a la residencia de la princesa es:

—Todo ese tiempo en la biblioteca, ¿eh?

—Te prometo… —murmuro mientras la llevo a la puerta—… que te explicaré todo después. —La princesa alza la mirada cuando entramos y saluda a Lian con un pequeño movimiento de la cabeza—. Necesito de tus habilidades. —Apunto hacia la figura que está sobre la cama—. Me contaste que tu mentor se especializaba en la fuerza. ¿Crees que puedas fortalecer su cuerpo y mantenerla con vida mientras saco el veneno?

Lian se muerde el labio y considera la petición.

—¿Veneno?

—Sí, una flecha con cabeza de cuervo.

—Ah. —Reconoce el nombre—. He visto cómo se hace, pero nunca lo he intentado.

—Yī lí cè hǎi —murmuro por lo bajo.

Nuestra tarea es como intentar medir el mar con una sola jícara. Es casi imposible con las limitaciones de mi edad, mi falta de conocimiento. Lian resopla.

—Con razón necesitabas de mi ayuda. Lo único que podemos hacer es intentarlo. —Al menos una de nosotras ve con optimismo nuestras posibilidades. Lian comienza a trabajar en su tónico con la charola de ingredientes que tomamos de las cocinas—. No diría que soy una sanadora —dice mientras elige una pizca de esto, toma rodajas de aquello y lo coloca todo en una vasija—. Pero mi maestro sabe cómo llevar el cuerpo humano a sus límites. Quizás esto ayude a mantenerla aquí. —Miro los ingredientes para asegurarme de que mis elecciones no contrarresten los efectos del tónico. Lian escogió artemisa para mejorar la circulación e higróforo rojo para fortalecer el corazón—. En otras circunstancias, dejaría esto a hervir toda la noche. —Agita las hierbas—. Pero no tenemos tiempo.

No, no lo tenemos, no con la humedad en la piel de Ruyi, los aros negros alrededor de sus ojos y las venas oscuras que se acercan más y más a su corazón. Las hierbas se infusionan en el agua caliente; Lian saca la bolsa de la vasija y la exprime sobre un tazón. Luego lo toma con ambas manos, inhala profundo y sopla sobre la superficie. Puedo sentir la infusión de magia, el potente olor a canela, aun cuando no hay ninguna en la pócima.

—Siéntala —indica con un pequeño cambio en su voz: un tono imperativo, como si alguien más hablara a través de ella. La superficie del tazón ondea. La princesa ajusta la posición de su guardaespaldas para que Ruyi quede sentada entre sus piernas, sostenida por su tronco—. Ábranle la boca.

La luz de la habitación comienza a parpadear, a pesar de que no hay brisa. La princesa Zhen parece estar a punto de protestar, pero la detengo con un movimiento de la cabeza. Asiente, resignada, y le echa la cabeza de Ruyi hacia atrás. El líquido entra, pero ella tose y se le derrama por la orilla de la boca.

—Manténganlo adentro —me ordena Lian mientras vuelve a poner el tazón por encima de la cabeza de Ruyi. La princesa le abre la boca de nuevo y, con mi ayuda, la cerramos cuando todo el tónico cae dentro; la obligamos a tragar. La tensión en el aire se aligera y la habitación recobra su ligero aroma a incienso. Lian se deja caer en su silla y parpadea—. Hecho —susurra. Vuelve a sonar como ella.

Al acercarme, respiro con dificultad. Puedo sentir el peso de las miradas de Lian y la princesa, esperando a que cumpla con mi parte del trato.

«Por Shu», me digo antes de subir a la cama y prepararme para lo que me espera.

Capítulo veintiocho

El dilema que tengo frente a mí es evidente. Necesito extraer el veneno del cuerpo de Ruyi, pero por el estado en el que se encuentra no puede perder más sangre. Examino la charola con los dedos, vacilando entre este o aquel ingrediente antes de decidirme por la corteza de una araliácea, un ingrediente común en las boticas. Quisiera tener ingredientes más poderosos, como hú huáng lián o la corteza de un árbol de seda, pero esos estarían guardados en las alacenas de un médico y no habrían sido tan fáciles de conseguir.

Muelo la mezcla de corteza y hojas entre mis dedos, hasta que se convierte en algo que puedo manipular, un emplasto vivo. Luego lleno la herida con la pasta, le dejo manchas oscuras sobre la piel; hago una bola con los restos y me la pongo debajo de la lengua. El sabor es repulsivo, pero me fuerzo a cerrar los labios. Vi a mi madre realizar ese ritual cuando trabajaba al lado de mi padre, ambos practicando sus respectivas artes, codo a codo, como en un complicado baile.

Pongo las manos en los costados de la cabeza de Ruyi y cierro los ojos. «Shénnóng es comunión, una unión de tu alma con la suya. Sé vulnerable, sé abierta…».

Ahora lo entiendo. La magia no está en la ceremonia de servir el té ni en compartir la taza. Está en la conexión, en la breve unión de las almas. Las hojas del té son un canal, los ingredientes las señales en el camino.

Puedo ver a Ruyi tendida sobre las raíces de un enorme árbol, rodeada de una oscuridad que se arremolina. Me trago el miedo y me acerco. Las columnas de humo se cuelan entre mis pies, pero no encuentro el distintivo olor del fuego.

Cuando el humo se disipa, puedo ver más allá de su piel y sus músculos. Su cuerpo es traslúcido, iluminado por senderos de rojo y dorado: la sangre y la esencia vital que circulan dentro de ella. Pero ahí, brotando de la herida en su costado, hay una oscuridad que se convulsiona y pulsa. Sus tentáculos ya se han retorcido alrededor del intestino y el hígado y comienzan a hacer camino hacia el corazón.

Me agacho sobre ella, le pongo una mano sobre el hombro. Ruyi alza la mirada con expresión desconcertada.

—¿Quién eres? —Tiene miedo, sabe que algo no está bien. No sé qué hacer.

Sobre nuestras cabezas, el árbol susurra. La cabeza de una grulla se asoma de entre las hojas. Es un ave hermosa, con plumas blancas como la nieve y una corona de color rojo sobre la cabeza: la Dama del Sur. Su voz resuena en mi cabeza: «Quien recibe debe estar dispuesto».

Pienso en el cariño con el que la princesa le secó el sudor de la frente, en cómo se puso en peligro sin titubear para proteger a su dama de compañía. Cada contacto habla de una intimidad compartida.

—Zhen me envió —le digo—. Solo quiero ayudar.

—¿Zhen? —Un poco de claridad vuelve a ella cuando voltea hacia mí y asiente. No sé si ella también ve al ave, pero yo miro a la diosa y le ruego por instrucción y guía. Ella inclina la cabeza: «Mete la mano y tómalo».

Cuando una diosa da una orden, sé que debo obedecerla. A pesar de que cada fibra de mi cuerpo aúlla en protesta al pensar en tocar esa… oscuridad, meto la mano. Siento que se hunde en agua caliente, como cuando toqué a Kang con la ayuda de la Llave Dorada. Me obligo a contener mi asco al sentir un frío lamoso recorrerme los dedos.

Ruyi grita cuando intento sacarlo de un tirón, como si le arrancara el corazón del cuerpo. A la oscuridad le crecen púas que se clavan en sus órganos como agujas que perforan la piel. Aprieto la mandíbula, jalo la oscuridad con ambas manos; uso toda mi fuerza para aferrarme a ella y esta se retuerce, intenta adentrarse más, llegar hasta su corazón; sin embargo, el tónico de Lian refulge como una jaula de plata y repele sus intentos por apoderarse de Ruyi.

—¡Basta! —grita—. ¡Me estás matando!

Arriba de nosotras, el susurro se hace más fuerte, como si al árbol lo meciera un viento que no puedo sentir. La grulla ha desaparecido.

Con un tronido nauseabundo, la oscuridad se libera del cuerpo; en mis manos se siente como carne pulsante y musculosa. Me ataca el brazo, lo hiere; la sangre gotea como rubíes que me caen por la piel. La malevolencia se cuela en mi mente, un revoloteo de lenguas que rozan sus bordes. No quiere hacer más que devastar; está hambrienta de vida, pues no tiene una propia, y yo me abro a ella.

Repta por mi pecho, percibo su hambre y afán mientras se fuerza sobre mi boca. Me atraganto, las lágrimas me llenan los ojos, me llevo las manos a la garganta. Sabe a carne descompuesta y decadencia, a la podredumbre de la traición, al resentimiento de ser olvidada. Voy a necesitar de todo aquello que se me prometió. Sangre y recuerdos, carne y vida…

Vuelvo a mi cuerpo con una bocanada de aire. Me tiro de la cama y caigo sobre mis manos y rodillas. Escupo la bola de masa medicinal, que cae al piso de madera con un chisporroteo nauseabundo; de la pulpa sale humo, que de inmediato cobra una forma flexible, retorcida. Grotescas protuberancias comienzan a brotarle del cuerpo serpentino, y emergen tres cabezas, cuyas facciones toman forma frente a nuestros ojos, como un escultor que moldea arcilla húmeda. Son tres cabezas con caras humanas, la piel de un tono grisáceo. Labios delgados, ojos pálidos, y un ruido como el de dientes rechinantes sale de los huecos en sus bocas abiertas.

Miro a la horrenda aparición, mi cuerpo se paraliza por el terror. La figura se levanta de su cuerpo enroscado y las bocas me sonríen, revelando sus dientes afilados como dagas.

Con un alarido, la princesa salta frente a mí, con una media espada curva en la mano. La cuchilla traza un arco mortífero y las cabezas ruedan al caer; se detienen cerca de mis pies. El cuerpo se tambalea antes de caer sobre un costado. Con la misma velocidad con la que apareció, el monstruo se hace humo otra vez y deja atrás el olor de la carne pútrida y una marca negra en el piso, como si alguien hubiera acercado demasiado una antorcha a la madera.

La espada cae con un estruendo y la princesa se agazapa frente a mí. Mueve la boca, pero yo no escucho nada.

Lo último que recuerdo es caer en una bendita oscuridad que se cierra alrededor de mi cabeza como las aguas del manantial sagrado.

Suena un gong y me recuerda que hay algo que hacer, alguien a quien debo ver. Es casi la Hora del Ladrón. El pánico se apodera de mi pecho, me impide respirar. Lucho contra las cobijas, pataleo.

—¡Ning! ¡Ning! —Lian aparece poco a poco frente a mis ojos, con las cejas casi juntas por la preocupación—. Estás despierta —suspira.

—¿Dónde…? —Miro a mi alrededor y veo que estoy en nuestra habitación. No recuerdo haber vuelto aquí. Siento un golpeteo sordo en la sien; la garganta me arde. Lian me pone una taza en las manos, la bebo con gusto y el té traza un sendero calmante al bajar. No tiene aditivos ni magia, solo es una buena taza de té, infusionada hasta estar dulce, tan familiar como el abrazo de una madre—. ¿Cómo llegué aquí?

Lian está sentada en un taburete que puso junto a la cama. Su expresión es más seria de lo que he visto jamás.

—La princesa le ordenó a uno de sus guardias que te trajera cargando.

—Ah. —Intento asentir, pero eso libera una ráfaga de dolor por todo mi cráneo. Hago una mueca y me llevo los dedos a la frente, pero no ayuda con el dolor.

—Va a tomar algo de tiempo para que mejore —dice Lian. Se apresura a añadir—: Aunque es probable que ya lo sepas, siendo que eres capaz de hacer lo que… lograste. —Hay asombro en sus ojos, como si ya no estuviera segura de quién soy.

—Vi a la diosa —susurro. Tampoco estoy segura de quién soy—. Ella me ayudó.

—¿La diosa?

—Un ave… ¿La Dama del Sur?

Ella asiente al comprender.

—Nosotros la conocemos como Bi-Fang, Diosa del Fuego. —Tras una pausa, Lian al fin hace la pregunta que, puedo ver, lleva tiempo en su cabeza—. ¿Qué ocurrió anoche? ¿Por qué estabas en el palacio interior?

Me apresa la misma duda que sentí el día que volví de mi encuentro con Kang. Temo que me juzgue, que me acuse de hacer trampa, pero Lian siempre me ha ayudado sin cuestionarme. He visto su bondad con el personal de la cocina, cómo trata con el mismo respeto a todas las personas, desde los sirvientes hasta los oficiales de más alto rango. Me ha ofrecido su amistad, y yo le he mentido desde el comienzo. Ahora, cuando menos, se merece la verdad.

Empiezo, vacilante al principio, con la muerte de mi madre y el envenenamiento de mi hermana. Mi lucha con la Sombra, mi encuentro con Kang en el mercado. Cómo eso llevó a que conociera a la princesa y, por último, a los eventos de anoche. Lo único que no menciono son los momentos íntimos entre Kang y yo. Esos son solo para mí.

—¿Cómo se lo ocultaste a todo el mundo? —farfulla cuando termino de hablar. Camina de un lado a otro de la habitación, con su trenza meciéndose, rumiando todo lo que acabo de decirle—. ¿Encuentros secretos con la princesa? ¿Aventuras a hurtadillas con el sobrino del emperador?

—Estaría feliz de dejar todo esto atrás, si tan solo pudiera conseguir el antídoto para mi hermana —afirmo, decidida.

—Y entonces... —Me clava la mirada—. ¿Qué pasará después? ¿Te quedarás ahí?

—Mi madre pudo hacerlo —digo, como si no sintiera una punzada al pronunciar las palabras, como si no hubiera pasado casi toda mi vida intentando escapar de esa aldea.

—Parece que tu madre tomó sus decisiones por su familia, pero ¿qué hay de ti? ¿Qué quieres tú?

No quiero hablar de mi madre. No quiero hablar de mi futuro, imaginario o no.

—Lo único que sé es que tengo que enfocarme en el antídoto. Si el veneno que enfermó a Ruyi es el mismo que mató a mi madre... Esa criatura... ¿habías visto una así antes?

Lian se estremece.

—Esas caras eran una abominación. Nada como eso debería existir.

—Creo que la diosa intentó advertírmelo. La primera vez que me encontré con el té envenenado, también vi una serpiente. Debe existir alguna conexión.

Lian se cruza de brazos, pensativa.

—Alguien intentó matar a la persona más cercana a la princesa. Ni hablar de los varios intentos de asesinato en su contra.

—Y alguien ya mató a su padre, la persona más poderosa y mejor protegida de todo el imperio. —Si valoro mi vida, esta es información que debería mantener callada. Pero necesito a alguien que entienda el funcionamiento de la corte. Lian podría decirme con quién puedo hablar y a quién debería evitar.

Mi amiga no parece sorprendida con esto, solo contrariada.

—¿Esto es algo que sabes de cierto?

—La princesa no lo negó.

—Tal y como dijo mi padre. —Mueve la cabeza de lado a lado—. El príncipe de Dài volverá para reclamar lo que considera suyo.

—¿Después de tanto tiempo…?

Diez años es mucho tiempo. Los imperios se transforman, las alianzas cambian.

—Yo estaba en el palacio cuando el príncipe de Dài intentó derrocar al emperador. —Su voz es suave, pero el miedo en sus ojos me dice la verdad—. Era pequeña, pero lo recuerdo. Recuerdo lo asustada que estaba cuando mi padre me envió al portón trasero. Vi cómo se quemaba el palacio, la corte se fracturó. Cuando la rebelión fracasó, muchos fueron ejecutados. —Deja de caminar para mirarme con una firmeza que la hace ver más grande de lo que es—. Pero también murieron muchos inocentes que nada tuvieron que ver en el conflicto. No quiero que salgas lastimada; ten cuidado, Ning.

Recuerdo la noche en que salí a escondidas de la casa, bajo el velo de la oscuridad, cuando una niña más joven que yo, pero mucho más sabia, me dio el mismo consejo.

—Quisiera creer que somos amigas —digo a manera de disculpa por haberle ocultado tantas cosas.

—Lo somos.

Me sonríe y el camino por delante parece, al menos por un momento, menos abrumador.

Capítulo veintinueve

Esa misma noche nos ponemos nuestras túnicas de competidores, nuestros nuevos atuendos sin colores ni decoraciones. Solo la familia real puede vestir el blanco funerario, mientras que los demás residentes del palacio mostramos nuestro respeto al vestir de negro. Pendones blancos cuelgan de las vigas y de todas las puertas para recordarnos la pérdida de Dàxī.

La competencia no se reanuda en el Salón de la Reflexión, sino que, en apego a la virtud de la sabiduría, nos reunimos en la habitación que está en la cima del pabellón de la biblioteca. Las celosías de las ventanas cortadas en forma de flores revelan desde aquí las luces de los terrenos del palacio y de la ciudad. Afuera, una tibia lluvia primaveral golpetea los tejados y cubre todo con un azul brumoso.

Esta habitación parece estar hecha para la meditación y la práctica de la caligrafía, pues hay solo un pergamino que cuelga de la pared, con tres caracteres trazados con florituras:

人之初

La pregunta eterna hecha por los filósofos: ¿El ser humano es, por naturaleza, bueno o malvado?

¿Cuántos emperadores y emperatrices estuvieron en esta misma habitación, alzaron la mirada y ponderaron cómo responderían a esa pregunta para guiar al pueblo de Dàxī? ¿Ha estado la princesa Zhen en el lugar en el que estoy ahora, considerando la misma pregunta? ¿Cuál fue su respuesta?

Las aves están presentes de nuevo en sus jaulas doradas; su residencia permanente no es el Salón de la Reflexión, como creí. Esta vez pongo atención a sus plumas: un púrpura profundo e intenso que se degrada hasta las puntas verdes. Sus ojos son puntos oscuros con un potente resplandor. La curva de sus picos escarlata termina en una afilada punta.

—Volvemos a la tercera ronda de la competencia.

La matriarca Guo, vestida de negro, tiene una apariencia particularmente ominosa, como una clarividente a punto de pronunciar un acuciante presagio. Esta vez ella es la única juez presente y ya nos ha dado los saludos de los demás para esta noche. Por el momento, ellos están absortos en el futuro del imperio.

—Es imperativo que continuemos con nuestros esfuerzos —continúa—. No permitiremos que los disidentes alteren el curso de la competencia, pues Dàxī es un caudaloso río y ellos no son más que pequeñas ramas a punto de ser arrastradas por la corriente.

Sus palabras tienen la intención de reconfortarnos, pero he aprendido a ver más allá de las frases trilladas de los oficiales de la corte y entender cómo sus acciones a veces contradicen sus grandilocuentes pronunciamientos. A final de cuentas, con suficientes disidentes podría construirse una represa capaz de desviar al más poderoso de los ríos.

—Detrás de mí están las piyas, la encarnación de la frase «combatir veneno con veneno». Entrenamos a estas aves desde su nacimiento; se les alimenta con una dieta continua de criaturas venenosas, hasta que ellas mismas son, a la vez, venenosas también e inmunes al veneno. —Sonríe al ver la confusión colectiva y el desconocimiento de dichas creaciones.

—Creí que eran aves que pertenecían a las leyendas —dice Guoming—. Que no eran reales.

—Les aseguro que son muy reales —afirma la matriarca Guo—. Pueden conocerlas con otro nombre: el ave de plumaje envenenado. Su mordida, sus garras, sus lágrimas, su excremento… todo contiene veneno. También son excelentes para detectarlo, pues no comen lo que no podrían tolerar. Ahora bien, para su próxima tarea… — Señala las aves—. Solo podrán tener éxito si trabajan en perfecta conjunción con sus parejas. Uno de ustedes transformará un veneno letal para que la piya lo ingiera por voluntad propia, en contra de su naturaleza; el otro contrarrestará el veneno y le salvará la vida al ave. Si la piya se niega a ingerir el veneno, fracasarán; si el ave muere, fracasarán. Solo si su equipo logra cumplir ambas tareas se les permitirá avanzar a la siguiente ronda.

—¿Qué clase de veneno tendremos que transformar? —pregunta Wenyi, un cuestionamiento digno de alguien que ha dedicado su vida a la academia.

Los ojos de la matriarca Guo centellean y pronuncia la palabra con tonos llenos de afecto, casi como si dijera el nombre de un niño querido:

—Jīncán.

Jadeos de repulsión, los míos incluidos, se funden con los trinos de las aves.

—Está loca —comenta Lian por lo bajo, y en silencio coincido con ella.

El jīncán es un gusano de seda dorado, una abominación de la naturaleza. Mi madre decía que era solo una historia, un ritual antiguo practicado por aquellos que solían acercarse a la magia oscura. Es una magia caótica que devorará a cualquiera que se adentre demasiado en ella.

Cuando el gusano está a punto de formar su crisálida, es recolectado y sellado en un frasco con criaturas ponzoñosas recogidas durante la noche más oscura de la luna nueva. El frasco se entierra y vuelve a abrirse una semana después. Las criaturas, para entonces, se habrán masacrado unas a otras, y la pupa se habrá tornado dorada tras haber subsistido de la sangre de las criaturas que se devoraron entre sí junto a ella. La pupa nunca sale de su crisálida y reside ahí en un estado de suspensión. No está viva, pero tampoco está del todo muerta.

Hay quienes dicen que el espíritu del gusano abandona su cuerpo y que solo puede quedar satisfecho con sangre. Una gota de la sangre de su creador lo ata a su voluntad, pero se corre el riesgo de ser devorado si no se le alimenta de forma continua.

Alguna vez podría haberme reído de lo absurdo de un horror así, pero anoche saqué una serpiente con tres caras humanas del cuerpo de una mujer. Hay fuerzas más oscuras y extrañas en este enorme mundo de lo que mi limitada imaginación podría comprender.

—Mañana tendrán acceso a las alacenas de los médicos imperiales. Nos reuniremos por la noche, cuando se hayan realizado los rituales veraniegos. —Había olvidado que mañana es la Llamada al Verano, un festival que celebra el cambio de estación—. Esta noche escogerán a una de estas aves para cuidar en sus residencias. Les recuerdo que son tesoros nacionales —agrega la matriarca Guo mientras examinamos a las piyas y consideramos el enorme reto que se nos presenta—. Si algo llegara a sucederles, no tendrán que preocuparse solo por su lugar en esta competencia, sino por qué clase de castigo recibirán.

Shao y Guoming intercambian codazos juguetones, al parecer despreocupados por la advertencia. Ellos son los primeros en acercarse a los pedestales y pronto se llevan el ave que eligieron. Miro a Lian, quien se encoge de hombros. No sé nada sobre el cuidado de animales, pero pronto el resto toma la decisión por nosotras. Levanto al ave restante de su pedestal, la cual grazna con indignación ante el movimiento brusco.

—¿Qué hay del jīncán? —pregunta Shao cuando todos estamos de vuelta en nuestros lugares, con las jaulas en mano.

Salvo por Lian, no confío en ninguno de los competidores, aunque Wenyi y Chengzhi son bastante amigables. Pero de todos los shénnóng-tú restantes, Shao es de quien más desconfío tras haberlo visto en la residencia del marqués.

—Se les permitirá usar una sola pupa seca mañana por la noche —aclara la matriarca Guo—, con la cual realizarán la transformación que evaluaremos.

Hacemos una reverencia antes de salir de la cámara, pero no puedo evitar mirar una vez más a la pregunta que está plasmada en el pergamino que cuelga sobre nuestras cabezas.

«¿Bueno o malo?».

—¿Qué tanto sabes sobre estas aves? —le pregunto a Lian cuando estamos de vuelta en nuestra habitación.

Coloco la jaula sobre una de las mesas laterales. El ave mueve la cabeza de una forma incomprensible y observa todos nuestros movimientos.

—No mucho —confiesa ella, asomándose entre los barrotes de la jaula—. Son… creaciones antinaturales. No puedo imaginar cuántas aves tuvieron que morir para crearlas.

—Y es lo mismo con los jīncán. —Me estremezco—. Tantas muertes… ¿para qué?

Lian asiente con solemnidad.

—Va en contra del arte de Shénnóng, de lo que mi gente llama el t'chi, pues su único propósito es quitar la vida. Es un arma y solo eso, por más que a la matriarca Guo le guste fingir que tiene un propósito superior. Me sorprende que el ministerio haya aprobado su uso.

—Quizás es una forma para que la princesa vea quién se muestra más cómodo con el uso de veneno y eso la lleve al culpable del té envenenado —especulo.

«La gente desesperada recurre a medidas desesperadas», pienso. La princesa está frente a una tarea sobrecogedora: vadear la lodosa piscina de la corte para descifrar quién es leal y quién un enemigo.

—Ella me recordó —dice Lian, mientras toma una nuez de la mesa y la pone en la orilla de la jaula. La piya gorjea y baja para picotearla. Cuando concluye que es comestible, la lanza al aire y la devora de inmediato.

—¿Quién?

El ave criza sus plumas y picotea el piso mientras pía. Lian pasa más nueces entre los barrotes, y la codiciosa criatura se las traga una por una.

—Zhen. —Suena como si estuviera perdida entre sus recuerdos—. Solía llamarla «hermana mayor». Se nos permitía jugar juntas cuando éramos niñas, pero luego llegó el miedo a la rebelión y, por su seguridad, la mantuvieron apartada de los demás. Al ver esto, mi padre me advirtió que algún día alguien podría querer hacerle daño a mi familia y a él, a través de mí. Me dijo que por eso tenía que ser observadora y hacerme útil, pues ese día podría llegar antes de lo esperado.

El tiempo que he pasado en el palacio y las cosas que he aprendido han comenzado a cambiar la forma en que entiendo mi infancia.

Solía verlo todo a través de un espejo distorsionado y aún busco la claridad.

—No sabe en quién confiar —le digo—. ¿Cómo podría saberlo?

Lian le ofrece un maní al ave, que grazna, molesta.

—Quizás tenga razón en algo: si puede encontrar la fuente del veneno y descubrir un antídoto, podrá al menos apaciguar a una parte del pueblo.

—Muchos de ellos solo están cansados y aterrados. —Perdidos, como yo.

—Mi padre se ha preparado para este día. Las estrellas lo habían predicho ya. El imperio se dividirá y el cambio vendrá. —Lo dice con seguridad, con la misma confianza que se tiene de que el sol saldrá por el este; envidio su firme fe en las palabras de los astrónomos.

—¿Qué es lo que ven? ¿Hay augurios sobre su reinado? —pregunto, curiosa—. ¿Por qué no pueden decirle a la gente quién será un buen gobernante y quién no?

—Todos podemos ver las estrellas; el peligro está en la interpretación. —Lian frunce el ceño—. Las estrellas no son un sendero recto, sino un arroyo dividido; cada estero se parte en varios más pequeños, posibilidades infinitas dibujadas en el firmamento. Y es una profesión arriesgada: puedes decir algo que haga enfurecer a una persona poderosa y… —Se pasa un dedo por el cuello.

—No todo el mundo quiere que se vea el futuro —apunto. Ella concuerda, asintiendo. Luego toma la jaula del ave, lista para llevarla al área del dormitorio—. No piensas que vamos a dormir con la piya, ¿o sí? —pregunto, con la piel erizada de pensar en esos ojos mirándome mientras sueño.

—Oíste la advertencia de la matriarca Guo. Si el ave muere, nos expulsarán de la competencia y nos ocurrirán cosas peores.

Intento entender qué es lo que me dice, hasta que llega la iluminación: matas al ave de algún equipo y los borras de la competencia. Con el ave bajo nuestro cuidado, somos vulnerables a un sabotaje.

—Juegos dentro de juegos —mascullo, asqueada ya de las intrigas. Vuelve a recordarme mi propia ignorancia.

—Ya te lo dije, la familia de Shao está muy bien conectada dentro de la corte —me recuerda Lian—. Tanto entre los médicos imperiales como en la Corte de Oficiales. Pero él es el primero de su familia en demostrar afinidad con Shénnóng. Liu Guoming es pariente lejano del marqués, y su familia ha estado en el negocio del té desde hace generaciones. Sus familias conocen a la perfección cómo funcionan con los oficiales los distritos del té y del entretenimiento. Les sería beneficioso tener un oído en la corte o influencia en Hánxiá. En fin, los juegos continuarán esta noche en el palacio. Lo mejor es que nos mantengamos vigilantes. Descansa, Ning, las dos lo necesitamos.

Capítulo treinta

Me despierta el sonido de un grito, un alarido agudo que me jala desde las profundidades del sueño y me lanza con rudeza a la habitación oscura. El ruido parece venir de todas direcciones al mismo tiempo.

Me quito las cobijas de encima y de inmediato busco a Lian para asegurarme de que no es ella quien sufre. Sus ojos son dos puntos brillantes del otro lado de la habitación, donde abraza las cobijas contra su pecho. Levanta un brazo tembloroso y señala el rincón; una brisa se arremolina en mis piernas y noto la luz que entra de una ventana abierta.

Una sombra pasa por encima de nuestras cabezas. Nos agachamos y descubro que la fuente del aterrador aullido es el ave, que se dirige a la ventana entre nuestras camas.

—¡Lian! —grito—. ¡Cierra la ventana!

Ella salta y azota la ventana antes de que el ave pueda encontrar la forma de escapar. La piya chirría de nuevo, agraviada; luego se apoltrona sobre uno de los gabinetes para acicalarse con fervor. Busco fósforos y enciendo las velas; la habitación al fin aparece ante nuestra vista.

En una esquina hay un taburete volcado. Dos piernas, vestidas con pantalones y botas negras, son visibles detrás del biombo. Desenvaino la daga de Kang y la sostengo en alto con una mano temblorosa. Al acercarme percibo un hedor como de entrañas vaciadas, enfermedad.

—¿Qué… qué es? —pregunta Lian.

Empujo una de las piernas con el pie y se desploma hacia un costado. Con la daga preparada, hago el biombo a un lado para revelar el rostro del hombre que está tendido sobre el suelo.

El grito de Lian es ahogado, pero aun así puedo escuchar el horror que está contenido detrás de su manga. El hombre está tirado de costado, con un brazo debajo del cuerpo y la otra mano sobre la garganta; tiene la lengua inflamada, morada, desparramada hacia un lado como una babosa. Le sale sangre de todos los orificios: le gotea de la nariz y los oídos, y le fluye de los ojos como si fueran lágrimas. Parece que tuvo una muerte dolorosa, brutal, sin paz en sus últimos minutos.

—Estoy… estoy casi segura de que está muerto —le digo a Lian para reconfortarla, pero el temblor de mi voz me traiciona.

Con un estruendo, alguien irrumpe por las puertas de nuestra residencia; las pisadas se acercan a toda prisa. Me apresuro a guardarme la daga en la manga para que nadie la vea. De repente estamos rodeadas de soldados en nuestra pequeña habitación, mismos que alejan la mirada y levantan sus espadas para saludar; uno de ellos da un paso al frente y hace una reverencia.

—Disculpa la intrusión —dice—. Se nos ordenó vigilar su residencia esta noche, pero al parecer hemos llegado demasiado tarde como para ser de ayuda. He mandado llamar al canciller, quien solicitó que se le informara si había alguna alteración en su residencia.

—¿El canciller Zhou? —El ceño de Lian se frunce—. ¿Por qué le preocuparía nuestra seguridad?

Oigo pisadas en el patio, y el canciller entra a la habitación con seguras zancadas. Viste una túnica casual, que parece haberse puesto en un apuro; tiene el cabello atado en un nudo sencillo, en vez del estilo habitual de la corte. Su expresión es sombría.

—Tenía la esperanza de que no llegara a esto. —Camina hasta donde uno de los guardias está arrodillado junto al hombre muerto y esculca su armadura—. Parece que alguien estaba decidido a sacarlas de la competencia.

El guardia se pone de pie y saluda.

—Reportando, señor. No tiene identificación alguna.

—Ya descubriremos quién es. Llévenselo y desvístanlo. —El canciller Zhou despide al guardia con la mano y regresa su atención a nosotras—. Vengan conmigo cuando estén listas. El capitán Wu les mostrará el camino.

Esperamos a que uno de los soldados tome al ave con unos gruesos guantes y la lleve de vuelta a la jaula con comida. Intenta llevarse a la piya, pero Lian se asegura de que se quede con nosotras y le recuerda que el ave tiene que estar bajo nuestro cuidado hasta que pase la siguiente ronda. El guardia protesta entredientes, pero termina por aceptar y nos deja arreglarnos un poco para nuestra audiencia con el canciller.

El capitán Wu nos guía por los corredores mientras el palacio duerme. Los pregoneros no anuncian la hora, pero puedo sentir la fatiga en el cuerpo y la mente. Los árboles de los jardines y las estatuas parecen tomar formas ominosas, sombras que se estiran en grotescas figuras. Quisiera tener una taza fresca de té de verano con gingko para aclararme la mente.

Entramos a una puerta lateral y reconozco que estamos por acceder al palacio interior, ahora de manera oficial, en lugar de escabullirnos por los túneles. Caminamos sobre las piedras que la emperatriz pisó alguna vez y pasamos frente a los enormes murales, representaciones de guerreros, doncellas y pensadores. Siento como si demasiados ojos siguieran cada paso que damos.

Al cruzar el umbral, entramos a una majestuosa habitación con braseros encendidos que iluminan los intensos tonos de los paneles de secoya. El centro de la habitación está sumido, pensado para el entretenimiento; en vez del canciller, es la princesa quien nos espera sobre una de las plataformas, bebiendo de una taza. Lian y yo nos arrodillamos de inmediato.

—Déjennos —indica la princesa. El capitán Wu y el resto de los guardias desaparecen—. Vengan. —Nos ordena que nos levantemos.

Me viene a la mente el recuerdo de haber amenazado a la princesa solo una noche antes, de haberle forzado la mano. Y, sin importar el resultado positivo, no me parece el tipo de persona que olvide con facilidad.

—E...espero que Ruyi esté recuperándose, su alteza —digo tras aclararme la garganta. Ella me contempla antes de responder.

—En verdad hablas como la hija de un médico —apunta—. No hace falta que seas tan formal. Salvaron la vida de mi amada, y estoy agradecida por ello. Pueden llamarme Zhen cuando estemos solas las tres.

—Es un gran honor, alte… Gracias. —Lian hace una reverencia.

Yo hago lo propio.

—Siéntense —indica. Nos arrodillamos sobre los cojines que están en la plataforma inferior—. Estuvo inquieta durante gran parte del día, pero pudo comer un poco —dice Zhen. Percibo el trasfondo de preocupación en su voz.

Lian menea la cabeza.

—Estoy horrorizada con que alguien pudiera hacer algo así. El veneno es un arma despreciable, pero te felicito por mantener la compostura. Mi padre me dijo que te dirigiste a la corte hace unas horas y diste un discurso que mantendrá sus ánimos encendidos durante días.

—Recuerdas las… lecciones de la abuela —dice la princesa.

Puedo ver una mueca agobiada en el rostro de Lian. Mi amiga asiente.

—Solo tuve que soportarlas durante algunos meses del año, pero tenía pesadillas en las que me hacía papilla y me comía si hablaba cuando no me correspondía.

Zhen se ríe un poco y suelta un suspiro.

—Cómo me gustaría que estuviera aquí… Ella sabría qué hacer, cómo navegar la corte, cómo…

—Estoy de acuerdo —afirma Lian con solemnidad—. Ella sabría qué hacer.

—Hablemos en confianza. —La princesa Zhen se inclina hacia el frente, decidida—. Dentro de esta habitación, les prometo que tendrán toda mi atención. Si son honestas conmigo, seré franca con ustedes a cambio. —Se dirige primero a Lian—: Apelo a ti, que fuiste alguna vez mi compañera en la infancia: Mi abuela me dio su palabra: tu familia es de fiar. ¿Puedo confiar en tu consejo y contar con tu discreción?

Lian se toca el hombro, una señal de aceptación.

—Como mi gente reconoció alguna vez a tu abuela como la Princesa de la Paz, te reconoceré yo, si estás dispuesta a honrar el pacto entre nuestras familias.

La princesa asiente. Luego, su mirada cae pesada sobre mí.

—En un principio, tu desparpajo me molestó, me parecía una ofensa —asegura—. Pero ahora entiendo que necesito menos palabras floridas y proclamaciones de lealtad. Necesito a aquellos que están dispuestos a confrontarme si le fallo a mi pueblo. ¿Qué dices, Ning de Sù? —Estudia mi cara, como si buscara algún titubeo—. Cuando citaste al revolucionario, ¿clamabas por un cambio, como acusó el marqués? ¿Estás dispuesta a ser la voz del pueblo y ayudarme a continuar con el legado de mi padre, por la prosperidad de Dàxī?

Por un momento, el tamaño de la carga me desalienta. ¿Cómo puedo saber si será una buena gobernante? He visto cómo ha sufrido la gente bajo la opresión de la avaricia y la corrupción, pero si ella ignora los crímenes de los oficiales, como dice, entonces quizás esté dispuesta a hacer lo necesario, quizá sea el vehículo del cambio.

—Si atiendes el sufrimiento de la gente y demuestras la capacidad de cumplir con tus promesas… —Elijo mis palabras con mucho cuidado; siento su peso—. Entonces tienes mi palabra: seré honesta contigo.

—Bien. —Zhen se reclina, satisfecha con nuestros juramentos—. Discutamos, ahora sí, lo que ocurrió esta noche y lo que está por venir. Tenemos mucho por hacer.

Capítulo treinta y uno

—He intentado estar al pendiente del desasosiego en las fronteras —nos cuenta Zhen—. Sé que algunos de los oficiales han abusado de la autoridad imperial para su beneficio, pero no fue sino hasta hace unos meses que comencé a ver lo mucho que se ha esparcido la corrupción. —Me duele saber que la princesa era tan ignorante de los problemas del imperio. No puedo evitar preguntarme si, antes de enfermar, el emperador la mantuvo desinformada a propósito—. Ocupación ilegal de tierras, venta de té y sal a precios exorbitantes, sobornos, amenazas, uso de la fuerza… pero nada me asquea tanto como el té envenenado. —Azota una mano sobre la mesa, su frustración evidente—. He usado mis recursos para financiar las investigaciones, pero ha sido difícil. Los espías aún le son fieles a mi padre y no sé cuántos de ellos también les rinden cuentas a otros dentro de la corte.

Ahora entiendo por qué nos reclutaría para su causa. Somos casi desconocidas en la capital, y es mucho más fácil garantizar nuestra lealtad.

—Crees que es alguien dentro de la Corte de Oficiales. —Lian arquea una ceja—. Quizás uno de los ministros, y no otro reino que intenta socavar la fortaleza de Dàxī.

Zhen niega con la cabeza.

—Al oeste, Talum está enfrascado en una guerra civil, su familia real tiene sus propias preocupaciones. Los reinos del norte tendrían que llegar hasta los Pilares del Cielo para representar una amenaza; sus flotas son demasiado limitadas como par ser relevantes.

Lian cita una frase familiar:

—El árbol podrá estar firme, pero la podredumbre comienza por dentro.

Con un gesto de incomodidad, Zhen continúa.

—Es natural especular que fuerzas externas podrían intentar causar la discordia, pero todas mis fuentes apuntan hacia oficiales que tienen influencia en la corte. Han dado su apoyo a quien creen es el dueño real del trono.

—El general de Kăiláng. —Hasta yo puedo unir esos puntos.

—Sí —suspira—. Mi ambicioso tío. Sé que hay en la corte quienes creen que debió haber sido el emperador desde hace años.

—¿Crees que está involucrado, entonces? ¿Con los envenenamientos? —No puedo contener mis emociones, estoy desesperada por saberlo—. ¿Y crees que los bloques de té envenenado son la clave para descubrir quién ejerce esa influencia?

—Correcto —declara Zhen—. Es un duro golpe contra el corazón del pueblo, pero al hacerlo han revelado mucho de sí mismos, incluso más que con los intentos de asesinato previos. He intentado analizar las provincias que han atacado, encontrar algún patrón, pero el estudio de los bloques de té ha arrojado solo una conclusión: el veneno fue creado con influencia mágica. Es obra de un shénnóng-shī de talentos particulares.

Debí haberlo sabido desde el comienzo. Que fuera indetectable, lo elusivo que ha sido el antídoto…

Lian frunce el ceño.

—Tenías que encontrar la forma de reunir en el palacio a los shénnóng-shī y a los shénnóng-tú con más potencial para continuar con la investigación.

Zhen asiente.

—La inducción de un shénnóng-shī a la corte conlleva laboriosos rituales. Sin convocar esta competencia, no tendría otra razón para que todos los shénnóng-shī del imperio vinieran a Jia.

Se levanta de su asiento y camina hasta un pergamino colgado en la pared, el cual hace a un lado para revelar una puerta oculta; Zhen llama a quien sea que esté en la habitación contigua antes de volver a su cojín.

El canciller entra a la habitación, flanqueado por guardias.

Está confirmado: el canciller está cooperando con la princesa para desenmascarar a quien está detrás del veneno. Por eso ha vigilado nuestras residencias con tanta atención.

—¿Descubrieron la identidad de quien intentó atacar al ave, canciller? —pregunta Zhen. Al verlo vacilar, agita una mano—. Podemos hablar con libertad frente a ellas.

El canciller inclina la cabeza y presenta su reporte.

—El ladrón logró entrar por el tejado y abrió la ventana. Llevaba guantes e intentó tomar al ave, pero esta le escupió en los ojos y lo cegó. Cuando la soltó, lo mordió en la muñeca; la saliva entró a su sangre, siguió su curso y el malhechor pereció. —Eso provocó el desastre en nuestra residencia.

—Esas malditas aves pueden venderse a un precio muy alto en el mercado negro —apunta Lian—. No me sorprende que haya intentado robarla en vez de matarla.

—Habría conseguido dos cosas: llevarse dinero a la bolsa y eliminarlas de la competencia —afirma el canciller.

La princesa asiente.

—Supongo que mañana descubriremos quién se presenta con un ave y quién no. —Tras una pausa, la atención de Zhen vuelve a posarse sobre mí—. Deberíamos hablar sobre Kang.

Ah, sí, la conversación a la que tanto temía. Puedo sentir el peso de todas sus miradas encima, como los ojos de todas las figuras en los murales. Si me lo pregunta frente al canciller, quiere decir que él sabe de nuestro acuerdo.

Comienzo a hablar, con voz temblorosa.

—Me llevó al monasterio Língyă.

El canciller me mira como si estuviera viéndome con ojos nuevos, y su expresión trae consigo el doloroso recuerdo de la desaprobación de mi padre. Sin embargo, le sostengo la mirada, con la frente en alto, mientras las preguntas llegan una tras otra.

—¿Língyă? —repite Zhen—. ¿Por qué a Língyă?

—¿Te llevó a conocer a la abadesa? —pregunta el canciller—. ¿Dijo algo sobre una alianza con su padre? ¿Reveló algo sobre sus planes?

—Me llevó ahí a conocer los jardines. Los monjes nos descubrieron, así que nos escondimos en una caverna subterránea mientras nos buscaban. —Donde caí al estanque, y él me salvó, y nos besamos hasta quedarnos sin aliento—. Y… hablamos.

—¿Hablaron? —la princesa me insta a continuar.

—Hablamos sobre su infancia en el palacio, contigo.

—¿Crees que le guarda algún rencor a la princesa? ¿Es una amenaza para ella? —El canciller Zhou insiste con su retahíla de preguntas. Parece estar insatisfecho con mis respuestas; espera algo más.

—Dice que Lùzhou sufre porque su gente no logra encontrar trabajo. Han limitado las formas de ganarse la vida ahí; la gente se ve obligada a romper la ley para sobrevivir.

Zhen se dirige al canciller.

—Es lo mismo que te he dicho. Si me permitieran salir del palacio y poner en práctica las políticas que hemos discutido, podríamos aliviar su sufrimiento.

—Tenemos que mantenerla a salvo, su alteza —replica el canciller—. ¿Cómo puedo responderle al espíritu de su padre, al de su abuela, si no lo hago?

—¡Estoy harta de estar a salvo! —Zhen alza la voz, con los ojos encendidos—. ¡Estoy harta de que me mimen y me protejan! Es momento de que aprenda a gobernar. Tenemos que traer a este enemigo sin rostro a la luz antes de que sea demasiado tarde.

—Nos acercamos a la verdad. Usted conoce la información que tenemos sobre Kang —se apresura a decir el canciller, listo para atemperar a la princesa—. Sabe que no es de fiar.

—¿Qué información?

Pero Lian se cruza de brazos y me interrumpe.

—¿Usaste a Ning como carnada?

Zhen la mira con firmeza.

—No creo que la haya puesto en riesgo.

Antes de que pueda considerar las implicaciones de lo que se acaba de decir, el canciller vuelve a hablar.

—Nuestros espías han visto a Kang con el marqués de Ānhé, extendiendo la influencia de su padre hacia las regiones del sudeste. El marqués y el general han sobornado a oficiales del ministerio, han enviado a más y más gente a las salinas y han creado campos de entrenamiento en secreto para formar su propio ejército.

—Kang dice que el veneno le parece deshonroso —objeto—. Él solo busca alzar la voz por su gente.

No sé por qué aún lo defiendo, solo sé que estoy segura de que el chico con el que hablé junto al manantial secreto fue honesto. Me lo dice la Llave Dorada, vibra en mi corazón.

—Son solo sospechas —concede la princesa—. La evidencia en contra de mi tío es clara, pero no podemos estar seguros de las lealtades de Kang.

—¿Podría ser que él no lo supiera? —Lian se aventura a especular, con timidez—. ¿Pudiera ser que su padre no le informó de nada?

—Olvidaba que tú también lo conociste —dice Zhen—. Antes.

—No sean ingenuas —estalla el canciller—. Ustedes vieron cómo se comportó en la ceremonia. La salvó para ganarse su confianza, fingió perdonarle la vida, pero es probable que esos asesinos hayan sido enviados por su padre. Todo fue una enredada treta. Ha blandido una espada desde que aprendió a caminar, entrenó con forajidos del imperio hasta entrar a su juventud. Es un arma; eso es claro. Creo que la evidencia saldrá a la luz con el tiempo —concluye con una sonrisa agria. Luego se dirige a Zhen—: ¿Se lo dirá usted o se lo digo yo?

Intercambian miradas. La princesa vuelve a voltear hacia mí.

—Tenemos información, información confiable, que indica que uno de los componentes del veneno oculto en los bloques de té se da solo en la región de Lǜzhou. Una especie de alga amarilla, kūnbù. —Siento un repentino estruendo en los oídos. La verdad me rompe encima como una ola y amenaza con ahogarme con su peso—. Lo siento —me dice la princesa con suavidad—. Es poco probable que sepa tan poco como dice.

Odio la expresión de lástima en su rostro.

—¿Están más cerca de encontrar una cura, entonces? ¿Un antídoto para el veneno? —exijo saber.

Debí haberme enfocado en eso desde el principio y no permitir que un chico apuesto del mercado me distrajera. Perdí el tiempo preguntándome si me quería para algún propósito malvado a causa de mis habilidades como shénnóng-tú o porque en verdad quería conocerme. Nuestros caminos nunca debieron haberse cruzado.

—Hemos progresado —explica el canciller—. Pero, hasta ahora, solo podemos alentar el paso del veneno, no eliminarlo por completo.

—No te preocupes, Ning —interviene la princesa—. Voy a cumplir con mi palabra. Si encontramos el antídoto, lo tendrás; si no, te daré acceso a nuestras bodegas. Sin embargo, necesito que las dos se mantengan en la competencia. Vigilen a los demás competidores y reporten cualquier comportamiento peculiar, cualquier interacción extraña. —Lian y yo asentimos—. Además me gustaría que una de ustedes dos se convirtiera en la shénnóng-shī de mi corte —asegura—. Necesito gente cercana, gente en la que pueda confiar.

Cuando salimos de la habitación, siento el espectro de una marca sobre el pecho. Recuerdo cuando Kang me habló de la pérdida de sus madres, la que lo trajo al mundo y la que lo acogió, tan parecidas a mis propias pérdidas. ¿Pudo en verdad ocultar tan bien su odio, su sed de venganza?

«Me mintió», protesta una pequeña voz en mi interior, dolida por la traición. Ya nadie podrá engañarme.

Capítulo treinta y dos

El canciller Zhou nos ha sacado de nuestra residencia, que ahora está sellada para su investigación. Debido al influjo de ministros y oficiales convocados al palacio para los próximos ritos fúnebres y las rondas restantes de la competencia, las residencias de los sirvientes están llenas. Es por eso que Lian y yo nos hospedamos con los pensadores, en los niveles superiores de la biblioteca, en el quinto piso. Es una habitación circular con una decoración sencilla. Prefiero esta austeridad a nuestra habitación previa; comienzo a hartarme de estar rodeada de objetos frágiles.

Me quedo dormida muy pronto, la fatiga de los últimos días me pasa por encima como una ola. Cuando vuelvo a abrir los ojos, la habitación está bañada en la luz del sol. La piya canta, busca atención; la luz se cuela por la tela que cubre su jaula. La descubro y el ave me saluda con más trinos y salta de su percha; picotea el fondo de la jaula, en busca de comida.

—Lo siento —le digo—. No tengo nada para darte.

La piya ladea la cabeza y me mira con ojos inquisitivos. Me estremezco: una mordida de esta criatura y tendré una muerte rápida y dolorosa. Decido alejarme de ella lo más posible.

Es Qing'er quien nos trae el desayuno. Exclama al notar la vista desde nuestra ventana. Solo me siento segura de hablar de lo ocurrido anoche cuando se va; no quiero involucrar a nadie más en esta empresa cada vez más peligrosa. El desconocido entró sin problemas por nuestra ventana, sin que los guardias del canciller lo notaran; en vez de tratar de llevarse al ave, pudo habernos matado mientras dormíamos.

Sorbemos unos fideos gruesos que están en un caldo ligero, complementado con pedazos de calabaza verde y rebanadas de carne de cerdo. Qing'er dijo que comer fideos en el verano era una tradición del norte, en especial cuando se acerca el solsticio. Los panecillos son para el invierno, aunque, debido a lo mucho que le gustaban al emperador, suelen comerse todo el año en el palacio. No puedo evitar preguntarme cómo cambiaran los sabores de la cocina cuando alguien más ocupe el trono.

Lian le ofrece al ave un bocado de calabaza, pero esta rechaza la pulpa verde con una expresión de disgusto.

Cuando nuestros tazones están vacíos, al fin le cuento a Lian los detalles de mis encuentros con Kang: cómo compartimos una taza de Llave Dorada, luego Aguja de Plata, para probar sus verdaderas intenciones, y cómo fracasé. Para mi sorpresa, Lian no me reprende, sino que parece impresionada.

—Poder dominar el Cambio es un verdadero don —dice con asombro en la voz—. Tienes mucho talento, Ning.

El cumplido me agrada, pero me recuerda también lo mucho que me falta por aprender. El gran árbol en la oscuridad, donde habló la diosa…

—¿Así se le llama a ese espacio intermedio? ¿El Cambio?

—Lo sentí ayer por primera vez, creo. —Los ojos le brillan—. Esa sensación de salir de tu propio cuerpo que experimentaste tú. Fue diferente a darles fuerzas a hombres que ya las tienen, es más que ponerle leña al fuego. Cuando ayudé a Ruyi… mantuve su conexión con el mundo, la protegí; hablé con ella mientras tú luchabas contra la criatura oscura, evité que diera un paso hacia el más allá. En nuestras leyendas nos referimos a la muerte como un risco, una caída eterna. Cuando estuve ahí, jalé a Ruyi del borde, pero oí que alguien más decía mi nombre.

Se estremece y me siento mal por ella, por esta bondadosa muchacha a quien arrastré a mi búsqueda por salvar a mi hermana. Le tomo la mano.

—Gracias. Gracias por ayudarme sin dudarlo cuando te necesitaba. Gracias por ser una amiga de verdad.

No puedo ofrecerle más que mis palabras. No tengo riquezas, ni ingredientes exóticos, nada con qué negociar ni comerciar más que mi amistad. Y ella la acepta, tan regia como cualquier princesa en la historia de Dàxī.

Bajamos las escaleras hacia la planta principal de la biblioteca para examinar los textos disponibles sobre el misterio de las piyas. Cuando uno de los pensadores ve el ave y nos pregunta nuestros nombres, nos conduce por otra escalinata de piedra a una pequeña cámara que está debajo.

—¿Qué es este lugar? —pregunto al ver los pergaminos de bambú agrietado y los libros cubiertos con telas protectoras.

El pensador hace una reverencia.

—Es la sección restringida de la biblioteca. El canciller ha dispuesto que tengan acceso a cualquiera de los libros que se encuentran aquí.

El canciller Zhou debe de haber aceptado ayudarnos bajo las órdenes de la princesa.

Lian examina los estantes y elige *Tratado de venenos y herbología del norte*, escrito por un famoso médico de Ānhé, Qibo. Yo tomo *Língshu*, un texto de la autoría de uno de los grandes shénnóng-shī que visitó la corte del Emperador Ascendido, y un delgado volumen sobre la interacción de los venenos y la neutralización de las toxinas de Hánxiá. A pesar de que miro con añoranza hacia libros como *Discusión sobre los cultivadores de té de la región de Yún* y *Sobre la selección de juegos de té para la optimización de la experiencia de la ceremonia*, elijo *Recetas para cincuenta males* y, por capricho, *Cuentos maravillosos del Palacio Celestial*. Veo que los ojos de Lian se posan sobre el título, pero no critica mi elección de un texto tan fantasioso, uno que hasta los ciudadanos más supersticiosos de Dàxī considerarían mera mitología.

De vuelta en nuestra habitación, discutimos los antiguos textos y tomamos notas de los tratados escritos por los maestros de nuestro arte, quienes parecen estar conflictuados también. Estoy desesperada por obtener todo el conocimiento contenido en los tomos que están bajo mis dedos, esperanzada de que algún ingrediente desconocido mencionado en ellos se revele como el antídoto para el veneno que busco. Aprendemos sobre el cuerno de rinoceronte, que en teoría es un remedio para todos los venenos; no obstante, es una rareza en sí mismo, pues la bestia solo se encuentra en un reino lejano. Se mencionan las perlas negras de Lǜnzhou, lo que me recuerda a Kang, pero parecen ser solo un aditivo para algunos ingredientes en vez de ser propiamente un remedio.

Seguimos haciéndonos preguntas la una a la otra y volvemos siempre a las preguntas centrales del reto: ¿Cómo transformar el jīncán y usarlo como anzuelo? ¿Y cómo libraremos a la piya de él?

Me quedo dormida y me despierto de golpe con el sonido de Lian cantándole una dulce melodía a la piya; el ave trina en respuesta. Al parecer, han desarrollado afecto la una por la otra mientras yo dormía.

—¿Vas a soportar envenenarla? —me burlo.

Ella agita la mano pare rechazar mi propuesta.

—Tú puedes envenenarla, yo salvarla —decide y me muestro de acuerdo.

Leo sobre cómo se alimenta a las piyas con una dieta particular desde su nacimiento, desde semillas e insectos hasta criaturas más grandes para hacer que crezcan su sensibilidad e inmunidad. Cuando tienen edad suficiente, hacen la transición a los platillos humanos, donde pueden comenzar a detectar el veneno en la comida. Leo sobre los cinco venenos: el escorpión, la serpiente, la polilla, el sapo y el ciempiés. Todos están condensados en el legendario jīncán y el ave debería poder detectarlos con facilidad.

Por la tarde, Qing'er nos trae el almuerzo junto con un plato de fruta y nueces. Experimento con un veneno ligero, una baya que irrita el estómago, pero que es llamativa a la vista. El ave la picotea hasta abrirla, pero se niega a comerla. Una criatura truculenta.

Mientras comemos nuestras tartas de rábano, sumergiéndolas en salsa de soya y chiles, continuamos probando lo que la piya está dispuesta a comer. En mi aldea, nuestras tartas de rábano son simples y se cuecen al vapor, pero en el palacio contienen pedazos de embutido y camarón seco. El ave rechaza el embutido, pero mordisquea el camarón y pedazos de la tarta.

Le lanzo una mirada de frustración a la criatura mientras continuamos en la búsqueda de la respuesta al acertijo.

—No deberías alimentarla demasiado —le digo a Lian, quien tienta al ave con una uva—. Si lo haces, no tendrá apetito para el veneno esta noche.

—Pobre Peng-ge —suspira Lian.

—¿Peng-ge?

Se ríe.

—Es un apodo común en Kallah. Creo que le va bien.

No puedo evitar reírme en respuesta, aun mientras la intimidante tarea se acerca cada vez más. Continuamos con nuestro debate mientras me estiro en la cama y Lian camina de un lado a otro de la habitación. Estoy tan habituada ya a sus refunfuños como al crujir del fuego y el repicar de las campanas.

Pasa otra hora, el sol comienza a descender por el cielo y su curso trae cada vez más cerca el momento de la tercera ronda. Hasta que la incertidumbre que me carcome no deja de crecer y supurar, hasta que no lo soporto más y tiro al piso el pergamino que tengo en las manos. Peng-ge y Lian se sobresaltan con el escándalo.

—¡No hay nada en estos textos! Nada… nada… ¡Nada!

Uno por uno, lanzo la pila entera de libros a la cama, hasta que el último los derriba todos con un satisfactorio estruendo.

—¿Ya te sientes mejor? —pregunta Lian.

Le gruño, cruzada de brazos. Ambas miramos a Peng-ge, quien se acicala.

—El ave desarrollará una aversión al veneno —digo en voz alta, de vuelta al acertijo que nos aqueja, con la esperanza de que esta vez podamos desenredar el misterio—, y se negará a comer lo que pueda hacerle daño.

—Ese es el problema que tengo —dice Lian, quien también se cruza de brazos—. Para contrarrestar algunos venenos se necesita ingerir otro, pero siempre se corre el riesgo de neutralizar la toxicidad de uno y sucumbir ante la del otro.

—¿Qué fue lo que nos dijo la matriarca Guo aquel día antes de que se supiera de la muerte del emperador? —digo, intentando recordar sus palabras.

—El ave no comerá lo que no pueda tolerar —recuerda Lian.

La miro; la solución toma forma en mi cabeza, como una mano que limpia un espejo empañado.

—Combatir veneno con veneno —le digo, exaltada—. ¡Eso es! ¡Esa es la respuesta! —Lian me mira, confundida—. Obligamos al ave a ingerir el veneno. Lo hará para salvarse a sí misma, si cree que existe un peligro mayor que el del jīncán.

Mi cabeza comienza a repasar la lista de ingredientes que harían a alguien más susceptible a la influencia. Mi madre los usa para calmar a quienes padecen alguna aflicción mental; yo puedo usarlos para producir una reacción distinta.

—No quiero hacerle daño. —Las comisuras de los labios se le tuercen en una expresión de tristeza genuina.

Le pongo una mano reconfortante sobre el hombro.

—La vamos a salvar. Estoy segura.

Tras una larga pausa, Lian asiente al fin y accede a mi horrible, pero necesario plan.

CAPÍTULO TREINTA Y TRES

La puesta del sol dispara franjas rosadas y anaranjadas por el cielo, que se reflejan en el agua del estanque de lirios que está detrás del pabellón. Es un hermoso telón para la tercera ronda de la competencia, pero no puedo darme el lujo de admirar las vistas. En cambio, repaso en mi cabeza los pasos a seguir para el terrible reto que nos aguarda. Engañar a la piya, salvar a la piya.

Los jueces están sentados en los escalones de piedra del pabellón. Hablan entre ellos mientras esperan que comience la competencia. Tres de ellos están vestidos de negro, sin ningún ornamento cortesano, en adherencia a los rituales funerarios. La princesa está vestida con una sencilla túnica blanca y con el cabello adornado con flores de plata. El barrido de su falda deja ver un pequeño bordado, crisantemos hechos con oro.

A mi madre nunca le gustaron los crisantemos, dada su asociación con los funerales. Cuando la despedimos antes de su descanso eterno, no había un solo crisantemo a la vista. Me parece un mal augurio verlos ahora, a pesar de que sé que es una idea boba.

Solo estamos presentes seis competidores: los dos shénnóng-tú que acompañaban a Shao y Guoming se nos han unido. Noto su ausencia cuando nos presentamos frente a los jueces; solo tres pedestales, tres aves. Algo debe de haber ocurrido.

La matriarca Guo se pone de pie.

—El ministro ha realizado los ritos veraniegos para apaciguar al cielo, pues los dioses nos bendicen con buen clima y una cosecha cuantiosa. Debería ser un día auspicioso para Dàxī, pero, en cambio, hemos descubierto un complot para hacer trampa en la competencia.

Detrás de nosotros, un oficial entra al pabellón y hace una reverencia para los jueces. El pendiente que cuelga de su faja indica que es del Ministerio de Justicia. A pesar de que su espada está envainada en una funda ornamental, y de que estamos muy lejos de Sù, siento el familiar escalofrío al verla.

—Hemos concluido que el mercenario fue contratado por la familia Zhu, en un intento por inclinar la balanza de la competencia en favor de su hijo —reporta—. Han confesado y estarán recluidos en sus residencias a la espera de su juicio.

Escucho risas a mi lado. Volteo y me encuentro con que Shao y Guoming apenas si pueden contener el júbilo. No me sorprendería si ellos dos influyeron al convencer a los otros dos competidores de tramar la treta. Una sugerencia susurrada, un empujoncito, un guiño del ojo. Al menos la expresión de Wenyi se mantiene estoica, y Chengzhi parece asqueado con la revelación.

—La avaricia se mantiene dentro de la gente de Dàxī —dice con disgusto la matriarca Guo—. Debemos recordar que el camino a la sabiduría es el de la mesura. No podemos ceder a nuestros impulsos primitivos. —A la princesa parece perturbarle el comentario, pero no interrumpe el discurso de la matriarca—. Primero, veremos cómo se desempeñan en este reto. —Asiente en dirección de Shao y Guoming—. Los ingredientes que solicitaron ya están en el pabellón, etiquetados con sus nombres.

Tras saludar a los jueces con reverencias corteses, los dos muchachos se separan: Guoming se dirige a la mesa donde están los ingredientes, y Shao va a tomar su piya del pedestal.

Los sirvientes colocan un pequeño recinto en el centro del pabellón: un marco de madera con malla metálica con una mesa a la altura de la cintura para tener la mejor vista posible. Shao libera a la piya en el recinto, y esta evalúa su nuevo espacio, volando de un lado a otro. Todo está listo.

Shao le asiente a la matriarca, quien le ordena a un monje que dé un paso al frente. Este le entrega a Shao una vasija cerrada del tamaño de su mano, las orillas selladas con cera roja, una advertencia sobre su contenido.

—Estoy honrado de estar frente a los jueces el día de hoy y de poder ver a estas extrañas criaturas. —Hace una nueva reverencia.

Guoming se para a su lado, con una charola que lleva una taza en el centro que está llena de una sustancia humeante. Shao rompe el sello de cera con cautela y coloca la vasija en la mesa que tiene enfrente. Con manos firmes, usa unos palillos para alzar al jīncán y que todos lo veamos.

La pupa del gusano de seda es diminuta. Del tamaño de un pulgar, quizás. El color es un dorado pálido, casi traslúcido, como si el veneno le hubiera drenado todo el color. Shao lo coloca con delicadeza sobre el plato y lo cubre con otro tazón.

Toma la taza de la bandeja de Guoming, saluda a los jueces y bebe todo el líquido en un solo trago. Puedo oler el aroma de la lluvia; percibo la misma sensación peculiar en mi frente. Shao destapa el plato con una floritura y, en el centro, resplandeciente, hay un dátil fresco y rojo. El jīncán ha desaparecido.

—Una ilusión —exhala Lian a mi lado.

Shao se ríe y voltea a verla. La oleada de magia lo ha hecho amigable, para variar.

—No es una ilusión; es una transformación. A la piya, esto le sabrá como un dátil.

—¡Maravilloso! —El marqués Kuang se acerca. Su expresión se torna calculadora—. ¿Cuánto tiempo perdura la transformación?

Shao se encoge de hombros.

—Depende de las habilidades del shénnóng-tú. Un aprendiz competente debería ser capaz de mantenerla por la duración de una vara de incienso. —La arrogancia vuelve a toda prisa a su voz para la siguiente declaración—: Yo tengo el récord en mi clase, un poco más de dos horas.

Más del doble del tiempo esperado.

—Impresionante. —El marqués asiente y vuelve a su lugar.

—No es suficiente que el jīncán se asemeje a otra cosa —grita la matriarca Guo—. El ave tiene que ingerirlo.

—Por supuesto.

Shao hace una reverencia más y desliza el plato hacia el recinto de la piya.

El ave se asienta junto al plato y lo examina. Tras decidir que es seguro, toma el dátil del plato y se lo traga entero. Pasa solo un instante antes de que empiece a convulsionarse. La naturaleza del jīncán es tal que ingerir solo unas cuantas hojuelas conduce a una muerte lenta, pero ¿devorar tanto en un solo bocado?

El ave chirría de dolor, un ruido agudo y lleno de agobio. Las otras dos piyas en el pabellón graznan de preocupación. Guoming entra en acción de inmediato y mete las manos a la jaula. Le abre la boca con los guantes y le vierte un tónico por la garganta. El ave está demasiado débil como para resistirse, pero alcanza a aletear un par de veces en defensa propia.

Se retuerce una, dos veces, luego expulsa el dátil de su cuerpo, cubierto en vómito. El ave está postrada, aturdida, el pecho agitado… pero sigue con vida. El monje, que aguarda a un costado del pabellón, se apresura a devolver al jīncán transformado a la vasija. Se llevan también al ave, pues ya ha cumplido con su propósito.

—Bien hecho —pronuncia la matriarca Guo—. Una resolución digna al dilema presentado. Ahora, nuestra siguiente pareja de shénnóng-tú demostrará sus habilidades.

Nos mira a Lian y a mí con impaciencia.

Algo dentro de mí da vuelcos mientras nos acercamos al podio. Mi madre me dijo que, si se descubría que alguien había muerto a manos de un shénnóng-shī, el nombre del asesino sería borrado del *Libro del té*. Ella murió a causa de un veneno creado por uno de nosotros, alguien que camina por el sendero de Shénnóng bajo falsas pretensiones. Y alguien en el palacio sabe quién es.

Esa idea helada es lo único que me endurece las manos lo suficiente mientras me preparo para realizar tan terrible acto.

—Lo siento, Peng-ge —le susurro al ave mientras llevo su jaula al recinto.

La piya trina en respuesta, pues ignora lo que le depara el destino. Cierro la puerta y la veo salir de su jaula con cautela.

Tengo la vasija en las manos, pesada y fresca. Clavo las uñas en la suavidad del sello y libero la tapa. Observo al jīncán que está en el fondo. Qué cosa tan pequeña y antinatural. Lo levanto y lo coloco en un tazón. Lian me da una jarra de agua, que vierto con un flujo lento sobre el jīncán. El gusano dorado sube a la superficie y vuelve a hundirse al absorber el agua y liberar su esencia.

Deslizo el tazón en el recinto, hacia Peng-ge. Ya está acostumbrada a mi presencia y da un saltito hacia adelante para estudiar los contenidos del tazón. Que me tenga confianza hace que todo sea peor mientras observo cómo sopesa el agua. Por un momento, deseé que no fuera tan inteligente como había prometido la matriarca y bebiera el agua. Pero parece reconocer el peligro que hay adentro y se aleja con un aleteo.

La charola que está sobre mi mesa tiene solo tres objetos: un cuchillo, un bloque de té, un tazón.

Levanto el bloque de té e inhalo su aroma. Hojas de té comprimidas y moldeadas en un bloque del tamaño de mi mano, dejadas a fermentar y añejarse. Fácil de transportar, fácil de almacenar.

Con la cuchilla corto un pedazo de té y lo coloco sobre el tazón, que tiene hebras de ásaro en el fondo. Lian da un paso al frente con la pesada tetera; el agua ya ha despertado.

Cuando la vierte sobre el tazón, sisea con fuerza. Necesito que el té sea fuerte y potente, para blandirlo como un arma. Igual que el shénnóng-shī que asesinó a mi madre.

Cierro los ojos. Tomo el tazón con las dos manos y me lo llevo a los labios.

Capítulo treinta y cuatro

Shao hizo que el jīncán se convirtiera en otra cosa, engañó a los sentidos. Yo usaré mi magia directamente sobre la piya.

El sabor del té es denso, pesado, me deja una capa de amargura sobre la lengua. La magia se despierta deprisa, atraída a su propósito prometido. Mi padre utiliza el ásaro para descongestionar la garganta y la nariz, hacer que el calor circule. Sin embargo, los shénnóng-shī lo usan para otro fin: para llegar a la mente del otro, para ejercer el poder de la sutil persuasión. En la palma de la mano tengo una pluma de Peng-ge que tomé de la base de su jaula.

«Por favor», elevo una súplica hacia la diosa. «Me ayudó antes. Hágalo de nuevo, a pesar de que sé que estoy por ejercer una terrible influencia que va en contra de sus principios».

Siguiendo los hilos de la magia, salgo de mí misma y me imagino que mis manos buscan tomar a la piya mientras pronuncio su nombre con un tono afectuoso. El ave alza la cabeza, pues puede ver que me acerco, aunque sé que los jueces solo pueden ver que tengo los ojos cerrados y que muevo los labios un poco.

Peng-ge ladea la cabeza; su sencilla mente no comprende lo que ocurre. Sabe solo de cosas básicas: fue criada en los confines de Hánxiá, en un cerramiento rodeado de begonias y hiedra, sin conocer jamás la libertad del cielo abierto. Conoce el hambre, la sed y reconoce lo que la hará enfermar.

—Hace mucho que tienes sed —le susurro a la piya y me apodero de esa funesta sensación—. Han pasado días sin que tomes agua.

El ave grazna mientras el malestar se cuela en su mente, los tentáculos de la magia se estiran para apoderarse de todo. A cada paso que doy siento la culpa de lo que hago; despertar la sed en el ave hace que la sensación se refleje en mí: los labios se me parten, la boca se me reseca.

En mi interior, encuentro el punto débil, las agujas retorcidas de todo resentimiento, todo pensamiento amargo que he tenido desde que el canciller reveló uno de los componentes del veneno y confesó que Kang me había mentido en todo momento. Esta magia, con una atracción oscura y seductora, me llama a usarla en contra de otro ser vivo, a hacerlo sentir el mismo dolor que yo.

La garganta se me estira de forma dolorosa, se estrecha, desesperada por un poco de humedad. La piya intenta levantarse y huir de la influencia de la magia, pero solo logra aletear un par de veces con debilidad antes de caer.

—Bebe —la coacciono y la llevo hacia el veneno.

Con pasos titubeantes y vacilantes camina a tropezones hacia el tazón con agua. Se debate entre la supervivencia y la enfermedad, entre la vida y la muerte. Lucha contra todo lo que se le ha enseñado, hasta que sucumbe: baja la cabeza y bebe hasta saciarse.

Trastabillo hacia atrás. Lian me detiene, mientras la conexión entre Peng-ge y yo se corta cuando el ave pierde el conocimiento.

—¿Estás bien? —me pregunta en voz baja.

Asiento y me tomo el contenido de la anforita que Lian me da, ansiosa por lavarme el sabor a suciedad de la boca. Sabe a crueldad y poder, no tan diferente al sabor de la cabeza de cuervo, pero el estómago se me revuelve antes de que tenga la oportunidad de pensar más al respecto.

Lian se dispone a liberar a Peng-ge del veneno, usando el aprendizaje que obtuvimos al tratar a Ruyi. El higróforo rojo para la fuerza, la corteza de la araliácea para combatir la toxina. Los efectos del veneno son reducidos, pues el ave solo bebió el agua infusionada; no ingirió el jīncán.

Vuelvo el estómago en una vasija en un rincón del pabellón y entiendo de forma profunda y concreta a lo que se refería mi madre al hablar del precio de la magia shénnóng. La magia ataca a quien la usa diez veces más fuerte si la esgrime para hacer el mal. Nunca antes había contradicho sus enseñanzas y se siente como un grave insulto a su recuerdo.

Una idea pasajera me recorre la cabeza mientras estoy enferma: cuán poderoso debe ser el shénnóng-shī responsable del veneno en los bloques de té para poder dirigir su mal a tanta gente sin sufrir, al parecer, consecuencia alguna.

—Toma. —Al alzar la mirada veo a Wenyi, quien me ofrece un pañuelo y evita mirarme a los ojos.

Lo acepto con unas gracias balbuceadas, consciente de mi apariencia desprolija. Uso el pañuelo para limpiarme la boca y la cara, para estar presentable de nuevo. Wenyi asiente antes de volver a su lugar junto a Chengzhi.

Para cuando vuelvo al lado de Lian, los sirvientes han terminado de limpiar el recinto. Ella asiente para indicar que completó su parte de la prueba con éxito. Miramos a los jueces, preparadas para saber si pasamos su prueba.

La matriarca Guo se pone de pie con el ceño fruncido, conflictuada. El marqués me mira con ojos furiosos, mientras que el ministro Song menea la cabeza muy despacio. El canciller le susurra algo a la princesa, quien asiente en respuesta.

—Los jueces hemos deliberado y decidimos que actuaron conforme a las reglas de la competencia —anuncia la matriarca—. Si bien no podemos aprobar este tipo de… influencia sobre una criatura indefensa, reconocemos que convencieron a la piya de beber el agua contaminada y purgaron el veneno de su cuerpo. Estarán en la siguiente ronda de la competencia.

No fue la resolución elegante que habían esperado, ni la suerte de demostración que podrían presentar en una magnánima ceremonia a dignatarios oficiales, pero resolvimos el acertijo. Ahora sé que prefieren el tipo de magia linda que se practica en la capital, y eso hace que me hierva la sangre. Pero hay algo que tengo claro: no saben nada sobre la vida del otro lado de estos hermosos muros. Estrujo el pañuelo en la palma de mi mano al volver a recordar que no encajo con sus expectativas de comportamiento cortés.

Lian me pone una mano en el hombro, como si pudiera percibir mis pensamientos oscuros. Sé de la fealdad de las emociones de las que tuve que echar mano para herir al ave, y estoy avergonzada de ellas.

—Lo logramos —me susurra.

Quisiera poder sentir alegría por nuestro triunfo y no una terrible angustia por lo que se aproxima.

Hay una pequeña pausa en la competencia mientras los sirvientes se acercan para colgar linternas del techo del pabellón y así poder alumbrar a la última pareja. Se oyen grillos a la distancia. En algún lugar de la oscuridad, una rana croa.

Wenyi y Chengzhi se acercan a la plataforma y les hacen una reverencia a los jueces. Chengzhi es quien libera al ave, mientras que Wenyi se hace cargo del veneno. Se cubre la mitad inferior de la cara y muele el jīncán, el método tradicional, pues el gusano es inoloro e insípido, perfecto para mezclar con otra bebida o alimento.

Chengzhi lleva una vasija grande y la coloca en el suelo frente a Wenyi, quien vierte el polvo. Todos miramos, expectantes, mientras la vasija comienza a sacudirse y oímos el sonido de algo que se mueve ahí dentro. Con la respiración contenida, percibimos cómo el sonido se hace más fuerte hasta que algo se retuerce, se revuelca y choca contra los bordes. Luego... silencio. Lo que sea que esté ahí adentro ha sucumbido al veneno del jīncán.

Con dos largos palillos, Chengzhi saca del tazón el cuerpo chorreante de una serpiente de agua; reconozco su delgada figura, con la piel café moteada de negro. El cuerpo desmayado cuelga de los palillos mientras Chengzhi maniobra para meterlo al recinto y encerrarlo en el mismo espacio que la piya. El ave recula hacia la parte trasera de la jaula y estudia al intruso con cautela.

Lian y yo nos miramos, sin comprender cómo es que la piya ingerirá el veneno si ya está dentro de la serpiente. De un pequeño bolso que descansa en su charola, Wenyi toma un pedazo de algo negro y que parece desmoronarse, y se lo pone bajo la lengua.

Un viento extraño y frío recorre el pabellón; nos revuelve el cabello y las mangas. Las linternas se mecen en el techo; las sombras saltan por todo el piso de piedra. El aroma a escarcha, con un toque de pino, cuelga del aire. Es como entrar a un bosque invernal, cuando ascendemos por los estrechos senderos hacia las montañas para cosechar los hongos silvestres. Cuando volteo hacia el cielo, estoy casi segura de que ha comenzado a nevar...

—¡Se mueve! —jadea alguien.

Devuelvo mi atención al recinto, veo que el cuerpo de la serpiente se retuerce. Se mueve de forma extraña, como si estuviera hecho de pedazos de un juguete de madera. Asemeja un cuerpo vivo, pero debería estar muerta. La serpiente se yergue, la cabeza se le mueve a tirones, saca la lengua, saborea el aire. Algo no está bien en sus ojos, que están cubiertos con una capa pálida.

Se da vuelta, aún rebotando de esa forma poco natural, y estrella la cabeza con la malla. Se tambalea, gira y… me ve a los ojos. Por un momento, nos miramos la una a la otra en absoluta quietud, hasta que la cabeza de la serpiente cambia de dirección y vuelve a su búsqueda. Solo lo imaginé, estoy segura.

La serpiente ve al ave y se estira, como retándola. Su sombra se alarga en el piso de madera. La piya extiende las alas, busca una ruta de escape; chirría una advertencia, pero no hay a dónde ir. La serpiente sisea y muestra los colmillos; es la primera en atacar, se lanza hacia adelante. Con un graznido furioso, el ave la prende con las garras, aun mientras la serpiente lucha por liberarse. El ave muerde a la serpiente una y otra vez. El piso del recinto se baña de sangre. Hasta que, al fin, la serpiente sucumbe a sus heridas y se queda quieta. El ave, también ensangrentada, comienza a temblar, a retorcerse; el veneno se apodera de ella.

En el piso, las sombras se estremecen, se tornan de formas misteriosas, criaturas con garras que reptan hacia nuestros pies. Doy un paso atrás, aunque estoy casi segura de que son solo sombras… casi. El olor de la escarcha se hace más potente; nuestra respiración forma vaho en el aire, algo que es imposible en el verano.

Chengzhi camina hacia adelante con pasos apresurados y un pequeño plato en la mano. Lo coloca frente al ave y alcanzo a avistar que se trata de la misma baya que le ofrecí a Peng-ge en la biblioteca, esa que induce el vómito. El ave la picotea y se devora el manojo de bayas a toda prisa antes de vomitar una masa de líquido negro. Expulsa el veneno, evita la muerte.

Wenyi suspira con alivio, y las sombras en el pabellón se sosiegan y vuelven a sus formas habituales. Se seca la frente y toma un sorbo de agua. Está más pálido que de costumbre.

Los jueces aplauden sin furor. El marqués frunce el ceño y se cubre el rostro con un pañuelo; su disgusto es evidente. El ministro

Song parece haber palidecido un poco y también toma un sorbo de agua.

—Eso sin duda fue un espectáculo. —La matriarca Guo camina hacia el frente con las cejas arqueadas—. Usar el veneno para crear una amenaza y obligar al ave a defenderse y, al hacerlo, ingerir una pequeña porción del jīncán en la sangre de la serpiente, una porción tan pequeña como para expulsarla con una simple purga.

—¿Es posible revivir a la serpiente? —pregunta la princesa, un tanto perturbada.

—No, alteza. —Wenyi agacha la cabeza—. Es una animación, solo una simulación de sus movimientos, nada más. —Una marioneta que baila movida por los hilos. Es una solución ingeniosa, pero una que los jueces no aprecian.

—Qué lástima —comenta el canciller—. Habría sido preferible que la serpiente sobreviviera.

Sacan del recinto a la piya, que aún emite ruidos lastimeros. No obstante, mi atención sigue fija en la serpiente, y recuerdo a la que me atacó en la roca. No se mueve, el único ojo que está a la vista mira a la nada. El sirviente la devuelve a la vasija, donde cae haciendo un sonido repulsivo. La sangre se derrama por un costado de la mesa.

«Está muerta», me repito. «Y las sombras son solo sombras». Como si repetirlo las suficientes veces fuera a hacerlo verdad.

Capítulo treinta y cinco

Estamos frente a la matriarca Guo, a la espera de que nos despida, una vez concluida esta ronda.

—Quedan solo seis. —Entrelaza los dedos de las manos—. Seis competidores, pero solo hay espacio para tres en la ronda final.

—¿Tres? —repite Guoming. Su confianza desaparece al instante.

Los cuatro muchachos se miran unos a otros, inquietos. Intentan evaluar quién es la mayor amenaza… y nos ignoran a Lian y a mí.

—Cuenta la leyenda que cuando se creó el mundo, había seis dioses. El Ave del Sur, el Tigre del Norte, la Carpa del Este, la Tortuga del Oeste y los Dioses Gemelos que regían sobre los demás: el Dragón de Jade del río y la Serpiente Dorada del mar de nubes. Pero la Serpiente Dorada se tornó celosa al ver cómo veneraban nuestros ancestros al Dragón de Jade por llevar el agua a sus tierras fértiles y le ofrecían tesoros que llenaban su palacio submarino. —Aun si es una historia que he escuchado cientos de veces, sus palabras tienen un tono hipnótico al flotar en el aire, que nos atrapa a todos.

»Engañó a su hermano y lo llevó a sus dominios en las montañas y lo apresó debajo de los picos de granito de Kūnmíng. Para demostrar su molestia ante los patéticos humanos, la Serpiente Dorada inundó el Valle Púrpura con tormentas. Muchos perecieron.

»Los cuatro dioses restantes intentaron derrocar a la Serpiente Dorada, pero resultó ser demasiado poderosa, incluso para los dioses. Estos unieron sus fuerzas y liberaron al Dragón de Jade de su prisión. Los cielos retumbaron con la cruenta batalla. Hermano contra hermano, dios contra dios. —La antigua historia pronunciada en la noche parece cobrar un poder propio; el viento se detiene. Hasta las ranas han dejado de croar. Hay solo silencio mientras escuchamos la conclusión del mito de la creación.

»Cuando la Serpiente Dorada cayó al fin del cielo, su sangre cayó a los lagos y estanques de Dàxī como lluvia. Donde su sangre tocó el agua, florecieron los lirios. Pero el Dragón de Jade falleció también, y los cuatro dioses lo elevaron hacia el cielo. Nunca volvieron a ser vistos entre los hombres —la voz de la matriarca Guo se suaviza.

»Cuando los lirios florecen, recordamos cómo los dioses caminaron alguna vez sobre la tierra. En el estanque que está detrás de mí, hay tres lirios con tesoros ocultos dentro de sus botones. Los primeros tres que los encuentren y los traigan de vuelta a nosotros avanzarán en la competencia. Que los dioses los guíen en su búsqueda.

Hace una reverencia y, con eso, comienza la siguiente prueba.

Se escucha una fuerte salpicadura, pues Guoming ha corrido por los escalones y ya está en el agua, apartando hojas de su camino. Chenghzhi lo sigue de cerca, y tiene solo un poco más de cuidado con las plantas. Shao entra al agua con cautela y mete una mano tentativa para tocar un botón cerrado. Wenyi está en la orilla del estanque y contempla la hilera de lirios que está frente a él con una expresión pensativa. Las frágiles alianzas se han roto; cada quien ve por sí mismo.

—Tesoro. —Lian me acompaña en la orilla del agua—. ¿Qué crees que signifique?

—No estoy segura.

Frunzo el ceño y me arrodillo junto al sendero de lirios pisoteados que Guoming y Chengzhi dejaron a su paso. Paso un dedo sobre una hoja y puedo sentir los gritos de las plantas, la perturbación en sus raíces. Aun sin el té como puente, las plantas siempre me han hablado. Puedo escuchar su júbilo en los días soleados o cuando murmuran, emocionadas como niños pequeños: «Ya viene la lluvia».

Pero la magia hace que sea mucho más sencillo percibirlas, oírlas susurrarse: «Vino la gente. La gente vino al agua, pero tuvieron cuidado. No como estos salvajes. No encontrarán lo que buscan».

Lo que recuerdan: dedos que con mucho cuidado abrieron un botón y lo mantuvieron abierto. Algo que se colocó adentro, pequeño, redondo, con un aroma pungente. Les pregunto si me mostrarán dónde están estos secretos.

Abro los ojos y veo que Lian me observa con una pequeña sonrisa en los labios.

—Sé dónde están —le digo con una voz tan baja que los demás no alcanzan a escuchar—. Te conseguiré uno. Ven, podemos llegar juntas a la ronda final. —La sonrisa de Lian se desvanece cuando espero que exclame con su habitual entusiasmo y gusto, y no entiendo el porqué—. ¿Recuerdas cuando nos conocimos? —Señalo a los hombres que chapotean y tropiezan en la oscuridad—. Queríamos mostrarles que hay shénnóng-shī afuera de Jia, probar que se equivocan. ¡Esta es nuestra oportunidad!

Podría ser su forma de mostrarme su bondad, de asegurarse de no ser mi competencia en la ronda final, pero yo quiero que estemos ahí juntas. Una amiga y oponente digna.

—Lo siento, Ning. —Menea la cabeza—. No puedo continuar en la competencia. Quería decírtelo esta noche, al terminar la ronda. Mi familia volverá a Kallah. —Aunque sé que la naturaleza de la competencia implica que tendríamos que separarnos en algún momento, tenía la esperanza de que Lian se mantuviera en el palacio, dada la posición de su padre, que aún tendría una amiga y no estaría sola. Al ver la expresión en mi rostro, se acerca más y me susurra al oído—. La princesa me ha enviado a una misión distinta. No te preocupes por mí. —Me pica el hombro con fuerza—. ¡Anda!

Vuelvo a los lirios, aún reacia. No parece justo. Pero las plantas me susurran, ansiosas, y me dirigen hacia donde se esconde el premio. «Ahí… ahí…».

Siguiendo su aliento, encuentro un botón no muy lejano, una flor que me susurra sobre el secreto que guarda dentro de sí. La humedad se cuela en mis zapatos y el fondo de la falda cuando me agacho y pongo la mano alrededor de la flor para pedirle permiso para asomarme.

Los poetas las llaman «Bellas Durmientes», pues se abren con el calor del mediodía y se cierran de noche, cuando el aire refresca. Pero, bajo mis dedos, los pétalos se abren poco a poco y revelan una pequeña bola negra en su centro. La tomo, y esta pulsa con una peculiar calidez en su centro. Les agradezco en silencio a los lirios; las flores que me rodean se mecen en reconocimiento.

Salgo del estanque. Soy la primera en volver al pabellón y ofrecerle la bola negra a la matriarca Guo para su inspección. Ella la olisquea y asiente, confirma que es correcta. Alguien más grita, otro competidor ha descubierto un tesoro oculto. La cantidad de lirios perturbados para que obtuviera su premio me hace retorcer la cara. Espero que los jardineros puedan atender a las flores.

Después de un tiempo, todos volvemos al pabellón. Estoy a un lado de Wenyi y Shao, quienes resultaron victoriosos. La expresión ensombrecida de Guoming no oculta su disgusto al haber perdido tan cerca del final; Chengzhi parece resignado, con los brazos cruzados. Lian es la única que parece satisfecha, como si le hubieran quitado un peso de encima.

—A los tres que no continuarán, les extiendo mis felicitaciones por haber llegado hasta este punto de la competencia —dice el ministro Song, quien retoma su posición como ministro de Rituales—. Volverán a sus casas con reconocimiento, condecoraciones enviadas a sus shénnóngh-shī y riquezas para sus familias. Se reunirán con ellos mañana. Esta noche, descansen. —Los tres hacen una reverencia y salen del pabellón. Lian me guiña el ojo para darme apoyo, se despide con la mano y desaparece. Aunque debería alegrarme porque estoy en la siguiente ronda, no puedo evitar sentir el peso de su pérdida—. Ahora bien… —el ministro Song se dirige a nosotros con una mirada intensa—. La ronda final de la competencia. El futuro shénnóng-shī de la corte está aquí, frente a mí. —Nos mira a los ojos, uno por uno, como si pudiera ver nuestras debilidades, nuestras dudas e inseguridades—. Los astrónomos han hablado —anuncia—. Un gobernante ascenderá, y el shénnóng-shī de la corte le proveerá sabiduría y guía, como quienes fueron consejeros antes de ustedes. La prueba final se presentará frente a la corte. Podrán presenciar las maravillas de Shénnóng y decidirán quién de ustedes es digno.

»Conserven la bola medicinal que encontraron dentro de los lirios. La necesitarán para la próxima ronda. —Todos miramos el objeto poco llamativo que tenemos en las manos. Nos preguntamos qué clase de pista podría darnos sobre lo que nos espera en la prueba final—. Sus pertenencias serán trasladadas a la Residencia de la Primavera Armoniosa esta noche. Y mañana… veremos cuál de sus estrellas es la que brilla con más intensidad sobre Jia.

Capítulo treinta y seis

La tenue luz de la mañana ilumina mi entorno lujoso y desconocido. Sin el saludo matutino de Lian o, cuando menos, la serenata sibilante de Peng-ge, la habitación se siente fría.

Llegué a la ronda final. Mi objetivo está al alcance de mis manos. Sin embargo, estoy inquieta.

Intento distraerme leyendo los *Cuentos maravillosos*, pero no parecen atraerme con la misma fuerza con la que suelen atraparme las historias.

Al cruzar el jardín de la residencia, veo a Shao y Wenyi enfrascados en un juego de estrategia del otro lado de la puerta abierta de la recámara de Shao. Son imágenes paralelas: la concentración fija en el tablero, los codos sobre las rodillas. Dirigen sus caballos y carruajes al otro lado del tablero. No se me extiende una invitación y yo prefiero no importunar. Estoy más que consciente de mi lugar dentro de estos corredores perfumados.

Intento salir de la residencia para al menos pasear por los jardines, pero hay soldados apostados en la puerta por órdenes del canciller, por nuestra propia seguridad. Pero he visto lo fácil que es entrar y salir del palacio, todos los túneles que pasan entre las paredes. ¿Qué tan seguros podemos estar dentro del palacio?

—¡Espera! —me grita uno de los soldados—. Llegó una carta para ti.

Hace una reverencia y me entrega un pergamino de bambú, atado con un cordel. Me siento en el taburete de secoya que está en mi recibidor y lo examino, esperando que sea una carta de despedida de Lian. Pero al abrirlo me doy cuenta de que no se desenrolla. Es un tubo pensado para transportar objetos, con algo adentro sellado: una hoja de papel enrollada y un pedazo de tela bordada.

Una peonía, la emperatriz de las flores, florece desde el centro de la tela con un rojo vibrante. Cada pétalo está delineado con un hilo de oro, las puntadas precisas y minuciosas. Pero crece sobre una cama de pasto de un color peculiar, que va de un rojo profundo a un morado oscuro. En el fondo se ven ramas de árboles en distintos tonos de rosa. La luna brilla en el cielo como un ojo vigilante.

En la esquina hay caracteres bordados con hilo rojo, unos versos de uno de los poemas favoritos de mi madre, uno que nos hacía recitar con frecuencia, que memorizamos. Es el poema lo que me dice que el bordado es obra de Shu.

海底有明月
圓於天上輪
Una luna brillante se refleja en el mar
Redonda como la rueda en el cielo

Con manos temblorosas desenrollo la hoja de papel, temerosa del mensaje escrito en tinta negra, con la mano de mi padre.

Ning-er,

Espero que esta carta llegue a ti a tiempo.

Sé que nos dejaste en busca de una vida distinta, y no te lo recrimino. Acepto que creí que fracasarías, que darías vuelo a esta idea necia por unos días para luego volver a la seguridad de tu hogar. No fue sino hasta que pasaron semanas que reconocí que he elegido a mi orgullo por encima de mis hijas.

No debí haber dedicado todo mi tiempo a los aldeanos y creído que ustedes podían cuidarse solas. No imaginaba que llevarías una carga tan pesada en nombre de tu hermana. Esa carga debió ser mía.

Y ahora he descubierto más formas en las que les he fallado a ambas. Shu ha comenzado a experimentar con bloques de té, a probar antídotos en sí misma. Debí haber visto la arrogancia de su juventud e intentado detenerla. Ella ha tratado de evitar que me comunique contigo, pero ahora está demasiado débil como para protestar. Tan solo me pidió que incluyera su bordado para hacerte saber que piensa en ti. Tiene fe en que regresarás tras haber triunfado.

No creo que le quede mucho tiempo.

Por favor, te imploro, regresa y despídete de tu hermana.

PAPÁ

Una lágrima salpica la página y corre la tinta. Vuelvo a mi recámara antes de que alguien me vea llorar. Busco con los dedos el collar de cuentas rituales que llevo oculto en la manga. Pero el consuelo que busco me elude.

Mi hermana nunca me abandonó, ni siquiera cuando ella era querida por todo el mundo y bien pudo haberme dejado atrás. Fue ella quien recordó mis sueños, me empujó y dijo: «Ve». Creí que quería volver a casa con todas las riquezas que un palanquín pudiera llevar, mostrarles que la muchacha embarazada a la que rechazaron tuvo una hija que ahora es consejera de la princesa, demostrarle a la familia de mi madre que somos dignas de reconocimiento. Pero, al final, es siempre el pensar en Shu, la certeza de que me espera en casa, lo que me impulsa.

Leo las palabras de mi padre una y otra vez.

Mientras yo estoy en el palacio en busca de un antídoto, Shu ha estado haciendo lo mismo desde su lecho de muerte. ¿Por qué haría algo tan imprudente? Quiero volver a Sù y pedirle una respuesta. Pero otra parte de mí se ríe, sabe que solo Shu podría ser tan necia como para pensar en una apuesta así. Ha estado arriesgando su vida para encontrar una cura, aun mientras confía en que yo lucharé por ella en la competencia. ¿Y qué he obtenido de mi escape a la capital?

Una escueta pista del canciller. Un beso de un chico al que no debí haber besado en una playa junto a un lago secreto.

Sé que debería mantener la promesa que me hice, que él siga siendo un hermoso recuerdo, un ingenuo encuentro. Pero estoy demasiado enmarañada con él. Tengo que jalar ese hilo, aunque sé que todo se desatará así.

Mingwen llega a mi residencia para entregar la comida del mediodía y me saca de mis pensamientos oscuros. Fideos fríos, según la tradición del verano, fritos con aceite de maní y salsa de ajonjolí, con un aroma exquisito. Otros platos pequeños acompañan los fideos: oreja de cerdo en rebanadas muy delgadas y pepino rallado con pedazos de ajo. Pero cuando coloca los platos sobre la mesa, su presencia me recuerda que los sirvientes pueden moverse con libertad por el palacio.

Obtendré mi respuesta. Quizás sea la única forma en que logre encontrar la cura antes de que el tiempo —el tiempo de Shu— se acabe. Se la arrancaré de la lengua si es necesario.

Me pongo de pie, cierro la puerta y me dirijo a Mingwen.

—Necesito tomar prestado tu uniforme por una hora —le digo mientras coloca los cubiertos sobre la mesa. Ella voltea a verme, con el ceño fruncido, lista para negarse a mi petición. Pero entonces le tomo el brazo y suplico—. Solo una hora —ruego, mientras urdo un plan con lo poco que tengo a la mano—. Lo único que tienes que hacer es quedarte en mi residencia y, si vienen a buscarme, decir que estás descansando y que necesitas privacidad para tus reflexiones en silencio.

Frunce el ceño aún más.

—¿A dónde irás? Estarías desobedeciendo una orden directa del canciller. Si te atrapan, no hay forma de que te permitan seguir en la competencia.

Corro a mi habitación y escarbo entre mis pertenencias hasta encontrar el pasador de mi madre.

—Por favor.

Se lo presento a Mingwen; las joyas resplandecen bajo la luz. Mi madre había vendido muchos de los objetos hermosos que tenía de la capital, pero se quedó con este. Cerezos salpicados con perlas sobre ramas de oro, un recordatorio de su vida en el palacio. Una representación de todos los recuerdos felices que me dio, y muchos más que nunca compartió.

Mingwen toma el pasador y lo examina. Parece conflictuada.

—¿Estás dispuesta a dejarlo ir? —pregunta.

—Préstame tu ropa, guarda mi secreto y es tuyo —le digo.

Ella vuelve a mirar el pasador antes de cerrar la mano a su alrededor y asentir.

—Una hora.

Me acomodo la canasta bajo el brazo y les asiento a los guardias que están en la puerta. Siento el cabello, que Mingwen me apiló sobre la cabeza y ató con su propio pasador, pesado, ladeado. Contengo la respiración al alejarme de la residencia; espero que alguno de los guardias grite mi nombre, exponga mi engaño. Pero nadie me detiene.

Reconozco la residencia del marqués a la distancia, con sus pilares rojos y muros pardos. Camino sobre el sendero contrario y mantengo los ojos fijos sobre mis pies al pasar junto a otros sirvientes, en un intento por pasar desapercibida. Me detengo frente a los portones de la Residencia del Sueño Invernal, donde, según confirmó Mingwen, está alojado el hijo del Príncipe Desterrado. Enormes muros blancos sostienen un techo negro; lobos de piedra protegen la puerta. ¿Es un honor o una prisión?

Los guardias en la puerta me permiten el paso; me ven como a una sirviente sin rostro. Noto los cascos y armaduras rojas. Señal de que son miembros de la guardia de élite del palacio. Conscientes de las habilidades de Kang, le han asignado hombres altamente entrenados para custodiarlo.

El patio es pequeño, mucho más pequeño que el de otras residencias, pero mantenido a la perfección. Piedras blancas y negras forman patrones curvos alrededor de pequeños bonsáis que están sobre plataformas elevadas. La puerta que tengo por delante está abierta y revela un pequeño recibidor con un par de sillas talladas en madera y una mesa entre ellas. Un pergamino cuelga de la pared trasera, una pintura que muestra los tejados de una ciudad.

Vacilante, subo los escalones y cruzo el umbral. Hay arcos a ambos lados, marcados con filigranas grabadas. Un biombo de madera con aves oculta la habitación a la derecha a la vista. La puerta de la izquierda lleva a un espacio más grande, desde donde sale el tranquilizante aroma del benjuí.

Se supone que el benjuí alivia la tensión y calma la mente intranquila. Me pregunto qué pensamientos son los que Kang intenta alejar.

Doy un paso más. La habitación que tengo enfrente parece ser un estudio, pero los estantes están vacíos. Hay solo unos cuantos pergaminos, algunos de ellos desenrollados, y otros apilados sin cuidado unos sobre otros. Una túnica descartada cuelga de un jarrón.

Kang está parado a un lado de una mesa redonda, recargado sobre la superficie con los brazos extendidos, el cabello atado en un cuidadoso nudo y el cuello de la camisa alisado. Está vestido con el azul claro propio de los miembros más jóvenes de la corte y no con el blanco funerario destinado a la familia del emperador, ni el negro de duelo que usan los ministros. Lian se preguntaría si la princesa lo consideraría un insulto, una señal de la distancia que prefiere guardar con la familia real. Pero lo único en lo que puedo pensar yo es en lo bien que le va el azul.

—Puedes poner la bandeja junto a la puerta —dice sin quitar la mirada del material que estudia con tanta atención.

—Yo… —intento encontrar mi voz, el gran discurso que había ensayado. Quiero dispararle mis dardos verbales, lastimarlo tanto como él me ha lastimado. Pero parezco no poder formar las palabras.

Se da vuelta para verme. Le toma un momento, pero se endereza en cuanto me reconoce. Una pila de pergaminos cae al piso de forma estrepitosa, derribados por el movimiento sobresaltado de su brazo.

—Ning —exhala, y el corazón se me cae al piso, junto con los pergaminos.

Capítulo treinta y siete

Nos arrodillamos al mismo tiempo. Pongo mi canasta a un costado para ayudarlo. Kang recoge los pergaminos en sus brazos mientras yo recojo dos que rodaron hasta mis pies, sin quitarle los ojos de encima a Kang. El despreocupado hijo del mercader adinerado que me guio por las calles de Jia, con el cabello suelto hasta los hombros, ha desaparecido. Parece un pensador que espera por los exámenes, respetable. Coloca los pergaminos en la mesa, mientras que yo pongo los míos en un estante.

—No sabía que eras tú —empieza a decir, vacilante—. Si no, habría…

Lo interrumpo al darme vuelta y buscar a tientas lo que escondí en la canasta. Deslizo la caja de madera en su dirección cuando vuelvo a mirar hacia donde está. Intento evitar que mis emociones se dibujen en mi rostro; intento evitar que él diga algo de lo que ambos nos arrepentiremos. La Llave Dorada vibra, lo reconoce, intenta acercarnos.

La confusión se extiende por su cara al deslizar la tapa de la caja. La hermosa daga está ahí adentro, limpia, sin la sangre de Ruyi. Me gustó la sensación de la daga en mis manos cuando mis sentidos estaban agudizados por la magia, pero no quiero que ningún recuerdo de él se quede conmigo cuando me vaya de este lugar.

—Fue un regalo —dice sin comprender.

Me imagino en una fortaleza, rodeada de feroces bestias, para poder decir lo que tengo que decir, para cortar el lazo entre nosotros de forma tan definitiva que no quede nada por reparar. La verdad es el arma que esgrimo, tan filosa como cualquier daga.

—Hablé con Zhen —le digo—. Me dijo que tu padre es el responsable del té envenenado, que el ingrediente principal es kūnbù amarilla, un alga que crece solo en las islas Esmeralda.

La sorpresa destella en su rostro. La boca se le tensa.

—Si te jurara en este momento, por los dioses antiguos, que no sabía nada al respecto, ¿me creerías?

Me recuerdo que es un actor talentoso, capaz de ocultar sus emociones como si tuviera una máscara puesta.

—¿Importaría? —pregunto, y él se estremece como si lo hubiera golpeado—. Me has mentido desde el momento en que te conocí. Cada vez que nos encontramos me muestras una parte de ti, con la Llave Dorada, la Aguja de Plata, pero no dejas de torcer las palabras para ocultar tus verdaderas intenciones.

—¿Y cuáles son? —Sus palabras hieren, punzantes como agujas.

—Acercarte a la princesa —respondo—. Ganarte su confianza, prometerle que no le harás daño, apelar a la amistad que tenían cuando eran niños. Cuando te hayas acomodado en el palacio, encontrarás la forma de ayudarle a tu padre a subir al trono.

Conforme hablo, su indignación se transforma en tristeza y se asienta en la resignación.

—Todos saben de las ambiciones de mi padre, de su sed de venganza, y no se equivocarían al considerarlo una amenaza —dice sin inflexión.

—¿Vas a decirme que tú no eres como él, pues eres su hijo adoptivo? —reviro.

Pero en cuanto las palabras salen de mi boca, giran en el aire como hojas barridas por el viento, y cobran nuevas intenciones: sobajar, herir.

—Creí que podrías ser muchas cosas —me dice con la mandíbula apretada—. Pero jamás pensé que pudieras ser tan cruel. —Se voltea para que no pueda verle el rostro.

Entiendo cuánto lo he lastimado con solo un comentario, al saber lo que sé sobre su pasado. Cómo se sintió como un exiliado dos veces, primero en la casa del general y luego cuando fueron desterrados a las islas Esmeralda.

A pesar de que siento una intensa desesperación por que me mire como lo hizo alguna vez, cuando me abrazó, tengo que asegurarme de que la puñalada sea lo más profunda posible, para protegerme a mí y a todo lo que podría perder si fracaso.

—Tú tampoco sabes nada sobre mí —digo, casi en un murmullo—. Mentí cuando te rogué que me sacaras del palacio; mentí sobre mi soledad. Tenía que acercarme a ti, por órdenes de la princesa, y fue la única forma en que se me ocurrió hacerlo.

Los hombros se le caen y puedo ver cómo el color se le drena de la cara. Sé que está pensando en las conversaciones e intimidades que compartimos, que se pregunta qué fue verdad y qué fue mentira. Ahora siento una terrible punzada de reivindicación: que sienta la misma incertidumbre que yo.

Vuelve a mirarme; la voz se le quiebra.

—¿Y encontraste lo que buscabas?

—No lo suficiente. Debí haber hecho las cosas de forma distinta. —Kang parpadea, me mira con recelo, espera a escuchar algo más gentil. Yo destrozo esa esperanza—. Debí haber fingido que tu causa me era importante y haberte animado a conseguir el antídoto con tu padre.

—¿Así que todo lo que salió de tu boca fue mentira? —dice, tembloroso—. ¿Fuimos solo dos mentirosos que se decían palabras que creían que el otro quería escuchar?

No digo nada, pero él se echa a reír de repente. Se dobla, con las manos sobre las rodillas. Se ríe hasta que suena como si estuviera a punto de vomitar.

—¿Terminaste? —le pregunto cuando hace una pausa para resollar un poco y jalar una apresurada bocanada de aire.

—To... —hace un sonido que está entre una risa y un ahogamiento; se frota los brazos como si le dolieran—. Todo lo que te dije fue verdad. Cada palabra. Si tuviera el antídoto para tu hermana, te lo habría dado.

—Puedes dejar de intentar convencerme de tus mentiras —digo, aunque odio que una parte de mí aún tiemble y quiera creerle.

Kang estira la mano y me toca la mejilla. Aunque debería quitármela de encima, gritar y llamarlo traidor, algo dentro de mí quiere disfrutar de su tacto, quiere ceder ante el jalón entre nosotros, por el que no sé si aún puedo culpar a la Llave Dorada. Somos dos personas que intentan encontrar su lugar, vivir una vida sin pretensiones, sin la pesada historia de nuestra familia. Pero la distancia entre nosotros es demasiado grande, la brecha tan amplia como la de dos hermanos que pelearon por un trono, o los dioses que hicieron pedazos un continente.

—Existe entre mi gente una bendición —susurra, sus ojos tan profundos como piscinas sagradas y lagos montañosos—. «Que el mar esté dispuesto». Que te traiga lo que buscas. Nunca te lo reprocharé.

Baja la mano y se la lleva al costado. Necesito de todo mi empeño, todas mis fuerzas, para no tomarla, para no jalarlo hacia mí y besarlo hasta que todas las palabras desaparezcan, hasta que nada más importe.

Pero no lo hago.

Mingwen abre la boca cuando cruzo la puerta, pero yo niego con la cabeza y ella no hace pregunta alguna.

Leo la carta de mi padre de nuevo. Esta vez puedo descifrar la preocupación detrás de las palabras de cuidadosa mesura, el esfuerzo que debió haberle tomado aceptar que se había equivocado: «No creo que le quede mucho tiempo».

Me resisto al impulso de hacer pedazos el papel. Decido, en cambio, lanzar el libro de *Cuentos maravillosos* contra la pared, a la cual golpea con un gratificante tronido.

«Historias bobas para niños bobos», los llamó mi padre alguna vez.

Tenía razón.

Capítulo treinta y ocho

Todo me ha traído hasta este momento. Todos mis cuidadosos engaños, todas las cosas que nunca creí que sería capaz de hacer. Estoy vestida y maquillada, con el cabello cepillado y adornado para verme presentable. Extraño los malos chistes de Lian sobre los banquetes y vuelvo a desear que estuviera aquí conmigo.

Soy la tercera en la procesión, detrás de Shao y Wenyi. Me toco la faja por décima vez para asegurarme de que la bola medicinal sigue ahí. Entramos al Patio del Futuro Prometedor, donde una vez nos presentamos frente a los ciudadanos de Jia. Esta vez está vacío, salvo por el puñado de soldados que flanquean las paredes.

Subimos por la majestuosa escalinata; por primera vez se nos permite caminar sobre el mismo sendero que tantos honorables invitados han pisado, un reconocimiento de que uno de nosotros pronto se convertirá en el siguiente shénnóng-shī que servirá a la corte.

Aprieto los dientes. Las decisiones que tomé me trajeron hasta aquí y me mantendré firme hasta el final.

Ingresamos al Salón de la Luz Eterna. Las ventanas están abiertas otra vez, y las vistas de la inmensidad de Jia son avasalladoras, pensadas para que dignatarios en visitas oficiales y poderes extranjeros sean testigos de las glorias del emperador de Dàxī.

La habitación está llena de miembros de la Corte de Oficiales, la nobleza y los pensadores. Dos lados de la corte: Influencia y Conocimiento. Todos visten una faja negra en señal de duelo.

Recorro con los ojos a los oficiales, casi todos envueltos en alguna conversación casual antes de que comience la reunión formal. ¿Quién de ellos ha traicionado al emperador? ¿Cuántos han jurado lealtad al Príncipe Desterrado? ¿Y quién distribuyó el veneno por todo Dàxī?

El gong anuncia el comienzo del acto. Los oficiales se asientan con el sonido del roce de sus túnicas, mientras que los ministros se paran en el podio para recibir a la princesa. Los competidores recibimos cojines cerca del fondo del salón y nos arrodillamos. El trono vacío preside sobre todos nosotros.

El heraldo anuncia su llegada y todos hacemos una reverencia.

La princesa Zhen atraviesa el salón, una verdadera imagen con sus ropas ceremoniales. Peonías le caen en cascada por los hombros, flores de un púrpura intenso, delineadas en oro, impactantes sobre un fondo blanco. Lleva un pequeño ornamento formal en la cabeza, aves con joyas incrustadas que refulgen bajo las luces cuando gira la cabeza. Pero, en vez de Ruyi, otra figura conocida camina detrás de ella, vestida con una túnica de un púrpura que combina con el de las peonías y una faja negra alrededor de la cintura.

Kang, hijo del Príncipe Desterrado, envuelto en un color reservado solo para la realeza.

Los oficiales cuchichean con incertidumbre, mientras que yo desearía poder desaparecer en el biombo de madera que tengo detrás y volverme parte de la pared al recordar las duras palabras que intercambiamos en su residencia. Pero él no mira hacia donde estoy. Mi corazón contrariado debería estar agradecido, pero una parte de mí se duele por el desaire.

Zhen se sienta a la derecha del trono vacío, como es apropiado que haga la regenta y futura gobernante de Dàxī, mientras que Kang se para detrás de ella.

El heraldo da un paso al frente de nuevo. Con un gesto de aprobación de la princesa, desenrolla su pergamino.

—¡Pueblo de Dàxī, de pie para escuchar la proclamación real! —La corte murmura; los oficiales se levantan. En sus expresiones no hay más que desconcierto, como si esto no fuera una ocurrencia común, pero no tengo a Lian a mi lado para que sea mi intérprete—. Por decreto de la princesa Ying-Zhen, regenta del glorioso

Emperador Ascendido, desde este momento reconocido como el Emperador de la Benevolencia. En nombre de los ancestros consultados, con respecto al periodo de duelo y su obligación de fomentar la paz por todo el reino. Para recordar y reconocer cómo la emperatriz matrona fue alguna vez conocida como la Princesa de la Paz. En honor al compromiso de la emperatriz Wuyang con el Emperador Ascendido, que unió a dos reinos y trajo el fin de la guerra… —el heraldo hace una pausa para aclararse la garganta. La princesa mira por encima de las cabezas de los oficiales con una expresión distante, la mirada vacía—. La princesa de Dàxī será prometida en matrimonio a Xu Kang, reconocido de manera formal como el hijo adoptivo del Príncipe de Dài…

El salón estalla como un nido de avispas. Pero lo único que yo puedo oír son tres palabras que se repiten en un ciclo interminable en mi cabeza: *Princesa. Prometida. Kang.*

Kang, quien cayó del techo a mi patio para desearme suerte en la segunda ronda de la competencia. Quien me dio un hermoso regalo de su tierra natal. Quien me mostró partes secretas de su infancia y me contó de los sueños que tenía para su pueblo. A quien fui enviada a espiar, a quien herí y traicioné.

Siento la cara en llamas mientras nos arrodillamos y ponemos la frente en el suelo para recibir la proclamación. Cierro los ojos y reconozco que el canciller tenía razón: soy ingenua, y lo fui al creerme capaz, pero resulté ser solo un peón que alguien más deslizaba por el tablero.

Los dos me pusieron en contra del otro, y yo quería con desesperación creerles a ambos.

Los oficiales comienzan a gritar, se interrumpen y hablan unos por encima de los otros. Sus palabras se funden en una marejada incomprensible.

—Silencio. —La princesa los calla con una sola palabra.

Abro los ojos y la veo con una mano levantada. Las dos figuras sobre el podio se convierten en manchones, tan distantes como las estrellas.

—Su alteza —ruge una voz del otro lado de la habitación. Me pellizco para que el dolor me devuelva el enfoque. El hombre que aparece a la vista está vestido con una armadura ceremonial de un rojo brillante—. El Ministerio de Guerra ha sentido los efectos de aquel golpe fallido durante años, aun después de que la rebelión inicial fuera reprimida. ¿Es prudente reestablecer esos lazos?

Un río de aprobación fluye por el salón; las cabezas asienten casi en sincronía.

—La pérdida del príncipe de Dài ha sido siempre una mancha en nuestra historia. —El ministro Song da un paso al frente; lleva un libro abierto en la mano—. Al consultar el *Libro de ritos*, considero que Xu Kang es un puente apropiado entre ambos. Fue el hijo adoptivo del príncipe, pero su padre biológico alcanzó el rango de comandante en el ejército y luchó en la Guerra de los Dos Ríos. Su nombre fue inscrito en los textos familiares por la emperatriz matrona misma. Se le daría el rango de Príncipe de Dài y, así, remendaremos nuestra historia.

Ahora, otros oficiales muestran su apoyo. La corte está dividida.

Otro hombre da un paso al frente y se presenta como el oficial de la administración de Lùzhou.

—Lo hemos tenido vigilado todos estos años. Nunca estuvo involucrado en las insurrecciones que se rumoran. Creció trabajando en las salinas y entrenó con otro batallón cuando bien pudo haberse sumado a las antiguas tropas del general. Es bien sabido que su primer puesto fue el de explorador y que ascendió hasta el rango de capitán.

El ministro Song pasa la página del libro.

—Antes de que el emperador ascendiera, externó su deseo de que su hija encontrara un marido adecuado. En este momento de la transición, mientras el trono sigue vacío, deberíamos tener el objetivo de esparcir un mensaje de esperanza, acallar las voces de disensión. Esta unión podría cambiar el curso del imperio.

El ambiente en el salón parece cambiar mientras el canciller Zhou se pone de pie y recorre la habitación con su filosa mirada.

—La princesa misma ha dado su visto bueno y ha respaldado el carácter de su prometido, a quien conoce desde la infancia. ¿Olvidamos acaso que la salvó de los asesinos durante la primera noche de la competencia?

Los refunfuños de la corte amainan hasta convertirse en un ligero rumor.

Es en este punto que la princesa se levanta de su asiento, su voz clara e imponente, como una campana.

—Agradezco el consejo de la corte, pues han guiado a mi padre y al padre de mi padre. Cuento con su ayuda para mantener el orden durante este periodo de oscuridad. Se consultó a los astrónomos, quienes dilucidaron que el número auspicioso para mi reinado es el tres. Mi ascensión, mi compromiso y la designación de un nuevo shénnóng-shī. —Con un movimiento de su túnica, toma asiento y da el asunto por terminado—. Que comience la prueba final.

Capítulo treinta y nueve

No habíamos tenido un público de este tamaño desde la primera ronda, y sentir los ojos sobre mí es como la indeseable sensación de hormigas que me caminan sobre la piel. Mantengo la cabeza agachada mientras camino frente a los oficiales para acompañar a los jueces al frente de la habitación.

El canciller Zhou es quien da un paso al frente para recibirnos.

—Los jueces hemos tenido la bendición de ser testigos de las habilidades demostradas por estos tres shénnóng-tú a lo largo de la competencia. Han conjurado recuerdos y maravillado los sentidos. Han contrarrestado venenos y desenredado la verdad de la mentira. Hemos rendido tributo a las virtudes que guían nuestra existencia terrenal. Armonía —exclama, y muestra una vez más que es capaz de controlar a una multitud y mantener la atención de la corte—. Al emparejar la comida con el té y reconocer las variaciones regionales que contribuyen a la composición de nuestro gran imperio. Honestidad y compasión —continúa—. Un shénnóng-shī tiene el deber de proveer la verdad, aun cuando esa verdad puede ser dañina. Pues solo al recibir y aceptar puede un gobernante liderar con confianza. Sabiduría y compasión. Un recordatorio de que Shénnóng es maestro y médico, campesino y filósofo. Un shénnóng-shī, como cualquier médico, conoce el balance entre lo interior y lo exterior. La muerte nos hace humildes, pero no nos humillaremos ante ella. Por último, esta noche honramos la virtud de la dedicación, la conexión sagrada de los shénnóng-shī con sus patrones.

Aplaude tres veces. Un mar de sirvientes entra al salón, con mesas y gabinetes a cuestas. Los oficiales les abren paso mientras crean un escenario circular en el centro de la habitación. Tres cofres. Tres mesas. A los tres competidores nos envían a pararnos a un lado de cada uno y nos miramos unos a otros alrededor del círculo. Me aferro a la orilla de mi mesa; la curvatura de la orilla se me hunde en la mano.

El ministro se nos acerca con un sujetador de bambú en la mano; tres palillos de la fortuna se asoman por encima, iguales a aquellos que pueden pedirse en un templo para rogar por la bendición de los dioses.

—Sorteo.

Shao toma el primer palillo y lo pone sobre su mesa. Wenyi hace lo mismo, su expresión sombría. Por último, es mi turno. Cierro los ojos, inclino el sujetador y deslizo el palillo.

La suerte de Shao revela a la Tortuga Esmeralda; la de Wenyi al Tigre Negro. La mía, desenrollada con manos temblorosas, es la Grulla Blanca. Rezo por que sea un buen augurio, esperanzada de que la diosa haya continuado a mi lado.

El heraldo llama a los paladines. Dos hombres y una mujer entran al salón, cada uno vestido con sus colores respectivos. El representante de la Tortuga es un hombre fornido, con cejas oscuras y una enorme maraña de rizos sobre la cabeza. Está vestido con una camisa holgada, como un saco, y pantaloncillos que le llegan a las rodillas. Sus piernas son como troncos de árboles, llenas de músculos. Está descalzo. Saluda a la princesa con ambas manos y un enorme báculo de secoya entre los puños.

El paladín del Tigre Negro es una mujer de musculatura definida, con los brazos desnudos, salvo por los vendajes que lleva alrededor de los puños. Los fluidos pantalones se le cierran alrededor de los tobillos, anillos de oro resplandecen en sus dedos. Un único aro de oro le cuelga de la oreja. Atadas a la espalda lleva dos espadas cruzadas.

El último representante, el paladín de la Grulla Blanca, es un hombre esbelto vestido con una túnica blanca. Lleva el cabello atado en un nudo alto y asegurado con un solo pasador. Si no fuera por la espada que lleva al costado, enfundada en una vaina azul, podría haber creído que se trataba de un pensador. Saluda a la princesa con las manos entrelazadas sobre la frente y hace una reverencia desde la cintura.

Con su postura perfecta, la gracia de sus movimientos, no hay duda de que son habilidosos artistas marciales.

—A lo largo de la historia de Dàxī, las ciudades caían o sobrevivían en seguimiento de la antigua tradición del duelo. La destreza de dos paladines, dispuestos a sacrificar sus vidas por el honor de tomar una ciudad o defenderla —entona el canciller. Luego mira alrededor de la habitación—. ¿Quién dará la suya por Jia?

—Yo lo haré.

Todas las cabezas giran hacia Kang mientras él baja del podio y camina hacia el círculo. Puedo ver que es el hijo de un soldado en la cuadratura de sus hombros.

Me llevo la mano a la boca para contener un alarido. Siento a la vez una oleada de terror por haber revelado demasiado, pero toda la atención está puesta sobre Kang mientras le hace una reverencia al canciller.

—El prometido de la princesa. —El canciller Zhou sonríe—. ¿Te pondrás en peligro por defender a Jia y Dàxī? ¿Demostrarás que eres digno de la mano de la princesa?

—Estoy ansioso por demostrar mi lealtad al trono de Dàxī —responde Kang, confiado y valeroso.

Los sirvientes destapan los cofres cubiertos a un lado de nosotros con una floritura coordinada y me obligan a redirigir mi atención. Todos son cofres con gavetas, de apariencia familiar, como los que podrían encontrarse en una botica. Cada gaveta está etiquetada con una pequeña placa.

—Tendrán la duración de una vara de incienso para elegir la bebida que prepararán para su paladín —dice el canciller Zhou—, utilizando el dān que tomaron de los lirios ayer para fortalecer su conexión y lazo con Shénnóng.

Me saco la bola negra de la faja; ahora sé cuál es su propósito. Es una forma más potente de la mezcla que creé con hierbas molidas para extraer el veneno del cuerpo de Ruyi, pensada para ayudarnos a alcanzar el Cambio. Lo poco que sé de ella es que el proceso para crear el dān se ha perdido, el método fue cuidado con demasiado recelo y relegado a la historia. Se decía que era un amplificador de la magia, como una voz que viaja entre dos riscos estrechos, hasta que puede oírse de un lado a otro de la montaña.

Shao parece confiado y camina decidido a su cofre. Wenyi estudia a los paladines con meticulosa atención; su mirada se posa sobre Kang más tiempo que en los demás, como si le pareciera deficiente. Yo doy un paso titubeante hacia el cofre y paso la mano sobre la superficie de ébano. Casi puedo sentir el pulso del árbol del que fue tallado. A mi madre le habría encantado: la madera carece de fragancias potentes que pudieran dañar los componentes almacenados, y su dureza garantiza que los ingredientes no se absorberán en el material con el tiempo.

En las gavetas superiores hay diferentes variedades de hojas de té, todas escasas y difíciles de cosechar, dignas de un tributo para el emperador. Dos de ellas en particular me hablan: el Arroyo del Cielo es un té apenas tratado, del que solo está permitido cosechar los botes más jóvenes; y el Otoño Oculto es un té más añejo, al que se le permite crecer por completo hasta la estación que le da su nombre, y luego se deja al sol hasta que libera su dulzura natural. Propiedades opuestas y todo dependerá de cómo elija atacar el reto. Ojeo los demás aditivos. Hongo dorado, jazmín, cártamo seco y flor de porcelana. El huáng qí también es una opción interesante; ya conozco sus propiedades fortificantes, pues lo he usado antes.

Lian y yo discutimos cómo dotó su tónico de magia fortalecedora, así que, aunque no es mi especialidad, entiendo los fundamentos. A Kang le vendría bien también una consciencia intensificada, aunque no demasiado como para que se pierda en su entorno, como me ocurrió con el León Verde. O quizás necesito darle algo que lo desensibilice al dolor de la pelea. Pero el problema es que mi conocimiento de los estilos de pelea es casi inexistente; nunca he asistido a un torneo. Solo puedo aventurarme a suponer cuáles son las habilidades específicas de cada paladín.

Elijo tres ingredientes: baya de goji para la consciencia y alerta, el yù jīn amargo para mejorar la circulación y aliviar el dolor, y hongo violáceo para aumentar la resistencia física. Una taza de té digna de enfrentar a los representantes de los dioses.

La primera ronda comienza en cuanto la vara de incienso se hace ceniza, y el canciller da las siguientes instrucciones.

—Tendrán la duración de un espiral de incienso para preparar y ofrecer su selección y para que su paladín derrote al retador. *Derrote*. No habrá empates ni segundas oportunidades. El retador debe rendirse. Salir del círculo significa fracaso. Derramar sangre significa fracaso. —Tantas variables. Miro mis ingredientes y de inmediato comienzo a dudar de mis elecciones—. Los jueces han calificado a los competidores restantes de acuerdo con su desempeño hasta el momento. Primero, Chen Shao de Jia.

El canciller le asiente al heraldo, quien enciende el espiral de incienso. La competencia da inicio.

Shao pasa al frente para preparar su taza. Las hierbas se remojan en el agua y liberan sus aromas. El aroma subyacente de la magia me raspa la garganta. Kang acepta el té con una reverencia, lo bebe sin chistar y entra al círculo.

Los sirvientes cubrieron el piso con tapetes tejidos. La Tortuga se mueve con languidez, y arrastra el báculo como si fuera una extensión de su cuerpo. Kang se mueve con velocidad y elude sus golpes. Cada vez que el báculo golpea el piso, lo hace con tal fuerza que el suelo bajo nuestros pies se estremece. El báculo se encuentra con la espada en un estruendoso choque; Kang resbala hacia atrás por la fuerza del encontronazo y casi cae afuera del círculo. Recupera la compostura y la batalla se reanuda. La madera se dobla, retoma su forma, la espada recibe y devuelve golpes; los oponentes chocan, se separan, vuelven a encontrarse. Kang se contorsiona y esquiva, curvea el cuerpo con un arco para evitar quedar aplastado por la caída del báculo.

Shao se sienta en su silla. Gotas de sudor le caen por la frente a causa del esfuerzo. Mueve los labios en silencio, comulga con los dioses, como hacía mamá cuando batallaba con una enfermedad particularmente complicada. Me pregunto si Kang puede oír la voz de Shao en su cabeza, susurrándole.

Diez movimientos después, la espada de Kang está sobre la garganta de la Tortuga; el enorme hombre agacha la cabeza y concede la derrota.

El salón se llena de aplausos. El público está embelesado, a pesar de sus dudas iniciales con respecto a su propio paladín.

—¡Bien hecho! —exclaman.

Shao se limpia la cara con un pañuelo, su habitual sonrisa socarrona ausente. Se pone de pie sobre piernas que flaquean y hace una reverencia, recargado en el posabrazos de la silla para sostenerse.

—Lin Wenyi, acólito de Yěliŭ —anuncia el heraldo.

Con un movimiento de la mano, el canciller Zhou le indica a Wenyi que comience. La espigada figura se mueve con una elegancia que hace evidente su entrenamiento. Movimientos limpios y concisos. Sin esfuerzos exagerados para entretener al público. Su ritual me atrapa, aun cuando mi propia prueba está cerca.

Usa un tazón de piedra en vez de una taza, con bordes más altos que uno que se utilizaría para comer. Ladea el tazón y vierte el agua caliente por encima, que salta por la curva y crea la ilusión de una ola que rompe en la costa. Mece el tazón con delicadeza con una mano y se asegura de que el agua cubra todos los ingredientes y cobre el tinte dorado que una buena infusión requiere.

Se coloca el dān debajo de la lengua y le entrega el tazón a Kang, quien lo acepta y asiente antes de llevarse el té a la boca. Al tragar, el sabor le hace retorcer la cara. Debe ser una infusión potente. Entra a la arena con el Tigre Negro y, al encenderse un fósforo, comienza la siguiente ronda.

La paladín del Tigre mueve los pies en patrones circulares, hacia adelante y hacia atrás con una idea muy clara de su dirección. Kang recula, observa sus movimientos e intenta determinar dónde pondrá el pie después. La mujer dobla las rodillas solo un poco, luego salta y borra la distancia entre ellos sin dificultades. Con los puños, rápidos como un relámpago, lo hace retroceder con una lluvia de golpes y lo pone a la defensiva. Kang la bloquea y usa su espada envainada para mantenerla a raya, pero no la desenfunda aún. Ella recupera el equilibrio y se mece sobre sus talones, los ojos fulgurantes bajo la luz.

Un estridente ruido estalla desde su garganta cuando vuelve a saltar. Esta vez, desenvaina las espadas que lleva en la espalda y traza dos arcos idénticos con ellas. Ya había notado las particulares empuñaduras de sus armas, con una protección para las manos que termina en un afilado pico, pero las hojas tampoco son como ninguna que haya visto antes. El acero es una delgada curva con unos ganchos de apariencia aterradora en el filo. Kang usa la funda de su espada para bloquear el ataque y la empuja hacia atrás con fuerza, luego desenvaina también con un fluido movimiento. El metal timbra al chocar con el metal.

Comienza el ataque. El Tigre cruza sus espadas y avanza con movimientos como de un torbellino; las espadas parecen moverse en círculos completos. Algunas veces, su mano izquierda gira en una dirección mientras que la derecha cae en vez de alzarse, para intentar romper la guardia de Kang. Él bloquea todos los ataques, pero la velocidad de su oponente lo pone en desventaja. Sus pies resbalan y tropiezan mientras intenta soportar la fuerza de los golpes, pero ella continúa empujándolo hacia el borde del círculo.

Tardo demasiado en notar que algo no está bien con los movimientos de Kang. La punta de su espada parece moverse demasiado lento, y cada vez que intenta ajustar sus movimientos para contrarrestar los de su rival, tropieza un poco. No muestra la misma fuerza con la que respondió a la Tortuga. De hecho, parece apenas poderse defender de la arremetida de las espadas gemelas.

Los arcos de los ataques de las espadas forman dos círculos, y los ganchos de las hojas atrapan la espada de Kang; la paladín del Tigre jala. La espada vuela hacia la congregación de oficiales, quienes se dispersan como peces en un estanque.

La punta de la espada se clava en el piso; la empuñadura se tambalea con el aire.

El salón está en silencio. Kang se toma el hombro. La sangre le corre entre los dedos y cae al tapete bajo sus pies.

Le hace una reverencia al Tigre Negro y acepta su derrota.

Capítulo cuarenta

—Parece ser que fracasaste en tu intento —le dice el canciller Zhou a Wenyi, aunque su tono de voz es amable.

Wenyi no se dirige a él. En cambio, mira hacia donde está la princesa y la saluda con un puño sobre la palma abierta de la otra mano. Un saludo deferente, acompañado de una profunda reverencia.

—A pesar de que no soy digno, quisiera dirigirme a usted, su alteza.

Hay una cierta aspereza en su tono y, desde donde estoy, puedo ver que las piernas le tiemblan. En todo el tiempo que pasamos juntos en el palacio, jamás lo vi perder la compostura. Debí haber prestado más atención a lo que hacía en vez de embobarme con la pelea de Kang contra el Tigre Negro.

Zhen mueve la mano.

—Habla.

—He manchado la competencia, princesa —dice Wenyi, sin arrepentimiento, sin disculparse. En vez de agachar la cabeza, penitente, la mira a los ojos, como retándola.

—¿Qué has hecho? —Las palabras del canciller cortan el aire.

Wenyi pone una rodilla en el piso con un veloz movimiento, su túnica vuela detrás de ella.

—Le preparé a su paladín una mezcla de té que le quitó la fuerza y el equilibrio. Tenía la esperanza de que el Tigre lo cortara por la mitad. No soportaba la idea de ayudar a este… traidor al imperio.

Necesito de todo mi esfuerzo para no mirar hacia donde está Kang.

—¿Me estás diciendo que pusiste algo en su bebida? —La princesa se inclina hacia el frente; la preocupación por su prometido es evidente. Su conexión debe ser más fuerte de lo que creí, forjada desde la infancia.

—Jamás me rebajaría a utilizar veneno. —Wenyi tuerce la boca con desdén y apunta con un dedo acusador a Kang—. Esa es el arma de *su* familia.

Su acusación cuelga en el aire, un nubarrón que espera a devastar la tierra que tiene debajo. El odio deforma sus atractivas facciones en un desbocado gruñido.

La princesa Zhen vuelve a acomodarse en su asiento.

—El Ministerio de Justicia no ha resuelto aún el caso de los envenenamientos —dice estirando todas las palabras. Luego mira a los oficiales, quienes observan la escena con incertidumbre—. A menos que… ministro Hu, ¿hay algo que no me haya reportado? —Uno de los ministros corre hacia el frente del salón y hace una reverencia, el sombrero se le ladea por el apuro—. ¿Ha concluido el Ministerio de Justicia que mi tío es el responsable de los envenenamientos? ¿Hay algo que deba saber?

La voz de Zhen se torna sedosa, peligrosa. Es evidente que su temperamento se agita, ya sea por la insolencia de Wenyi o por las continuas muestras de disensión en la corte.

Nada queda ya de su incertidumbre: esta es una emperatriz.

El ministro Hu se arrodilla y toca el piso con la frente.

—No, no, su alteza. No hemos llegado a ninguna conclusión sobre el culpable del té envenenado.

—Mi familia es de un pueblo cercano a Lǜzhou —Wenyi alza la voz, decidido a no doblegarse—. Ha habido una seguidilla de desapariciones en nuestro pueblo. Personas reclutadas al ejército por la fuerza, separadas de sus familias. Quienes se niegan terminan envenenados. Por favor, le ruego que lo investigue, alteza…

Una ráfaga de movimiento y un destello de metal. Wenyi cae al piso, jadeante, derribado. El ministro de Guerra está detrás de él, con la espada desenvainada y sobre la nuca de Wenyi.

—¿Te atreves a exigirle algo a la princesa? —ruge. Dos de los guardias del palacio caminan hacia el frente y lo flanquean—. Llévenselo.

Los guardias levantan a Wenyi por los brazos y lo arrastran hacia atrás.

Wenyi mira a los jueces y oficiales, pero no hay miradas compasivas para él, solo ojos llenos de miedo e incertidumbre. Tiene un parecido inquietante con todas las veces que mi aldea observó la crueldad del gobernador. Todo el mundo tenía demasiado miedo como para oponerse a su poder; temían por sus familias. ¿Esta es la clase de tiranía a la que le he dado mi apoyo? ¿Este es el cambio que prometió la princesa?

Al ver que no hay apoyo entre el público ni afinidad con su causa, Wenyi comienza a forcejear con los guardias y gritar.

—¡Cuidado! ¡Tengan todos cuidado! ¡Las sombras llegarán pronto!

Lo sacan a rastras por la puerta mientras sus gritos continúan.

Cuando las puertas se cierran, las ominosas palabras proféticas se mantienen ahí y oprimen todo el espacio. El aire relajado y festivo ha desaparecido.

—La competencia debe continuar. —El ministro Song vuelve a ponerse de pie frente a los oficiales e intenta recobrar la compostura. Pero se alisa la túnica con los dedos, una clara señal de su nerviosismo.

La princesa Zhen enfrenta a la corte con expresión severa.

—No permitiremos que las acciones de un disidente alteren nuestro evento. Continuaremos a pesar de sus intentos por crear discordia. Los enemigos de Dàxī jamás nos verán acobardados.

Cuando vuelve a su asiento, los demás oficiales murmuran, pero vuelven a sus lugares, apaciguados por el momento.

—¿Tienes fuerza como para continuar? —le pregunta el canciller Zhou a Kang, quien asiente con dificultad. El canciller después se dirige a mí—. ¿Y tú?

Aunque en vez de hablar quiero esconderme, tengo que asegurarme de que no estoy en desventaja.

—Canciller, ¿me permitiría tomarle el pulso al paladín? Para saber si los efectos negativos del té de Wen… digo, el competidor Lin, afectarán su desempeño.

El canciller Zhou mira a la princesa Zhen, quien da su consentimiento con un sutil movimiento de la cabeza. No da señales de reconocimiento, de aceptación de nuestra familiaridad. Como si no le hubiera tomado la mano mientras lloraba por su dama de compañía, o no hubiéramos tenido acaloradas discusiones sobre la división del imperio. El canciller asiente y me permite acercarme.

Kang me mira con recelo, con los ojos entrecerrados, la mirada puesta en un punto sobre mi hombro y no en mis ojos. Un médico imperial ya le vendó el brazo y no se tambalea al ponerse de pie. Pero tengo que estar segura.

—¿Cómo te…?

—¿Puedes…?

Hablamos al mismo tiempo y volvemos al silencio incómodo inicial. Me arremango la túnica con torpeza mientras él se aclara la garganta y mantiene la mirada alejada.

Le indico que se siente en uno de los taburetes que tiene detrás, y él obedece; es la viva imagen del malestar. Le pido que ponga el codo sobre la mesa y extienda el brazo para que lo toque.

Cierro los ojos y permito que el murmullo de los oficiales de la corte se desvanezca en el fondo; me concentro solo en la sensación de su piel bajo mis dedos y finjo que es solo un paciente más. Debo guiarme solo con el tacto. La voz de mi padre me reprende desde el otro lado del imperio. «Usa todos tus sentidos. ¡Concéntrate, Ning!».

Escucho el pulso aletargado de Kang, todavía afectado por lo que sea que Wenyi le haya dado. Pero se siente tibio. Un aroma que escuece le emana del cuerpo, casi como pimienta. Por fin alzo la mirada para verlo a los ojos y noto su cara enrojecida, la expresión de infelicidad y la dilatación de sus pupilas. Todas las señales sugieren que su cuerpo está sobrecalentado.

Wenyi utilizó ingredientes para estimularle la sangre demasiado, lo que lo mareó y lo desbalanceó, lo hizo impulsivo y pronto a la ira. Le suelto la mano y él se aleja de inmediato. Se pone de pie como si no soportara estar cerca de mí un segundo más.

Vuelvo a un lado de mi cofre de ingredientes y espero mis instrucciones.

—¿Preparada, competidora Zhang? —pregunta el canciller Zhou—. Ya que tendrás que contrarrestar el sabotaje del competidor anterior, se te permitirá cambiar uno de los ingredientes que hayas elegido. Decide con sabiduría.

—Estoy lista —declaro al terminar el intercambio.

Se encienden el fósforo y el incienso y me adentro en mi prueba final.

Capítulo cuarenta y uno

Sé que tengo el tiempo en mi contra, así que me muevo a toda prisa. Uso el suave té de Otoño Oculto para infusionar el nuevo ingrediente que elegí: brotes de lirio, un guiño a la humilde flor que me habló y me concedió el dān que guardaba en su corazón. Le pido que me conceda propiedades purificadoras, para contrarrestar la infusión de Wenyi y fortalecer los efectos que aún persistan del té vigorizante de Shao.

Pongo la taza en las manos de Kang. Me mira a los ojos y la levanta con ambas manos. Sus ojos son piscinas oscuras que me invitan a acercarme, pero tengo que resistirme a su atracción.

«Confía en mí», me dijo alguna vez. Ahora es su turno para creer en mí.

Me llevo el dān a la boca. Conforme los sabores dulces y amargos me cubren la lengua, la magia despierta en respuesta. Salta con facilidad de mí hacia él, lo recuerda con un suspiro casi palpable. Una vez más, nos envuelve el aroma de la camelia, como si estuviéramos rodeados de mis amados árboles de té.

Volvemos a ese lugar oculto que solo revela el Cambio. Lo veo, con el contorno dorado alrededor de su cuerpo, la marca que le quema el pecho por encima del corazón. Pero también me veo en sus ojos, una chica con cabello negro y piel color trigo, ojos negros que lo miran con tristeza. La magia ondula entre nosotros, hebras como de dulce de malta, que sacan el calor que genera él y lo llevan hacia mí, hasta que siento su peso sobre mi cuerpo como una enorme capa.

Kang abre la boca para decir algo, pero me obligo a dar la vuelta y sentarme en mi silla de competidora. Él me observa alejarme, y siento el arrepentimiento que mana de él en oleadas. Es solo un momento, poco más que un suspiro en la realidad, pero en este lugar de magia y sueños, la conexión es una agonía prolongada. Un recordatorio de lo que hemos compartido y de lo poco que nos queda.

«Ve», le digo, aun cuando vacila. Al fin se da vuelta para encontrarse con el paladín en el círculo Sus pasos son ligeros, sus pensamientos fluyen con gran claridad. Siento la humedad del sudor que comienza a formarse debajo de mis brazos, la pesadez que se adueña de mis extremidades.

El hombre de blanco está muy quieto, con el arma detrás de la espalda, mientras Kang lo reconoce con una reverencia. Casi como si alguien hubiera sonado una campana invisible, ambos se mueven al mismo tiempo. Rodean el círculo, los movimientos del uno reflejados por el otro entre pasos cautelosos y premeditados.

Hasta que la Grulla desenvaina su espada con un ágil movimiento y su elegante curva se revela. Blande el dao de un solo filo, distinto a la delgada cuchilla de doble filo de Kang. La Grulla Blanca levanta un brazo, sostiene la espada por encima de su cabeza y levanta la pierna opuesta, hasta que su postura es como la de un ave. Mantiene esa posición un momento, mientras reúne su fuerza interior, y explota hacia adelante con una retahíla de ataques.

El arma debe ser pesada, pero en sus manos parece más ligera que una pluma, se agita en el aire con la agilidad de una flecha. Percibo la contracción de los músculos de Kang en los míos cuando se dispone a bloquear la embestida. Alza su espada, que se encuentra con la de su rival; el impacto nos repica en los oídos. Los dos están envueltos en una frenética danza de cuchillas.

El sudor empieza a caerme de la frente a los ojos por el esfuerzo de extraer las energías negativas del cuerpo de Kang. Los restos de la magia de Wenyi son las veloces patas de cientos de arañas que intentan asirse a él. Quieren morder, darse un festín con la esencia dorada que fluye por el cuerpo de Kang, su objetivo. Pero, ya que no pueden tenerlo, me devoran a mí, se alimentan de mi energía, hasta que mis ojos amenazan con cerrarse con un revoloteo.

Me pellizco la piel suave entre los dedos, me obligo a mantenerme despierta. El tamborileo del corazón de Kang late con el mío, me pulsa en los oídos. El cuerpo sigue ardiéndome, me ruega por un descanso del implacable calor.

La pelea continúa frente a mí como un torbellino. Incito a los poderes del hongo violáceo, que le da la habilidad de soportar los continuos ataques de la Grulla. El yù jīn alivia el dolor en sus brazos y piernas. Me aferro a la mesa con la mano, aun mientras puedo sentir la espada en la suya, cómo su cuerpo se mueve entre los recuerdos de las formas que aprendió a temprana edad. Entrenó bajo la lluvia y en la oscuridad de la noche, entre cruentas ventiscas a la orilla de un risco, con los ojos vendados en la nieve, cuando las piedras resbalosas bajo sus pies amenazaban con desbalancear su peso.

Todo ese entrenamiento se libera en este instante, acrecentado por los efectos del brote de lirio. Un cambio en el patrón de la Grulla, que cambia la empuñadura para pasar a otra postura. Kang gira como un relámpago y blande la hoja de su espada en un movimiento contrario, y toma al arma de su oponente fuera de posición. El hombre trastabilla, desprevenido. Con otra estocada, Kang abanica el aire y un pedazo de tela blanca revolotea hacia el piso.

La Grulla Blanca se detiene, levanta su espada frente a sí y hace una reverencia. Los jirones de su manga se le deslizan por el brazo y revelan un hilo de sangre. Derrota.

Escupo la bola medicinal en el tazón y rompo la conexión. No soporto estar dentro de su mente un instante más, la carga es insoportable para mi cuerpo. Las oleadas ceden al fin y el calor disminuye hasta que puedo inhalar, hasta que soy un poco más yo y un poco menos él.

Está hecho. La ronda final y sigo aquí. Los oficiales tardan en aplaudir, pero una vez que empiezan, es un estruendo que llena todo el salón. Reconocen la hazaña que logré y, por primera vez, puedo apreciar el poder al que comienzo a llegar, que seré digna del legado de mi madre.

—¡Esperen! —exclama una voz que interrumpe el brillo de mi triunfo. El Estimado Qian, el antiguo shénnóng-shī de la corte, da un paso al frente—. Su alteza, es con gran pesar que debo reportar que algo está fuera de lugar.

Lo miro, sin comprender. Completé la tarea que se me presentó. ¿Qué podría haber hecho mal?

—Habla —ordena la princesa Zhen, aun si parece reacia a escuchar sus palabras.

Tras una reverencia apresurada, el hombre se yergue y entrelaza las manos detrás de su espalda.

—Como un shénnóng-shī experimentado, he presenciado muchas pruebas, muchas ceremonias. Tenía algunas sospechas, pero hoy, tras observar la ronda final, esas sospechas se han confirmado. —El Estimado Qian se coloca frente a mi mesa, tan cerca de mí que me incomoda. Quiero alejarme, pero mis piernas están demasiado débiles como para sostenerme, y temo caerme frente a toda la corte—. La chica de Sù. —Su mirada fulminante se cierne sobre mí, su odio tan evidente como el desprecio de Wenyi por Kang. Alza un brazo y me apunta a la cara con un dedo y a Kang con otro—. Y el hijo del Príncipe Desterrado. Tenían una conexión previa a la ronda final de la competencia, una alianza pérfida.

De mi boca no salen más que balbuceos y sinsentidos. La primera en recuperarse es la princesa y se apresura a hablar.

—Estaba al tanto del encuentro previo entre Xu Kang y algunos de los competidores. Zhang Ning también lo reveló por voluntad propia y me expresó sus preocupaciones en privado. Sin embargo, no conocía la identidad del paladín de la ronda final; eso se decidió hace solo unas horas. No pienso que hayan tenido la intención de engañar a la corte.

Es mucho mejor para mentir que yo: lo presenta como un malentendido, nada más; a la vez, revela muy poco sobre nuestro acuerdo. Alza la barbilla, como si retara al anciano a expresar su desacuerdo.

El shénnóng-shī hace una nueva reverencia, tan profunda que es casi burlona en su intento por ser respetuosa.

—No estaría en desacuerdo, su alteza, si el encuentro hubiera sido tan superficial como usted dice. Una mera coincidencia. Pero mis sospechas se acrecentaron cuando realicé mis propias investigaciones y me encontré con una conspiración mucho más grande de lo que podría haber imaginado. —Un cosquilleo me recorre los brazos y el cuello, parecida a las criaturas reptantes de la magia de

Wenyi. El estimado Qian continúa—. Esta muchacha se atrevió a fraternizar con su prometido en público; compartieron una taza en una casa de té.

—¿Cuál es la relevancia de todo esto? —exige saber el ministro Song—. Quizás él le compró una taza de té porque tenía curiosidad sobre sus habilidades, y ella no podía saber sobre el papel que él tendría en esta ronda final. Solo los jueces sabíamos que estaría presente, y ninguno de nosotros revelaría esa información. Puedo garantizarlo.

Lo miro con sorpresa; no esperaba que nadie alzara la voz en mi defensa.

—Para quien no está educado en el arte de Shénnóng, podría parecer un encuentro inocente. Pero tiene un significado mucho mayor para un shénnóng-shī —revira el Estimado Qian con exagerados gestos para enfatizar su punto—. El lazo que forma un shénnóng-shī se fortalece con encuentros previos, como sabrá cualquier shénnóng-tú con un poco de entrenamiento. Ya estaba al tanto del… comportamiento de la competidora Zhang en la ronda previa, de algunas de sus decisiones poco convencionales. Es por eso que ahondé más en su historia. Los resultados de la investigación no me fueron revelados sino hasta hoy. —Un hilo de terror me recorre la espalda. Debe de haber enviado a sus investigadores en busca de mi familia. ¿Habrá hablado su enviado con mi tío, quien le guardaba rencor a mi madre? ¿O con los aldeanos, que recuerdan cómo volvió a la aldea envuelta en vergüenza? —. Busqué respuestas sobre su mentora en la aldea de Xīnyì. Todas las respuestas fueron iguales: su hermana, Zhang Shu, era la aprendiz bajo la tutela de su madre. Zhang Ning mintió sobre su entrenamiento. No era digna de portar el pergamino que le dio entrada a esta competencia. —Sus palabras son como martillazos que me destrozan—. En realidad, ella estudió bajo la supervisión de un médico imperial… un médico imperial caído en desgracia, quien huyó del palacio años atrás, envuelto en vergüenzas tras haber embarazado a una de las mucamas.

—¿Es esto cierto? —la princesa Zhen me mira con una expresión inescrutable.

Todas las mentiras que dije, todas las decisiones que tomé, todas las cosas que hice para llegar hasta aquí, y, al final, *esto* es lo que me llevará a la ruina. Las penas de mi familia. Una niña nacida fuera del matrimonio.

Quiero gritarle, contarle la verdad de mi pasado. Decirle cuánto amaba mi madre a mi padre, cómo arriesgaron sus vidas y dejaron todo atrás para buscar un nuevo comienzo juntos.

Pero lo único que puedo hacer es asentir. A un costado de la princesa, el marqués resopla con satisfacción. Al fin podrá deshacerse de mí.

—Entonces, es con una gran pena que debo decir que, aunque has tenido un desempeño sobresaliente y demostraste tus habilidades… —Siento las siguientes palabras de Zhen, dolorosas como una puñalada en el vientre—. Estás descalificada de la competencia.

Después de todo. Después de tanto tiempo… fallé.

—¡Queda asentado que los jueces proclaman a Chen Shao de Jia el vencedor! —anuncia el ministro Song. Sus palabras conjuran un estruendoso aplauso de la corte—. Esta noche celebraremos con un banquete en su honor, donde la Corte de Oficiales lo reconocerá como nuestro nuevo shénnóng-shī.

A Shao lo rodea una multitud de ministros y oficiales que le ofrecen sus felicitaciones. A mí me hacen a un lado, me olvidan de inmediato. Supongo que debería estar agradecida por que no me han enviado a los calabozos, pero me siento vacía por dentro. Di todo lo que podría haber dado y no fue suficiente. El Estimado Qian me dirige una última sonrisa desdeñosa antes de girar sobre sus talones y colocarse a un costado de su aprendiz y participar de la adoración. Los juegos de la corte que nunca podré jugar.

La princesa me dio su palabra: me ayudaría con Shu. Pero no tengo forma de obligarla a cumplir su promesa. Ahora puedo ver lo risibles que fueron mis intentos por intentar forzarle la mano a la futura gobernante de Dàxī. Me lo mostró como un dulce, a sabiendas de lo dispuesta que estaría por cumplir todos sus caprichos, luego me descartó con la misma facilidad.

Me abro paso hacia el fondo del salón y recuerdo la carta de mi padre. Tengo que volver a la casa para enfrentar su decepción. Y luego, con un horror repentino, me doy cuenta de que he llevado la atención del palacio hacia lo que sucedió hace tantos años. Sería fácil para el Ministerio de Justicia reanudar su investigación sobre la desaparición de mi padre. Bien pude haber condenado a toda mi familia.

La habitación de pronto se vuelve sofocante. Paso a un lado de los oficiales y mascullo una disculpa. Puedo ver que Kang intenta llegar hasta donde estoy, con la mandíbula apretada, mientras otras personas tratan de hablar con él, reconocer su nueva posición dentro de la corte. No queda nada por decir entre nosotros, y cada vez que pienso en que está prometido a otra, me cuesta respirar. Los guardias abren las puertas y me echo a correr hacia la oscuridad de la noche.

No recuerdo cómo volví a la Residencia de la Primavera Armoniosa, solo sé que mis manos encuentran y doblan mi ropa. La meto sin cuidado en un saco de tela. Necesito encontrar el cofre de shénnóng-shī de mi madre… quizás puedan devolvérmelo si le envío a la princesa una carta, escrita con el más grande de los cuidados, cuando esté de vuelta en Sù y pueda asegurarme de que mi familia está a salvo.

Cuando termino, veo lo poco que he obtenido durante mi estancia en Jia. Todos los lujos que me rodean parecen burlarse de mí. Me atreví a desearlo todo, a creer que algún día podría vivir en una gran residencia. Es una ilusión, tan falsa como el dragón que Shao creó con el vapor. Es un recordatorio de mi arrogancia.

Permito que un oscuro pensamiento se libere de los rincones más profundos de mi mente: ¿Y si me llevara todo esto y pagara un viaje lejos de Sù y de Jia? Podría desaparecer en los cañones de Yún o convertirme en una vagabunda en busca de una nueva vida en la Ciudad de Jazmín. Podría tener un pequeño jardín y practicar el arte de Shénnóng en secreto. Sin la carga de la historia de mis madres… pero con el peso de la muerte de mi hermana para toda la eternidad.

Tomo el bordado de Shu y lo sostengo entre mis manos temblorosas. La luna que observa una extraña escena, una imagen nacida de los vívidos sueños de mi hermana. Me hace pensar en cómo volveré a casa con las manos vacías y abriré heridas viejas del pasado de mis padres. Vuelvo a guardar el trozo de tela bajo mi faja.

Las lágrimas se derraman, cálidas sobre mis mejillas. Mis dedos no logran quitarme los pasadores del cabello. Como no ceden, me los arranco, junto con mechones de cabello que son víctimas de mi imprudencia. Me desanudo la faja alrededor del vientre, me quito las ropas finas hasta que estoy vestida otra vez con mi túnica casera y vuelvo a ser mi yo anterior.

No puedo abandonar a mi hermana.

Esta es quien soy.

La chica de Sù.

Capítulo cuarenta y dos

Se oye un golpeteo tímido en la puerta de mi residencia, luego un pequeño chirrido cuando esta se abre. Me paso las mangas por los ojos, apenada de que alguien me vea en un estado tan macilento. Para mi sorpresa, la persona que entró a la habitación es Mingwen. Me mira con compasión.

—Las mucamas esperan afuera de tu puerta —dice con suavidad—. Te ayudarán a vestirte para el banquete cuando estés lista.

La otrora adusta Mingwen se ha convertido en alguien familiar para mí. Comprendo ahora que hay personas dentro del palacio a quienes extrañaré una vez que esté de vuelta en casa.

—Me voy —le informo—. No hay razón para que siga en el palacio.

Mingwen asiente.

—La senescal Yang estaba preocupada; me envió a buscarte. Si no asistirás al banquete, al menos ven a las cocinas para despedirte. —Al ver mi renuencia, añade—: La capital no es un lugar seguro para una muchacha que camina sola en la oscuridad. —Es una advertencia familiar, parecida a las que mi padre me había dado sobre Jia. Con pesadez en el corazón, me doy cuenta de que debí haberlo escuchado. Pero ya es demasiado tarde—. Nos aseguraremos de que llegues segura al ferry por la mañana. —Me pone una mano reconfortante sobre el hombro—. Ahora, ven. Te daremos de comer.

Me atrae la tentación de una última comida en el palacio, y el aceptar a regañadientes que tiene razón: debería despedirme de la gente que ha sido bondadosa conmigo.

En las cocinas me dan una túnica. Mientras me aseo, mi mente vuelve una y otra vez a las revelaciones del Estimado Qian, mis fracasos predestinados. La duda me rodea como un pez que nada en una vasija demasiado pequeña para él.

—¡Ning! —exclama Qing'er cuando entro a la cocina junto con Mingwen. El niño me envuelve la cintura con los brazos. Me fuerzo a sonreírle, a no someterlo a mi miseria—. Tenías tiempo sin visitarnos. —Me sonríe—. Creí que Lian y tú se habían olvidado de nosotros.

Titubeo; recuerdo la promesa que le hice a la senescal Yang de mantenerme alejada de su personal. Pero ahora que estoy fuera de la competencia, no hay razón para que los oficiales me acusen de subterfugio. Miro a Mingwen, quien apunta hacia la cocina, animosa. Le aprieto la mano al niño.

—Dime dónde puedo ayudar.

Qing'er me lleva a una de las mesas más grandes; el equipo de la panadería me recibe con un coro de saludos. Codo a codo con ellos, ayudo a armar enormes platones para el banquete. Me resulta más fácil fingir que la comida es para un oficial sin rostro y yo soy solo una sirviente que cumple con sus tareas habituales.

Ayudo a sacar pequeños cangrejos de moldes que fueron formados anoche con la carne de cangrejo y hueva mezclada con arroz. Después de que los fríen hasta que quedan dorados, los esparcimos sobre un nido de fideos crujientes y los espolvoreamos con ajonjolí. En la siguiente estación, uno de los chefs usa palillos para colocar delicados panecillos con forma de peces entre los cangrejos para crear la ilusión de que nadan entre ellos.

El siguiente tiempo es otro platón que llamaría una obra de arte más que un plato de comida hecha para ser devorada. Se levantan tapas de bambú para revelar gao rosado al vapor con forma de flores, los pétalos decorados con frijoles de soya roja para indicar el sabor del relleno. Los gao están acomodados en ramos florecidos alrededor de una escultura de un fénix hecha con nabo y ralladura de zanahoria como decoración.

No hay tiempo para pensar, para temer o preocuparme por mi inevitable destino. Tengo las manos ocupadas colocando las porciones perfectas, acomodando las creaciones artísticas para no arruinar el arduo trabajo de alguien más. Absorbo la energía frenética del espacio, inhalo los dulces aromas que nos rodean como una nube y se asientan en nuestras manos y nuestra piel.

Hasta que, al fin, la labor está terminada. El último platón se despacha y se apagan los fuegos de la cocina. Jalamos bancas y empujamos mesas; varios suspiramos y exhalamos al sentarnos y descansar las piernas adoloridas. Circulan los tazones, rebosantes de arroz esponjoso. Frente a nosotros están los restos del banquete que no pasaron la inspección de Pequeño Wu: panecillos colapsados y pastelitos deformes. El equipo del Departamento de Carne nos acompaña y trae consigo sus propios bancos y su aportación a la cena. Añaden rebanadas de salchicha roja y morcilla, relucientes trozos de cerdo rostizado y pedazos de pollo de piel crujiente.

Y así, rodeada de risas y conversación, esta cocina se siente como un hogar, como otro tipo de familia.

He tomado solo unos cuantos bocados de mi tazón cuando oímos el rítmico golpeteo de pisadas que corren sobre el sendero de piedra que está afuera de las cocinas. Un joven es el primero en aparecer, vestido con un uniforme similar al del personal de la cocina. Se acerca, jadeando, sin aliento. Las patas de las sillas raspan el suelo cuando Pequeño Wu y otros tantos se ponen de pie y la conversación se detiene de golpe.

El muchacho toma una enorme bocanada de aire y grita:

—¡Algo… algo pasó! En el banquete… ¡Algo está mal con la comida!

En un principio, las palabras parecen un revoltijo incomprensible, pero la implicación de lo que acaba de decirse se asienta sobre todos al mismo tiempo.

La senescal Yang aparece en la entrada, del chongo que suele tener tan justo le caen mechones de cabello suelto, tiene el cuello de la blusa torcido por tanto correr y la boca apretujada. Sus ojos se posan sobre mí antes de recortar la distancia entre nosotras en un abrir y cerrar de ojos.

—¿Qué haces aquí todavía? —me dice con brusquedad.

La miro de vuelta, confundida.

—Usted me dijo que viniera. Envió a Mingwen por mí.

La expresión de la senescal Yan se tuerce, pasa de la incertidumbre a la furia. Mira por encima de mi hombro. Sigo la línea de sus ojos hasta Mingwen, quien tiembla.

—Le dije que te sacara de aquí —dice la senescal con voz grave—. Le dije que te alejara del palacio tanto como pudiera.

Las piezas comienzan a encajar y se alinean sobre el tablero. Alguien quería que estuviera en las cocinas durante el banquete.

La mujer mayor sacude la cabeza.

—Debí haberlo sospechado cuando te ofreciste a hacerlo con tanto gusto.

—¡Por favor! ¡Tiene que entender! —Mingwen intenta asirse del sirviente que está a su lado, pero todos en la cocina se alejan, la dejan sola. Ella suplica, con las manos frente a su cara—. ¡Amenazaron a mi familia! ¡Dijeron que los ejecutarían a todos por robo! ¡Por su culpa! —Su voz se hace aguda, histérica. Me señala—. ¡Ella me dio el pasador! ¡Era suyo!

—Senescal Yang —susurro—. ¿Qué ocurrió en el banquete?

Por un momento, ella no responde; se muerde el labio. Casi puedo escuchar el ábaco en su cabeza otra vez, calculando números y posibilidades, intentando encontrar una solución.

—Escúchenme muy bien. Es posible que tengamos solo unos minutos para salvar nuestras cabezas —les dice a todos en la habitación—. Ninguno de ustedes admitirá haber visto a Ning en este lugar, ¿me oyeron?

Las cabezas asienten mientras la senescal Yang reparte órdenes a toda velocidad y manda al personal a dispersarse en distintas direcciones. Me jala por otra apertura circular y nos adentramos más en las cocinas. Corremos frente a estantes repletos de ingredientes, ollas y sartenes preparados para la mañana. Frente a hornos oscurecidos con brasas ardientes en sus bocas.

Vemos movimiento cerca de las habitaciones de mujeres, y la senescal Yang me jala en otra dirección, por un pasillo lateral, pero hay otras pisadas que corren detrás de nosotras. Se escuchan gritos en la lejanía. Nos encontramos con una fila de cuerpos envueltos en armaduras y lanzas que nos cortan el paso y nos atrapan.

—¿Qué significa todo esto? —La senescal Yang mantiene la compostura, pero los guardias no rompen su silencio—. ¡Exijo hablar con el capitán Liang!

Nos ignoran y se niegan a apartarse cuando nos acercamos; nos mantienen a raya. No tenemos que esperar mucho antes de que unos cuantos guardias abran el paso a la entrada del patio para dejar pasar a un hombre. La figura conocida se detiene frente a mí y me saluda con una sonrisa brillante.

—Hola, Ning —dice con su densa y profunda voz.

Es una voz que me aterra, una voz que me lleva de vuelta a cuando tenía diez años, diminuta y asustada.

Wang Li, gobernador de Sù.

Es un hombre de hombros anchos y cintura esbelta, con el cabello en un ajustado nudo sobre la cabeza, el uniforme cortado para resaltar su altura. Viste una capa negra con forro verde, un pendiente de jade cuelga de la bastilla. Mi tía siempre dijo que su imponente figura era apuesta y notable, pero yo creo que quienes opinan así son tontos. No ven la forma en que saborea el miedo de sus víctimas cuando sale de cacería.

Ahora entiendo que la presa soy yo.

—¡Están frente a un gobernador de Dàxī! —ladra uno de los soldados que está a su costado—. ¿No comprenden su posición?

La mano de la senescal Yang sigue aferrada a mi brazo y puedo sentir cómo tiembla. Muy despacio, se arrodilla ante el gobernador, y yo hago lo propio. La cabeza me da vueltas, mis dos vidas hacen colisión en este preciso instante.

Sé lo que significa que el gobernador vista los colores del ministerio, cuando lleva a su jauría consigo, cuando acaricia la empuñadura de su espada como si suplicara tener algún motivo para desenvainarla.

El gobernador Wang habla, y su voz viaja por encima de las cabezas de los guardias, para que todos lo oigan y sean testigos.

—Zhang Ning de Sù, estás bajo sospecha de conspirar con rebeldes enemigos del imperio, del asesinato de la dama de compañía de la princesa, de colusión en el complot para envenenar a oficiales de la corte durante el banquete y de huir de la escena de dicho banquete. Serás llevada al Ministerio de Justicia para ser interrogada, pues has sido pronunciada un peligro para el pueblo.

«Ruyi… ¿Ruyi está muerta?».

La última vez que Zhen habló de ella, mencionó su recuperación. Pero no estuvo presente en ninguna de las rondas posteriores, aunque suele estar al lado de la princesa. El corazón me arde al pensar en tantas vidas perdidas, una de ellas mi propia paciente, a quien creí que había salvado.

Todos los ojos están sobre mí y solo alcanzo a sacar unas cuantas palabras en un susurro.

—Eso no es cierto.

—No importa. —El gobernador Wang bebe mi sufrimiento con un deleite obvio. Les indica a los guardias que tiene detrás que se acerquen—. Asegúrense de reunir al resto de las ratas de las cocinas.

Capítulo cuarenta y tres

Me atan los brazos por detrás de la espalda con una soga y uno de los hombres con armadura me levanta de un tirón. La guardia personal del gobernador es pequeña, todos vestidos con capas similares, y el mismo pendiente de jade que cuelga de la empuñadura de sus espadas. Lo flanquean mientras él guía la procesión con largas zancadas. Los demás hombres que obedecen sus órdenes visten el negro de la guardia de la ciudad, distinta a la imponente armadura roja de los guardias del palacio a los que me he acostumbrado.

Marchamos de vuelta por las cocinas y se nos suman más soldados que han atrapado a más miembros del personal de la cocina, quienes forcejean con ellos. Me obligan a caminar a toda prisa para mantener el paso, y en poco tiempo salimos del ala de sirvientes, donde me separan de los demás y me empujan para seguir al gobernador, mientras el resto es llevado a otro lugar.

—¿A dónde la llevan? —escucho las voces de protesta de Pequeño Wu y la senescal Yang.

Se me cierra la garganta de solo pensarlo: se preocupaban por mí, aun cuando eso conllevaba un riesgo para ellos. Alcanzo solo a ver de reojo la conmoción que se desata detrás de mí, con tres hombres que intentan contener a Pequeño Wu, antes de que me empujen hacia el frente. Nos movemos al oeste, hacia el centro del palacio.

Las lágrimas calientes comienzan a caer, pero las paro con parpadeos y me las trago. Mingwen podrá haberme entregado, pero ni siquiera en mi amargura puedo culparla al saber que tiene hijos pequeños, al saber lo que sé sobre todos ellos. Son personas con familias, dentro y fuera del palacio, y ahora están involucradas en este malévolo plan del que no estoy segura si podré escapar.

«¡Piensa, Ning!», me digo y echo mano de las lecciones de mi madre y mi padre. Uno me enseñó a aclararme la cabeza y usar la mente; la otra me mostró cómo observar y recordar.

¿Cuánto tiempo ha pasado desde que salieron los últimos platillos del banquete? La panadería estuvo a cargo del postre, así que ese habría sido el último tiempo. El banquete comenzó tarde, pues yo ya había pasado frente a los pregoneros que anunciaban la segunda hora cuando salí de la residencia con Mingwen. Pasé al menos una hora en la cocina, si no es que más, y ahora, con la luna plateada en todo lo alto y un poco fuera de centro, debemos de estar en la Hora del Fantasma.

El gobernador nos lleva por corredores que no reconozco, y noto un cambio en nuestras filas. Parece que nuestro grupo es cada vez más grande; se nos suman más guardias de la ciudad, vestidos de negro… lo que es peculiar. Cuando saludan a los guardias del palacio en las puertas, noto otra peculiaridad: en vez de la particular forma en que Shao corta las frases, algo típico de la capital, estos guardias suenan como Wenyi, con un acento norteño. Son detalles que jamás habría notado cuando estaba en Sù.

Nos detenemos frente a otro portón, uno más grande e imponente, y los guardias bloquean el paso. El portón está alumbrado por antorchas a ambos lados.

—De rodillas —ordena uno de los guardias.

Antes de que pueda siquiera responder, me empuja al suelo. Cortan las sogas que me tuercen los brazos y ahogo un aullido de dolor cuando la sangre me regresa a los dedos. Ahora me obligan a poner las manos frente a mi cuerpo y me atan las muñecas y los tobillos con cadenas.

—¿A dónde creen que voy a correr? —comento, sin humor.

—¡Silencio! —ladra el guardia que me vigila y me amenaza con su espada.

Es aquí, bajo la luz de las antorchas, que el destello en la empuñadura me llama la atención. Miro el resplandor plateado incrustado en la madera, igual al brillo de los grabados en piedra de las paredes del templo. Igual al diseño tallado en la daga que Kang me obsequió.

La perla negra ha caído en desuso, fue declarada carente de valor por un emperador celoso.

Pero aún es venerada y apreciada, de forma desafiante, por los habitantes de Lùzhou.

Me muerdo el labio para guardar silencio y ocultar la sorpresa de lo que acabo de ver. Aun esperamos a que se nos conceda la entrada al patio. Con miradas furtivas, presto atención a los soldados que me rodean y descubro… que la veo en todas partes. Un resplandor en un pendiente, un destello en la orilla de un broche.

Estoy rodeada de soldados adornados con perlas negras, y están vestidos con la armadura de la guardia de la ciudad y siguen las órdenes del gobernador de Sù.

El corazón me late con demasiada fuerza dentro del pecho, retumba con una advertencia constante. Algo está muy mal.

—¡Entren! —grita un oficial del otro lado del portón.

Me hacen cruzar el umbral. El pequeño patio está rodeado de muros altos. En el centro hay una plataforma elevada, con braseros encendidos con llamas danzantes en cada esquina. El sendero que lleva a la plataforma está bordeado por guardias y me recuerda, de forma extraña, a la primera ronda de la competencia, cuando era ignorante y estaba esperanzada, en vez de ansiosa y aterrada.

Detrás de la mesa, con una túnica negra y el sombrero ancho de un juez, el canciller Zhou me está esperando. Un broche de jade en el centro me mira como un ojo castigador, una representación de la mirada perpetua del cielo. Detrás de él está la bandera de Dàxī, una representación del alcance del poder del emperador. Dos oficiales más están presentes, vestidos con las ropas de la corte, para ser testigos de mi enjuiciamiento.

Un par de manos bruscas me empuja por los escalones a la plataforma. La madera chirría debajo de mis pies.

—Zhang Ning. —El rostro del canciller entre las sombras me recuerda a la estatua en el templo del Dios del Infierno, que preside sobre los residentes del inframundo y supervisa sus castigos. Es mucho más imponente que nuestro magistrado rural, un hombre diminuto que se acobardaba siempre ante las órdenes del gobernador

Wang, que estaba más interesado en salvar su propio pellejo que en impartir justicia—. Inclínate ante tus superiores.

El guardia que espera en la plataforma me empuja al piso. Me raspo las rodillas. Aquí no hay cojines. La boca se me llena del sabor a sangre después de morderme la mejilla. Pero logro levantar el cuerpo a una posición más digna, a pesar de que siento cómo se me estremece el cuerpo.

—Serás sometida a juicio frente a nosotros, representantes de la corte de Dàxī, una posición de designación divina, para afrontar tus crímenes. Existe evidencia de que conspiraste contra el imperio. Colaboraste con aquellos que buscan crear discordia. —No hay familiaridad en esos ojos oscuros—. La lista de acusaciones... —Toma un pergamino negro. El dragón aún gruñe en la parte trasera, pero su habitual fiereza parece ahora más una mueca de decepción—. Mentirle a un oficial de la corte sobre tu entrenamiento como shénnóng-tú. Ocultar los lazos de tu familia con enemigos del Estado. Continuar con tu engaño al avanzar en la competencia. Infiltrarte en las cocinas y reclutar personas para tu causa revolucionaria, lo que resultó en la muerte de la leal dama de compañía de la princesa cuando esta descubrió tus planes. Envenenar a miembros de la Corte de Oficiales al no obtener la posición que deseabas. E intentar huir de la escena del crimen. —La sorpresa se convierte en incredulidad mientras escucho la lista de acusaciones. Miro al hombre que alguna vez me pareció gentil y me advirtió sobre el marqués. Estuvo a un lado de la princesa y me ayudó durante la competencia. Asienta el pergamino en la mesa y me mira con una expresión adusta.

»Parecías ser una muchacha sencilla de Sù, quien cometió un error al recitar un poema escrito por un revolucionario. Juraste ser inocente, pero debimos haberte enviado a los calabozos por tu insolencia. Debí haber escuchado al marqués en vez de permitirte continuar. Ahora él descansa con sus ancestros y nosotros sufrimos la ausencia de su sabiduría. Fallé en mi deber de proteger al imperio. —Así que el marqués está muerto. Una de mis supuestas víctimas.

»Destruiste las vidas de muchos, Ning de Sù —dice—. No puedo siquiera imaginar el caos que habrías traído al imperio si hubieses sido elegida como shénnóng-shī de la corte, si todos tus planes se hubieran cumplido. —Toma otro pergamino y continúa con la lista de mis crímenes—: Fang Mingwen, mucama en jefe. Encontrada con un pasador con joyas robadas, te ayudó a dejar la residencia de competidores y entrar a las cocinas. Sentenciada a sesenta golpes con una vara. —Me atraganto. Veinte golpes son suficientes como para romperle la pierna a un hombre. Cuarenta para causar hemorragias internas. Sesenta… sesenta golpes la matarán. Cuando le puse el pasador en las manos, la sentencié a muerte yo misma. Pero ¿quién le ordenó que me llevara a las cocinas? ¿Quién amenazó la vida de su familia?

»Yang Rouzi, senescal del Departamento de Cocina. Se descubrió que ocultaba lo que sabía sobre tu pasado. Conspiró contigo para obtener y distribuir el veneno en el banquete. Sentenciada a muerte en la horca. Sus familiares perderán sus trabajos y serán exiliados; pasarán el resto de sus vidas al servicio de Dàxī en las canteras.

El corazón se me va al piso, las palabras no llegan a mí. «Chunhua, Qing'er…».

Intento ponerme de pie. Una pesada mano me empuja de vuelta al piso, pero el canciller niega con la cabeza y le pide que dé un paso atrás. El guardia obedece.

Escupo la sangre que tengo en la boca sobre la plataforma y dejo manchas rojas en la pared. Miro al canciller. Ahí sentado, por encima de mí, para recordarme mi posición como plebeya. Con qué facilidad pueden fabricar sus mentiras.

—Quiero hablar con la princesa —grito, y me alegra oír que mi voz se mantiene firme.

Los dos oficiales que están detrás de él se miran y murmuran, pero el rostro del canciller Zhou se mantiene impasible.

—¿Qué podrías tener que decirle a la princesa?

—Tengo información que es solo para sus oídos.

Desecha mi petición agitando la mano.

—Ella me concedió la autoridad para llevar a cabo este proceso, para juzgarte como consideremos apropiado. No le interesa lo que tengas que decir.

Los oídos me estallan con rabia, como si el espíritu del Tigre Negro rugiera dentro de mí. Creí que podía confiar en ella. Tuve el corazón latiente de su amante y extraje su promesa. Un solo favor. Me creí una gran negociadora, pero lo único que aprendí fue cuánta capacidad para la crueldad había en mí.

Todos mentirosos, ladrones, traidores. Todos en este palacio. Yo incluida.

—No fui la única que tocó la comida en las cocinas —arguyo, aunque estoy consciente de que importará muy poco a aquellos que ya han decidido que soy culpable—. Deberían estar buscando al verdadero asesino.

Una sonrisa delgada y sin alegría se dibuja en los labios del canciller Zhou.

—¿Crees que seríamos tan tontos como para someterte a un juicio sin evidencia? —Un sirviente se acerca y vacía en el piso los contenidos del costal que llevaba a cuestas. En vez de la ropa con la que lo había llenado, lo que cae es una selección de joyería y monedas. Vienen después libros sobre el veneno, de la sección restringida de la biblioteca, los mismos que dejé en mi habitación. Y luego… los pedazos de la caja de shénnóng-shī de mi madre. Todos los polvos, hierbas y flores secas que con tanto trabajo recolectó… arruinados. Suelto un grito ahogado e intento dar un paso al frente, para salvar lo que pueda, pero el guardia me jala hacia atrás—. Manténganla alejada de esos ingredientes —advierte el canciller, mientras los poderosos brazos del guardia me contienen—. No hay forma de saber lo que podría conjurar con su magia. —De vuelta al juicio, prosigue a la evidencia, emparedándome, ladrillo a ladrillo—. Contrabando de tesoros robados del palacio. Libros sobre veneno. ¿Acaso no tienes vergüenza?

Recuerdo cómo Wenyi siguió hablando, aun si nadie lo escuchaba, mientras lo arrastraban hacia afuera del Salón de la Luz Eterna. Quería salvar a Dàxī, a Jia. Recuerdo lo que Lian me contó sobre el incendio en la capital. La oscuridad en mí estalla: «*Que ardan*».

Pero, no, continúo con mi lucha. Por Shu.

Tengo que salir de aquí y volver con ella.

—Si interrogaron a la senescal Yang —le digo—, entonces sabrán que ella quería que me fuera de la capital en cuanto fracasé en la última ronda. Alguien le ordenó a Fang Mingwen que me mantuviera en el palacio.

El canciller Zhou parece incrédulo de que siga hablando.

—Tú…

Alzo la voz por encima de la suya.

—Los soldados de Lùzhou están en el palacio. Marchan con el gobernador de Sù.

—¡Estás loca! —me grita, pero mira por encima de su hombro y estudia las expresiones de preocupación de los otros oficiales. Sus ojos se disparan hacia los soldados que están detrás de mí e incluso mientras intenta tapar las grietas en su máscara, me doy cuenta demasiado tarde de lo que debí haber visto desde el principio: «Ya lo sabe».

Grito tan fuerte como puedo.

—¡Pidan ayuda! ¡Hay traidores en el palacio! ¡Traidores leales al Príncipe de Dài!

—Cállenla —sisea el canciller.

—Quiero hablar con…

Una mano cubierta con un guante me cubre la mano y me jala hacia arriba.

—Láncenla a los calabozos —proclama el canciller Zhou—. Está sentenciada a muerte por trescientos azotes, al alba. Se consultó a los astrónomos y han visto que su sangre apaciguará a los dioses. Espero que sean bondadosos con su alma.

Las lanzas se elevan en el aire y las voces corean:

—¡Que viva el recuerdo del emperador!

Mientras me arrastran por los escalones, no puedo contener la risa que me burbujea en la garganta.

Un momento auspicioso para una ejecución. Un momento auspicioso para un asesinato.

Moriré mañana.

Capítulo cuarenta y cuatro

Los calabozos del palacio son subterráneos, al final de una serie de escaleras acotadas por muros de piedra. El aire está húmedo y rancio, como si el lugar no se hubiese utilizado en mucho tiempo. Por un breve instante, recuerdo el comentario del oficial que consideró que era digna de entrar el palacio, que a quienes se descubriera haciéndose pasar por shénnóng-shī se les expulsaría. Creí que lo peor que podría ocurrirme era que me rechazaran del palacio; ahora sé que me esperan cosas mucho peores.

El brasero a un lado de la habitación vuelve a encenderse con la antorcha desfalleciente de un guardia. Las celdas están al fondo. Son menos de las que esperaba. Es evidente que algunas son usadas como bodegas y no contienen más que telarañas y pedazos de muebles rotos.

Me quitan las cadenas de las piernas y los brazos entre traqueteos y me empujan a una celda vacía. La puerta se cierra detrás de mí y me quedo encerrada, sobándome las marcas rojas sobre la piel y estudiando mi entorno. Hay un tapete de paja tejida y unos cuantos cojines de dudosa calidad en una esquina, junto con una vasija para que haga mis necesidades. Los guardias vuelven a su espacio del otro lado de la esquina; yo me retraigo a un rincón de la celda, agradecida de estar a solas.

Después de ese primer exabrupto de risa histérica, mi mente cayó en una calma inquietante.

Mi última noche en este mundo, en el que dejo promesas vacías y demasiados errores.

Oigo voces de hombre y el tintineo de sus dados al golpear un tazón. Para los guardias, no soy más que alguien que está de paso en sus vidas por un instante, que se irá al próximo. Recargo la cabeza en la pared y suspiro.

—¿Ning? —Escucho el carraspeo de una voz.

Es una voz que reconozco.

—¡Wenyi! —Salto hacia los barrotes que separan nuestras celdas. Su cuerpo, que había confundido con un montón de trapos, está encogido en un rincón.

Logra sentarse a medias y me quedo sin aliento, incapaz de contener mi horror. Lo golpearon hasta dejarlo casi irreconocible, salvo por la cabeza afeitada, una rareza en la capital. Tiene la mitad de la cara inflamada y amoratada. Intenta arrastrase hasta donde estoy, pero consigue avanzar solo un poco antes de volver a recostarse, resollando. La cobija se le cae de las piernas: están deformes, tan rotas que nunca volverá a caminar bien.

—¿Qué te ocurrió?

—Me… —Pasa saliva—. Me arrojaron aquí adentro. Me acusaron de planear lo que hice en la ronda final como una protesta, una afrenta a la autoridad del imperio. —Cada grupo de palabras viene acompañado de un resuello. Me temo que tiene un pulmón perforado. Necesita atención médica pronto, pero, en vez de atenderlo, lo tiraron como si fuera basura—. Intentaron… intentaron ver si entregaría a quienes me enviaron. Luego, cuando eso fracasó, me golpearon para averiguar para quién trabajaba. —Sonríe con dientes ensangrentados y rotos—. Los decepcioné.

—¿Quién te torturó?

—Los hombres del canciller —dice y cierra los ojos. Recargo la frente en los barrotes de hierro y dejo que su frialdad se cuele en mi piel, un doloroso punto de enfoque. Claro que fue el canciller; él debe ser quien mueve los hilos tras bambalinas, mientras finge serle leal a la princesa y trabaja en su contra al lado del Príncipe Desterrado—. Lo oí hablar sobre sus planes, sobre el general. Admitió que fue él quien envenenó al emperador. Supongo que decidió que yo ya no era peligroso. —Wenyi intenta reírse, pero termina tosiendo. La sangre cae florece en su manga, deja manchas sobre la tela. Sus ojos centellean bajo la tenue luz y encuentran los míos—. La princesa… Tienes que informarle, advertirle. —Escarba entre su ropa y saca dos pedazos de papel doblados. Vuelve a gatear hacia mí, y esta vez llega tan lejos como para que el papel me toque las yemas de los dedos. Me guardo los dos papeles en el bolso de la faja y verifico que estén bien aseguradas.

»Una carta es de parte de mi familia. Describe todas las atrocidades cometidas por el general de Kǎiláng para obtener poder. Mi madre es dueña de la casa de té en el pueblo de Ràhoé en la frontera entre Lǜzhou y Yún… La segunda carta es para ella. —Titubea—. Dile lo que me ocurrió… por favor.

—Yo… intentaré encontrarlos. Casa de té. Pueblo de Ràhoé —repito—. Si eres tú quien sobrevive, soy hija del doctor Zhang, en la aldea de Xīnyì. Hazle saber a mi familia que no soy una traidora.

Wenyi asiente.

—Doctor Zhang. Aldea de Xīnyì. —Su expresión cobra entonces una ardiente intensidad. Se aclara la garganta antes de preguntar—: ¿Envenenaste a la corte? Oí que los guardias decían que el marqués y el Estimado Qian fueron algunos de los que murieron.

Se me cierra la garganta. Aun si el Estimado Qian era un tonto arrogante que hizo que me expulsaran de la competencia, jamás le habría deseado un final tan doloroso.

—No —respondo con voz seca—. Eso va en contra del arte de Shénnóng y del sendero del médico… «Jamás me rebajaría a utilizar veneno».

Wenyi sonríe débilmente al reconocer sus propias palabras.

—Hay algunas cosas que tengo que decirte —continúa. Habla a través del dolor, a pesar de estar en agonía. Quisiera tener algo que aliviara su dolor, aunque fuera solo un poco—. Sospecho que una vez que Shao sea instaurado como shénnóng-shī de la corte, su lealtad se deberá al canciller. Su familia está demasiado inmiscuida en la corte como para arriesgarse a enfrentar al canciller Zhou.

»Y ten cuidado con la Academia Hánxiá —me advierte—. Cuando salí de Yěliǔ, se rumoraba que sus lealtades comenzaban a cambiar, que estaban inconformes con las restricciones impuestas por el emperador con respecto a los tés de tributo. Pero los monjes de Yěliǔ pueden ser de ayuda, si les llevas mi carta y mi nombre…

Niego con la cabeza.

—No digas eso. Le suplicaré a la princesa que te consiga un médico. La convenceré de que te vea con sus propios ojos. Lo mismo con tu familia, tu pueblo. Volverás a verlos.

Me mira durante un largo tiempo antes de asentir.

—Intentó alzar la voz por mí… —murmura en voz baja, como para sí mismo.

—¿Quién?

—El hijo del Príncipe Desterrado. Creí haber oído su voz…

Sus palabras se apagan y los ojos se le cierran.

—¿Wenyi? —susurro con urgencia—. ¡Wenyi!

Intento estirar los brazos a través de los barrotes para tocarlo, pero está demasiado lejos. Miro su cuerpo hasta que veo que su pecho se mece y me dice que aún respira, antes de soltar los barrotes poco a poco.

Me despierto de golpe al darme cuenta de que me quedé dormida. El agotamiento me jala los párpados, intenta cerrármelos, pero un aroma familiar me cosquillea la nariz.

El sonido de los dados y la conversación de los guardias se ha apagado. Me esfuerzo por oír algo, lo que sea, pero no hay señales de alguna presencia en la habitación de al lado. Pero en ese momento noto que, bajo la luz parpadeante de las antorchas, hay movimiento.

Una sombra larga y oscura sobre la pared que se acerca.

Mi mente se congela. Quizás el canciller decidió que dejarme con vida hasta el alba es un riesgo demasiado grande. Tomo la vasija, lo único que puedo usar para defenderme, a pesar del terrible hedor que mana de su boquilla.

La figura que aparece a la vista está vestida de negro y se mueve tan rápido que me hace preguntarme si aún estoy atrapada en un sueño. Huele a incienso y madera quemada. La puerta de la celda se abre y el candado cae al piso con un estruendo. Reculo, con la vasija aún frente a mí. Me pregunto si debería intentar golpearle el cuerpo o verterle lo que contiene sobre la cabeza.

La figura de negro hace una pausa, toma su máscara de madera con los dedos y se la quita. Ojos oscuros, de pestañas largas, me miran con desaliento. La cicatriz en su cuello, que no ha terminado de sanar… la cicatriz que yo le hice.

Ruyi. Dama de compañía de la princesa, presuntamente fallecida. Aquí, frente a mí, oliendo a magia.

—Te debo mi vida. Puedes dejar la vasija. No te haré daño.

Vacilo, luego coloco la vasija muy despacio a mis pies.

—Me dijeron que habías muerto.

Creí que eso explicaba la ausencia de Zhen esta noche, que estaba perdida en su dolor. No creo en los fantasmas, pero Ruyi está frente a mí.

—La princesa mintió. Me envió lejos para sanar y hacer preparativos. —Da un paso al frente, el ceño fruncido—. Pero, antes de que continuemos, tengo que preguntarte algo. ¿En dónde reside tu lealtad? —Tiene una mano sobre la empuñadura de su espalda. Una promesa y una amenaza.

La miro de vuelta. Supongo que podría mentir, decir algo lindo y vacuo que le gustaría escuchar. Pero siempre he sido pésima para mentir, y ya estoy harta de hacerlo.

—Mi lealtad está con quien gobierne para proteger a su gente —le digo—. Con alguien que no use vidas humanas como peones.

Ruyi me mira un momento, luego sonríe y deja caer la mano que tenía sobre la espada.

—Ella tenía razón. No le temes a la verdad. Deberías haber muerto diez veces ya, pero las estrellas brillan sobre ti por alguna razón.

Yo estaría en desacuerdo, dada mi presente situación.

—¿Dónde está la princesa?

—Confinada a sus habitaciones —dice Ruyi—. El canciller Zhou dice que es para mantenerla a salvo, pero lo más probable es que sea para evitar que se entere de tu ejecución al amanecer.

«Si Zhen no está del lado del canciller, significa que no está preparada para lo que se avecina».

—Tienes que sacarla del palacio —digo con tono urgente—. Los soldados de las islas Esmeralda están dentro de la capital.

La magia vibra a su alrededor.

—¿Tú lo viste?

—Llegaron con el gobernador de Sù. Me encontró poco después de que envenenaran a los oficiales.

—Tienes que venir conmigo —me dice Ruyi. Los ojos le brillan aun en la profunda oscuridad.

—No puedo. Tienes que llevártelo a él. —Muevo la cabeza y señalo el cuerpo de Wenyi en la otra celda—. Consíguele ayuda y vuelve por mí después.

El rostro de Ruyi se retuerce; su molestia es evidente.

—No tenemos tiempo para esto —gruñe, pero gira sobre sus talones y se dirige a la otra celda. Se acuclilla sobre el cuerpo inerte de Wenyi. Le pone una mano sobre el hombro; espero que se mueva, que reconozca que cumplí mi promesa.

Pero Ruyi entrecierra los ojos. Le pone los dedos en el cuello y busca su pulso.

Alza la mirada y me dice todo lo que necesito saber con un movimiento de la cabeza.

Estoy demasiado aturdida como para gritar, pero me guardo la imagen en la cabeza. Otro nombre en la lista, otra vida inocente perdida en los juegos de la corte.

Algún día los vengaré a todos.

Capítulo cuarenta y cinco

Intento vaciar lo que tengo en el estómago sobre la vasija, pero no hago más que dar arcadas. Ruyi vuelve a mi lado y me pone una mano sobre el hombro, como una presencia reconfortante. Puedo sentir la magia que emana de ella, el calor de su mano que atraviesa incluso las capas de mi túnica. Se siente como si vibrara desde adentro, como una cuerda demasiado tensa.

Me levanto y le pongo una mano en la frente. Ella intenta alejarse, pero alcanzo a sentir cómo le arde la piel. Alguien la llenó con demasiada magia y la está haciendo pedazos desde adentro. Pero hay algo familiar en ese aroma… en cómo la magia que hay en mí la reconoce en respuesta.

—Lian te envió —digo.

Ruyi asiente.

—Ven conmigo. No hay nada para ti aquí. —Me ofrece su capa y la acepto; me envuelvo en ella.

Miro el cuerpo de Wenyi por última vez y mascullo una frase de los ritos funerarios, con la esperanza de que una parte de su alma encuentre el camino de vuelta a Ràhoé y a su familia.

Intento no mirar los cuerpos de los soldados, la sangre encharcada debajo de ellos. Pero la punzada de culpa sigue ahí. Más sangre, más muerte. Traje a Ruyi de vuelta a la vida, solo para que ella se llevara las almas de otros. «¿La vida de quién? ¿La muerte de quién?».

Me concentro en poner un pie delante del otro a través de los túneles del palacio. Mientras más avanzamos, más recarga Ruyi su peso sobre mí para intentar mantenerse de pie. En las profundidades de los giros y vueltas de los túneles seguimos nuestro camino, pero Ruyi tropieza más de lo que debería, y sé que no le queda mucho tiempo.

Ella misma parece saberlo también; se apresura a avanzar hasta que nos detenemos frente a una serie de aros que cuelgan de la pared. Los jala en una secuencia específica y una pequeña puerta aparece a la vista. Caemos dentro de la residencia que ya conozco, con la emperatriz matrona Wuyang mirándonos con oprobio desde la pared.

La princesa Zhen se pone de pie con un salto al vernos entrar a tropezones. Está vestida con ropa austera, preparada para viajar.

—¿Está todo listo? —pregunta, ya a un lado de Ruyim, quien asiente. La princesa pone la mano sobre la frente de su guardaespaldas, sin disimular su preocupación—. Estás ardiendo —le reprocha.

La forma en que Ruyi la mira es demasiado íntima. Miro a otro lado; no quiero entrometerme en su privacidad. Intercambian unas cuantas palabras más en voz baja antes de que Zhen me llame.

—¿Puedes hacer algo por ella? No sé si pueda viajar en este estado.

—Estoy bien —protesta Ruyi, pero tiene problemas para mantenerse de pie—. Deberíamos habernos ido.

—Te salvó la vida. Y yo le hice una promesa. —Zhen me mira a los ojos—. No olvido mis deudas.

Yo ya comencé a hurgar en sus cajones y estantes.

—Se extralimitó. Necesito algo que expulse la magia.

Zhen asiente.

—Lo que necesites. Ahí adentro encontrarás una variedad de hojas de té. —Hago a un lado las telas y los papeles, y saco tantos frascos y vasijas como puedo. Abro las vasijas y olisqueo su interior; devuelvo lo que no necesito—. ¡Ning! —Veo a Ruyi tambalearse y a Zhen luchar por sostenerla. Me apresuro a ayudar a la princesa a colocarla en una silla. Ruyi gime y se pasa una mano por la boca; queda manchada de sangre. Es muy desconcertante ver a una mujer tan temeraria en un estado de incertidumbre total. Con una punzada en el pecho, pienso en Lian, en dondequiera que esté, sosteniendo la magia. Espero que esté a salvo—. ¿Qué le pasa? —exige saber la princesa.

—La habilidad de Lian —me apresuro a explicar a la vez que preparo el ritual—. Siempre hay un costo. Depende de la habilidad del shénnóng-shī que ejerce la magia, así como de la distancia y la duración. Si el receptor sobrepasa los límites, la magia se torna en contra de esa persona también.

—Cabalgó hasta matar al caballo de Kallah al palacio en cuanto tuvo fuerza suficiente para moverse... —Le alisa el cabello alrededor de la cara—. Llegó justo antes del banquete. Quería que me fuera, pero cuando me enteré de tu sentencia de muerte, le pedí que fuera por ti.

Mientras espero a que el té se infusione, le cuento lo que descubrí: el gobernador y sus acompañantes de Lǜzhou; la infiltración de la guardia de la ciudad. Pero la reacción de Zhen no es la que esperaba. Parece resignada.

—Ocurrió antes de lo que creía, pero sabía que vendrían. Supe que el canciller estaba involucrado cuando atacaron a Ruyi mientras realizaba sus investigaciones, herida por la flecha envenenada. Él era la única persona que sabía de su misión. La envié fuera del palacio para que él creyera que yo estaba desprotegida y que sería más fácil de manipular. Este es su momento para atacar, para terminar lo que mi tío empezó.

Sirvo el té, una infusión potente. La fragancia se eleva de la taza. Flores de osmanto y ralladura de mandarina, endurecidas con azúcar, comienzan a suavizarse en el agua. Cuando está hecho, lo vierto en la boca de Ruyi; esta vez lo bebe sin vacilar. Confían en mí, a pesar de todas las acusaciones en mi contra, y se los agradezco.

El Cambio ocurre con facilidad, fortalecido con mi contacto previo con Ruyi y su disposición a recibir la magia. Un eco de la magia de Lian, contenido dentro de ella, responde a la mía. Como si podara un arbusto rebelde, tomo un poco de la magia para mí; transfiero un poco de ese potente poder a mi cuerpo, la fuerza y la velocidad, y aligero la carga sobre el cuerpo de Ruyi.

Los ojos se le desenfocan, pero respira con menos trabajo.

—¿Puedes ponerte de pie? —Ella asiente y se levanta, tambaleante. Vas a sentirte débil hasta que puedas descansar una noche entera. No puedes hacer ningún esfuerzo, ni siquiera para protegerla a ella de un asesino. —Ladeo la cabeza hacia la princesa, y Ruyi alcanza a sonreír un poco—. La magia podría enterrarse más, hasta una profundidad que podría no alcanzar —añado, aunque dudo que haga caso de mis advertencias si la vida de Zhen corre peligro.

—Yo le ayudo —Zhen se coloca debajo del brazo de Ruyi y sostiene a la chica más alta. Yo le paso el codo por el otro brazo para estabilizarla del lado contrario.

La princesa hace a un lado una tira de seda que cuelga de la pared y presiona paneles escondidos hasta que los mecanismos gruñen detrás de la pared. Enciende una antorcha en el brasero y me la entrega. Sostenemos a Ruyi a través de los túneles y avanzamos con paso lento, pero seguro. Damos vuelta tras vuelta, hasta que Zhen alza una mano y nos detiene. Oímos movimiento del otro lado del muro: botas sobre el suelo, metal contra metal mientras marchan. Sospecho que pueden oír los violentos latidos de mi corazón. Pero, tras unos momentos, los pasos se alejan sin gritos de alarma y seguimos nuestro camino hasta que llegamos a una puerta que lleva a un huerto de bambú. Las residencias de los sirvientes. Dejo la antorcha en un barril de lluvia; no quiero que la luz llame la atención en el espacio abierto.

Una carreta nos espera en la puerta, llena de ollas y vasijas y atada a un burro somnoliente. Zhen sube a Ruyi a la carreta; yo me impulso hacia arriba detrás de ella. Olisqueo el aire; huelo vino.

Una cabeza sale de debajo de la cobija. Apenas logro contener un alarido, y hasta Zhen desenfunda una daga y la apunta a la figura oscura.

—¡Soy yo! ¡Soy yo! —susurra Qing'er mientras agita los brazos sobre su cabeza.

Lo envuelvo en un abrazo sofocante y me niego a escuchar sus objeciones.

—¿Cómo lograste que los guardias no te encontraran? —Lo tomo de los hombros y lo examino de pies a cabeza para asegurarme de que no esté herido ni maltrecho.

—Pequeño Wu me hizo esconderme en el gallinero e hizo un escándalo para alejar a los guardias —dice Qing'er con un sollozo—. Solo había espacio para que me escondiera yo, nadie más. Me quedé muy callado y luego… me encontré con el guardia Hu. Abuela siempre me dice que puedo confiar en el guardia Hu —declara con la seguridad que solo pueden tener los niños pequeños—. Él me dijo que me ocultara aquí y que la princesa me encontraría. Y aquí están. —Intenta sonreírle a Zhen, pero no consigue hacerlo.

Miro a la princesa por encima de la cabeza de Qing'er, y ella asiente para confirmar que fue el guardia Hu quien hizo todos los preparativos para que escapara del palacio.

—Lo hiciste muy bien —le digo al niño.

El labio le tiembla, y me doy cuenta de que está haciendo su mejor esfuerzo por no quebrarse.

—¿Abuela estará a salvo? —susurra.

Zhen se acerca y se arrodilla para mirarlo a los ojos.

—Tenemos que dejar el palacio en este momento. Tu vida depende de ello. Pero te prometo que haré todo lo que esté en mis manos para asegurarme de que tu abuela esté a salvo también.

—Gracias. —Qing'er se traga las lágrimas e intenta verse tan digno como sea posible.

Vuelvo a abrazarlo, solo para asegurarme de que sepa que no está solo.

Nos dirigimos al distrito del té, con solo el sonido de las pezuñas del burro como compañía. La carreta nos lleva frente a negocios cerrados y residencias silenciosas. Pero aun en este momento, alrededor de la Hora del Ladrón, las casas de té están llenas de vida y luz. Nos detenemos en un callejón y atamos al burro a un poste detrás de la Casa Peonía antes de subir por la escalinata negra. Sé que los cuatro somos un grupo bastante llamativo y no puedo evitar mirar por encima de mi hombro una y otra vez.

Zhen toca unas puertas en la planta alta; nos hacen pasar a un cuarto privado. Al mirar a mi alrededor, puedo ver que es un recibidor discreto pero con decoración elegante. Adentro solo están un hombre y una mujer, quienes nos reciben con una reverencia.

El hombre no es mucho mayor que mi padre, con líneas alrededor de los ojos que sugieren que ha tenido una vida llena de sonrisas. La mujer de aspecto ansioso a su lado, quizás su esposa, me recuerda a la forma en que mamá merodeaba alrededor de mi padre cuando creía que estaba a punto de cometer alguna tontería. Con nuestro aspecto desaliñado y Ruyi casi a punto del colapso, puedo ver que somos una causa razonable para alarmarse.

Zhen se apresura a pedirles que se levanten y desecha la necesidad de las formalidades de la corte. Qing'er y yo maniobramos para poner a Ruyi sobre un taburete.

—Oficial Qiu —los saluda con un gesto de la cabeza—. Señora Sun.

La atención del oficial se posa sobre mí.

—¿Y ella es?

—Será mi shénnóng-shī cuando reclame mi trono —dice Zhen. A pesar de que sé que quizás no haya imperio que gobernar si todo estalla en las próximas semanas, es una muestra de que recuerda su promesa.

—Comprendo. —El oficial asiente y vuelve al asunto que nos atañe—. La persona con quien ha solicitado reunirse la espera en la habitación de al lado.

—Una cosa más —dice Zhen—. Sé que ya les he pedido más de lo que están obligados a hacer, pero nuestros esfuerzos han puesto a este niño en peligro. Tenemos que alejarlo del palacio por su seguridad. ¿Podemos dejarlo bajo su cuidado?

Qing'er mira al oficial Qiu e intenta mantener la compostura… y lo logra, salvo por el temblor en su labio inferior.

—¡Sí, por supuesto! —La mujer le da un manotazo en el brazo a su marido; ni siquiera espera su respuesta—. Puede quedarse aquí. Un niño siempre debería tener un hogar. Ven conmigo. Tía te va a dar dulces.

Le pone una mano sobre el hombro, y Qing'er me mira para pedir permiso. Asiento. Aunque quisiera que pudiera quedarse conmigo, sé que nos esperan caminos aún más peligrosos.

—Anda —lo animo—. Nos veremos otra vez.

Qing'er sigue a la mujer y me alegra saber que al menos él estará en buenas manos.

—Ahora, si gustan seguirme. —El oficial Qiu jala el enorme tapiz para revelar una puerta—. Hablaremos con el astrónomo.

Capítulo cuarenta y seis

El hombre que espera por nosotras del otro lado tiene una barba delgada y viste con una austera túnica blanca. Un pendiente de jade blanco se mece de su faja cuando se pone de pie para hacer una reverencia.

—Astrónomo Wu. —Zhen le toma la mano con familiaridad, y él le devuelve el saludo con una cálida sonrisa.

—Tomen asiento, por favor. —Señala una mesa redonda rodeada de taburetes. Me dirijo a la habitación contigua para ayudar a Ruyi, pero el astrónomo me llama—. Tú también deberías escuchar esto, hija de Shénnóng.

Vacilante, me asiento en la orilla de un taburete, sin estar muy segura de por qué me pidió que me quedara. La cantidad de astrónomos en el imperio es menor a la de shénnóng-shī inscritos en el *Libro del té*, pero nadie sabe con certeza cuántos de ellos hay. Jamás creí que se me permitiría estar en presencia de uno de ellos, mucho menos asistir a una de sus lecturas.

—Agradezco que haya hecho el esfuerzo de reunirse conmigo a pesar de los riesgos —dice Zhen—. Y no lo olvidaré.

—Tienes un camino difícil por delante, niña —dice el astrónomo Wu con una gran solemnidad—. No sé si será una bondad hacerte saber lo que las estrellas tienen reservado para ti. Debo admitir que he considerado animarte a caminar por un sendero más sencillo.

Zhen resopla ante la idea.

—Soy hija de la familia Li. No tomaré el camino fácil solo para salvar mi propia vida.

—A pesar de que no somos como los shénnóng-shī, que pueden ver los hilos de los posibles futuros de una persona en una sola taza… —me lanza una mirada— sí podemos ver el rumbo de los reinos e imperios. Vemos el camino de las multitudes, cómo cada vida afecta a las demás, por lo que seleccionar una sola estrella es imposible. Pero hay momentos en el flujo en el que los senderos se bifurcan hacia la incertidumbre. Estás en el precipicio, uno de entre un grupo que brilla entre toda la inmensidad. Una oscuridad acecha al imperio, una oscuridad que crece en el corazón de Dàxī.

Con cada palabra que pronuncia, los hilos comienzan a desanudarse, las estrellas cruzan el cielo nocturno. Una magia distinta a la que conozco, pero magia sin duda.

—¿Cómo la detenemos? —Zhen se inclina sobre la mesa, decidida a encontrar las respuestas.

—Hay luz en el norte, pero la oscuridad puede sofocarla. —Las palabras son crípticas, difíciles de entender—. Pero el sendero se terminará aquí si no salen de la ciudad esta noche. Las estrellas lo dejan claro: si te quedas en Jia, tu luz se apagará.

La princesa se frota la sien con una obvia frustración.

—¿A dónde voy? ¿A dónde me llevan las estrellas?

—El camino nunca es claro —dice el astrónomo Wu, con aire de disculpa, y se acaricia la barba—. Los destinos individuales están demasiado entrelazados con otros, combinaciones de cientos y miles de opciones. Solo podemos ofrecer guía, sugerir el mejor curso posible, y esperanza. Esperanza por el futuro del imperio. Esperanza de paz.

—Y la guía que me ofrece es que… me vaya. Que deje mi hogar. Que deje atrás a mi gente. —Zhen aleja la mirada; su expresión se ensombrece—. Correr. —De pronto, se dirige a mí—. ¿Qué harías tú en mi lugar, Ning? ¿Te quedarías a luchar por lo que tienes, aunque pudieras fracasar? ¿O te irías?

Considero las posibles interpretaciones de los acertijos del astrónomo antes de emitir mi opinión.

—Si te quedas, tu nombre quedará en los libros de historia como el de la princesa que luchó por su trono y murió. Me dijiste que tu tío es un gran estratega, y tú no estás preparada. Él esperó su oportunidad; yo haría lo mismo. Reagruparse y volver, cuando llegue el momento correcto.

Zhen contempla mi respuesta, luego asiente.

El astrónomo Wu parece satisfecho con mis palabras y, por un momento, siento como si estuviera en el precipicio del cambio del que habló. Las estrellas se desvían, reacomodan el destino del imperio, con una sola decisión.

«Las sombras llegarán pronto». ¿Es Zhen el blanco de la oscuridad o su origen?

—¿Nos concederías el honor de servirnos té? —me pregunta el astrónomo y señala el juego de té que está sobre la mesa a su derecha. El agua ya está caliente, sobre el brasero, lista para servirse.

Las hojas de té huelen a humo y pino, un perfume penetrante. El agua libera aún más sabores, una ligera dulzura que me recuerda a la pulpa del longuián y a especias terrosas. Una mente alterada prepara bebidas amargas, así que me permito perderme en el proceso.

Aún sufro por el hermoso cofre de secoya de mi madre, y algún día tendré la habilidad para recrearlo, reunir una colección que pueda llamar mía. Mientras tanto, me meto unas cuantas hojas al bolso de la faja, las sumo a las demás piezas que he recolectado en los últimos días. No sé qué nos aguarda en el camino lejos de la capital, pero sé que en algún momento tendré que echar mano de mi magia.

Llevo las tazas a la mesa. Con agradecimientos murmurados, beben, y puedo sentir que la magia percibe lo que más necesitan. Aliviar la tensión en sus cuellos y hombros, alisar las líneas en sus rostros.

—Gracias. —El astrónomo asienta su taza con un suspiro—. Para ti, sugeriría lo contrario.

Lo miro, confundida.

—Tienes que dejar de correr. Vuelve a donde todo comenzó. Quizás encuentres las respuestas que buscas.

Antes de que pueda pedirle que se explique, alguien llama a la puerta. El oficial Qiu se asoma, con el ceño fruncido por la preocupación.

—Perdonen la interrupción, pero hay soldados que se reúnen en la casa de té aquí abajo. No creo que sepan de su presencia, alteza, pero lo mejor será que se vaya antes de que alguien la reconozca.

Zhen asiente y se pone de pie frente al astrónomo Wu. Se inclina haciendo una profunda reverencia.

—Agradecemos su guía.

Él se pone de pie también y responde al reconocimiento.

Cuando volvemos a la primera habitación, nos dan uniformes. Nos vestimos detrás del biombo: cambiamos la ropa de sirvientes del palacio por el uniforme de los soldados. Me hago una triste imitación de un nudo alto en el cabello.

—Su acompañante... —alcanzo a oír que la mujer del oficial Qiu le habla a Zhen—. La recosté en la cama mientras usted hablaba con el estimado astrónomo. ¿Quiere que la acojamos también? ¿Podemos vestirla con un uniforme de mucama? No… no parece tener la fuerza para viajar.

Zhen se aprieta el cabello y se pone el casco bajo el brazo.

—No —dice con firmeza—. Vendrá con nosotras.

—¿Está segura, princesa? —pregunta el oficial Qiu—. Debe moverse a toda prisa hacia los muelles. El ferry no esperará.

Zhen voltea a verlo, con los ojos en llamas.

—Ella es mi familia y han tratado de hacerme daño a través de ella. Intenté alejarla por su seguridad, y ella atravesó todo el imperio para salvarme. No volveré a dejarla jamás.

Es difícil navegar las escaleras con un cuerpo que apenas si responde, pero Zhen y yo logramos balancear a Ruyi y subirla de vuelta a la carreta. Le pongo la cobija encima mientras Zhen atiende al burro y lo prepara para el viaje.

—¡Ustedes de allá! —suena una voz hosca detrás de nosotros. Me sobresalto, me doy vuelta y me aseguro de que Ruyi esté bien cubierta. Un hombre sale del interior iluminado de la casa de té. Un soldado—. ¿Qué hacen con esa carreta?

Escupo lo primero que me viene a la mente:

—Vamos por otro tarro de vino, como nos ordenaron.

El hombre frunce el ceño.

—¿Vino?

Levanto uno de los enormes tarros que están en la carreta y apoyo su peso sobre los muslos.

—Sí, nos enviaron a buscar más vino. ¡Solo lo mejor!

Espero que los tarros del palacio no estén marcados de alguna forma particular, o toda esta farsa se vendrá abajo. Aún me mira con suspicacia y revisa la etiqueta. Las piernas me tiemblan como si estuvieran hechas de agua, listas para desfallecer en cualquier momento.

—Está bien —gruñe al fin. Se dirige a Zhen, quien agacha la cabeza y oculta el rostro entre las sombras—. Tú, toma otro tarro. Vamos a asegurarnos de que nuestro honorable invitado reciba solo lo mejor.

—¿Quién vendrá? —le susurro a Zhen, quien carga el otro tarro mientras subimos la escalera trasera.

Ella menea la cabeza y mira hacia el frente.

—No lo sé. Vamos a dejar estas cosas en algún lugar e irnos cuanto antes.

Nos llevan a través de las cocinas, donde la gente corre de un lado a otro con torres de canastas humeantes en las manos. Un hombre blande dos woks y lanza verduras al aire con destreza sobre la feroz llama, mientras que un chico se agazapa a su lado y alimenta el fuego.

Continuamos hacia el área del comedor. Hay decenas de cuerpos apiñados en la planta principal de la casa de té, algunos vestidos en el negro de la guardia de la ciudad, otros con los uniformes pardos del ejército.

—¡Más vino! —ruge el soldado que nos llevó adentro y nos pone los brazos alrededor de los hombros. Los soldados festejan. Nos vemos obligadas a quitarnos el casco para no llamar la atención. La posibilidad de escabullirnos en silencio se encoge con cada paso que damos. Nos arrancan los tarros de las manos y rompen los sellos a toda prisa. Sirven el vino en tazones redondos; la mayoría se derrama por los costados. En un rincón de la habitación un grupo de hombres comienza a cantar—. ¡Hay más de donde salió este! —El soldado nos suelta. Se ríe. Vuelca el tazón por encima de su boca; el vino le escurre por el mentón.

—¡Salud! —Alzan sus tazones en nuestra dirección.

Antes de que podamos protestar, nos jalan para sentarnos en taburetes junto a una mesa. Zhen y yo intercambiamos miradas incómodas, pero no dejamos nuestro papel. El vino fluye, mientras la conversación se hace cada vez más estruendosa y los chistes cada vez más vulgares. Uno de los soldados cuenta historias de guerra a un público atento. A nuestra derecha, un juego para beber que involucra veloces gestos con la mano y maldiciones está en curso.

Con una sonrisa falsa en la cara, le hablo a Zhen por la orilla de la boca.

—¿Qué hacemos?

—Sigue la corriente —dice Zhen, antes de tomar un tazón de la mesa y bebérselo de un solo trago. El hombre que está a su lado se carcajea y le da una palmada en la espalda.

Un guardia de la ciudad levanta su tazón hacia el cielo.

—¡Las cosas cambian, amigos míos! No más patrullas. No más perseguir ladronzuelos. ¡Pronto recibiremos un salario decente!

—¡Salud por eso! —grita su compañero, y engullen más vino.

Otro soldado se pone de pie, tambaleante, un bigote ralo y desprolijo sobre el labio.

—¡Me haré de un nombre! —Azota el pie sobre un taburete—. ¡Me llamarán el Conquistador!

—¡Estás ebrio, idiota! —estalla en risas un soldado con una barba canosa y le lanza una taza a la cabeza.

El soldado joven la esquiva, y la taza golpea al hombre que tiene detrás. El hombre se da vuelta y le lanza una mirada furiosa a nuestra mesa, que estalla en carcajadas de nuevo.

Lo siento antes de verlo, un repentino cambio en el aire.

A nuestro alrededor, los soldados se ponen firmes y en atención. En un principio es solo el golpe de un puño sobre una mesa; luego es un ritmo constante, todos golpeando las mesas al unísono.

Zhen me pone una mano en el brazo y se prepara para lo que se acerca.

—No —susurra, tan cerca que su aliento me roza la nuca.

Volteo para ver a un hombre con una presencia imponente parado en la entrada de la casa de té.

—¡General! —grita alguien, y otros tantos hacen eco del título con reverencia.

El hombre camina como si esperara que el mar de gente se abriera a su paso, como si supiera que lo obedecerán.

Entiendo horrorizada de quién debe tratarse.

El Príncipe Desterrado. El general de Kăiláng.

Capítulo cuarenta y siete

Cuando voltea la cabeza, alcanzo a ver el patrón negro y azul en su rostro. En el centro está la palabra que indica exilio. El tatuaje es un castigo imperial, para que todo el mundo pueda ver la marca del traidor. Pero de esa palabra emerge un patrón desafiante, líneas que se curvan alrededor de su frente y debajo de la mandíbula. Los guardias a su lado llevan tatuajes similares, y los llevan con orgullo, honrados de estar marcados con el mismo arte que su general.

—Me reconocerá —me dice Zhen al oído, con la mano clavada en mi brazo, mientras todo el mundo comienza a aplaudir y corear bienvenidas—. Si me ve, estoy muerta.

Nos deslizamos de los taburetes para pararnos al lado de los demás. No veo un camino claro hacia la cocina; la masa de gente es demasiado densa como para escabullirse entre ella.

—¡Compañeros! —exclama el general. Tiene una voz cálida y resonante, que flota por encima de la multitud—. Diez años atrás fui desterrado de la capital por mi propia sangre. He sufrido por la caída del nombre Li y por el dolor de la gente. Pero este es nuestro momento, mi familia verdadera, para devolver a Dàxī su antigua gloria.

Su insolencia me asombra. Se atreve a entrar a una de las casas de té más prominentes de la capital y mostrar la cara por las calles de la ciudad sin preocupación.

El astrónomo tenía razón. La oscuridad desciende.

Algo frío me toca el brazo. Al mirar hacia abajo, veo que Zhen desenvainó una daga. La hoja plana me presiona la piel.

—Basta —siseo, mientras el general comienza a caminar entre sus soldados y saluda a algunos por nombre. Con un terror sofocante, veo que les sirve un trago a todos y les añade algo de la ánfora que lleva a un costado. Las historias contaban que era capaz de ganarse la lealtad de sus batallones con facilidad, y es evidente que trata a sus soldados con respeto y reconocimiento—. No puedes creer que saldrías con vida de aquí si intentas matarlo —le susurro a Zhen y pongo una mano sobre la cuchilla.

—Fue él quien orquestó el envenenamiento de mi padre —gruñe ella—. Lo veré sangrar, con mi cuchillo clavado en su pecho.

Yo, en realidad, preferiría vivir. Quiero encontrar el antídoto para mi hermana. Quiero ver las mesetas de Kallah con Lian. Quiero subir a los picos de la Puerta al Cielo y asomarme a otro reino.

El general se acerca y recurro a lo único que tengo: mi magia. Me saco el bolso de la faja. Giro la mano y dejo caer mi tazón sobre la mesa; casi todo el líquido se derrama. A nadie le interesa el té cuando el vino es tan abundante. Mejor para mí.

Rompo los pedazos de la cáscara de mandarina y uso la uña para rallar pedazos de raíz de oro sobre el té. El general está a veinte pasos y se acerca con rapidez. Le doy un codazo en el costado a Zhen y la obligo a bajar la daga. Sirvo la mitad de mi tazón de té en el suyo y le envuelvo la mano con la mía. El tazón comienza a calentarse bajo mis manos. Zhen, a mi lado, salta, y me confirma que lo siente también.

—Haz… lo… que… yo —le digo entre dientes y rezo por que me obedezca.

El general está frente a nosotras. Me miro las manos.

—Amigos. —Asiente y vierte algo de su anforita sobre nuestros tazones. Una pizca de un fino polvo desconocido. No sé qué es, si interferirá con mi magia, pero no tenemos opción.

Bebemos. Saboreo el polvo primero; se desliza sobre mi lengua. Tiene un parecido con la nuez, que el sabor del té enjuaga de inmediato. La magia cobra vida y pulsa con fuerza dentro de mí, más poderosa de lo que jamás había sentido. Pienso en animales agazapados detrás de las hojas. Pienso en la bruma que oculta nuestras facciones. «Rostros familiares que no puedes nombrar».

—Tú… —El general entrecierra los ojos; su atención se posa sobre el rostro de Zhen—. Te reconozco.

—Es un honor conocerlo —digo. La magia me cambia la voz, la hace más grave. Sueno diez años mayor. Al presionar el brazo contra el cuerpo de Zhen puedo sentir cómo vibra la magia a través de nosotras. Nos cambia las facciones, forma las caras que él quiere ver. El general de Kăiláng me mira a los ojos y me veo reflejada en los suyos. Una niña. Una mujer. Aterrada. Tranquila. El líquido en mi tazón comienza a moverse, pero el general no lo nota. Se contorsiona en la figura de una serpiente con tres cabezas y se retuerce en la superficie. Susurros espectrales se suman al repugnante augurio. Lucho por mantener la compostura en mi rostro, mantener la cabeza quieta y no buscar el origen del ruido—. Que el mar esté dispuesto —alcanzo a pronunciar las palabras de la bendición de Kang, aunque los susurros se hacen más fuertes y mi inquietud crece. Algo silba a la distancia, una nota larga y malévola.

El general parpadea. Mi reflejo desaparece de sus ojos y él sonríe.

—Que el mar esté dispuesto —repite, antes de darse vuelta.

Estoy a punto de colapsar sobre mi taburete cuando el jolgorio y la borrachera se reanudan a nuestro alrededor. Un hombre tropieza conmigo. Un frasco del mismo polvo que el general nos dio cae de su bolsillo. Se detiene cerca de mi pie. Lo levanto y noto su textura gris. Debe de ser el polvo de perlas del que Kang me habló, venerado entre su gente.

—¿Vino? ¿Más vino? —grita alguien más.

—Vamos por él —Zhen se pone de pie, con la voz aún trasformada por la magia que la hace sonar como un hosco soldado. Sus facciones parpadean; la ilusión se derrite en su rostro. Ruego por que se mantenga lo suficiente como para que podamos escapar. Me guardo el frasco en el bolso con las demás cosas.

Pasamos por el calor de las cocinas y saboreo el fresco aire de la noche cuando salimos por la puerta trasera; sé lo cerca que estuvimos de la muerte.

—Tenemos que llegar al ferry —dice Zhen, mucho más serena que yo—. No tenemos tiempo. Nuestro transporte zarpa a la Hora del Gallo.

—Ayúdame a sentarla. —Mientras Zhen levanta a Ruyi, yo rompo el sello de uno de los tarros de vino y lo vacío sobre su cuerpo. Antes de que la princesa objete, explico—: Fingiremos estar ebrias.

Me aferro a ella y nos tambaleamos hacia el puerto, moviéndonos tan rápido como nos atrevemos a hacerlo. Al salir del distrito del mercado, pasamos frente a una procesión de guardias del palacio a caballo. En el centro de la misma, un joven está sentado en su corcel, postura erguida y envuelto en una impresionante armadura negra y dorada. Al pasar, no puedo evitar alzar la mirada para verlo, solo para que él me vea también.

«No… no puede ser…». Agacho la cabeza de inmediato. Reconozco esos ojos, esa boca. El hijo del Príncipe Desterrado, que pronto se reunirá con su padre. Estamos tan cerca, y Kang podría llamar la atención de sus guardias, hacer que nos persigan.

Puedo sentir su mirada, ardiente, sobre la nuca. Pero no hay galopes que nos sigan al muelle y nadie detiene a tres soldados que apestan a vino y balbucean sinsentidos.

Llegamos al bote justo cuando los pregoneros anuncian la Hora del Gallo y, tras mostrar el sello del Oficial Qiu, el capitán nos permite abordar.

—Zarparemos de inmediato —le ordena Zhen—. Vaya al sur por el río Jade hasta que reciba nuevas órdenes.

El capitán asiente y pronto zarpamos del puerto. Lejos de Jia.

Lejos de Kang.

Capítulo cuarenta y ocho

Nos llevan a nuestras habitaciones en el nivel inferior de la nave y subimos a Ruyi a la cama. Zhen se deja caer en la banca; no le quedan más fuerzas.

—¿A dónde iremos? —susurra—. ¿Qué haré?

Parece menos una princesa y más una niña asustada, no mucho mayor que yo. Había olvidado que tiene solo diecinueve años.

Me siento también e intento buscar palabras de aliento, pero no encuentro ninguna. Lo único que puedo ofrecerle son más malas noticias, advertencias. En nuestro apuro por salir de la ciudad, no pude darle más información que, espero, al menos me ayudará a mantenerla enfocada.

—Hablé con Wenyi en los calabozos —le informo mientras me saco el bolso de la faja—. Dijo que Yěliŭ aún es fiel al emperador, pero que Hánxiá puede haber pasado a formar parte de la rebelión.

Coloco los objetos sobre la mesa que está entre nosotras: el frasco, el bordado de Shu, la carta de mi padre, el nudo de mi madre, unos cuantos pétalos de osmanto y hebras de hojas de té. Tomo los dos pedazos de papel de Wenyi y desdoblo uno. Al leer las palabras, puedo confirmar que es la carta que menciona las desapariciones de las que Wenyi habló. Se la entrego.

—¿Wenyi? ¿Por qué no lo trajiste contigo? —Zhen lee las palabras con un interés renovado—. Habría sido de ayuda para nuestra causa.

—Estoy segura de que le habría gustado decírtelo en persona, pero… falleció durante la noche.

Zhan me mira; su expresión se suaviza.

—Lo has arriesgado todo, Ning, y por ello te estoy agradecida.

Mientras ella lee, tomo el bordado de Shu y acaricio las costuras. La belleza de las peonías me recuerda a la casa de té de la que recién escapamos, pero también a la mujer que me asistió durante la segunda ronda de la competencia. Nunca supe su nombre. La luna me representa a mí, estoy segura, el amor de mi hermana está cosido a la tela.

—Tenemos que ir a Yĕliŭ —me dice Zhen. La preocupación le dobla los ojos, tras leer las revelaciones de la carta de Wenyi—. Si hablamos con los monjes, quizás puedan darnos más información sobre lo que Wenyi compartió con nosotras. Si lo que dice es cierto, entonces el veneno debe provenir de Hánxipa.

Aún tengo más preguntas que respuestas, pero Zhen me ordena descansar. Ella se recuesta junto a Ruyi, mientras que yo me acurruco en la banca. La vela parpadea a mi lado y proyecta largas sombras saltarinas en la pared, tan inquietas como mi cabeza.

Tengo el corazón dividido, consciente de la decisión que habré de tomar mañana, cuando el barco continúe hacia el sur y luego gire al oeste en Nánjiāng. Pasaremos por Sù y cerca de mi aldea.

¿Seguiré a la princesa, con el conocimiento de que las mentes brillantes de Yĕliŭ podrían tener las respuestas que me llevarán al antídoto? ¿O escucharé las súplicas de mi padre y volveré a casa?

El canciller dijo que estaba seguro de que un shénnóng-shī era el responsable del veneno, pero ¿fue esa una mentira? ¿Y cómo consiguió la flecha mágica que envenenó a Ruyi? Vi a la serpiente de tres cabezas de nuevo cuando compartí el té con el general. ¿Qué intenta decirme Shénnóng? Si el veneno proviene de Hánxipa, ¿por qué uno de sus componentes sería un alga de Lǜzhou?

El sueño me elude. Me siento y me doy cuenta de que apretujé el bordado de Shu en mi puño al llevármelo al corazón como un talismán. Al alisar la tela, vuelvo a notar el peculiar color del pasto. Ondula de forma extraña, como si… se moviera en el agua. Y las manchas en las ramas de los árboles. Agujeros.

«No son árboles… Es coral».

Lo reconozco todo ahora: algas. El reflejo de la luna. El poema. Lo había visto de la forma equivocada. La luna está en el agua. Este no es un recuerdo de mi hogar de parte de mi hermana. Sabía que mi padre no le permitiría seguir con sus experimentos en busca del antídoto, así que me envió un resumen de sus descubrimientos.

Esta es una receta.

Quito los pergaminos de la pequeña mesa y encuentro tinta y papel. Comienzo a escribir.

Despierto con el sonido de voces bajas, con la cara sobre mis notas en la mesa. Me limpio la saliva de la boca con la manga y las palabras se revuelven frente a mis ojos.

Conforme el sueño se desvanece, el pánico se asienta. Corro hacia la escotilla, con el papel presionado sobre el pecho, temerosa de que hayamos ido demasiado lejos. Veo el tumultuoso puerto en el que estamos anclados. Dormí todo el día mientras viajábamos río abajo. Reconozco la torre que se ve a lo lejos, iluminada con fuerza por las luces de la noche: Nánjiāng. Siento que algo dentro de mí se afloja con alivio y me recargo en la pared. No es demasiado tarde.

—¿Ning?

Al voltear veo a Zhen y Ruyi mirándome con preocupación.

Les muestro todo lo que encontré: los descubrimientos de Shu y cómo creo que quizás tengo la pieza faltante para el antídoto. Intercambian miradas, una comunicación tácita entre ellas. Luego, Zhen asiente.

—Te ayudaremos de cualquier forma que podamos.

Creí que Zhen insistiría en ir primero a Yěliǔ para seguir la pista de la carta de Wenyi, o que Ruyi sería quien dudara de mis habilidades, pero no dejan de sorprenderme.

—Gracias —les digo con la voz ronca por la oleada de emociones.

Volveré a Sù. Estoy lista para ir a casa.

De camino a casa, pondero lo extraño de la dirección que ha tomado mi vida. Sentada sobre un caballo detrás de la temible Sombra, a quien creí mi enemiga, tras los pasos de una princesa que pronto podría ser la heredera de nada.

Mi agitación crece conforme nos acercamos a la aldea. Lo que me espera en casa me aterra más que esperar mi muerte en los calabozos. Debo llegar a Shu antes de que sea demasiado tarde, y el antídoto tiene que funcionar. No puedo imaginar otra posibilidad.

Tomamos el camino que rodea la aldea y evitamos a tanta gente como podemos. Dejo a Zhen y a Ruyi en el huerto de pomelos de mi madre, pues sé que su espíritu las protegerá.

Me levanto la falda y corro por el sendero que tan bien conozco. Subo la Colina del Filósofo; la luna alumbra mi camino a casa. Al cortar camino por el jardín de té, los árboles me dan la bienvenida. Puedo oírlos y sé que no es mi imaginación de niña.

«Apresúrate, apresúrate». Sus susurros me empujan por la siguiente colina, hasta que veo nuestro tejado. La mano se me tensa alrededor del frasco que contiene el polvo de perlas.

La puerta se abre de golpe detrás de mi mano y choca con la mesa. Mis pisadas retumban por la sala de la casa. Hago a un lado la cortina de cuentas y veo a mi padre alzar la mirada tras pasarle un paño húmedo por la frente a Shu. Me quedo sin aliento. Titubeo lo suficiente como para ver todas las emociones que atraviesan el rostro de mi padre: alivio, tristeza, arrepentimiento.

Bajo la pálida luz de la luna que se mete por las ventanas mi padre parece mucho más anciano que cuando me fui. Profundos surcos le recorren la cara; se ve peor que cuando enterramos a mi madre, como si no hubiera dormido desde entonces.

—¿Ning? —pregunta, su voz tan maltrecha como su apariencia—. ¿Eres un fantasma?

Me arrodillo a su lado y le tomo la mano a Shu. Está mirando hacia otro lado, pero parece percibir que estoy cerca. Voltea hacia donde estoy, los ojos vidriosos y ciegos.

—¿Madre? —carraspea. Puedo olerle la enfermedad en el aliento. Tiene los labios partidos y ensangrentados.

—Soy yo —le digo—. Soy Ning. Volví.

—Madre. —Comienza a llorar—. Volviste... Te extrañé tanto.

Miro a mi padre, alarmada.

—¿Cuánto tiempo tiene así?

—Unos días ya —me responde, sacudiendo la cabeza—. Viene y va. Intento bajar la fiebre, pero siempre vuelve. Hubo noches en las que la encontré deambulando afuera. He tenido que atarla para evitar que se vaya... —ahoga un sollozo.

Es entonces que le miro las muñecas y veo las marcas rojas. Siento una oleada de furia que me sube por el cuerpo, hasta que noto los ojos enrojecidos de mi padre, las manchas de sangre, vómito y no sé qué más en su túnica.

Me fuerzo a encauzar mi furia hacia el veneno. Mi padre no es el culpable y no hay palabras de rabia que vayan a traer a mi madre de vuelta. Pero aún puedo salvar a mi hermana.

—Creo que tengo el antídoto —le digo—. Puedo purgar el veneno de su cuerpo.

—Dime. —Me toma del brazo; un poco de claridad vuelve a su mirada—. Dime qué hacer. Te ayudaré. —No me cuestiona, como suele hacer. Se pone de pie y espera sus instrucciones.

—Necesito lí lú y raíz de orozuz —digo—. Y las hojas de té de primavera de mamá.

Sé que tenemos hojas de cosechas más recientes, pero nada podría compararse con las que ella preparó con sus propias manos.

Mi juego de té sigue en la repisa en la sala, cubierto por una capa de polvo. Al volver a nuestra habitación, miro alrededor de mi hogar con ojos nuevos. En comparación con los lujos del palacio, este lugar está sucio y desvencijado. No hay biombos tallados con delicadeza, ni incienso que mane de los braseros que pueden encenderse de día o de noche.

Pero el nudo tejido que hice para la buena fortuna aún cuelga de la ventana, blanqueado por el sol. Hay una grieta en la ventana, de cuando Shu y yo nos perseguíamos y yo caí sobre ella y la tiré. El desgastado patrón en la puerta, donde la cortina de cuentas se frota con el marco, esa que Shu siempre imaginó como un dragón al que llamaba el guardián de la puerta. Algo me oprime el pecho.

Una mano hace la cortina a un lado de nuevo y mi padre entra a la habitación con todo lo que le pedí de la alacena.

Toco mis instrumentos. El bambú, la madera, la vasija con mis huellas en la curvatura y la tapa deforme que nunca encajó del todo. Pero es todo mío. De aquí soy. Tenía que volver antes de poder avanzar, dijo el astrónomo.

Coloco los ingredientes en el tazón. «La luna reflejada en el mar». Cada componente del veneno tiene su reflejo en el antídoto.

Lí lú seco, en delgadas hebras, que huele a aceite. Para alentar el pulso, que se opone a las propiedades vigorizantes de la raíz de peonía blanca. Que le resta fuerza al veneno.

Orozuz, en rebanadas, que mitiga la toxicidad del kūnbù.

Polvo de perlas, el ingrediente faltante. Shu creyó que era el coral, para balancear y estabilizar el antídoto, difícil de encontrar tan lejos de la costa. Pero era algo aún más escaso e inesperado. Pues las perlas han caído en desuso, y el general de Kǎiláng diseñó un veneno que no lastimaría a su propia gente. Lo probé en la taza que compartimos, reconocí su poder para fortalecer magias ocultas.

Le permito remojarse, y dirijo mi atención a las hojas que se infusionan. Levanto la tapa de la vasija. Huele a primavera, a flores que brotan de la tierra y buscan la siguiente llovizna. Lo vierto sobre los ingredientes medicinales. Cuando me llevo el tazón a los labios, casi puedo sentir el roce de las alas blancas en la mejilla.

La calidez tranquilizante me recorre la garganta, se extiende por todo mi cuerpo.

El Cambio llega con facilidad, sin la necesidad del dān, aun mientras Shu está perdida entre sus sueños. Ya que es mi hermana —yo estaba ahí cuando nació— nuestra conexión se ha forjado a través de nuestras vidas entrelazadas. Puedo verla en estas últimas semanas, devorando los libros de mi padre, con la mano en la barbilla. Tomando hierbas del jardín en secreto, vigilando que mi padre o yo no nos asomemos por la colina. Garabatos furtivos en pedazos de papel, ocultos en un cajón o debajo de una canasta. «No es jazmín, no es ginseng. El veneno no responde a las sangrías…».

Pero encontró algo que resonó con el pedazo de lí lú que ingirió y sospechó que la raíz de peonía blanca era la culpable. No había forma de hacérmelo saber sin que mi padre sospechara, así que cosió el mensaje oculto en el bordado.

El veneno la confundía, no le permitía concentrarse. En ocasiones vio imágenes extrañas. Oyó susurros en una habitación vacía. Figuras salieron de entre la bruma, los sueños cruzaron hacia la realidad: aves con piernas humanas, mariposas con ojos parpadeantes en las alas. Una serpiente gigante con escamas doradas que siseaba su nombre.

El polvo de perlas corre por mis venas como un relámpago y me hace recorrer todos sus recuerdos hasta el presente, donde la encuentro deambulando por una arboleda.

—¡Shu! —la llamo, pero no parece oírme. La sigo hacia la bruma, corro tras ella en el bosque, como he hecho tantas veces. Los árboles sombras se mecen mientras la persigo.

Se detiene al pie de nuestro árbol favorito y se da vuelta; me invita a acercarme. Para cuando llego a donde está, ya ha comenzado a escalar, sube deprisa. Era algo a lo que jugábamos cuando niñas: nos retábamos a trepar más alto. Puedo ver sus pies que cuelgan sobre mi cabeza. Agita los brazos.

—¡Aquí arriba!

Toco la corteza con las manos. Se siente real sobre mis palmas. Comienzo a escalar, encuentro la siguiente rama y me impulso más y más arriba. Pero ella sigue un paso por delante, fuera de mi alcance. Sé, con la consciencia de la diosa que me susurra, que, si cruza al otro lado del dosel, la perderé para siempre. Escalo más rápido.

Oigo un silbido, como los vientos de una tormenta que se aproxima. La misma nota punzante y discordante que oí cuando me vi reflejada en los ojos de un general.

Arriba una nube oscura desciende. Al acercarse, toma una forma oscura y ondulante. Una serpiente con una larga lengua bifurcada y colmillos que se curvan desde la orilla de su boca. Los puntos rojos de sus ojos sangran hambrientos.

Shu se encarama en una rama a mi derecha, paralizada por el miedo a esta criatura que la ha acechado desde que me fui.

Debí haber estado aquí para protegerla.

Ramas y hojas caen como lluvia a nuestro alrededor.

Siento cómo el hambre de la serpiente me roza la mente, como aquella de tres cabezas que le saqué de adentro a Ruyi. Se cierne sobre nosotras, sus ojos rojos como orbes pulidos; puedo ver mi reflejo en ellos. Me ve y se pregunta qué soy.

«Tú...», sisea al reconocerme. No habla en voz alta, sino que se hace oír dentro de mi cabeza. «Te he visto antes. En el palacio». Cada palabra que profiere es como una punzada de hielo que se me clava en el cráneo.

Pero, al hablar, también me deja ver qué es. Dejó un pedazo de sí en la flecha que le perforó el costado a Ruyi y creó al monstruo de tres cabezas que se alimentó de su esencia.

Veo las respuestas a las preguntas que me he hecho desde el principio: por qué era indetectable, aun para los shénnóng-shī más experimentados, por qué los médicos imperiales no lograban encontrar el antídoto.

Es porque este veneno fue creado por algo muy distinto. Algo antiguo que ha estado esperando, aguardando su momento.

«Shénnóng…», gruñe, revelando sus filosos colmillos. Odia a Shénnóng y a todos sus seguidores. Detesta a los antiguos dioses y a toda la humanidad, todo lo que representan.

Se abalanza sobre Shu; la quiere devorar completa, satisfacer el hambre que siente después de que mi hermana la eludió una y otra vez.

No titubeo: me interpongo en el camino de la serpiente. Me hunde los colmillos en la piel. Grito.

—¡Ning! —exclama Shu y logra atrapar mi mano.

Nuestros dedos se tocan, se aferran. Shu me jala hacía ella. Me aleja el brazo del alcance de la serpiente y caemos por el árbol. Las ramas se rompen con nuestro peso, nos fustigan y azotan la piel expuesta. Me agarro de mi hermana con fuerza, la protejo con mi propio cuerpo. La serpiente se desliza por el árbol, nos sigue. Cierro los ojos y ambas nos tensamos, a la espera del impacto… y vuelvo a mi cuerpo, con la cara empapada de lágrimas.

—¿Ning? —Shu se sienta con trabajos.

A un costado, nuestro padre llora también, solloza como nunca lo he visto.

Corro a la cama, le pongo el tazón en los labios. Ella bebe con los ojos fijos sobre mí, incrédula.

—Soñé… —dice con asombro—. Soñé que venías a buscarme.

Sonrío entre mis lágrimas.

—Te prometí que volvería, ¿no fue así?

Una sombra envuelve a Dàxī, y la princesa me espera en el huerto de pomelos. Pero, en este momento, nada más importa: mi hermana está viva.

Y mi padre está de pronto ahí, tomándome el brazo.

Dos rastros de sangre donde los colmillos de la serpiente me perforaron la piel. Tentáculos negros crepitan por mi piel como vides ponzoñosas, sofocantes.

El tazón se me resbala de la mano y cae al piso de forma estrepitosa.

El rostro de Shu es lo último que recuerdo cuando la oscuridad me arrastra.

Agradecimientos

Mientras avanzo en mi viaje por la escritura, hay mucha gente a la que le debo aprecio y agradecimiento por ayudarme a llegar hasta aquí.

Gracias a mi editora, Emilly Settle, por tus sugerencias perspicaces y la ayuda para encontrar el corazón de mi historia. Sin tu guía, este libro no se habría convertido en la historia que quería contar.

Gracias a mi correctora, Valerie Shea, y editoras de producción, Kathy Wielgosz y Avia Pérez, por su atención al detalle y por lidiar con mis locuras con las marcas de entonación.

Gracias al resto del equipo de Feiwel and Friends por creer en este libro y ayudar a su publicación.

Gracias a mi diseñador de portada, Rich Deas, y a la artista de la portada, Sija Hong, por darle vida a Ning de forma tan bella.

Gracias a mi agente, Rachel Brooks, que nunca perdió la fe en mí y tiene una paciencia infinita para todas mis ocurrencias y correos. Por siempre estar disponible y entusiasta con mi trabajo.

Al grupo de tutorados de las Pitch Wars 2016, gracias por su apoyo constante, en especial a mis queridas amigas Suzanne Park, Rebecca Schaeffer y Sasha Nanua. Me emocionan todos sus libros y proyectos futuros. Gracias a mis mentores, Axie Oh y Janella Angeles, quienes me mostraron la comunidad de escritores y me ayudaron tanto a navegar el mundo editorial.

A Nazifa Azad y Roselle Lim, me hace muy feliz que nos hayamos encontrado. Agradezco mucho el espacio seguro para nuestras pláticas honestas y nuestro amor compartido por la buena comida.

Muchas gracias a las autoras que allanaron el camino. Ver sus libros en los estantes de las librerías me hizo creer que era posible escribir mi propia fantasía de inspiración asiática y china: Cindy Pon, Julie C. Dao, Ellen Oh y Joean He.

A Kat Cho y Deeba Zargapur, gracias por sus primeras lecturas y su apoyo a mi escritura. Muchas gracias, Zhui Nong Chang, por tu atenta retroalimentación.

Gracias a mi hermana, Mimi Lin, que leyó mis primeros borradores y toleró mis mensajes a la mitad de la noche y siempre me animó.

Por último, gracias a mi esposo y compañero, Aason, por tu apoyo continuo y tu amor.

Glosario

Palabra	Chino	Pronunciación	Significado
Dān	丹	Dān	Medicina en forma de píldora o en polvo. Se le suele asociar con el fortalecimiento de las propiedades mágicas.
Jīncán	金蠶	jīn cán	Una pupa dorada de un gusano de seda, desarrollada a partir de criaturas venenosas, que resulta en un potente veneno.
Piya	埤雅	pi yǎ	Un ave envenenada mencionada en la mitología.
shénnóng-shī	神農師	shén nóng shī	Maestro de la magia de Shénnóng.
shénnóng-tu	神農徒	shén nóng tú	Aprendiz de la magia de Shénnóng.

Guía de pronunciación de los nombres de los personajes

NOMBRE	NOMBRE CHINO	PRONUNCIACIÓN
A'bing	阿炳	Ā Bǐng
Chen Shao	陳邵	Chén Shào
Fang Mingwen	方明雯	Fāng Míng Wén
Gao Ruyi	高如意	Gāo Rú Yi
Hu Chengzhi	胡承志	Hu Chéng Zhi
Li Ying-Zhen	李瑩貞	Lǐ Ying Zhēn
Li (Xu) Kang	李(許)康	Lǐ (Xǔ) Kāng
Lin Wenyi	林文義	Lin Wén Yi
Liu Guoming	劉國銘	Liú Guó Míng
Luo Lian	羅蓮	Luó Lián
Qing'er	青兒	Qīng ér
Pequeño Wu	小吳	Xiăo Wú
Wu Yiting	吳依霆	Wú Yī Tíng
Yang Rouzi (senescal Yang)	楊柔紫	Yáng Róu Zǐ
Zhang Ning	張寧	Zhāng Níng
Zhang Shu	張舒	Zhāng Shū

Nombres de lugares importantes

Lugar	Nombre chino	Pronunciación	Ubicación
Ānhé (provincia)	安和(省)	an hé (shěng)	Provincia agrícola en la costa sureste.
Dàxī	大熙	dà xī	El gran y brillante imperio.
Hánxiá (academia)	函霞(寺)	hán xiá (sì)	Academia dedicada a la Carpa Azul (estudios de agricultura, ganadería y té).
Huá (prefectura)	華(州)	huá (zhōu)	Prefectura al oeste de la ciudad capital.

Jia (ciudad)	佳(都)	Jiā (dū)	Ciudad capital.
Kallah (provincia)	佧拉(省)	kǎ lā (shěng)	Provincia noroccidental de pastizales.
Língyǎ (monasterio)	陵雅(寺)	líng yǎ (sì)	Monasterio, tumba de antiguos emperadores. Ubicada al interior de Jia.
Lǜzhou (prefectura)	綠(洲)	lǎ (zhōu)	Prefectura nororiental conformada por una península y un archipiélago, conocida también como las islas Esmeralda.
Nánjiān (pueblo)	南江(鎮)	nán jiāng (zhèn)	Pueblo en la ribera sur del río Jade.
Sù (provincia)	溯(省)	sù (shěng)	Provincia agrícola sudoccidental.
Wǔlín (academia)	武林(寺)	wǔ lín (sì)	Academia dedicada al Tigre Negro (estudios de estrategia militar y artes marciales).
Xīnyì (aldea)	辛藝(村)	xīn yì (cūn)	Aldea natal de Ning.
Yěliǔ (academia)	野柳(寺)	yě liǔ (sì)	Academia dedicada a la Tortuga Esmeralda (estudios de justicia y ritos).
Yún (provincia)	雲(省)	yún (shěng)	Provincia montañosa del norte.

Ingredientes medicinales chinos
(Enlistados alfabéticamente)

Nombre del ingrediente	**Nombre chino**	**Pronunciación**	**Nombre común o científico**
árbol de araliácea	傘樹	sǎn shù	Corteza de *Schefflera actinophylla*.
árbol de seda	絨花樹	róng huā shù	Corteza de *Albizia julibrissin*.
artemisa	艾草	ài cǎo	Hoja de *Artemisia argyi*.
benjuí	安息香	ān xì xiāng	Una resina que se obtiene de la corteza y que se usa como incienso o perfume.
cabeza de cuervo	烏頭	wū tóu	Raíz de *Aconitum carmichaelii*.
dāngguī	當歸	dāng guī	Raíz de *Angelica sinensis*.
fù pén zǐ	覆盆子	fù pén zǐ	Hoja de *Rubus idaeus* (frambuesa).
hojas de té/ flor de camellia	茶葉/花	chá yè/huā	Hojas y flores del árbol de *Camellia sinensis*.
hongo violáceo	紫/赤芝	zǐ/chì zhī	Varios fungi de *Ganoderma genus*, como *Ganoderma sinense* y *Ganoderma lingzhi*.

hùang qí	黃耆	hùang qí	Raíz de *Astragalus propinquus*.
hú huáng lián	胡黃連	hú huáng lián	Raíz de *Picrorhiza scrophulariiflora*.
jengibre	細辛	xì xīn	Raíz de *Asarum sieboldii* (raíz de jengibre).
kūnbù	昆布	kūn bù	Alga.
lí lú	藜蘆	Lí lú	Raíz de *Veratrum Nigrum*.
polvo de perlas	珍珠粉	zhēn zhū fěn	Perlas o caparazones de *Pteria martensii* (ostra) molidos.
raíz de oro	紅景天	hóng jǐng tiān	Raíz de *Rhodiola rosea* (también conocida como rodiola).
raíz de orozuz	甘草	gān cǎo	Raíz de *Glycyrrhiza uralensis*.
raíz de peonia blanca	白芍	bái sháo	Raíz de *Paeonia sterniana*.
yù jīn	郁金	yù jīn	Raíz de *Curcuma aromatica* (cúrcuma).

Nota de la autora

Los ingredientes de la medicina tradicional china usados en este libro provienen de textos de medicina tradicional antiguos y modernos. Me he tomado libertades con el uso de estos ingredientes para el desarrollo de la historia y no existen lazos entre lo aquí narrado y la práctica moderna de la medicina china tradicional.

La pregunta del filósofo (人之初, rén zhī chū) es el comienzo del *Clásico de tres caracteres* (三字經), un texto chino clásico de la dinastía Song. La respuesta en el texto fuente es que la naturaleza humana es buena. En el imperio de Dàxī, sin embargo, es una pregunta.

Los versos escritos en el bordado de Shu fueron escritos por el poeta 賈

島 (Jiă Dăo, 779-843), un poeta de la dinastía Tang. El texto completo del poema es el siguiente:

海底有明月，圓於天上輪。
得之一寸光，可買千里春。